U0451275

江西文化艺术基金资助项目

红土地上的执着
——新世纪江西文学创作论

江腊生 ◎ 著

中国社会科学出版社

图书在版编目（CIP）数据

红土地上的执着：新世纪江西文学创作论/江腊生著. —北京：中国社会科学出版社，2023.5
ISBN 978-7-5227-1541-4

Ⅰ.①红⋯　Ⅱ.①江⋯　Ⅲ.①地方文学史—文学史研究—江西　Ⅳ.①I209.956

中国国家版本馆 CIP 数据核字（2023）第 040841 号

出 版 人	赵剑英
责任编辑	郭晓鸿
特约编辑	杜若佳
责任校对	师敏革
责任印制	戴　宽

出　　版	中国社会科学出版社
社　　址	北京鼓楼西大街甲 158 号
邮　　编	100720
网　　址	http://www.csspw.cn
发 行 部	010-84083685
门 市 部	010-84029450
经　　销	新华书店及其他书店

印　　刷	北京明恒达印务有限公司
装　　订	廊坊市广阳区广增装订厂
版　　次	2023 年 5 月第 1 版
印　　次	2023 年 5 月第 1 次印刷

开　　本	710×1000　1/16
印　　张	18.25
插　　页	2
字　　数	257 千字
定　　价	99.00 元

凡购买中国社会科学出版社图书，如有质量问题请与本社营销中心联系调换
电话：010-84083683
版权所有　侵权必究

目　录

序　江西文坛的瞭望者 ………………………… 夏汉宁（1）

前言 ………………………………………………………（1）

第一章　赣鄱大地的文学追求 ………………………（1）
　　第一节　乡土文学的诗意执著 ……………………（1）
　　第二节　城市书写的崛起奋进 ……………………（14）
　　第三节　脱贫攻坚的赣地风流 ……………………（24）

第二章　红土地上的历史缱绻 ………………………（39）
　　第一节　熊正良：红土地上的宿命与焦虑 ………（39）
　　第二节　李伯勇：客家文化历史沉浮中的父性之光 …（48）
　　第三节　陈世旭：沉入世俗而穿透世俗的人格写作 …（57）
　　第四节　刘华：火车人生的韧劲叙事 ……………（69）

第三章　厚重乡土的变与不变 ………………………（77）
　　第一节　刘上洋：改革之歌的真诚谱写 …………（77）
　　第二节　樊健军：社会转型期生命热力救赎的呐喊者 …（90）
　　第三节　吴仕民：生态视野下的家园坚守 ………（99）

第四节　刘伟林:梦里梦外的执著 …………………………… (113)
　　第五节　温燕霞:温婉表达脱贫攻坚的火热图景 …………… (119)

第四章　生命光影的魅惑 ………………………………………… (131)
　　第一节　李晓君:生命在时空交汇处的沉潜与飞升 ………… (131)
　　第二节　江子:在现实与历史的开合中寻找文化密码 ……… (143)
　　第三节　胡辛:瓷性人生的激情演绎 ………………………… (153)
　　第四节　王晓莉:知性与率性的融合 ………………………… (168)
　　第五节　王芸:生命在时间中的流逝与凝定 ………………… (175)

第五章　城市生活与女性书写 …………………………………… (182)
　　第一节　杨帆:筑梦者的苍凉 ………………………………… (182)
　　第二节　陈蔚文:沉重与轻盈的城市书写 …………………… (190)
　　第三节　宋小词:大时代下的个体生命追寻 ………………… (201)
　　第四节　阿袁:古典氛围下的世俗生存 ……………………… (215)
　　第五节　罗聪明:在优雅中穿透坚硬的生活现实 …………… (225)

第六章　人性空间的内在勘探 …………………………………… (237)
　　第一节　丁伯刚:异乡的焦虑与坚定的书写 ………………… (237)
　　第二节　陈然:透过现实逻辑的人性光束 …………………… (247)
　　第三节　杨剑敏:孤独清醒的梦想者 ………………………… (257)
　　第四节　王明明:寻找在情与性之间 ………………………… (266)
　　第五节　礼杨:穿透坚硬现实的情怀书写 …………………… (269)

后记 ………………………………………………………………… (274)

序　江西文坛的瞭望者

夏汉宁

很早就知道江腊生，当他还在九江学院秀丽校园徜徉的时候，当他还在浔阳楼上发思古之忧情的时候，我就通过相关报刊，阅读到了他的锦绣篇章，彼时，很为他的文学感悟和批评语言感到惊喜，暗想，此公日后大有可为。果不其然，江腊生写文章，居然把自己从"三江之口，七省通衢"的九江，写到了省会城市的著名学府之一江西师范大学；腊生兄的评论文章，也居然从九江市、江西省扩展到了全国。

经过多年的积累，腊生兄将他多年来评论江西作家的文章结集出版，这就是展现在我面前的这部评论集。在阅读了这部二十余万字的评论集后，感慨良多，脑海中顿时冒出了这几句评语：永远在场的评论家，力挺赣军的评论家，格调高远的评论家。

一　永远在场的评论家。江腊生是一位文学评论家。他之所以成为评论家，似乎并非为"稻粱谋"，而是具备了"童子功"。他自言："记得很小的时候，一次单独去十里开外的姑姑家里玩。实在无聊，坐在一张长凳上发呆。然后在凳子下面找到一张早上姑父买油条包装回来的一张报纸。已经记不起是什么报纸了，油兮兮的，上面有一篇小说的故事梗概，看得那叫一个得劲儿。现在想来正是路遥小说《人生》，这大概是我读初二前后的事情了。"文学的萌芽就这样植入了他的心田。当然，光有对文学的爱好，是不能作为文学评论的，然而，对文学的爱好却是他投入文学评论的初速度。真正使他步入文学评论之路，并产生加速度的是他经受了严格的专业训练之后："从硕士到博士的六年里，一边阅读，一边自己尝试着写一写。这一写，让自己既有了简历中厚厚的页码，也让自己的生活有了些许的改善。因为一个小豆腐块往往有50元的收入，尽管很少，但足够我吃好几天的饭了。此时，受硕士导师张渝生教授的影响，开始关注江西作家，关注江西文学创作。陆续在《江西日报》、《江南都市报》有些文章发表。"

走上文学批评之路，也标志着江腊生的正式入场，而这一入场就是数十年，换言之，江腊生几十年如一日，就只干了一件事——文学评论。曾记得我的老所长、著名评论家吴海先生多次感叹：从事当代文学评论，最大的困难就是阅读，大量地阅读作品、阅读相关评论，很容易让人产生阅读疲劳。此言不妄。在捧读江腊生的评论集时，吴海先生的感叹似乎化成了我的感想。是啊，偶尔为一两个作家、一两件作品写写评论，这应该是一件很轻松的事情，或许还是一件很快乐的事情，但是，几十年关注一个地域的一群作家及其作品，这却是需要耐力、定力和毅力的（姑妄称之为"三力"），江腊生就具备了这"三力"。

也正因为有了这"三力"，江腊生把目光投向了中国当代文坛，中国文坛的动向，成了他捕捉的目标；名家新作的问世，成了他评论的热点；创作题材的变化，成了他评论的兴奋点。迈入21世纪的江腊生，所撰写的评论文章也迈上了一个新台阶，他曾在文学评论界权威杂志《文学评论》上发文6篇：《90年代以来小说游戏历史的现实诉求》《〈骆驼祥子〉的还原性阐释》《当下农民工书写的想象性表述》《底层焦虑与抒情伦理》《农民工书写"热"的美学缺失与思考》《回归中国叙事传统的诸种可能——论小说〈山本〉的文化追求》。这6篇评论都是对中国文坛而发声的。

在"入场"全国文坛的同时，红土地上的文学创作，同样是他须臾难忘的"场"。于是陈世旭、熊正良、刘华、刘上洋、李伯勇、樊健军、吴仕民、刘伟林、温燕霞、李晓君、江子、胡辛、王晓莉、王芸、杨帆、陈蔚文、宋小词、阿袁、丁伯刚、陈然、罗聪明、王明明、礼扬等作家,无论男女,无论老一辈作家,还是新生代作家,他们本人或他们的作品,都成了江腊生笔下品评的对象。这些江西作家一旦有新的作品问世,或者江西文坛一旦有新的动向,江腊生的"锐评"文章便立刻到位。如,《陈世旭:沉入世俗而穿透世俗的人格写作》,作者通过长期对著名作家陈世旭其人其作的关注,认为陈世旭的创作"沉入世俗而穿透世俗",并敏锐指出:"陈世旭凭借短篇小说《小镇上的将军》正式走入文坛,获得'小镇上的作家'的美誉。随后陆续发表了短篇小说《马车》、《惊涛》,连续三次摘得全国优秀短篇小说奖。九十年代《梦洲》《镇长之死》、《遗产》、《李芙蓉年谱》、《青藏手记》等中短篇小说再次崛起文坛。其中《镇长之死》荣获首届鲁迅文学奖。《裸体问题》《世纪神话》等作品关注中国转型时期知识分子的现实处境与价值追求。进入新世纪,他的小说伴随着散文写作而进入诗化转型。小说《边唱边晃》、《一半是黑色一半是白色》《老玉戒指》、《篱下》《阳光夏侯》等聚焦的是知识分子的精神状态与官场生态,《江州往事》《立冬》《立秋》《立夏》《立春》体现的是记忆与现实中的乡村世俗生活,其中贯穿着作家沉稳而厚重的人格书写逻辑,支撑起整个创作世界的理想高度。"他如,《李伯勇:赣南客家文人笔下的父性之光》《刘华:火车人生的韧劲叙事》《江子:在现实与历史的开合中寻找文化密码》《王芸:生命在时间中的流逝与凝定》等,都能准确地拿捏住这些作家和作品独有的特征。很难想象,如果是一位偶然涉足江西文坛、偶然"入场"江西创作"领地"的评论家,能够写出这般见解独特的作家作品评论来。

  二 钟情赣鄱的评论。江西前些年很流行"四色"之说,这就是"红色""古色""绿色""金色"。有人对这四色还做过富有诗意的诠释:"江西的本色是红色、江西的底色是古色、江西的亮色是绿色、蓬勃发展之金色。""掀开这幅辉煌的发展宏图,可以清晰地看到,由炽热的红色、清新的绿色、厚重的古色和耀眼的金色凝就而成的'精气神',为革命老区的新时代发展之路夯实了'底气'。"当然,准确地说,在"四色"之前,还有一个三色之说,也就是比四色少了个"金色"。三色也好,四色也罢,都曾激发起江西各界谋发展、干事业的雄心壮志。"江西是历史人文渊源之地,文章节义之邦。""江西文脉悠长、人文荟萃,自古便有'物华天宝、人杰地灵'的美誉,在每一个重要时间节点上,江西都有自己独特品牌。""景德镇是一个有历史、有文化、有故事的地方,在中国陶瓷文化创新之路上,它用自己最朴实的陶瓷语言、最深沉的文化自觉,守望了2000多年。""江西立足自身优势,大力推动有色金属、钢铁等八大传统产业优化升级,实施技术创新、技术改造等八大提升行动,夯实产业基础,助力产业转型。"用群情激奋、斗志昂扬来形容当时的形势再恰当不过了。

文学是时代的传感器,身处江西的文学家,敏锐地感觉到了时代传递给他们的强烈的变革信息,于是,这些关注时代、关注江西、关注这个经济欠发达地区的赣鄱作家们,拿起了他们的笔,选取了他们各自擅长的题材,写出了不少表现江西元素、江西特色的文学作品。

红色题材,堪称江西现代文化的富矿,八一南昌起义、井冈山革命根据地、共和国摇篮红都瑞金、红军长征、中国工人运动策源地安源等,这些轰轰烈烈的历史事件,是江西红色题材的不竭源泉,也是江西作家最擅长的叙事题材。从20世纪开始,一直到现在,江西作家从来没有放下过这支"描红"的笔。《红孩子》《八一风暴》《霹雳》《旋风》《红尘》《黑眼睛天使》《南国烽烟》《梅》《七叶一枝花》《白莲》《狂飙》《末代绿林》《井冈魂》《兵暴》《雾满龙冈》《女囚》《红翻天》,无论是戏剧还是电影,无论是长篇还是中短篇,这一部一部作品,都成了过往岁月或当下时代"红色"的标签,正是有这些红色的作品，我们记住了这些作家：时佑平、刘云、余凡、雪草、张刚、杨佩瑾、罗旋、邱恒聪、贾献文、陈光莲、刘欧生、温艳霞……当然，在江腊生的这部评论集中，我们只能看到他对红色题材作品的关注，如对温艳霞、李伯勇作品的评论，江腊生就充分关注到了作家作品中的"红色"亮点。是的，作为身处江西的当代文学评论家，对于红色题材作品的关注，似乎是责无旁贷的义务，或者说这种关注，已然成为流淌在这些评论家血脉中的文化基因。

陶瓷文化，这是鲜活在赣鄱地域大千年之久，且至今薪火不熄的最具中国特色的文化形态。今人有诗赞曰："中华向号瓷之国，瓷业高峰是此都。宋代以来传信誉，神州而外有均输。贵逾珍宝明逾镜，画比荆关字比苏。技术革新精益进，前驱不断再前驱。"这一历史悠久的特色文化，仿佛天赐江西文坛的饕餮盛宴，面对这一盛宴，江西作家岂能放过？确实，江西作家没有放过这个大宴。胡辛是书写景德镇较多的一位女作家，她的《瓷性天下》《禾草老倌》《地上有个黑太阳》《瓷城一条街》《怀念瓷香》等瓷文化题材的作品，都是"瓷（磁）性"极强的作品，而江腊生更是把这些作品进行细致的剖析，以此来破解胡辛内心中的"瓷性"情结。在评价《瓷性天下》时，他说："放眼全球，心怀天下，考察汉唐至明清历代帝王、王朝政治与瓷器、瓷业和瓷器外销的隐秘关系艺术地勾勒了中国瓷器走向世界的丰富图景，体现了作为一位文化学者的独特视角和敏锐眼光。"评《禾草老倌》云："回述了古老的禾草包装瓷器的技术似乎将炼瓷的古镇与种田的农村紧紧相连。"评《地上有个黑太阳》言："将家族史身世谜嵌进古陶瓷史的追忆中。"评《瓷城一条街》说："以记者江波的视角追寻着瓷器街烧窑的、绘瓷的、绞草的、陶瓷考古的、搞雕塑的等世俗百味。"《怀念瓷香》的评语是："则在古老陶瓷文化历史长河的溯源中，互文式地讲述了当代形形色色的个体浮躁故事，悠远的历史空间回荡着人文情怀的追索。"其实，对于"瓷性"题材的作品，江腊生似乎情有独钟，他不仅评了胡辛的作品，还评了江子的《青花帝国》等。

江腊生对江西的一往情深，还体现在他对描写江西的作品，无论是小说还是散文，都给予了充分的关注和真诚的礼赞。如，评李晓君的散文，他是这样说的："阅读李晓君的散文，感觉其中有诗性的飞扬、有现实的沉潜，还有知性的思考，这一切都在空间的滑动中不断感受生命的艰难、尴尬和疼痛……散文以潜伏者的视角，游刃有余于不同空间的人与事，既有历史记忆的温情挽歌，又有现实生存的理性反思。作家不温不火沉入生活的日常状态，通过诗画融合的艺术追求，体现了一种冷静中和的散文气质。"评介江子的散文时，他是这样认为的："江子的散文以他来自血脉的乡村冲动与诗性品格，在'田园将芜'的生存空间展开了怀乡与批判的肉搏；又大胆闯入井冈山、景德镇青花瓷的历史空间，在逡巡与流连中寻找其核心的文化密码。他在诗性的纪事中，任由激情与理性的撕扯，在感受孤独中完成现代精神家园的寻找。"

在江腊生的笔下，无论是老一辈作家还是新一代作家，他们的作品都是江腊生的评论对象，关于老一辈作家和中年作家的评论上文已有涉及，而对于新一代作家，特别是成就颇丰的女作家，如王晓莉、王芸、陈蔚文、宋小词、阿袁、罗聪明等，江腊生都给予了热情洋溢的评论。

正如江腊生在前言中所说："在本人的研究视野中，契合江西本土的文化，表现作家作品中人的存在形态及其背后人的观念，是我研究文学的基本立足点。"信哉是言。

三 格调高远的评论家。关于文学评论的功能，是近年来人们关注的焦点和热点。有学者对当下的文学评论曾不无辛辣地指出："思辨力和感受力的锻造，又是和价值判断密不可分的……但目前的现状是，批评家基本上放弃了对于新作品的价值判断，以及有关价值判断的公开争论，或者说，这种判断和争论即便有，也被迅速归入某种个人趣味之争。大多数批评家不再通过撰写文章的方式来发表异见，他们在年底多元化地投票，以一种谁也懒得去说服谁的民主形式。""文艺评论要发挥它褒优贬劣的作用就必须有自己的评论标准……就当前而言，我们之所以对一些新的文艺门类无法作出评判，或者你作出了评判，但业界与接受者却不买账，原因就在于没有公认的标准；或者你自以为是地在依所谓的标准说话，但这个标准只是评论者自说自话，没有得到广泛的认可，因为它缺乏理论的概括性。"确实，今天的文学评论有不少就是庸俗的"颂歌"，低下的恭喜发财，如此评论于文学何益？于作家何用？

然而，读了江腊生的评论集后，有一个鲜明的印象，这就是江腊生绝对不是一位媚俗的批评家。在他的笔下，既有对作家作品的礼赞，又有对一些缺憾的沉思和批评。如，在论及江西文学创作在全国文学界的地位是，他真诚地道出了自己的遗憾："我总感觉，江西文学创作并没有在全国得到应有的认可，因为作家不乏写作的真诚，不乏写作的努力，也不乏突破的韧劲。就我这些年来对江西作家的观察，江西文学在红色革命题材叙事、个体心灵世界的深入勘探，城市空间的生存捕捉，家族历史的人世浮沉，还有时代话语下的脱贫攻坚等，在国内文坛具有了一定的影响。""当然也应该看到，江西作家在时间与空间的格局上，在人性挖掘的深入等层面，确实存在一定的差距，但每一个作家都是在真诚的努力。"再如，对一些作品的不足，江腊生也提出了或直接或间接或含蓄的批评。相信这些善意的批评，江西作家应该乐于接受。

江腊生的作家作品评论站位高，它是将作品放在历史的长河中考察，放在全国文坛进行比较，放在作家自身创作历程中分析，因此，他的评论能够评到点子上，能够论到实在处。正如他自己所说："一个地方的文学当然受一个地方文化的浸染，但不认为江西文学一定是具有江西文化的特征。文学是人的文学，不应受到地方文化的局限，更不应满足于地方文化的呈现。文学是共通，是能够激起不同时代、不同地域的人的思想与精神震荡的艺术。生活的接地气与精神的形而上自然相融，是我理解的文学最高境界。"正是有了这种境界，他的评论才能够做到不俗气，不平淡，不空虚。在我的心目中，他是一位真诚的、敏锐的、恪守职责的江西文坛瞭望者！

夏汉宁

2022 年 4 月 25 日于青山湖畔

前　言

　　江西是现实主义文学大省。这与赣鄱大地上深厚的文化底蕴和悠久的文学传统，及其在漫长的历史发展中形成的文化性格密不可分。进入21世纪以来，江西文学创作立足红土地，从璀璨的宋代文化的辉煌中找到积极的文化传统，将厚重的历史、文化、生态互相融合，一以贯之的现实主义创作传统伴随中国社会的现代化进程不断地丰富、拓展着赣鄱文化性格的内涵与外延。红土地上的文化之根，生长出璀璨而清丽的陶瓷文化、坚定而顽强的红色文化、绿色而纯美的乡土文化，还有新兴待发的城市文化。这些多元共生的文化依托厚重的红土地，作为一种集体无意识，沉淀在赣鄱人的心理深层，见诸文学艺术，造就了厚重而持中的文学追求。其中有脱贫攻坚后的乡村振兴书写、陶瓷文化的现代开拓与诗意弘扬、城市个性的内在勘探、赣鄱风流的生动历史与生态图景等。因此，紧贴赣鄱大地的文化脉动，深入理解和把握21世纪江西作家创作与红土地文化记忆之间的关系，能够把握江西本土作家创作的基本状貌，触摸到21世纪以来江西文学创作的成就和局限。

　　全书分为两大部分。一部分是宏观把握，其中包括乡土文学的执著、脱贫攻坚的赣地风流书写、城市书写的努力，主要从乡土创作、城市书写、脱贫攻坚三个维度对江西新世纪文学的整体把握。之所以选择这三个维度来审视江西新世纪文学，主要站在新世纪江西文学发展的事实基础上，既有历史传统的贯穿，又有红色文化在当下的文学传承，还有江西未来的现代发展书写。于是在传统、当下、未来的纵向时间脉络中，把握江西文学的当下事实及其未来走向。赣州作家李伯勇、温燕霞等融合客家文化与红色文化，走出了一条历史与现实相互融合的厚重江西写作的路子，胡辛、江子、江华明等将景德镇的陶瓷文化与人的命运、国之历史相互融合，体现江西文学创作的特色。有宋以来的儒家文化、庐陵文化的与干预生活的现实主义紧密结合，形成了江子、李晓君、范晓波、傅菲等关注城市化、现代化进程中的人的生存状态与精神世界，体现了现代散文中干预现实与安顿灵魂的价值与意义。鄱阳湖文化的历史变迁与生态图景，决定了江西的未来，也体现在刘上洋、吴仕民、凌翼的创作中，体现了江西文学的生态理念与发展意识。

  本质上，这些文学大都属于现实主义的思潮，或将目光聚焦于乡土几十年来的变与不变，或关注当下乡村振兴与脱贫攻坚的时代事实，展示现代农民、农村、农业的新局面，新发展。一方面，这是江西文化相对保守的体现，大部分作家的文学观念还是以经典的现实主义为主，重在表现社会现实，书写生活变迁；另一方面，江西红色文化为主导，决定了文学与主流意识形态的贴合紧密，井冈山精神、老区精神、脱贫攻坚，自然而然沿着红色文化的道路进入作家主创的视野。这些创作在精神传统上体现了一定的地域文化、主流文化的继承性，但由于江西地域文化的"小富即安"思维，决定江西作家缺乏深邃开掘传统文化的力度，因而大都将当下现实与文化传统快速嫁接，用由此及彼的思维方式来书写，缺乏了文化历史贯穿的自然延伸，以及文化传统的丰富与圆融。江西作家往往自豪于红色文化的优势，却往往在短平快中追求即时效益，缺乏与厚重深远的赣派文化在精神层面的自然接续与相融。

  江西地理位置的限制和经济文化的相对滞后，并没有真正阻碍江西文学的先锋性探究。现代主义、先锋性、哲学意义的追求与思考，在江西作家群里也蔚为大观，体现了文学探究的努力和高度。从熊正亮、陈世旭等的先锋写作开始，到丁伯刚小说中的哲学沉思，影响了21世纪江西文学创作的文体意识与先锋追求。陈然、樊健军、杨帆、杨剑敏、王芸、文非等作家注重现代人性的思考和文体意识的创新。他们的创作中运用现代主义的思维，在阐释现代人的观念与存在中，走先锋文学的美学路径。可以说，21世纪以来的江西文学主要是现实主义创作，其中有结合时代文化书写当下社会生活的火热与激情，也有作家心怀悲悯，关注底层人生的艰难与努力，还有一定的精英意识，书写人性空间的深邃与复杂。因此，结合多年的研究，其中主要涵盖以下类型的作家创作。

一 红土地上的历史书写。这里主要关注的作家有熊正良、陈世旭、李伯勇、刘华。这些作家主要立足江西红土地上的世俗生活与民俗风情，在家族与历史的宏大视野下关注个体的生存状态。

二 厚重乡土的变与不变。主要研究的作家有刘上洋、樊健军、吴仕民、刘伟林、温燕霞。这些作家主要立足江西乡土世界改革开放以来发生的巨大变化，有关于鄱阳湖的变迁与民众的生活改进，有赣南乡土大地脱贫攻坚的火热图景，还有乡村世界的生活韧劲与生命执著。

三 生命光影的魅惑。这里主要关注的作家有李晓君、江子、胡辛、王晓莉、王芸。这些作家或截取生活的日常细节，或在一个纵向的岁月轨迹的追忆当中，寻找生命光影留下的精彩与沉积。

四 城市生活与女性书写。这里主要关注的作家是杨帆、陈蔚文、宋小词、阿袁、罗聪明。这些青年女性作家往往聚焦城市生活与女性情感，在城市世界寻找人性的安放之地。她们或从城市女性的一些欲望细节，或在世俗中把握女性的生命形态，或在城市空间把握婚姻的坚硬现实。

五 人性空间的内在勘探。这里主要选择丁伯刚、陈然、杨剑敏、王明明、礼杨。这些作家往往注重从文学精神和文体层面探究文学的先锋性，在思想和哲学层面把握世俗人生的生命逻辑，或者从情与性之间寻找存在的内核。

在以上研究过程中，本书主要立足江西本土文化的特色，注重从文学与文化的关系入手，把脉红土地的文化特征，尤其是江西本土的陶瓷文化、生态文化、红色文化等与21世纪江西作家创作的关系，呈现江西文学创作的基本状貌。同时，把脉时代文化的律动，注重从时代旋律与江西本土世界的碰撞，探讨江西文学创作中关于脱贫攻坚、乡村城市化等伟大事业中的变与不变，思考江西本土的文化精神与创作成就。研究方法上，注重宏观把握和微观切入相结合，既有21世纪以来江西文学创作的宏观把握，对乡土文学、城市书写、脱贫攻坚等文学命题进行全面的扫描与综合考察，整体上把握江西新世纪文学创作的成就与今后的努力方向，又有微观的单个作家、作品的深入解读与思考，力图形成江西作家的一个创作谱系。在结构上，本书走出地域文学研究的局限，以文学史的视野贯穿其中。尽管侧重从单个作家、作品切入，却有江西本土文化发展的纵向历史穿透，还有横向的中国当代作家的比较分析，力图在一个文学史的视域下，对江西21世纪以来文学创作作一个较为全面的理解和把握。

因此，立足江西本土文化的特色，在研究江西作家作品的基础上，分析江西21世纪以来文学创作的得与失，对于把脉江西未来文学创作与文化挖掘具有一定的实践意义和参考价值。

第一章　赣鄱大地的文学追求

第一节　乡土文学的诗意执著

作为革命老区和农业大省的江西，乡土创作是江西文学的重镇。党的十一届三中全会的召开，使江西的文学创作进入了新的历史时期。随着《星火》的复刊和《百花洲》的创刊，江西的小说创作也在改革新风中率先崛起。宏观上，江西乡土小说创作与全国范围内的乡土小说创作步调一致。从政治上的拨乱反正、经济上的家庭联产承包责任制，到市场经济的推进、乡村振兴战略的实施，江西当代乡土小说都有反映和折射。陈世旭的"小镇系列"小说，宋海青的《馕神小传》及傅太平等人的作品写出了新时期初乡村世界的变化和人们观念的变迁。熊正良、丁伯刚等以先锋的艺术精神走入江西文坛。进入21世纪以后，陈然、樊建军、吴仕民等，开始从生态与发展、传统生活方式与市场经济、底层命运与城乡发展等维度，聚焦当前社会发展的一些现实问题和人的观念变化创作了一系列作品。李伯勇、刘华等的一些作品立足江西乡土，在历史的链条上追索人性与乡土文化的复杂。江西当代乡土创作进入了多元共生的状态。微观上，从新时期到新时代的四十年，面对经济机制、政治语境、生活方式和价值观念的巨大变化，江西乡土小说紧跟时代变革，立足地域文化，讲述江西本土的经验和故事。因此，回顾四十年来的江西文学创作，基本与中国当代文学的进程同步，但在一定程度上也奏出了自我的旋律，与全国各省市的文学共同组合成当代文学的交响曲。历史时段的分期，体现了江西文学创作思潮的一定节点，也呈现了江西经济文化发展的具体状貌。实际上，不同作家的创作，并不按照时间的节点来区分，而是在不同时期互相渗透，从而形成自身的创作个性。因此本书努力将江西改革开放四十多年来的乡土创作视为一个整体，考察其中不同的叙事维度及其创作伦理，较为全面地把握作家和创作思潮的关系，并呈现江西乡土创作的成绩与不足。

一 乡土变革的现实揭示

对于江西这样的传统农业大省，其身上的文化重负决定了每一次变革的沉重。每一次现代改革的推进，新时期以来的乡土创作总能感觉到历史巨轮松动的啮合声。陈世旭等作家立足乡土社会变革的巨大转型，感受乡土社会的生活变化，揭示了人们在生活和心理层面变与不变的冲突矛盾。其中有农业体制的变化而带来人的观念和行为方式的变化，有因为经济发展而带来自然和人际关系的恶化与危机，有城乡关系松动后农民入城寻找生活出路的精神状态，还有乡村世界留守儿童等问题的现实关照。作家往往采用现实主义的手法，贴近乡土世界的真实，书写红土地上的生存与发展。

对于陈世旭而言，经营多年的"小镇"，既有江西小镇典型的传统农业文化特征，毫无疑问会承袭传统乡村质朴、保守、愚昧的文化基因，又有在改革的工业化进程中感染现代欲望带来的躁动与不安。这个独特的人文地理意象使之成为江西生活乃至整个中国社会文化的缩影和象征。小说既有乡村世界的封闭性又有时代变革带来的生动性。

《小镇上的将军》抓住将军在小镇上的三个细节，注重把握历史变化带来的伤痕与反思。在小说中，将军喝令一个炊事小兵按口令跑，在医院中几乎棍打耍无赖的镇长夫人，不顾禁令，支持和组织全镇人民开展对周总理的悼念活动。这三个细节既体现了将军身上的正气凛然和人道主义精神，又折射了乡村世界生活的闭塞和宁静。小说《惊涛》，以春甫、秋霞、胡月生、鄢凤求四个青年农民的生活状态和心理世界的变化，呈现了农村世界的改革生活变迁。这些着力刻画的人物既有灵魂的冲突，又有生活的直接感受，折射了一代农民和乡村世界的生活状态和心理世界。此时的创作在时代伤痕表现中透出强烈的政治情怀与人文情怀。

《将军镇》以小镇20世纪70年代中期至90年代中期的生活为背景，在勾勒小镇人的矛盾冲突中，揭示人们在历史嬗变中观念、心态的发展与变化。陈世旭在谈到《将军镇》的创作时说："需要说明的是，使我有勇气将书写出的最大原因，是为小镇和小镇人的命运或歌或哭、或喜或忧的固执的冲动。"① 他以人物志的方式，采用中国画散点透视的构思，以一系列人物来结构全篇，从插队知青、下放干部、发配将军，到工作组长、大队书记、小镇镇长；从宣传队长、民间艺人、酒店老板，到地区专员、政协委员、县委书记，虽然各色人等的身份不一、性格不同、生活各异，但是在他们每个人的人生故事中，历史都留下了痕迹。全书没有中心人物，没有主要情节，每个人的人生故事构成了小镇历史的一点、一片，从而连缀成小镇社会变革的现实图景。

鄱阳湖是陈世旭文学想象的精神原乡。《鄱湖谣》以"夏夜""秋风""冬歌""春讯"四个部分组合而成，融入一段段的民谣、故事，与故事中的人物遭际扭结在一起，敞现出乡间大地的诗意与感动。《立冬·立春》前半部讲述的是退休教师何教授带领何谷村人从广播宣传，到选民投票，再到统计选票，进行村委会选举的故事；后半部"立春"描写的是留守乡土的何来庆在村小教书的情景，困窘的教学条件、顽皮的乡村学生、枯燥的日常教学一一呈现。作家在城乡二元

---

① 陈世旭：《将军镇》（后记部分），上海文艺出版社1999年版。

视野下，书写了现代城市对传统乡村的诱惑，"何谷村已不是先前的何谷村，年轻人都出去打工，剩下老小"，城乡物质生活方面日益增大的差异加速了人们对乡土的逃离。同时，随着当下经济社会的发展和国家"三农"政策的落实，作家捕捉到乡村世界新的变化。招商引资、旅游开发、生态养殖等项目在乡村世界一一变为现实。何教授带来的新变和何老师坚守乡村小学，体现了作家在持守一份文学的沉重与温暖中，敏锐地感知红土地上的变革。

陈然的小说更关注个体农民进城后的精神状态与心理世界。小说集《幸福的轮子》中，主人公大都是勤劳、忠厚、本分的农民，时代的变革、生存的焦虑驱使他们到城里寻找生活的出路。他们虽有命运的哀叹，却不怨天尤人，善于从艰难中寻找生活的出路，从卑微的境遇中发出欢乐的笑声。《幸福的轮子》是一对农民夫妇进城打工，拉板车。《亲人在半空飘荡》写的是最艰辛的轿夫生活，但作家没有铺陈他们生活的愁云惨雾，而是表现他们在艰辛中有自己的乐趣，在屈辱中坚守着自己的尊严。长得妩媚的妻子为丈夫健全的体魄而自豪，苦重的生活并不能阻碍夫妻之间简单朴素的恩爱。《我们村里的小贵》写的是一个农村的手艺高超的砖匠，他的手艺活干得特别出色，但弱点是特别好"色"，从而上演了一出情感悲剧。小贵因工伤被截去一条腿后，通过学会编织毛衣，很快又赢得了城里女人的欢心。透过这些来自乡村的生命个体，我们可以感受到城乡关系松动后农民进城的心态与生动的社会世相。

农民进城后留守儿童的问题，是温燕霞的小说《半天云》关注的重点。小说全方位地描写了乡村留守儿童的生活状态，塑造了一群个性鲜明的农村留守儿童形象。父母外出打工后，虎军、梦圆、梦美、小满、南瓜、多多等留守儿童，无一例外面临着种种关于生活、成长方面的困惑和难题。《半天云》以犀利的眼光，敏锐地观察到乡村情感链不断淡化甚至流失的情况，深刻揭示了一系列中国农村留守儿童的心理问题和生存教育问题。

市场经济带给乡村世界发展的活力,也带来了人的异化。樊建军的长篇小说《诛金记》通过设置一个似乎长不大也不愿长大的叙事者,打破一般的世俗认知逻辑,讲述了关于黄金神话的寓言,描绘了被财富完全异化了的当代人的可怕命运前景。一个乡村的哑巴,无意中在深山里发现了金矿,自此,整个水门村的人都疯狂地陷入了淘金、争夺财富的行动之中。政府开始控制和管理金矿后,人们无孔不入的黄金走私使政府控制力完全失效。整座山很快被挖空,那些发了疯的贪婪追逐黄金的村民们却开始一个个死于非命。水门村不但没有发达,反而破败了。小说在一个变形的荒诞世界中呈现了人们的生存危机和精神异化,揭示了乡土世界在财富大潮下的悲剧命运。

这些乡土书写真实地呈现了从新时期到新时代来乡村世界的变化。无论是早年的政治情怀,还是当下的问题揭示和人文沉思,都体现了文学对现实世界的真实关注和参与现实的真诚。

二 乡土江西的诗意呈现与守望

江西独特的地形地貌,有名山、大湖、长江,使其得天独厚地拥有现代人赖以栖居的诗意空间。在这片诗意大地上,有厚重的传统文化、红色文化、绿色文化,天然生成江西文学独特的想象世界,也为当下社会提供了守望乡愁的诗意寄托。地域文化的诗意书写,需要作家对厚重文化的驾驭,更重要的是作家对家园的诗意体味和守望。熊正良等作家越过现实生存的临界点,走进红土地的文化空间,书写乡土江西的神韵。

熊正良的"红色系列"包括中篇《无边红地》《红河》《乐声》《红薯地》《飘香松林》《红蜘蛛》及长篇《闰年》等。他侧重的不是地方风情与民俗的炫耀,而是通过逼真的写意与梦幻的灵动,构建了一个浑厚的带有红色野性的生存之梦。这些小说在自然与人性、男人与女人、暴力与爱情之间徘徊驻足,几者相互交融,呈现的是似梦非梦的混沌状态。他无意传达一种或诸种理念，也无意驻足现实的残酷，却在浓浓的神秘之色中寻找红土地的精髓。红狸子"碰见我们都用玉红色的眼睛朝我们笑"，"狗们非常神气地坐在他身边"（《红河》），"狗们并不惊慌，人们到了跟前还没乱阵脚"（《乐声》），花爪"左眼里神采飞扬却又不东张西望，用力但是茫然地盯着前方"，而乌鸦则"从容不迫地在酽红的地里踱步"（《红薯地》），还有跃动于"无边红地"的黄鼠狼、栖身于"红河"畔的红狸子、往来于林间和村舍的"乐声"不绝的八哥，还可看到共同躬耕又互相斗殴于"无边红地"的黄牯和黑牯，进出"红薯地"的花狗及"闰年"里幽灵般游荡的棕黑色大狗，等等。这种人格化的描写手法，透显出作家对自然的尊重。作家将自然人格化，人性自然化，自然与人性融合成一个混沌的神秘世界。

自然界的生生死死在熊正良的笔下似乎显得残酷、神秘而富有诗意。在这红色如血的土地上，卑微的存在与生命的偏执并立，原始的欲望与神秘的意念共生，精神的麻木与生命本能的冲突同存，生命力的宣泄与生命本身的卑微形成了强烈的反差。透过这些宿命之梦，你能了解他们的生存与时间、死亡与命运的关系。小说以虚构的方式对几千年来在红土地上生存的农民们的普遍生存状态进行写意式的表现，将属于生命的整体性、丰富复杂性和神秘混沌性，融入不断轮回重复着的红土地上的生活，力图书写出这片红土地的精髓与神韵。

傅太平的《小村》等系列小说以平和冲淡的笔调叙写着小村发生的故事。他笔下的赣西大地显得甜美、温馨、和谐，连同乡土风俗、民事物象都染上层层暖色的诗意，但透过一幅幅乡村风俗画和风情图，感受到的是阵阵灰色的悲凉和苦涩。一个外地的疯子来到小村，村里东家送饭、西邻拿菜，宁肯自己吞咽涎水也要让疯子吃上糖水鸡蛋。然而这种甜美封闭的乡村传统，在快速发展的现代社会并不可能持续。寡妇玉莲为了再次成亲，必须离开儿子回娘家，熬上两年以示清白；一个人忙碌着灭鼠的有华，只能沿着村里唯一通向外面世界的土路离去；承受了小村人们诸多恩惠的疯子，最后也不得不从这里出走。作品中倾注了作家对农村生活、农民命运的独特感受和艺术匠心。

　　李志川的小说大都以一种风俗志的记叙方式，描绘了一幅幅鄱阳湖地域风情图景。民风淳朴的牯牛镇、帆影点点的都湖风光、水上人家的无常人生，全在李志川的笔端汇集。作家通过一些极其平常的细节和乡里民俗，以清丽淳朴而又充溢着浓郁乡土气息的笔触，书写了唱戏的、做豆腐的、接生的、讨饭的、殓尸的等的生活，体味他们可贵的人间真情，古朴的人生世态。

　　樊健军朴素而真诚的笔下，是一系列浸透着乡土记忆的乡村生活图景和人物。他的短篇小说集《水门世相》散发着浓重的生活气息。在水门这个独特的生活空间里，有身高不过三尺的侏儒，石女罗锅，眼瞎的、腿瘸的、耳背的人，长着两颗脑袋的女人；有下三烂的赌徒酒鬼、骗子无赖，像种猪一样活着的英俊男人，成天追逐男人的花痴；有装神弄鬼的神汉巫婆，也有性格怪异的穴居者；有有洁癖的盗贼，也有靠纸扎活着的手艺人……他们既有谋求生活的小智慧，也有男欢女爱的纯朴愿望，既有简简单单的人间温暖，也有复杂各异的辛酸孤独。作家透过这些乡村生活世相和生存智慧，骨子里却是在一个深厚的文化土壤中表现乡土社会的伦理文化。

　　当经济发展到一定的程度，人们开始反思人与自然的关系。吴仕民的《旧林故渊》将浓郁的鄱阳湖风情与曲折的湖村人寻求发展的故事融合在一起，展现了一个渔村在改革开放后从片面追求经济发展到回归生态文明的历程，在乡土江西的诗意呈现中完成了文化乡愁的守望。

　　作品以陶渊明诗歌中的鱼和鸟为意象，用首、颈、肩、胸、腹、腿、足这些人体部位为篇名，以破解"五宝歌"的秘密为线索，贯穿了天姑湖围湖造田以来的20多年历史，再现了鄱阳湖人民走过的悲壮艰难的岁月，展示了水乡发生的沧桑巨变。小说描写了一个美得让人心醉，名叫锦鲤的千年传统村落。村子坐落在一个大湖的半岛之上，三面环水，村后有不高的鱼尾山，还有绿色的樟树林。村子里的人聚族而居，靠湖吃湖，世代以打鱼为生，过着类似桃花源的生活。但在"大跃进"期间，为打粮果腹，要围湖造田。围堤从村子穿行，使村子像一条被拦腰斩断的大鱼。围起的土地上，矗立起许多工厂，废气冲天，污水入湖，不仅使湖中的鱼虾变少甚至难以食用，而且连人的生存也受到威胁。小说以历史发展的眼光，将现代意识融入传统村落的保护和发展之中。当人们一味追求发展，而不顾自然规律的约束时，作家集中书写人们心理层面的冲突与困惑。为了围堤要拆迁祠堂时，无一人愿意上去揭瓦。"每揭下一片瓦，就像将鱼揭下一片鳞；每取下一根檩条，就像把鱼卸去一根骨，许多人便觉得自己身上被剐下一块块皮肉，被抽去了一条条筋骨。"作者将人们的内心痛苦与自然的世界相互融合，既有鲜明的地域文化，又有丰满立体的人物形象，体现了一定的自然伦理与人文情怀。

作者将建设新时代乡村、人类生存发展等当代命题与新文学写作的有机融合，铺开了一个渔村自"大跃进"以来，从片面追求经济发展到注重生态保护的历史画卷，追问灵魂安放和乡愁守望的永恒命题。作者将书中的鲜活人物、曲折故事、诗意表达融为一体，着力描摹人类在面临前所未有的发展危机时的心灵挣扎和自我救赎，深入思考人类在处理自然生态与社会发展关系时的矛盾冲突和理性抉择，体现了保护传统村落、推进乡村振兴的理念。

三　乡土情感的疼痛与焦虑

世俗的世界有世俗的活法。乡土世界卑微的人物、卑微的灵魂、卑琐的境地，没有乡土原始野性的勃发，而是踏踏实实行走在坚硬的红土地上，不无偏执地信守他们乡土的生存理念，感受情感的疼痛与焦虑。

刘伟林的小说《桃红李白》没有惊人的情节，只是一个非常传统的婚姻爱情故事演绎。一男二女的爱情叙述，关注的只是乡村世界中组构家庭的努力和所遭遇的一系列无法撇去的命运纠葛,爱情在神圣的乡村世界显得过于奢侈。艾胜男因为不愿按照父亲的意志与儿时定亲的魏招弟成婚,在高中毕业之后与自己的同学芸香结合。然而,魏招弟始终生活在欲嫁给艾胜男的执念之中。为了能够天天看到艾胜男,也为了内心的报复,她嫁给了同村的艾姓青年,付出了自己的青春和一生的幸福;为了阻挡胜男实现当民办教师的愿望,招弟写匿名信加以阻挠;为了和胜男一比高低,不惜债台高筑也要像胜男一样盖房子。但是胜男在家里的房子盖到一半时,因为想着如何应对招弟,出了意外车祸失去了一条腿。事情发生后,招弟停止盖房,与自己的爱人离婚,决心要到胜男家照顾其生活。离婚之后的招弟,回到自己的娘家,最后竟割脉而亡。而胜男的一生,始终生活在两个女人之间,他无所适从,更无从选择。这种处境的尴尬,足以让他一生都无法脱离婚姻爱情的巨大阴影。整部小说没有狰狞的欲望冲突,没有赤裸的性欲呈示,而是书写乡村世界梦里梦外的艰难选择与执著追求。作家只是在安分守己地守望乡土的文化体验,真切地体悟着乡土世界的情感纠葛。小说意在表明,对于乡土世界而言,爱的浪漫与圣洁,往往只是一种想象的奢侈,更多的是婚姻家庭关系的维系。作品只是按照乡土世界的伦理关系,朴朴实实地书写婚姻、情感的冲突与执著。

  小说的人物,一切都是按照乡土的伦理理念来实现自身的寻梦殉梦。招弟只身照顾瘫痪在床的公公,任劳任怨借钱建房,心里想着青梅竹马的胜男却没有破坏他的家庭,这一切体现的是乡村世界的孝义人伦以及从一而终的传统伦理。胜男,无法抛弃和芸香的相互厮守,也无法从内心真正舍弃招弟的苦苦相随。他无法在二者之间作出选择,更多是乡土伦理的约束或者是自觉归依。他选择芸香合情合理,在招弟的穷追猛跟下又默默地产生下辈子要娶招弟的念头。面对招弟的苦心追随,他心生恐惧与忧虑,又对招弟离婚之后的割脉自杀不无忏悔与同情,这些都是乡村世界千年延续的民间伦理所致。乡村世界正是依靠这种伦理思维的宽容与狭隘、怜悯与仇恨产生了丰富而实在的生存图景。

在丁伯刚的笔下，乡土世界的焦虑，尤其是异乡人的感觉，却是以一种心理思辨的方式呈现出来。早在20世纪80年代，作者在《天问》《天杀》中，以率真而又激烈的方式，观照人性与亲情在道德和心理层面的表现，文本透出来的不仅仅是人性的挣扎和道德的谴责，而是令人难以承受的情感焦虑。当读大学的马元舒在学校里见到手里提着一捆散发着刺鼻臭味的网猪绳索的父亲时，他"捏了一手的汗湿，浑身发抖，舌头僵直，说不成话"。他害怕同学们的嘲笑，因此面对自己的父亲亲热地叫了一声"伯伯"。父子之间的亲情，与马元舒身上的世俗情感，产生了极大的冲突。他恐惧同学的突然出现，恐惧父亲手中的网猪绳招来同学们的围看与议论，却又怕父亲看出他的嫌弃。因此，当父亲提出要去女生寝室看望同乡的王红柳时，他千方百计地搪塞，不给父亲带路。父亲因为儿子的表现，伤心得晕死过去。儿子在众人的注视下，背着父亲去医院，完成了一幅"温情脉脉的人间天伦图"。在整个小说的叙述中，马元舒始终生活在害怕来自乡土的父亲给自己丢脸的恐惧中。而这种恐惧，在本质上源于乡土世界的情感伦理与城市空间的世俗成见之间的焦虑。作家以"天问"的形式，质问的不仅仅是马元舒身上父子亲情的缺席，更重要的是这种缺席产生背后的中国式焦虑。

在《宝莲这盏灯》中，光明与陈宝莲之间的夫妻情感，却在异乡人的生存状态中化为心理的恐惧。一方面他们生活在对方的恐惧之中；一方面却又处于一个宏大的世俗眼光的逼视之下。一次次的高考失败，让光明深陷内心的恐惧之中，同时，外人鄙夷的目光让他愈加恐惧。为了逃离和化解内心的恐惧，光明入赘陈宝莲家，不想堕入一个更大的生存恐惧之中。陈宝莲一次次的逼压，让身为男子汉的光明无法逃离，他不敢得罪陈宝莲，甚至完全听从于她。当陈宝莲死去之时，他却深陷一个新的更大的恐惧——失去对手的恐惧之中。陈宝莲同样如此，她一次次撒泼，几近丧失人性地将光明置于自己的控制之下，正是她作为来自异乡的弱者，源于大扁屋村民欺压下的恐惧的驱使。二人之间的夫妻情感唯有像刺猬一样，互相制造恐惧，才能获取生存的能量。丁伯刚关注的是乡村世界普通个体的生存境遇与情感状态，富有思辨性地揭示了乡村社会深层的情感脉动和心理状态。他的异乡人情结始终萦绕在文本当中，压抑的焦虑和生存的恐惧构成了独特的诗学体验。

四　乡村历史的缱绻与沉思

厚重的传统农业文化历史和丰富的现代革命历史，直接促成了江西文学创作对历史书写的青睐。自新时期以来，刘华、李伯勇等作家一直坚持立足乡土，将乡村历史的书写与赣鄱大地上绵延千年的民族文化基因和地域文化风格自然相融，体现了作家们在书写中对乡村历史的缱绻与沉思。

刘华的《红罪》中以钟长水为代表的诸多人物，包括赖全福、钟龙兴、钟长贵、钟长根、钟长发等身上均保留着民间的底色，闪烁着人性的光辉。他们有自己的信仰伦理、认知逻辑。他们的思想行为展示出政治意识形态与民间文化传统之间复杂的张力关系，呈现了历史最本真、最原始的状态。钟长水参加红军是受到他深爱着的九皇女的鼓励及许诺：谁当红军打战勇敢，就嫁给他。他为了送一个银颈箍给九皇女，在一次下山为红军买肉时，私自动用了三个银圆买了银颈箍，托人带给九皇女，以致很多战士在牺牲前连一块像样的肉都没吃到。中华人民共和国成立后，他自愿当一名护林员，用二十年的光阴为死去的亲人、战友"拣金"，当政府为当年的红军失散人员落实政策时，他坚决不领高额的补贴，不当红军失散人员，而选择当九皇女的"烈士夫"。作家无意把钟长水塑造成一个成熟坚定的革命者，而是遵循民间生活准则，重在表现他作为一个普通人的淳朴、敦厚、实诚等做人准则和道德追求。可见《红罪》将历史的叙述建立在原生民间形态的基础上，回望历史的悠长岁月。它所建构的不是巨大的历史框架，而是丰满的生活血肉，温润的乡村气息。这一切都建立在作者对赣南风土人情了如指掌的基础上，其中有关于客家生活习俗的描写，比如"拣金"、九月十三日的"游神"、祠堂祭祖、祭野鬼、治疗小孩夜哭的风俗等，具有浓郁的乡土生活气息。作家从客家人的民俗文化入手，在把握客家人性格基因的基础上，追寻革命历史成功的原因，为小说增添了深邃的历史感和文化的厚重感。

乡村历史的沉浮一直是李伯勇创作的重头戏。《轮回》《旷野黄花》《寂寞欢爱》等长篇小说主要将现代中国的进程以缩微的形式集中于赣南地区几十年的历史风云之中，表现乡村社会结构中复杂的权力与人性。《轮回》从家庭文化的角度，书写了周、张、马、刘四个家族及其后代在一个叫冷水坑的赣南乡村发生的恩恩怨怨，展现了近几十年中国赣南农村的政治风云和农村生活的浮沉史。在这里，作家以深沉的思考和激越的情感关注着乡土的历史和家族的轮回。其中有家族与政治、乡村权力与农民性、性爱与利益之间的纠结，揭示了赣南家族文化由衰而复生的悲壮历程，发掘了乡村社会所持守的文化精神。

《旷野黄花》小说主要以老中医黄盛萱一家三代人的命运遭际和家族兴衰为主线，以20世纪上半叶赣南客家集镇信泉为中心，描写了黄盛萱、黄朝勋、陈学余、黄腾等不同类型乡村知识分子的命运，演绎了赣南近半个世纪的历史风云，抒发了对民间大地命运浮沉的叹惋之情。小说没有执意在历史理性中诠释国共双方的力量消长、民心向背和政绩得失，而是通过对信泉黄、陈等家族旧史的梳理，有意识地把民间生活世界和赣南革命历史纳入知识分子的精英意识中加以考察，探寻赣南客家文化的内在基因，从而揭示隐没在民间生活空间里的历史本相和生存本相。

李伯勇笔下的乡土世界深植于故乡赣南边地客家文化和历史的深处，成为当下社会的巨大参照和精神依托。"乡土永远是人类心灵的最佳栖息地"，"乡土蕴藏着一簇簇精神的圣火"。[①]《恍惚远行》中的

---

① 李伯勇：《向着乡土——生活掘进》，《创作评谭》2002年第3期。

刘天树，豪爽仗义、处世有理有节，不落井下石，也不趋炎附势，其身上的民间侠义精神，体现了作家对乡土文化的回望。凌维森对牛群的关爱，对草岭的迷醉，也是作家对传统文化中人与自然和谐相处的生命感悟。"草岭"既展现出现代乡土的美丽，也蕴含着生命力的张扬。在《寂寞欢爱》中，许家七代住在大山之中，1950年初由山上搬到山下，因大饥荒和家道屡屡不顺，1960年初许瑞平老人决定搬回大林莽。作家试图在乡土历史的追寻与返归中，挖掘出积极的传统文化精神，重建乡土世界的精神价值。

《抵达昨日之河》写的是知青刘彤的插队史，李伯勇没有惯性地去写知青在乡村世界追寻"青春无悔"的悲壮，而是通过一段历史，书写了一个城市知青融入乡村的失败故事。知青刘彤抱着在农村扎根的信念，一点一滴地向农民学习。他被农民推选为生产队的干部，积极为农民代言，甚至准备在农村结婚成家。然而，当大队书记对他进行打击报复时，竟然没有一个窑岭人出手帮他，刘彤最终无法"融入"政治运动和宗法伦理交织变奏的乡村社会。《抵达昨日之河》写得最为成功的也许不是知青刘彤的独特遭遇，而是对"村庄意识"的动态揭示，在深广的历史文化层面揭示了乡村晦暗难辨的权力生态和世俗生活经验。

因此，江西乡土文学创作的四十年，在厚重的历史文化追寻中，描绘了一幅幅真切生动的生存图景，触摸到几十年来赣鄱大地上的情感脉动，并呈现了乡土大地的诗意与对自然生态的守望。这些努力在当代文坛标示出一个明显的江西文学图标，迈出了乡土江西向现代江西挺进的强劲步伐。同时也应该看到，乡土江西的山区文化特征，决定了江西乡土创作的视野不够开阔。局促环抱的山形地貌，形成了一定保守和中庸的文化基因，决定了作家很难带着"江西即中国"的自信与世界文坛进行对话。在表现形式上，乡土江西的创作大多追求现实主义的手法，在地域文化的书写上显得不够空灵，略失神韵。四十年乡土江西书写的心路历程，个体内心世界的复杂与立体化呈现不够，与厚重的江西传统文化未能充分地互渗融合。乡土创作既要立足乡土，又要超越乡土。江西乡土创作艺术的飞升，需要进一步处理好时代与历史的关系，把握江西自古以来的厚重文化传统和悠久历史的沟沟褶褶，将乡土精神与现代精神结合起来，在赣鄱大地上让个性之花自然绽放。

第二节　城市书写的崛起奋进

21世纪以来，江西虽处于中部地区，城市发展相对一线城市的发展有些滞后，但随着整体经济的发展，新一轮城市化浪潮兴起和城市化进程的加速，城市也纷纷成为江西文学书写的主体。江西城市文学无论是从数量上还是从质量上都取得了令人可喜的优异成绩。一些原来钟情于乡土题材的作家实现了文学题材的转变，进行了城市小说的尝试与创新，并取得了一定的成绩。无论是陈世旭、熊正良、刘华等早已享誉文坛的老作家，还是杨帆、陈蔚文、王晓莉、王芸等青年作家，他们或着眼于城市欲望带来人的心理世界的变化，或专注于城市底层人物形象及其生命形态的建构，或呈现对城市世俗生活的经验理解，让江西文学在中国文学中打开了一片新天地。从整体上看，江西作家的城市书写少有一线城市书写中出现的大量城市景观，也少有上海作家对城与人的历史把握，而是集中挖掘城市生活空间与个体的关系，呈现城市生命的体验。

一　城市空间的生存思考

空间层面上的城市书写主要凸显城市的地域属性，它不仅停留在对城市建筑和景观的描绘，也包含对城市特有的生活空间经验的捕捉，以及对城市精神内核的把握和表达。在王安忆的《长恨歌》中，弄堂、爱丽丝公寓和平安里这些地理景观既是故事的背景，也是故事的重要构成,合力组成了半个世纪来的上海图像。叶兆言和韩东笔下的南京虽然空间不同,但都体现了江南诗性文化的慵懒和悠闲,具备鲜明的南京特色。铁凝《永远有多远》里的胡同,在纯地理意义上和老舍笔下的胡同是一致的,但是将它们各自放回到作品中,却又不尽相同。在理想意义的城市文学中,不管是公共空间还是私人空间,都不仅是"物",同时也代表着"精神",它们构成了城市之间的本质区别。在江西作家笔下,城市小区的生存思考,往往以作家自我的视角为支点,深入城市的毛细血管当中,观察其中褶皱之处的梗阻与疼痛。

李晓君的《暂居漫记》以作家暂居的贤士花园小区为思绪支点,通过历史和时代的不同视域,既有当下城市皱褶处的生活片段,又有自身精神与心理空间的延展荡漾,将不同生活空间的喜怒哀乐、烟火气息与精神心理立体地呈现。47个篇章构成既独立又有机统一的完整文本,通过全景式、深层次地展开叙述,作者以一个潜伏者的在场式考察和沉浸式体验,勾勒不同的空间与个体,同时追问其中的生存密码,思考生命最终的价值。作家注重城市生活空间的某一个角落和某一个细节瞬间的感觉,其中有站台、医院、药店等,在这些独特的空间中享受着孤独的隐秘与自由的想象。站台,就像一个渡口,因承载着焦虑、欣喜、失望、急躁等情绪而被赋予了重大的意义。每一个平静的个体在普通的站台上,都涌动着内心的波澜,而生命的意义由一个个站台的瞬间组成。医院这个冰冷而又嘈杂的空间,因一个神经错乱的年轻流浪者的存在和医院门口医闹的发生,展现了人际关系的扭曲,营造了一种冰冷而机械的氛围。"医院仿佛一个负能量的收集场,见证着肉体的冬季、生命的负数、人性的幽暗。"其中有医患关系的思考,病人与亲人关系的分析,还有走廊上人们的心理把握。原来小区附近的土菜馆纷纷变成了药店,在作家看来,既是全民重视健康和养生时代来临的表现,又引发了医疗体制改革、医保等管理层面的系列问题及其思考。关于房间,作家在其中展开无边无际的想象,一个房间里一个女孩在读异乡男友的来信，一个房间中一对父母在争吵，一个房间里的老人正在死去，一个房间里住着寡居的老男人，一个房间里住着一对走路都生怕踩死蚂蚁的老人。这些房间里折射出不同个体的生命形态，也体现了作家对生命存在和价值的不同理解。

　　作家善于从日常生活中攫取富有戏剧性的生活场景，以点带面，从不同侧面呈现一个城市小区的生活形态。林荫道上一个精神有些失常的保洁员，手上抓着扫把和铝制簸箕，胡乱指着人，信口开河地嘟囔着谁也不明其意的话语。一个烤红薯的人，有着黝黑的皮肤，变魔术般从大铁桶的炉子上取出一个个外皮焦黑、内里鲜黄的红薯。沿街叫卖的小贩，将商品摊在一辆即将报废的小车上，用一个大喇叭循环播放骗人的广告。寒冷的冬天，有家长倚靠在电动车上，有家长站着低头看手机，彼此没有交流，等待着孩子放学出校园。一个头发谢顶、两鬓斑白的老人石膏一样站在窗前，手里夹着香烟，烟灰落在窗台上，当烟头的温度传递到手指才猛地醒悟一般将烟头弹出去。卖猪肉的年轻女店主，嘴里叼着烟，拿刀的手在麻利地洗牌、抓牌。漂亮的女市场管理员，穿着浅色的连衣裙，脖子上挂着一根项链，裸露的手臂交叉放在腿上，十指扣在一起，像一个给人写生的模特，一动不动地坐着。这些城市生活中的日常图景，表面上看传递着世俗的人间烟火气息，但从深层来看，是作家对城市生活个体生存状态的反思与理解。一个个戏剧性的生活场景，在作家偷窥的镜头之下，形成蒙太奇的效果，既有个体生存的表现，又折射了作家穿透世俗表层的内在努力。

　　作者以城市小区暂居者的身份，写这座城市的街道、建筑与人，既烟火气十足，又充满现代城市的活力。老旧的建筑、城市的落日、巷子的店铺、鲜活或缄默的个体，构成了这座城市的表征。作家把城市分割成无数文本，用诗人的眼睛去体认一个面目模糊的时代，因此生发的情绪如同这个城市一样复杂：有现实生存中的疲惫和生命的流逝，有面对物质化生活的伤感与疏离，有对庸常生态和时下普遍精神状态的感知与思考。

二　城市个体的生存境遇

　　江西作家的城市书写没有构建宏大的城市历史与人物心灵史的野心，而是扎扎实实落在自己生活的空间，用自己的生命去体悟世俗的城市生活，捕捉个体的生存境遇。王晓莉的散文善于从城市日常的世俗生命状态中攫取一些微小的场景或镜头，用自己生命的体温去触摸世界，展开思与诗的对话。无论是卫生间的蚂蚁、路边行道树的旁逸斜出，还是老姜和他那辆骑了几十年的自行车，都带给读者精神澄澈、春风化雨的感觉，引导人们进入一个向善向美的境界。《高度近视的人》中高度近视的邻居老钟伯伯，一句"我反正不喜欢戴眼镜。所以每次看我老婆，都觉得她还蛮漂亮的"，便唤出夫妻之间的朴实温暖，与"他每天蹬着一辆自制的带拖斗的小车，把妻子送到百货大楼后面的小街上"的图景相映成趣，令人动容。而《茶味》中嗜茶如命的父亲，唯一一次没有泡茶，是因为弟弟过世，从父亲和子女一脉相承的喝茶气质中，作家看到："血脉，在一杯茶里，在一个人喝茶的样子里，从来没有断流过。"《弯人》中，"不知命运为何要惩罚他"，"让他成了一个弯人"，这些散文上面写的是城市个体的世俗生活，底下涌动的却是一种别有意味的情感波澜。这些情感不只捕捉人物瞬时的"情绪"，更重要的是触摸城市个体的命运，辅以诗意的场景叙述，别具淡远的回味。

　　阿袁擅长书写那些藏身于大学校园里简衣素食或风姿绰约的各色女性的生活方式和情感状态，以及一些城市女性身上所表现出的不那么典型的知识分子特征或女性特征。她们是高校教师中的异类，传统象牙塔里的闯入者。也就是说，阿袁将目光聚焦于城市知识分子的俗雅对撞及其带来的反应。其身上的风雅、清高、节制甚至做作遭遇饮食男女的风情、俗趣、亲和与恣意，在阿袁的小说中产生一种有趣的张力。在其小说的个体身上，一个形而下、一个形而上，代表人的两种需求，或者完整生活的两个方面。俗趣与日常生活和人的感官享受有关，具有物质性；风雅与人的精神生活有关，与道德伦理的规训和文明的浸润有关。二者在城市世俗世界的参差对照和冲突，进而形成活色生香、妙趣横生的小说空间，其间又蕴含淡淡的哀愁和悲凉。小说《师母》着重描写了高校教师群体的工作、家庭生活，通过教授们的职场冲突、家庭婚姻纠葛，深深透见出高校生态圈对普通人性的压抑，以及婚姻生活对知识女性的束缚。其笔下的众多女性，身处高知的文化圈层，无所不用其极地通过捍卫婚姻，来捍卫自身"城主"的地位。师母庄瑾瑜，表面上力行着"比翼双飞"的婚姻生活，背后却耽于丈夫的性冷淡以及类似于出轨的自渎，在与女学生的"和谐"中捍卫生活的圆满；闵师母以"坚壁清野"方式，直接拒绝闵教授收取女学生；上海的杨师母同样区别对待男、女学生，在讽刺讥骂中将女学生击退；师母鄢红虽然不露声色，但在与女学生马骊的相处中，仍旧通过内心的敏感、忌惮和恐慌表现对自身婚姻的捍卫；更有甚者，作为研究生的吕小黛，深谙作为女性的优势之道，试图利用性别手段来魅惑导师以换取读取博士的机会。作家立足城市女性的生存状态，又从文化层面伸入历史传统的一面，透过她们婚姻生活的本质，分析其身上的传统价值观和现代女性的追求，表现了作家对知识分子当下生存困境的深刻反思。

王芸近来的小说注重在城市日常生活的世界中，表现城市底层的世俗状态，书写他们的生命体验与追求。她的小说并没有展现城市高楼、购物中心等奢华的一面，而是将目光投向城市的褶皱之处。其笔下的个体生存没有悬浮在城市的上空，没有欲望世界的绚烂缤纷，也没有底层空间的愁云惨雾。他们的人生在城市的皱褶中行走，有隐忍，也有不甘，有欲望，也有惶恐，有残酷，还有些许短暂的温情与暖意。《薇薇安曾来过》的主人公是一位居住在城市的中老年女性，丧偶、女儿出国、独居构成了她的生活常态。除了身在国外的女儿素素和关系亲近的长辈张姨，主人公的日常生活由一只叫薇薇安的暹罗猫陪伴，她将对亡夫的情感倾注在这只猫身上。张姨物质生活无忧，有孝顺的子女，但最后还是孤身一人离开人世，这隐约预示着主人公的未来。作者以这些城市个体的情感，编织起主人公的生活框架，里面被无法疏解的孤独感、情绪困境，以及浓浓的温情填满。在《异向折叠》中，小强妈因为孩子得了怪病，躲在医院的厕所里痛苦不已，而外面高耸的御风大厦正在爆破拆除。吴玥带着女儿租住在学区房的陋室里，刚签了一年的租房合同，不料房东转头毁约，要求她们搬出去，因此她和女儿只能暂时住在快捷酒店。李大嘴为了照顾父母，一家人窝在老房子里，后因拆迁，大哥和二哥前来索要赔偿款，三兄弟因为钱不欢而散。这些城市个体因为生存、利益，构成了当下城市空间的复杂与生动，让读者感受生命的刺痛、隐忍与挣扎，残酷而又不无温情。

三 城市欲望在伦理中的挣扎

考察作家笔下的城市书写，关键视其是否抓住了城市的本质。1990年以来，在邱华栋、何顿、朱文、卫慧等笔下，城市呈现欲望化的症候。欲望化，几乎成为我们今天解读城市文学的一个通用符码。张颐武等指出："今天的中国都市既是文明的消费中心，又是文明的消解地——那里活跃着人生的各种欲望。都市，那是欲望的百宝箱，欲望的燃烧炉，欲望的驱动器。"[①] 显然这是西方后现代主义消费文化影响下对城市的一种批判性解读。在很多当代作家的笔下，城市要么是物质化的欲望，要么是身体化的欲望，每一个城市都是制造欲望、消费欲望的中心。但是，江西作家并没有真正去书写城市欲望的表征，而是注重表现个体的伦理和价值观念与欲望和诱惑之间的冲突。小说没有专注于在文化层面表现城市的内涵，而是着重表现城市个体在精神心理层面的挣扎，内中贯穿的是一种正能量的人格魅力。陈世旭在

---

① 张颐武、刘心武：《九十年代文坛的反思与回顾》，《大家》1996年第2期。

《边唱边晃》中，以青年作家何为的性爱成长为主线，通过描写其与三位女性知识分子的爱情故事，展现了文人知识分子如何从美好的爱情想象堕落至欲望的疯狂着魔。何为本是一个"畏惧"女性的青年作家，在他遇到长相颇似林黛玉的女记者赵响后，开始了对一个女性的喜欢与幻想。然而，赵响却是一个身心皆不自由的人，出于对自己前途的考量，她妥协于名利金钱、受控于杨中正。最终何为与赵响的爱情如镜中花、水中月，虚空一场。如果说赵响让何为体会到了爱情，那么猴子则是何为的性启蒙者。一头齐耳根的短发，一身牛仔服充溢着年轻女性的活力，仿佛她的一生都将处于动态中不得停歇。她使何为告别了身体的单纯，进入了性爱的狂欢，她像一堆火，灼烧了何为。当猴子回到自己丈夫身边，剩下的便是空虚的何为。这是一个开放且大胆的女性，她游走于男性之间，使自己成为一个赏玩男性的主导者。而姚虹的存在则给何为以清醒，在与姚虹一次大胆且无爱的性行为后，何为开始意识到自己生活的无意义与精神的极大空虚，为了让自己挣脱现实和心灵的泥淖，何为选择投身于救灾及写作，最终在秦友三的帮助下实现了自我主体意识的回归。对于何为而言，三个女性都是城市欲望的对象性符号，如果说赵响是何为在爱情上的启蒙，那么猴子和姚虹则是他遭遇爱情失败之后的欲望放纵。他一方面在和女性的欲望疯狂中抵达狂欢；一方面又遭受来自自我内心深处的伦理鞭挞，最终在秦友三的精神感染下找到自我存在的生命价值。

在陈蔚文的笔下，城市欲望不是赤裸裸的性欲，而是深入城市生活的内在肌理，表现为大时代下的微观欲求。"比起天马行空的发达想象，我更依赖琐碎、夯实的日常。"[①] 日常生活的世俗欲求，意在打破小说叙述的逻辑性，通过一系列似闲非闲的世情画面，表现城市的生活样态。中篇小说《征婚》中的刘美琴遭遇三个男人，一个是老实本分却有技术的黄大运，一个是小气而又有些文艺范的秦爱国，一个

---

① 陈蔚文：《此处，彼处》，《雨水正白》（代序），长江文艺出版社2013年版，第3页。

是不靠谱却又出手大方的熊桂林。刘美琴最终选择了熊桂林，在结婚登记后，却遭遇骗婚——熊桂林消失，刘美琴最后倒在了病床上。刘美琴的征婚史透过一系列的日常生活乱象，呈现了城市女性的世俗欲求与价值取向的尴尬。

中篇小说《葵花开》中，身在广州的郑庆为如何妥善安置东北老家寄来的三床厚棉被烦恼不已，一边是广州小家的促狭空间；一边是老家母亲的拳拳爱意。南方的暖与被子的厚，构成了郑庆这对小夫妻的日常生活之困。被子的困扰还没有解决，双方家长准备来广州又制造了难以调和的矛盾。岳父母先来，购物、买菜、陪同外出塞满了郑庆每一天的生活。在逼仄的生活中，他遇到了东北老乡阿唐。阿唐为他下厨，还帮他把饭盛好，阿唐的贴心举动让他从逼仄生活中暂时解脱。然而，生活总要继续，在妻子和岳父母反对郑庆母亲来广州时，郑庆接到母亲患胃癌的电话……一系列的日常生活细节，构成了郑庆与妻子的现代城市生活场景。这对夫妻间的价值、生活观差异以及两个家庭之间的紧张关系等，也是当下许多家庭的真实反映。作家自言："我更愿关注那些幽微的、普通的世情，当然不止于表现可见的那一面，还要去再现不可见的那一面。"① 宏观的城市图景和消费景观不在陈蔚文的关注范围内，她将目光投注于城市的细部，透过一系列琐屑的事物来表现城市内在的世情与生命。

中篇小说《锦衣》以上海这座城市为空间，围绕人类基本生存需求中的"衣"这个中心，通过描写外地女孩吕美红的租房经历，折射个体在上海都市文化空间下的物欲冲动与内心抉择。吕美红眼中的上海是一座充满理想和欲望的城市，她向往住上"洁净、现代"的房子，穿上"精致、华丽"的锦衣，享受着"气派、优雅"法桐映衬下的空间气息，但吕美红所面对的现实是：住在"价格难以承受"的出租房里，穿着陌生人留下的"勉强合身"的衣物，过着与法桐的

---

① 陈蔚文、溪晗：《去表达城市中多元化的生存及具体的人》，《青年文学》2019年第12期。

优雅截然不同的生活。出租屋衣柜里前任女租客留下的衣服，成为吕美红对上海这座城市的物质欲望的凭借，也影响着她在都市是去是留的选择。

陈蔚文无意去表现城市欲望化的生存本相，也不是观念化地去追求欲望的哲学意味，而是透过一系列琐屑却富有烟火气息的世情书写，导向一个带着自身体验的生存理解与个体存在的感觉。她一面连通城市生活的世俗欲望；一面连通带着个人化体验的心理或精神空间。

总体来看，21世纪以来，江西作家在感受城市现代化大潮中，书写了一系列城市个体。生活的真切感受，个体的生命存在以及精神和心理层面的困惑、挣扎是江西作家着力打造的城市文学重心。这些作品基本呈现了一个后发现代化的省份作家关注下的城市图景与生存状态。作品往往以散点透视的方式，伸入城市的毛细血管，聚焦于生命个体的城市生活，表现他们的生命形态与心理状态。相对而言，这些作品也存在一些不足与缺陷。

首先是小说的历史性缺失。小说往往攫取一些城市日常生活的片段，或者一些生命个体的生存状态，表现他们的生命体验与感受，却在小说的时间意义上表现不够。时间意义上的城市书写涵盖了城市的历史记忆、当下现实和未来想象。这种书写把城市作为一种历史生成物来看待，它在历史的长河中不停地变化和沉淀，形成了自己独有的城市精神和文化记忆。例如，王安忆的《长恨歌》就在历时的意义上书写了上海这座东方大都市的过去、现在以及未来。它曾经是"冒险家的乐园"，是每一个弄堂儿女繁华梦的诞生之地；而"现在"，昔日繁华的上海试图重拾过去，但是一场谋杀断绝了这种没有未来的怀旧想象；《春尽江南》作为格非"江南三部曲"的终篇，在当下现实中思考人类的乌托邦问题，思考城市人的精神归宿。这些作家对城市的书写富有历史的纵深感，但是，目前大多数江西作家的城市文学作品局限于当下，没有过去，也没有未来，介入了日常生活，却缺少了历史意识。对于大部分江西作家而言，由于江西经济发展的相对迟缓，乡土经验相对厚实，他们往往能在乡土创作上具有一定的历史优势，然而在城市文学的发展方面则显得历史的厚度不足，更多的是城市日常生活的真切表现。优秀的城市文学应该写出一座城市特有的精神气质，其中包含特有历史记忆下的城市文化传统。

其次是城市空间的独特性表现不足。空间层面上的城市书写主要凸显城市的地域属性，它不仅停留在对城市民俗风情和历史掌故的描绘，也包含对城市特有的空间经验的捕捉，以及对城市精神内核的把握和表达。江西既有的城市文学普遍缺乏城市的地域属性，导致文学中的"城市"成为面目模糊的存在。究其原因，一方面是当下城市快速发展和网络文化广泛普及导致各个城市在地理空间和文化空间上的同质化；另一方面则是作家对城市精神把握不足、区域文化知识欠缺、细节描写功力不够。相对而言，一线城市的一些作家，通过其鲜明的区域属性表现了该城市的精神形态。在金宇澄的《繁花》中，沪生的家住在石门路上的拉德公寓；小毛常提到的长寿路、西康路路口的大自鸣钟；阿宝和贝蒂在屋顶望见的圣尼古拉斯东正教堂；姝华所住的南昌大楼；三人时常去排队购票的国泰电影院；等等，这些地理景观既是故事的背景，也是故事的重要构成，合力组成了半个世纪来的上海图像。贾平凹笔下的西京（西安）深入城市的毛细血管，文化古都中的美容馆、茶庄、菜市场等体现了城市的烟火气与历史韵味。而在一些江西作家笔下，城市的特质并没有随着人物的活动呈现出来，而是提供了一个人物生活的空间，并非文学或文化意义上的空间。在理想意义的城市文学中，不管是公共空间还是私人空间，都不仅是"物"，同时也代表着"精神"，它们构成了不同城市的本质区别。因此，作家笔下的城市应该具有独特的精神气质，独特的文化魅力。

江西城市文学的最大成就在于表现了"人"。在城市生活的场域当中呈现世俗的生活空间，个体的生存空间，他们的生命形态以及他们在欲望与伦理之间的困惑与挣扎，是江西作家用力最深的地方。当然，"真正意义上的城市文学应该是这样一种存在：它植根于中国经济和社会转型中的城市文化,通过绘写现代城市景观,来展示现代人在城市中的生存状态、文化性格,反映城市的历史和文化记忆,表现城市情绪和城市意识,从而显现出丰富而独特的文化与美学内涵"。① 可见,对于江西本土的作家而言,一方面需要注重对城市书写的历史文化传统的挖掘,将城市和城市中的个体置于一定历史文化情境当中,去找到人的生存密码;另一方面,要立足城市空间的文化场域,着力打造城市生活的日常图景,将城市的文化特质与个体的生存状态紧密融合,真正将城与人的命运完成一次互文的建构。

第三节 脱贫攻坚的赣地风流

脱贫攻坚是当代中国最伟大的"中国故事",也是人类有史以来最精彩的故事。2020年是打赢脱贫攻坚战、全面建成小康社会的决胜之年。在这样一个具有重大意义的历史时刻,江西作家与时代同步伐、以人民为中心,站在一个深广的历史视野下表现脱贫攻坚、不断探索和展开新时代的乡村故事书写。他们通过增强"脚力、眼力、脑力、笔力",在继承和弘扬红色精神的基础上,展现脱贫致富、走向振兴的乡村及其生活图景。江西作家凌翼的《井冈山的答卷》(江西人民出版社2019年版)、温燕霞的《琵琶围》(《人民文学》2020年第9期)、范剑鸣的《风吹蒿莱》(百花洲文艺出版社2020年版)、王松的《映山红,又映山红》(江西高校出版社2020年版)、郭白云编的《脱贫脱贫》(江西人民出版社2019年版)、曾绯龙与张昱煜的《扶贫路上的追梦少年》(江西教育出版社2020年版)、蔡勋的《花桥纪事:驻村第一书记扶贫手记》等作品,从扶贫攻坚战中的第一书记到豆蔻年华的追梦少年,记录了红土地上正在"进行时"的乡村巨变与时代新变,为传统的乡村故事续写了新的篇章。

---

① 谢晓霞:《城市文学的内核在于"人"》,《中国社会科学报》之《人文岭南》版2016年8月31日。

一　红色精神引领下的扶贫新人建构

"新人"作为时代的突出特征，随着社会的不断变化而获得新的内涵。《创业史》中的梁生宝，《平凡的世界》中的孙少安、孙少平，不同时代的新人凝聚时代精神，富有启迪人心、引人向上的价值和意义。新时代农村题材写作突出精神引领作用，为当代文学人物画廊增添许多富有鲜活时代气息的新人形象。何建明的报告文学《山神》中，"当代愚公"黄大发带领村民历时36年，终于在千米高的悬崖峭壁上开凿出一条长达十多千米的人工"天渠"，解决了村民吃水难的问题，鲜明地体现出共产党人"为人民谋幸福"的矢志不渝精神。赵德发的《经山海》中，身处脱贫攻坚、乡村振兴一线的乡镇干部吴小嵩，面对困难初心不改，带领百姓改变乡村落后面貌，体现出新时代基层党员干部的优良品质。忽培元《乡村第一书记》中的乡村开拓者白朗，为家乡脱贫致富日夜奔忙，充分彰显出青年党员干部的风采与担当。关仁山《金谷银山》努力接续柳青《创业史》的"创业"传统和"新人"书写经验，塑造了一个新时代农民形象范少山。在农村新气象感召下，范少山从北京返回故乡白羊峪，带领乡亲种金谷子和金苹果，发展绿色农业，凿山修路，开发溶洞旅游等项目，最终实现乡村脱贫致富。这些新时代的新人形象，激情参与宏阔的历史进程，实现个人的时代价值与意义，形成了当下乡村振兴的时代主潮。

赣鄱大地上的红色文化，既指全省以红壤土地为主体的地形地貌，更指江西是曾经为革命事业做出巨大贡献的红色老区。全省各地分布着大量的革命胜迹、旧址和纪念物，拥有革命的摇篮——井冈山、共和国的摇篮——瑞金、军旗升起的地方——南昌、秋收起义的策源地——萍乡等著名的革命圣地。这些红色风景凝聚成江西独有的精神资源，激励江西人民在各项事业中奋力前行。

《井冈山的答卷》正是以井冈山率先脱贫"摘帽"这一重要事件

为主题创作的一部内容丰富、蕴含深远的报告文学。面对艰巨的"扶贫攻坚"事业，作家走进井冈山的田间地头，寻找井冈山精神的源头。通过作家实地走访、查阅资料的方式，全书努力挖掘井冈山精神、红色文化基因，将其转化为当下伟大而艰巨的精准扶贫事业的精神内核。于是，一个个井冈山当年的革命故事纷至沓来，成为新时代人们脱贫攻坚的精神力量。当工农红军在黄坳村遭受地主武装突袭时，士气低迷，毛泽东勇当"排头兵"，凭借卓越的军事智慧和大将风度，带领人民军队走向革命的胜利。面对前进道路上的艰难险阻，毛泽东站在井冈山"雷打石"上定下井冈山革命根据地的三项纪律：一是行动听指挥；二是打土豪筹款子要归公；三是不拿老百姓一个红薯。队伍在强化纪律建设的过程中，确立了从严治党的高度，为新时代扶贫工作做到精确监管、防止扶贫领域腐败，留下了严守纪律的优良传统。

井冈山红色精神的传播，既有红军宣传员江志华牺牲后留下的革命歌本，也有后人江满凤边做保洁、边用深情的歌喉传唱当年红军阿哥身上的革命精神。博物馆馆长毛秉华退休后义务宣讲井冈山斗争历史，用他的生命激情，共同诠释了井冈山的红色精神。儿子毛汝亭从省委党校退休后，追随父亲来到井冈山，接过了父亲的旗帜。英国留学归来的孙子毛浩夫，接过爷爷的讲稿，也成为一名井冈山精神的现场教学老师。一家三代人，用自己的生命，传承着井冈山精神的红色血脉。老阿姨龚全珍在中华人民共和国成立初年追随丈夫甘祖昌将军，主动回到家乡当农民，为改变乡村面貌而贡献了一生，成为2013年度感动中国十大人物之一，其孙女也成为宣讲红色精神的一员。老革命家曾志从井冈山出发，转战全国，死后魂归井冈山。孙子石金龙放弃广州的工作，回到井冈山，深情讲述曾志等革命家的英雄故事。还有谢桂标、陈平梅祖孙俩，他们用歌声传唱着井冈山的红色歌谣，将革命的精神代代相传。大仓村支部书记张振华为了策应村里的红色旅游发展，不但没有领土地的征用款，反而献出自家土地，这与井冈山革命时期红军师长张子清献出自己的"救命盐"一脉相承，体现出井冈山精神穿越时空的本质。一代又一代井冈山人的精神传承，构成了红色基因的隐喻，它从红色的土地上生长出来，渗透在每一个生命个体的血液当中。于是，在红色精神的指引下，小歌星谢嘉成由一个贫困户的孩子，成为一个代表井冈山来展示中国的扶贫形象，向世界唱出"革命摇篮"井冈山脱贫攻坚战最强音的代言人。

在充盈着红色精神的历史空间里，孕育了当代井冈山人脱贫攻坚的决心和信心。红色的井冈山精神直接激励和引导着当代人决战脱贫、走向致富的道路。江西作家一方面走进井冈山革命历史的烽火岁月，感受革命先辈的精神力量；另一方面又探究这种精神力量如何传承下来，如何被当代井冈山人接受进而转化为决战脱贫攻坚的精神资源。

作家凌翼在《井冈山的答卷》一书的"后记"中谈到，为了真实再现井冈山率先脱贫摘帽这一伟大实践，他地毯式地走访了井冈山市20多个乡镇场、120余个村组，访问了300余名干部群众，积累了20余万字的采访笔记。这些大量的第一手鲜活素材，使他将笔墨落到一些普普通通的人身上，成功塑造出一个个鲜活的人物形象，如第一书记、扶贫带头人和脱贫群众等。在这些新人形象中，既有奋斗在决胜脱贫攻坚一线的优秀基层党员干部，也有为脱贫而奋斗的普通农民。

第一书记曾润洲在遭遇扶贫工作的挫折时，带领全体党员唱起了井冈山的革命歌谣，在歌声中统一了思想，凝聚了精神。他学习毛泽东当年在井冈山"将支部建在连上"的方法，整顿党的基层组织。他走进农户聊家常、嘘寒问暖，深入群众逐一摸排贫困户家庭情况。此后，他通过实施一系列具体的帮扶项目，修路、修桥、鱼塘扩建、农田整治、光伏产业，实现了村里的整体脱贫，熟悉的歌声也成了曾润洲扶贫工作的标志。周德茂强化村级党建工作，制作与群众联系的连心卡，为村民安装自来水、改造危房、组织农业合作社。为了着眼长远，他因地制宜，将扶贫点打造成"知青文化旅游点、党建扶贫示范点、干部实践拓展点、传统村落保护点"。曲江村第一书记叶维祝推进土坯房改造、整治水渠、新修入户路，修建文化活动中心、休闲文化广场等，探索种白莲、养鱼虾等产业，脚上一双千层底布鞋后跟都磨塌了。排头村的第一书记罗军元注重从"微"处出力，开展"为心愿送温暖"活动，扎扎实实将扶贫工作的精神化入村民和党员的心中。他在排头村实施荒废鱼塘标准化改造，建造果蔬种植基地、牲畜饲养基地，帮助贫困户通过种养、享受分红、获取劳务收入等方式实现真正的产业脱贫。

　　井冈山上这些第一书记，正是井冈山红色精神映照下的新人形象。他们天然地带有井冈山地区的红色文化基因，将传统的家国情怀与新时代的红色资源紧密融合，投入打赢脱贫攻坚战这一伟大而艰巨的战斗中。他们奔走于井冈山的每一个角落，用自己的耐心和爱心，给村民们送去了温暖和关爱，也带来了产业扶贫的现代理念。他们改变的不仅仅是村民的贫困状态，更重要的是带给了乡民们现代产业经营的新风。他们并非止步于乡村短时的脱贫，而是将脱贫致富的理念植入乡民的日常生活，让农民自己成为脱贫致富的主体。

　　在温燕霞的《琵琶围》中，小说没有正面写何馆长等扶贫干部身上的红色精神，而是通过贫困户橘子婆等的口吻，将苏区红军的精神与扶贫干部的行动对接。当何馆长等要付钱给派饭的世纪老人橘子婆时，她说："你们和杨书记像当年的红军哪。那时红军在我屋里食饭要给我伙食费，我不肯收，他们就放在桌边上。要是行军路上挖了老百姓的红薯，也要在地里埋几枚铜板，硬是不占我们老百姓的便宜。"哑伯拿出一张磨损得不成样的《闪闪的红星》电影海报，上面有穿着红军服装的潘冬子，一个搪瓷缸上烧制的"红军万岁"字样鲜红如故，这两个意象正是苏区精神的体现。小说通过这些意象，将江西赣南中央苏区革命精神与贫困山村脱贫攻坚的干部事迹紧密结合，用细腻的笔触刻画何劲华、金彩凤等基层扶贫干部舍小家为大家，在工作中从点滴入手，因户施策，带领石浩财、朱雪飞、许秀珍等贫困户实现了精准脱贫的干部形象。妻子开刀刚出院，又逢儿媳妇生产，家里的豆腐店还需要打理，就在家里乱成一锅粥时，何劲华受命扶贫琵琶围。他给村民带上手电筒、各式灯彩，走入帮扶对象的内心世界，将苏区精神以及苏区干部的好作风、好传统巧妙地化入扶贫攻坚的日常生活。于是，小说中扶贫攻坚这一时代任务便与一座围屋的前世今生紧密相连，其笔下的扶贫干部形象也在日常生活的生动描述中接通了苏区革命的历史传统。

二 融豪情于日常化的扶贫故事讲述

2015年，习近平总书记在中央扶贫开发工作会议上强调，消除贫困、改善民生、逐步实现共同富裕，是社会主义的本质要求，是中国共产党的重要使命。要立下愚公移山志，咬定目标不放松，坚决打赢这场没有硝烟的战争。在总书记讲话精神的指引下，全国上下、各行各业都投入了这一人类历史上堪称史诗级的伟大"战争"中。赣鄱大地在红色文化的辉映下，上演着一个个脱贫攻坚的精彩故事。

作家凌翼谈道："我感受到创作此书有了更深层的意义和更巨大的能量，也感受到了井冈山老区脱贫是一代代共产党人的梦想，一代代共产党人的追求，一代代共产党人向人民交付的答卷。"[①] 在一系列扶贫攻坚的文学书写中，扑面而来的是冒着热气的革命豪情，弥散在革命战争与扶贫攻坚共同支撑起来的一个巨大历史空间中，指引着新时代扶贫干部的工作与生活。这些文本当中，既有对革命历史记忆的深情回望，更有扶贫干部深入乡村开展脱贫攻坚的激情书写。其中的人与事因携带着红色的文化基因，而有了革命的豪情。李伟平的诗歌《吃劲事业》中写道："脱贫攻坚/莫道使命艰巨/瘦肩亦要如铁/聚全域合力/铸万千钉劲/用几载功夫/荣光岁月/脱数层皮/尽锐出战/不破楼兰誓不返/掀翻茅屋/充实仓廪/老病无忧/孩童皆学/小康大同/乡村振兴/敢教日月换新天/有云，诗和远方很美/当下，/近处遍地的走在

[①] 凌翼：《井冈山的答卷》，江西人民出版社2019年版，第334页。

乡间小道/为亘古民族伟业拼搏奉献的人更美！"诗中透露出的是一种将士出征般的革命豪情，与决战决胜的信心与决心，既洋溢着革命浪漫主义的豪气，又充满脱贫攻坚战斗的诗意，真切地表现了新时代扶贫事业的艰难与壮美。在《合律》中，"同呼吸，共担当/万千声音/以大海般的磅礴合律/弹奏出/乡村振兴，万民以安的/雄浑交响"。诗中以大海般的磅礴合律隐喻乡村振兴的时代交响曲，书写了一代人脱贫攻坚的壮志豪情。而在残疾诗人李云鹏笔下："我曾和贫穷困窘一道低伏尘泥/是党和国家给我以春天/让我身上落满花瓣/生命一如静待花开/总有枯荣浓淡/谁都无法自诩/它能四时浩繁/我和儿子将身体捐得彻底/让自己重归大地/我理解这是生命的真正斑斓……"其中"让自己重归大地""生命的真正斑斓"，既有作者脱贫之后对党和人民的感恩，又有其回馈社会的真情与豪情。

在凌翼的笔下，众多脱贫攻坚的第一书记等新人形象的书写，总是伴随井冈山红色精神的理解和继承。全书浸透在一个宏大的井冈山精神红色主题下，将红色文化与扶贫现实双线书写有机融合。因此，每一个第一书记的扶贫工作，每一个贫困户的脱贫努力，都自然而然带有井冈山红色文化的自豪感和责任感。阅读这些脱贫攻坚题材的文本，感受到的不仅仅是真实的脱贫故事，更重要的是其中由于红色文化的传承与人民生活的真切变化而带来的自豪感。这是一种历史回望的自豪，也是向党和人民交上答卷的拳拳深情。在"案山模式"中，返乡青年杨喜华打造青春创业园、康养产业园和红色培训产业园。王根梅经营"一口香"美食店，曾红梅实现自己的盖房梦，还有挑粮小道生态农业服务公司的多种经营，等等，这些成功脱贫的案例不仅洋溢着创业成功的喜悦，也有当代人的豪壮感。

面对如火如荼的扶贫攻坚，作家没有局限于扶贫干部先进事迹的讲述，而是沉入农民日常生活的内在，拨开乡村生活的内在肌理，真实地呈现当下扶贫攻坚大变动下的农民文化心理和党员干部的真实追求。在《脱贫脱贫》中，作为扶贫干部的肖小军，一边是紧张繁忙的挂点村扶贫工作；一边是自己的妻子有孕在身。他肩扛脱贫攻坚的艰巨任务，同时又理解自己的妻子需要亲人的陪伴。他心中充满内疚感，又经常接到紧急任务而匆匆赶回村委会。于是，一个真实立体的扶贫干部形象出现在读者面前。文中没有一味去写扶贫工作的努力与奉献，而是从真实人性的立场出发，体现了对新时代干部形象的理解。细心的余亮良上门寻访贫困户，见到孩子想要一个风筝，他便记在心里，带来了风筝和学习用品，最终唤起了贫困户的生活勇气，在他的帮扶下顺利脱贫。一个风筝，连通了他和贫困户的心，也随之带来了相互信任和理解。曾兴龙两百多天没有回家吃午饭，家里人一直在等待着他。儿子埋怨父亲不讲信用，妻子更是对丈夫自主取消家里老人的贫困户低保有一肚子意见。当曾兴龙疲惫地回到家，见儿子已经入睡了，就悄悄给儿子盖好毯子，到杂房里拿了尿桶去菜地里施肥。其中有其对家人的深深愧疚，更有一心扑在扶贫工作上的执著。在《井冈山的答卷》中，第一书记曾润洲善于与村民打成一片。为了开展工作，他不顾酒疯子家里乱糟糟的情况，而与他一起做饭喝酒。虽然黄豆炒焦了，放进嘴里吃几粒嘴皮就乌黑斑斑，但曾润洲毫不嫌弃仍然继续碰杯、喝酒，从而与其走心入肺地交流起来。这些日常生活的叙事，把一个扶贫干部最平凡真实的一面展示在读者面前，真切地将扶贫攻坚落实在常态的生活空间里。

  作家没有就扶贫写扶贫，就井冈山精神写井冈山精神，而是在打通历史与现实的基础上，将其立足于农民的日常生活图景。"一口香"老板王根梅与丈夫一同走上致富路，丈夫省吃俭用给她买了一条项链和一个戒指，当戒指不小心丢了后，丈夫要拿打工的工资去重新买一个，王根梅却认为一家老老少少的生活比戒指重要。戒指，正是他们情感的根本，也是他们走上致富道路的见证。于是，尽管作品重点表现的是宏大的扶贫主题，却没有停留在政策性话语的阐释和宣传上，而是走进农民、扶贫干部的内心世界，在日常的生活状态中把握扶贫攻坚带来的山乡巨变的热度。这些文本中的乡村不是鲁迅笔下的萧瑟乡村，也不是梁鸿笔下不断后撤的村庄，而是充满自身脉动和生机的乡村。

　　文本将扶贫工作中具体的一些措施，如建立蓝卡、红卡、黄卡制度，发展农家乐、高端经济作物的栽种，大学生回乡创业，贫困村整体搬迁等融入上面的日常叙述当中，使这些政策性的扶贫工作，具有了生活的气息，也带有了情感的热度。"拿到房号的村民，回家整理搬家的物品。什么该带，什么不该带，他们心中很纠结。楼房多干净啊，老房子的东西到了新房用不上，带去了没有地方放，也影响房子的整洁和雅观。被子、衣服等生活必需品一定要带，以免花不必要的钱。新房子里烧的是液化气，烧柴火的锅灶自然用不上了，不用带；笨重的家具肯定不能搬到新房子里去，搬去占用空间不说，多难看啊。到了新房子那，做了城镇居民，那里可不像村里，能够随便开荒种菜什么的了，所以镰刀、锄头、柴刀就派不上用场了。可是，这些镰刀、锄头、柴刀……跟了他们一辈子，真要舍弃它们，真舍不得呢。他们拿起来，又放下，放下又拿起来。有的还拿起在磨刀石上将柴刀磨得雪亮，说，老伙计，就此别过。然后，将柴刀依依不舍地放入刀夹子里。"这些日常生活片段的鲜活呈现，与红色革命文化精神相互映照，既有江西本土文化的个性特征，又有历史传统的厚重。

　　日常化的扶贫工作讲述，关键在于作品是否接地气。温燕霞的《琵琶围》中，石浩财夜间放蛇恐吓扶贫干部、整天在家里醉酒打呼噜等。朱家三姐妹因为麻风病未能嫁出，三人成了老姑娘。唐家三兄弟入赘，三个男人却被雷击中丢失性命。朱云飞勤劳肯干，总是与哑伯争种后山的菜地，闹得不可开交。橘子婆一边骂哑伯是"老白狗"，一边又帮他洗衣服。她不愿意搬迁，为的是"守好老屋框，烧好家里这把灶膛火"。这正是扶贫工作的日常生活。作家将这些富有生气的乡村生活图景与扶贫干部的融合结合起来，避免了很多扶贫小说明显的植入感。作家谈道："那段时间我就像生活在琵琶围，那儿的一草一木、一屋一瓦、一人一牛、一颦一笑皆真实可信，写着写着，笔下的人物忽然便有了心跳和灵魂，耳边响起了琵琶围才能听见的风雨声和林涛声、石浩财的吼声、朱雨飞的笑声、许秀珍的骂声、朱雪飞的嗔怪声、何劲华的笛声、哑伯的哇啦声、橘子婆的絮叨声、金彩凤的灯彩调……文字因此有了色彩、气味，那一个个跋涉在脱贫攻坚路上的影子变成了有着独特音容笑貌的活人。"于是，琵琶围的小说世界和现实中的赣南乡村叠合在一起，脱贫攻坚这一伟大任务融入日常生活的气息当中，散发出山乡泥土草木的清香。作家用细腻的文字书写了围屋世界的喜怒哀乐，在富有生气的乡村图景中传达了山乡巨变下农民的心灵嬗变。

三 扶贫现实与红色历史的互文结构

扶贫故事的讲述，不仅仅是当下扶贫工作本身的总结性展示，更重要的是将其放在一个深广的历史视野中加以理解。江西独特的地域文化、红色文化，自然成为当下扶贫故事的支撑性文本。这种历史与现实的互文结构，既不重在表现现实的扶贫工作本身，也不专注于历史红色文化记忆的诗性追叙，而是在二者之间寻找一种精神贯穿的内在文化动因。这种文化动因既源于江西这块厚重的文化土壤，也是当下江西人要面对的艰巨使命。二者之间既形成一种巨大的张力，又将历史文化的厚重与现实使命的艰巨融合起来，形成一种独特的文化氛围。同时，乡村脱贫的时代浪潮并没有忽视作品中乡村生活诗意的一面，而是在文本中既相互碰撞，又相互支持，乡土文化的诗意守望中不失现代价值的追求。也就是说，在江西扶贫攻坚的文学书写中，并没有仅仅抓取当下的扶贫事实，而是将其置于一个红色革命与脱贫攻坚相互贯通的历史脉络中加以表现。在书的序言中，作者凌翼写道："井冈山是中国革命的摇篮，率先脱贫又赋予井冈山新的时代意义。"[①]

---

① 凌翼：《井冈山的答卷》，江西人民出版社2019年版，第1页。

《井冈山的答卷》有别于已有的其他扶贫报告文学的地方，是把井冈山红色文化同当下脱贫攻坚现实完美糅合，井冈山精神、脱贫攻坚和乡村现代化三者自然结合，使其成为一个不可多得的文本。全书是在大的主题下，实现了红色文化与扶贫现实双线书写叙事方式的有机融合，实现了井冈山红色文化的深度挖掘与脱贫攻坚中的井冈山精神无缝对接，使这部作品具有了沉甸甸的厚度。

毛泽东在江西永新实行三湾改编，将支部建在连队上，推动党组织的基层建设，增加了部队的战斗力。第一书记曾润洲在寨下村扶贫，第一件事也是整顿党的基层组织。他勇敢地承担起政委的责任，在扶贫攻坚中将"两委"凝成一个拳头，随时能拉出去战斗。

毛泽东和袁文才在大仓的历史性会见，开启了中国工农革命的新篇章。二人在吊楼上分析国内、国际形势，以及井冈山的地理优势与斗争策略，最终化解了袁文才的疑虑，中国革命从这里走向了成功。同样，"星火大仓"是大仓美丽乡村的建设项目，开启了这个偏僻山村的脱贫序幕。"大仓会见"的统一战线精神，转化为村支书邓国珍扶贫攻坚、振兴乡村的精神。他本是烈士的后代，他的爷爷见证了当年毛、袁的历史性会见，并为革命付出了生命。这种精神自然化为文化基因，融入村支书的血液，指引着他带领村民共同致富。

在书中，几乎每一个脱贫的故事背后，都有一个活生生的井冈山革命事迹相互参照。这些历史文本与现实文本之间形成一种独特的文学张力，弥散在作品当中。作品因为这种互文结构，而打开了叙述的空间，将当下最重要的脱贫攻坚战略放置于一个富有历史生命力的文化脉络中，找到其历史发展的逻辑，从而真正确立党的脱贫攻坚战略的历史意义。

《脱贫脱贫》一书将历史人物和历史故事与万安脱贫故事构成互文结构，将文本空间拉至一个近现代以来中国人民追求幸福的历史空间。王松的《映山红，又映山红》主要写于都、石城、兴国、全南和龙南五个县的脱贫攻坚故事，以点带面，把脱贫攻坚这场战役与当年的红色历史有机结合。文本透过一个个具体人物的生活细节，既在全球减贫的宏观视野下加以理性的思考，又有历史纵向的乡村生活图景的把握。在《扶贫路上的追梦少年》中，一个个纯真的少年成长成才故事与家庭脱贫攻坚故事的叙述，都有相应的井冈山革命故事穿越时空，遥相对话。少年余梓洋的成长与其太姥爷谢桂彪的革命故事，郭云柯的有孝心、乐奉献与小说《红岩》中的英雄叙事，左伟波与祖爷爷左桂林，等等，这些井冈山少年在扶贫路上的成长，无不与井冈山地区特有的历史资源相吻合，体现了红色文化的传承与接续。作品将这些扶贫路上的少年成长置于历史前行的长河之中，在一个纵深的历史空间体现一代青少年的精神自觉。在刘伟平的《合律》中，既有"井冈红旗创造的奇迹"，又有"田野中的蛙鸣"和"灶膛的火焰"，还有脱贫攻坚的"初心使命和荣光"这些不同的意象，在诗歌中形成互文结构，共同组成一个合律，避免了过于生硬和固化的话语阐释。诗中涌动的扶贫攻坚的激情与乡村世界的诗意文化融合在一起，既是来自时代的召唤，又属于历史的推动。文本在不同的话语世界之间形成的张力效果中，体现了一种自然而又神圣的使命与激情。

在文本表现方面，乡村山水的诗意与扶贫进程紧密融合。作家将决战扶贫胜利之后的自豪与喜悦，融入诗性的语言当中，体现了该类创作的诗化努力。"不知是月光还是灯光的映照，这位镇领导的脸泛着一层红光，难道微醺的茶让他内心的表达更具深沉的内涵？我举杯，朝他的杯子轻轻碰了一下，他将一杯子月光倒进了肚子。"扶贫工作的艰辛化入柔软的月光，繁忙枯燥的日常工作顿时具有了万般诗意，与井冈山的自然山水文化融合在一起。在搬迁户离乡去梦想家园时，乡村世界一片热闹，一片惆怅，难舍难分的乡村情怀与贫困户对党的扶贫工作的感激之情相互融合，既有融入新的生活空间的兴奋，又有故土难离的不舍。文中农民面对天天相伴的镰刀、锄头，放下又拿起、拿起又放下的场面，真切地表现了农民在党和政府的帮扶下脱贫，走向梦想家园的复杂心理世界。在范剑鸣的《风吹蒿莱》中,乡村脱贫的努力与豪情,融入诗意盎然的乡愁氛围中,体现了作家作为第一书记,对乡村生活图景的深入体验和真情守望。"沉沉的石臼,从土屋角落滚了出来,移置厅堂的中央,先用清水洗刷一遍,然后用碱水清洗,浸泡多日。丈许的木棍从房梁上取下,也是木桶中一番浸泡,七根八根,九根十根,像一群男人挤在一块。也有短小的,特意为少年留下。年底的时候,乡邻们约个日子,灶膛里柴火旺盛,大锅里热气蒸腾,金黄的稻谷变成了柔软的饭粒。碱水倒进去,白色的米饭又变回稻谷的色泽,蒸煮之后倒进石臼,人们围拢过来,趁着热气一番捣鼓,兴起时两只木棍合力挑起一大团米果,翻过来一甩,叭地落回石臼。粘揉成团,起白,门板上搓成条状,以掌分解,一只只圆润如玉的米果,就像一串串音符,闪耀着年的喜悦。"乡村脱贫不仅仅是一项伟大的政治事业,更是乡村生命的欢乐和致富之后的自豪。作家从乡村生活图景的捕捉入手,在真切的乡愁韵味中感受收获成功的喜悦与兴奋。

最后,在这块乡村大地上,不仅有打赢脱贫攻坚战的热闹场面和激情,也有作家对乡土世界持续发展的理性观察与思考。在《井冈山的答卷》中,作品除了在红色历史与扶贫现实之间构成互文结构,还有江西绿色生态与红色资源之间的交互性思考。荷花乡返乡青年张金彪科学种植荷花,加工莲子、荷叶、藕带,带动一系列的产业。温州商人利用井冈山优越的自然环境、生态有机种植芦笋,打开绿色食品的国际市场。央企华润公司整合井冈山的生态文化与红色文化,大力发展民宿、酒店,打造希望小镇,开办养老院,提倡乡贤乡约模式,为美丽乡村建设提供了蓝本。同时,文本也对这些扶贫项目的持续性发展做了理性的思考。央企华润公司援建的这些希望小镇,能否成为另一个华西村?井冈山的养老服务,会成为小镇建设的未来发展动力吗?今天的乡村建设,如何从传统乡贤乡约文化中汲取营养,开辟一条新时代的中国乡村之路?作家一方面满怀热情地书写贫困户搬迁至爱心公寓；另一方面又思考"空心村"出现的事实与未来。"扶贫，正在将最后一批老弱病残人员从这些自然村撤出，随着城镇化进程的加快，一些边远的村庄正在加速消失。"乡村何去何从，这些方面作家有思考，有细节，没有简单的田园牧歌或文明挽歌式的惆怅，也没有对城镇化、去乡村化一味的高歌。在《风吹蒿莱》中，作家在关注扶贫工作进乡村时，重点放在乡村世界的人与事的鲜活呈现。其中既有戏客游走乡村、有滋有味地唱"蚊帐戏"，醉汉扛着猎枪、整天醉态，神婆土屋问神、宽慰乡民，又有作家深入乡村人间的内在肌理，思考他们的生活出路与乡村未来发展。"土屋里的神啊，我们当然不相信那种虚无，但我们又希望她们真有，保佑村子的安宁。……这些神婆是贫困的，还是富裕的？"作家站在乡土中国的传统与现代交汇点上，真切地表现了当下实施脱贫攻坚战略的时代热潮及其对乡村未来的思考。

同时也应该看到，文本在满怀豪情与激情地书写红色大地上脱贫攻坚这一伟大事实中，表现了一大批扶贫干部的努力和付出，描绘了一批脱贫群众的兴奋与感恩；但是，这些文本在展开文化思考过程中，视野不够开阔，还需要进一步结合乡村文化的伦理理解与思考。乡村脱贫攻坚是一个因时因地而改变的伟大事业，它需要结合地域性、传统性的文化积淀来加以理性分析和思考。尤其要在充分理解乡村发展的历史和未来的同时，把握农民文化与农村现代化的关系。其次，文本在表现乡村脱贫攻坚战的兴奋与自豪中，大都站在扶贫干部的角度，书写扶贫干部在红色文化精神与扶贫攻坚的神圣使命的指引下，引导农民脱贫致富。农民形象的书写处于相对被动的位置，他们努力脱贫，却没有真正表现出他们身上脱贫攻坚的主体性和农民身上所具有的生命力和韧劲。因此，作品如何进一步结合乡村世界的农民文化心理，发掘江西乡村丰厚的历史文化资源，调动农民身上的生命力，将是这些作家下一步的重要命题。站在文艺的角度来看，乡村振兴中的美丽乡村、产业兴旺、生态宜居、生活富裕，不只是一个个动听的口号，也不是空洞的概念,而是看得见、摸得着的,会呼吸、有活力的村庄。乡村脱贫这一伟大事业的书写,需要更多的作家、更多的文本,站在新时代的火热中,理性而深入地挖掘乡村世界的资源与活力,表现新时代的山乡巨变。

第二章 红土地上的历史缱绻

第一节 熊正良：红土地上的宿命与焦虑

熊正良的创作来自红土地。从"红色系列"中营造神秘而厚重的红色的梦，到执著地为"卑微的灵魂"寻找最简单的"祝福"，从犹抱琵琶半遮面地诉说"别看我的脸"，到坚定地刺入人性的"残"，熊正良似乎总是充满焦虑地寻找着"红土地"般的坚硬与厚重。他没有倾诉历史的欲望，也没有代言底层的奢求，他的文本总是在一般人认为应该热的时候显得相当的冷，应该温软的地方却摸索到一些生活的坚硬，或许这正是红土地上走出的汉子带出来的红土味儿。当我们感慨红土地的封闭与落后时，却无法忽视它"红色系列"中的先锋气息与似乎来自天外的"匪风"；当我们慨叹文学失去了骨力的时候，却无法回避它穿透生活硬度的执著与良知。或许作家根本就没有那么多的考虑，他只是凭着红土地给他的神秘召唤，默默地逡巡在这块土地上。

一 红土地上的宿命之梦

熊正良的"红色系列"包括中篇《无边红地》《红河》《乐声》《红薯地》《飘香松林》《红蜘蛛》及长篇《闰年》等。他凭谙地之性、通灵之情构建了一个浑厚的带有红色野性的生存之梦。他侧重的不是对地方风情与民俗的炫耀，而是通过逼真的写意与梦幻的灵动，构建了一个无极状态的生存之梦，书写了红土地上几千年来生命的延续、挣扎与困惑。梦总是一种现实与历史、自然与人性的胶着状态的体现。如果有人想从梦中导出现实的理性，那是一种枉然，同样，有人想从熊正良的"红色系列"中归纳出一些理念的东西，似乎也总会词不达意。这些小说在自然与人性、男人与女人、暴力与爱情之间徘徊驻足，几者相互交融，呈现的是似梦非梦的混沌状态。他无意传达一种或诸种理念，也无意褒贬其中的一维，却在浓浓的神秘之色中表现淡淡的宿命之痕。

在熊正良的小说文本中，暴力／爱情这一对立模式似乎在刺探人性，又似乎在触摸历史，更好像在无意中淡然地倾诉他的宿命之梦。《红河》中，野狸子一方面是一个深受旧文化规范浸染的女人，旧文化的心理沉积使她慑服于生活的种种重负；另一方面充盈的性爱需求与对自由生活的渴望，使她又具有冲决文化束缚的心理走向。原始生命力的能力，或者解构男权社会的女性主义，等等，这些来自异域的理论都无法真正贴近红土地，贴近红土地的生命。

野狸子作为一个充满热情与活力的青年女子，有追求纯真爱情与幸福家庭的权利，但在男人的眼里，她只是一个满足男人性欲望的生育机器。当她不幸地生下"葡萄胎"之后，在男性社会的世界里就成了不吉利的祸害，而被男性社会遗弃的她也只能与丧失了性功能的莽长结合，这可以看作男权社会对她的放逐与惩罚。面对如此厚重巨大的男权压力，野狸子的反抗只能是被动的，并且她的反抗最终也只能以重新依附于男人而结束。当莽长再次想用刀子割自己时，野狸子抱着莽长，发誓不再去会油倌，但又痛不欲生地发出悲怆的呼叫："就这么熬着活呀，莽长你也苦哇！"从野狸子身上，我们无法单方面解读出原始生命力所具有的野性，因为它根本不具备横扫一切的冲决能力，仅仅是人生长河中生命之光激变出来的闪亮瞬间，与《红高粱》

中那种原始生命力的勃发相比，明显更具有红土地的厚重感。

自然与人类的关系似乎更具有"创世纪"般的神秘，用诗学语言破译其中的密码是熊正良这个时段小说的努力方向，他努力在自然与人性之间寻找到那片神秘红土地的精髓。考察这五部小说文本，发现几乎都有关于动物形象的精彩摹写。《无边红地》中的狗与牛牿，《红河》中的红狸子，《乐声》中的八哥与狗，《红薯地》中的花爪与乌鸦，都勾勒得极具神韵，即使是没有描写动物形象的《飘香松林》中，也有对那片神秘松林的出色描写，而松林也与动物一样，是大自然这个整体的重要组成部分，那么在熊正良的小说文本中可以被视为自然精神的当然代表与象征。

在这里，熊正良将自然人格化、人性自然化，自然与人性融合成一个混沌的神秘世界。红狸子"碰见我们都用玉红色的眼睛朝我们笑""狗们非常神气地坐在他身边"（《红河》），"狗们并不惊慌，人们到了跟前还没乱阵脚"（《乐声》），花爪"左眼里神采飞扬却又不东张西望，用力但是茫然地盯着前方"，而乌鸦则"从容不迫地在酽红的地里踱步"（《红薯地》），还有跃动于"无边红地"的黄鼠狼，栖身于"红河"畔的红狸子，往来于林间和村舍的"乐声"不绝的八哥，还可看到共同躬耕又互相斗殴于"无边红地"的黄牿和黑牿，进出"红薯地"的花狗及"闰年"里幽灵般游荡的棕黑色大狗，等等。这种人格化的描写手法透露出作家对自然的尊重，在他的心中，不论是人类还是自然都是等量齐观的，需以平等对待的态度对其进行书写。

熊正良以残酷、神秘而富有诗意的笔触描摹自然界的生生死死，而这些也成为其构建红土地的宿命之梦的重要组成部分。小说文本中，我们经常可以读到这样的句子："这两个小坟包像一对刚刚发育的鲜红玉润的乳房"（《红薯地》），"她的肚子在枯树一样的哭声中隆得像一座小山。这时候我便想起我娘的坟，我娘的坟也像一座小山"（《红河》）。坟包是死亡的象征，而乳房与怀孕的肚子则都意味着新生的鲜活有力的生命，二者本来风马牛不相及，但在叙述者的想象中却把二者并列组合在一起,直逼存在的本义,在某种程度上揭示了人类存在的真谛。文远与文香的爱情被世俗偏见所扼杀,文远割破喉管,毅然走向死亡之路时仍然吃力地解开牯牛鼻头那根滑腻腻的牛绳,让这头生命和魂灵都被牛绳羁绊住的牯牛获得自由,文远在牯牛身上寄寓了自己的生命追求。文香因为出身不好,被几个女子和一个男人以令人震惊的野蛮方式逼疯后,在她迷乱的精神世界里仍有充满自由精神的小鸟。她愤怒地扑向罩住鸟儿们的大筐篮,赤着脚在雪雾中到处寻找被自己弄伤的鸟儿,她奔走的身影是对古老落后的文化氛围的抗议,也是对文明生活的呼唤与向往。

在这红色如血的土地上,卑微的存在与生命的偏执并立,原始的欲望与神秘的意念共生,精神的麻木与生命本能的冲突同存,生命力的宣泄与生命本身的卑微形成了强烈的反差。透过这些宿命之梦,你能了解他们的生存与时间、死亡与命运的关系。熊正良将属于生命的整体性、丰富复杂性和神秘混沌性,融入无限地循环着、轮回着、重复着的红土地上的一切,力图书写出这片红土地的精髓与神韵。

二 卑微生命的灵魂信守

对于熊正良来说,红土地上的宿命之梦,注定要回到现实的坚硬基座上来。如果说,红土地上的宿命之梦,能够安置一个个卑微的个体,只是限于他们生命的存在,而他们渴望挣脱这一命运之网的精神一维却是毫不安分的执著追求,甚至达到一种偏执状态。野狸子与油倌的结合,是一种来自身体内部的召唤与执著,荞麦花与五义叔的相遇,同样是对两情相悦的执著,这些梦里的执著展露了作家的创作个性。他笔下的人物总是像脚下的红土地一样,显得坚硬而执著。同时,熊正良在营造红土地之梦的过程中,已经按捺不住日后一定会回到残酷、坚硬的社会现实中来的迹象。正如作家自己坦陈,"我曾经想把红土地上的故事当作一个梦来做。1986年春天登上鄱阳湖南岸,站在满目褐红的丘陵上，确实有一种恍然如梦的感受，觉得自己上辈子一定在这儿住过，一切似曾相识，于是就有了那么些缓慢的、梦幻般的故事。但这个梦没有做完，我发现我无法做下去了，现实离我太近，我无法混淆它们"。① 熊正良无法逃离红土地上的宿命之网，他的一系列作品立足于现实的大地之上，书写他们卑微的灵魂。这些卑微的人物、卑微的灵魂、卑琐的境地，已经不再有早年的原始野性的勃发，也没有红土地上的神秘之气，而是踏踏实实行走在坚硬的红土地上，执著地信守着他们卑微的灵魂，甚至不无偏执地信守着愚昧的生存理念。

马福是一个卑微而又善良，唯唯诺诺的小人物，在生存的底线不断遭到侵犯后，他开始变得出乎意料的坚强。在现实的困境面前，他潜藏于心的正义感终于像火山一样喷涌出来。当他得知因为儿媳遭老扁强奸，儿子才万不得已与老扁格斗后，他原谅了儿子，同时也原谅了与儿子同居的按摩小姐李美芳，真正接受其为自己的儿媳妇，并且冒着生命危险自觉承担起保护儿媳妇不再被侵犯的重要责任。年迈的马福不顾一切跟年轻的老扁格斗，最终靠自扎一刀的庄严的力量吓倒了嚣张的老扁。在马福身上，读者惊讶地发现，尊严是作为个体世俗存在的尊严，是人怎样执著地生存，马福的行为让我们重新看到小人物身上跃动着的人性光辉。马福身边同样有一群虽卑微但庄严活着的人。在李美芳遭到老扁骚扰后，我们看到了一群捍卫自己孩子的老人。孙小萍冒着被抓进监狱的危险卫护着她的儿子，面对警察她甘愿做出难以启齿的举动，举动背后是身为母亲的护犊情深；被老扁踢了致命一脚的王秀梅，在痛失肚子里的孩子后，强忍着巨大的悲伤，坚持要看到凶犯被绳之以法；为了对付年轻力壮的流氓老扁，因夺妻之仇而结怨的刘成与马福握手言和。在共同的灾难面前，为尊严活着的执著信念使这群善良而又正直的人们体现着从未有过的团结。正如《人民文学》"编者按"介绍的那样，"当一个父亲英勇地捍卫他的家庭，当

---

① 熊正良：《面对坚硬的事物》，《南方文坛》2000 年第 4 期。

一群老人英勇地捍卫他们的孩子，某些至关重要的基本价值突然变得简明夺目：正义、尊严、勇气和善良"。

如果说，马福的执著为的是捍卫做人的尊严，那么在《谁在为我们祝福》中的徐梅等则是为了做人的信念而生。生活的无奈，总是将徐梅推至社会的尴尬位置，她一直生活在历史的因袭和现实的错位所编织的网结中。为了达到返城目的，她以交易的形式与刘义结了婚，在与刘义闹离婚后又被好不容易拉扯大的儿女们扯断了心肠。她是一个跋涉岁月的负重者、内伤外伤老伤新伤皆有的伤痛者、无助的挣扎者、绝望的反抗者。当得知女儿成为妓女后，徐梅拖着受伤的身体，到处刷寻人启事，想尽一切办法想要找到自己的女儿，甚至不顾一切，铤而走险，拿刀刺杀拉皮条的李红卫。通过"寻女"这一事件，作家塑造了一个妇人的强韧与自身的可笑并立、艰辛的挣扎与无谓的偏执共生、不屈不挠的生命力与生命本身的卑微共为一体的形象。在"笑贫不笑娼"的今天，徐梅本能地恪守为人处世的根本，反映了作家在世俗的生存图景中寻找栖居人性的人生之梦的努力。

写作到了这里，作家似乎更多地逼视生存的残酷、无奈，但是其中依然固守着一份执著。"我骨子里还是对个体的生命感受、对我们眼下的生活或我们在生活中的种种际遇感兴趣，一些在世俗庸常的日子里所发生的事，一些突如其来的、我们无法预料无从把握的东西，还有欲望，性格，包括某一时的情绪之类的因素，外部的或内部的因素，等等，怎样勾结编织在一起，从而构成了一个人的所谓命运，在一条被这样构成的命运轨迹里，生命或生活会呈现一种什么状态，是不是更易于接近它的本质，是否具有一种较为普遍的意义。"[①]

三 现实之硬与叙述之冷

关于"底层生活"的叙事一直是现实主义文学传统中的重要一

[①] 熊正良：《世俗命运或命运寓言》，《创作评谭》2004年第1期。

脉。在经典的马克思主义理论视野里,"底层"被赋予了"反剥削""反压迫"的革命性内涵。因此,在任何时代,无论是被允许还是被禁止,"底层叙事"总是首先在"道德"上占据话语高地。近年来,"底层叙事"成为我们这个时代一个具有"思想时尚"意味的热门话题。在这样的背景下,"底层生活"的讲述往往借助于浓厚的情绪化书写来表达作家的叙事态度、道德立场等,却无法真正探入命运深处,触摸到一些坚硬的地方。

在熊正良看来,梦是柔软的,现实是坚硬的,甚至是尖锐的。"一些充满个人审美趣味的意象和一种越来越坚硬的事物常常呈现出分离状态,而且一不留神便相互背离。"① 因此,他无意制造或追随思想的时尚,注重将探头伸入生活的内在,触摸生活坚硬的内核。《我们卑微的灵魂》中的马福、刘成等一干老年人,他们生活在社会的最底层,面对让人无可奈何的流氓老扁,他们敢于用自己的身体、鲜血来保护自己的儿子、儿媳,护犊情深只是其一,更重要的是捍卫最底层民众的尊严。他们的执著,是作为一个社会最底层的人的自救行动,直接面对的是现实中最为坚硬的一面,其中的慷慨、坚定将他们的卑微牵引至一个社会弥足珍贵的品质。各种苦难与沉重,甚至有些愚昧,激发的是他们心中原始的生命跃动。熊正良努力要做到的正是揭开这些文化与现实的冲突,将其中核心的坚硬之处抖搂出来。

从叙述上看,纵观熊正良的小说创作,毫无疑问表现出一种趋势:从红土地上构建一种神秘而不无幻彩的宿命之梦,到直逼生活的坚硬内核的艰难挺进。作家的写作越是努力抵达生存的坚硬之处,小说文本越是表现出一种"冷"。这种冷并非我们通常认为的,来自后现代式的冷漠叙述,也并非外表上作出来的一种"酷",而是弥漫在文本之中,甚至成为小说的叙述主人公。《苍蝇苍蝇真美丽》中,王润儿飞来的标枪扎伤"我"的眼睛,伤痛的似乎不是眼睛,而是父亲心中

---

① 熊正良:《面对坚硬的事物》,《南方文坛》2000年第4期。

的香火传承。此时亲情退位了，剩下的是父亲一次又一次近乎疯狂的报复，直至最后与王润儿同沉水底，空留下一群美丽的苍蝇覆盖在父亲和王润儿被泡胀了的庞大丑陋的身体上。鳏夫陈大林怎么也无法和年轻漂亮的叶夏兰走在一起，他与父亲之间的冰冷关系，让人无法触摸到亲情的温热。余宝逊作为熊正良笔下的知识分子，无法拂去、始终波澜不惊的欲望蛔虫以及生活的窘迫一直缠绕着他，也让他天天沉浸在孤冷的生活中。他想要走出家庭的束缚，却永远无法迈出这一步。面对家中的妻子，他无语；面对相遇的李凤莲，他无能。如果说陈大林还有性的欲望，到余宝逊这里就只剩下空想。他行走在一个空无一人的沙漠中，寻找不到诉说的对象，最终成为"一条虫"。恰如小说一开头就写道："在一个下雪的日子里，余宝逊狠狠地崴了一下脚"，尴尬、孤冷在这里奠定了基调。

随后，熊正良的文本叙述逐渐归依于一种叙事的平淡，一切都不动声色，让小人物自己站出来说话。叙事的技巧让位于事情的真实展示。《我们卑微的灵魂》中，作家只是冷冷地站在一边，看着马福等，拿着自己的身体、性命来捍卫卑微的灵魂。他们捍卫的是自身作为一个最为底层人物的存在，他们面对来自社会的强势力量，开展了自救，这其中并没有太多呐喊式的情感流露，小说只是诉说着他们无言的抗争。《谁在为我们祝福》中，叙述者是作为儿子的徐小弟，透过他的视角，我们仿佛看到失业在家，又面临离婚的徐梅，为了找回自己成为妓女的女儿，不断在外张贴寻人启事，又无奈地清除电线杆上的寻人启事，最后在与李红卫的搏斗，为了拯救自己的女儿不惜捅死了李红卫。徐梅好像一叶深陷惊涛骇浪中的孤舟，婚姻问题、女儿的问题、儿子的问题、工作问题化成海浪从不同方向袭来，给读者以一种冷彻骨髓的感觉。在这里，作者写道："整个故事从头到尾没有什么新奇之处，陈旧不堪淡而无味，据我所知，以往这样的故事遍地皆是，俯拾即是。"我们不得不惊叹作家对叙述情绪的操控能力。

《残》选取了知识青年上山下乡、艰难返城的特定历史时段，但是没有像当年的伤痕文学、反思文学那般表现对血泪历程的哭诉和对历史进程的反思,而是通过李玖妍的短暂生命图景,折射出生活的一些坚硬之处。透过残障人士李文兵的叙述视角,我们看到这是一个非常态的、扭曲的生活形态。李文兵身处社会底层,相较常人,他的生活底色和氛围多了一些灰暗和阴冷,现实显得更为严酷坚硬。扭曲了的现实关系使人的生活变形、情感变形、人际关系变形,乃至使整个时代的人性变得残疾。小说以李文兵的残疾开始,又以李文兵的希望结束,用他举重若轻的视角,书写了李玖妍的一生,牵引出一个荒诞而真实的故事,一个残疾的群体精神景观,潜藏了一个人生去残的希望。众人以李玖妍的处女膜为谈资,将其身体赤裸裸地呈现出来,不断加以践踏,并在践踏中得到无尽的快感。李玖妍通过写大字报来为自己申诉,然而众人仅仅将其视为生活中的笑料,视为心理和精神的残疾。她被曝尸野外而无人收尸,自己的父母和姐妹对此避之不及。作者意在通过一个残疾人的叙述视角,深刻地指出:比肢体的残疾更可怕的是心灵上的残疾,比心灵的残疾更可怕的,则是那个年代群体性的精神残疾。透过这种群体的精神残疾,李玖妍作为一个异类,却赢得了撼人心魄的生命力量。

  就像从冰窟里拿出的寒冰一样,极冷之物总是不断地冒出蒸腾之气,这是极冷之后蕴藏的极热的一种体现。叙述的冷,并不意味着熊正良的小说失去了内中的能力,而是能力以另外一种冷的方式释放出来。当我们阅读《我们卑微的灵魂》时,感受作家冷冷地叙述马福等一干人捍卫他们的存在,捍卫他们的灵魂,我们无法不被其叙述之冷下的人性关怀所惊叹。当我们感受作家以近乎嘲讽的方式书写徐梅寻女的故事,"谁在为我们祝福"话语中呈现的是冰窖之下的热流,正如在小说最后,BP机上出现的"我为你祝福",作家还是无法按捺住他极力铺陈的冷,借一个女孩的口吻传达出对徐梅、对所有人的温热的祝福。小说《残》中,苗幸福虽然身体残疾,但是演奏出人性世界的最强音。他从乡村最根本的伦理意识出发,用自己的爱唤醒了李玖妍的精神，并在残酷恐怖的环境下，为曝尸野外的李玖妍收尸。他的对李玖妍的关爱，正是乡村话语下一个弱者对另一个弱者的关爱，这是乡村社会得以存在的根本，也是人性中温暖而又坚定一面的自然流露。

作家往往通过一些残疾人、未成年人的视角叙写生活的坚硬形态，其意义不在于写出底层生活的贫穷苦难，写出所谓"弱势群体"的艰难挣扎，以唤起人们的同情怜悯。透过作品，我们可以看到和感受到作家对这种生活形态冷静的甚至是冷峻的审视与描绘。我们可以直接窥见那种艰难沉重、无奈而又无助的生存现实，是如何使人陷入冷漠麻木；那种缺少阳光的生活形态及其扭曲了的现实关系，是如何吞噬良知使人性异化，使人的心灵情感产生怨恨仇视的毒菌，以至我们在读到小说中的一些情节描写时，会禁不住心生恐惧与冷战。

同时，我们也应该看到，作家近年来越来越着眼于现实生存的逼真叙述，却忽略早年小说中那种如史如梦的诗意飞升，让人感受力量有余却诗意不足。小说逐渐滑行在一个个流行事件或新闻报道上，虽然经过作家有意的叙述加工，但仍感觉太着眼于现实的坚硬与残酷，难免带上一种难以自耐的焦虑情绪，弥散在文本当中，文本的叙述节奏显得过于峻急，一定程度上缺失了想象的空间。如果能够将早年的梦境般诗意的营造与近年现实生存的近距离观照融合起来，让诗意的宿命之梦穿透现实生存的坚硬，那是我们盼望的。

第二节 李伯勇：客家文化历史沉浮中的父性之光

"如果说，对父亲的叛逆，可以视为男人的自立。那么，当人生回归到对父亲的依恋，是不是男人的自省？"这段写在《父兮生我》扉页上的卷首语，在不经意间掀起了多少读者儿女内心深处的情感波澜……作者李伯勇，怀着一份对父亲的深情与回望，对父性的追寻与反思，通过书写赣南地域生活背景下的数个家庭故事，向读者勾勒出"守家的""在外的""行走的"三类父亲形象；小说笔调细腻真实，情感深沉质朴，借用子女、妻子、旁人等多重外围视角，审视着瞬息万变的历史长河中父性的下滑与撕裂、诞生与传承、潜行与张扬；通过把握父性的个体多样性转变，呼唤父性轮回，重燃父性之光。

一 父亲群像背后的父性之韵

父亲形象的塑造，一直以来都是中国文学中浓墨重彩的一笔，从古代文学到现当代文学，塑造了无数风格各异的父亲形象。老舍在《四世同堂》中刻画的父亲祁老人及祁天佑，代表着传统人伦之情，可视为理想家长的楷模；冰心《去国》中的父亲朱衡，开明通达、思想进步；曹雪芹《红楼梦》中的贾赦、巴金笔下的高老太爷、雷雨笔下的周朴园则体现着传统封建父权的无上威严；《第七天》中被忽视的父亲杨金彪；《驯子纪》中的盲父马恒；《创业史》中梁生宝意识形态的父亲郭振生；《药》中的懦弱父亲；《背影》中那个笨拙的父亲；等等。这些深入人心的父亲形象让人们对"父亲"二字的认知更加清晰、感受也更加深刻，而由这些完成型和未完成型的父亲品格共同汇聚升华而成的"父性"精神，则扭结着所有中华儿女的内在心灵情感世界，在不同时代的不同阶段绽放着不同的光芒与色彩。

作者李伯勇在小说《父兮生我》中，通过五部分——"天河隐现""赤江苍茫""黑河灿亮""橙溪奔湍""立交桥顾盼"向读者描绘了"守家的""在外的""行走的"三类父亲群像，不同于众多文学作品中的经典叙事模式，李伯勇创造性地结合赣南地域独特的生活体验与真实感受，以第二人称"你"切入文本，通过倒叙回忆主人公李沛宽与父亲最后15年的相处时光，牵出整个李氏家族演变发展的历史脉络，并结合描写朱明、何德水、吴显儒几位主人公家庭变化情况完成了作者对"父亲"的追念与反思，以及对"父性"的诠释与思索。李伯勇笔下的"父亲"是有血有肉、有悲有喜，在时代风云的浪潮中匍匐前行，真实可感的那么一群人，他的文字始终贴着生活的地皮和生命的奔腾倾泻而出，没有矫揉造作，更非无病呻吟。

在小说文本中，常常伴随故事的发展而间歇性出现的一个意象是李沛宽的"瓷像上的爷爷"，爷爷李庸和连通了李家始祖李哲炯与李家人一代又一代的生活，他像一个符号，像一本无形的族谱，记载着李氏家族的一切。多年之后，当他化为瓷像静静注视着李家后代人平静而起伏的生活时，文本便在生活性的基础上增添了几分历史变迁的苍茫感。李家的四位父亲：李哲炯、李庸和、李令昆、李沛宽代表着四代人，他们的身上承载着"父亲"二字赋予他们的生命重量。他们身上的父性，更多时候体现为对家庭、家族的责任；面对权势不屈腰、不卑膝的血性；带领李家开山业、壮门风、发家致富的智慧；做人做事凭借道德良心，坚守传统美德的情怀；面对挫折与失败、打击与冷落时表现出的坚强与平静；在家族生死存亡之际能够顶起重担，把握生活快慢节奏的分寸；对待子女犯错后选择谅解与宽容的气度；还有在艰难困苦的迁徙环境下撸起袖子加油干的奋进与无畏、勤劳与勇敢……

除了李氏家族的四位父亲，小说中还着重书写了其他几位生活在社会底层的父亲，而小说所探讨的"父性"往往就在这些普通人身上得到了最好的涵养和升华。朱明，一个转业军人，在丫山钨矿做保卫干事的"东北佬"，性格刚直强硬，不懂变通包容，他用自己雄性的力量征服了自己喜欢的女人。不料，一次炸鱼事故却让他左手受伤，被单位除名，因偶然撞见17岁少女黎桂英解手，竟被诬告为"强奸未遂"，判了七年有期徒刑，被押送赣北劳改农场服刑。狱中的朱明在与狱友的相处中逐渐认识到自己曾经的简单与粗暴、浅薄与无知，他逐渐在改变、在重生，不再孤傲冷漠，不再用暴力凶狠征服一切。在监狱，这个看似最不堪的地方，他守住了人格和尊严，完成了由"雄性"向"父性"的转化，成了一个高尚的、值得让人尊敬的完整的人。

《父兮生我》中的"父性"还是一种传承，是希望的传承、爱的传承。何德水、何崇圣作为两代父亲，完成了"父性精神"由上一代向下一代的对接和传递。何德水膝下四子，最怜爱的二子崇圣年幼时就遭受了牢狱之灾,作为父亲,他为儿子的平反和改判一直辛苦奔走着,不放弃、不抛弃,他努力用自己微薄的力量保护儿子,保护家庭。虽然他的身上有软弱的一面,但对儿子不求回报、无私奉献表现出的"父性精神"在他身上闪烁着耀眼的光芒。这份精神多年以后在何崇圣身上同样得到了延续和传承。当年何德水为儿子减刑、平反四处奔走,若干年后,何崇圣为救过继来的儿子在风中同样疯狂奔跑,他和父亲一样,与生命、时间在赛跑。何德水、何崇圣奔跑着的"父性",藏匿着太多作者想要书写的中国父亲的汗水与泪水、回忆和故事。李伯勇在书中刻画的这些父亲群像,每个人身上都闪耀着"父性"的光辉,而文本深处一批"隐形的父亲",也成为作者建构和阐述"父性精神"不可或缺的组成部分。

二 隐形的父亲,纯粹的父性

"家庭性""历史性""超越性""现实性""永恒性"都是构成"父性精神"的重要因素。"父性"不一定指称"父亲"的身份,正如鲁迅在《狂人日记》中塑造的"大哥"形象,不是父亲,胜似父亲。作者在小说中也塑造了一批具有父性精神的"隐形父亲",他们的存在让"父性"二字更有分量,也更加纯粹。

文本中,一直有一个强大的、隐形的父亲形象存在于所有人周围,那就是代表着无上公共权威的公众父亲。当小说中的人物每每受到不公正的对待时,他们最先想到的就是求助于校父、乡父、县父、国家父亲、革命父亲来为他们讨回公道。在他们眼里,公众父亲比自己的亲生父亲更能给他们带来安全感,所以他们在面对这份至高无上的权力和公正澄明的威严时,晕眩了、迷失了,在动荡不安的局势面前会突然不知所措、无所适从。而公众父亲所代表着的"父性"也正象征着"最公正"、"最威严"与"最权力"的结合,它始终在人们心中占据着重要位置,而人们对公众父亲崇拜与渴盼的背后隐藏的其实是人们对强权势力的深深依赖。

在李伯勇的小说中,"父性"超越了性别的局限,有时候女人也能成为"父亲",女人身上也有"父性",例如,李哲炯的妻子,蓝氏大脚女,那个代表蓝氏家族与李氏家族和亲的女人。在蓝氏人眼里,她是氏族的英雄;在李氏家族看来,她独自挑起了生活的重担,用辛劳、蛮狠开拓出了一番新天地。她在丈夫李哲炯离家后,携带年幼的儿子到敌家学堂请求让孩子入学,义正词严,不卑不亢,为两个氏族的和解做着努力和贡献。大脚女不是男性,我们却可以在她身上看到一份母性与父性融合之后的人性光华。还有朱明与彭明昭的女儿朱双梅,她与劳改犯父亲朱明在黑河相处了一段时间后,由于受到父亲很大的影响,她一直在不断改变,内心逐渐积聚起"父性"之善,后来她自己开了一家小旅馆,就充分发扬了这份"父善"。她和那些时刻想着谋利的店主不同,她心中总是坚持要对旅客多一分理解与关怀、善良与真诚,她把所有的旅客都视为家人,凡事站在他们的角度考虑问题,努力为他们营造"宾至如归"的感受。可见,不管是先祖母蓝氏大脚女还是现代女性朱双梅,她们身上都闪现着"父性"的光辉,震慑人心,闪耀动人。

提及一个个父亲,人们常常会不自觉地联系到他的儿子,因为父子之间总是处于角色互换的关系和位置。所有的儿子都会在未来的某一天成为父亲,在李伯勇的小说中,儿子总在未成为父亲前就具备了"父性"精神。带领李家迁徙至赤江县城的始祖李哲炯,在父亲面前是一个沉默的儿子,他面对李家外患内忧交织的严峻形势,审时度势,叛父逆行,选择与仇家和解,用自己的学问和知识带领李家后代走上了一条康庄大道;何德水的儿子何崇圣,小小年纪就怀有一颗正义之心,刚直不阿,面对强权势力敢于挺直腰杆做人,身陷囹圄也保持着一份向上的斗志,出狱之后,他逐渐撑起何氏家族的门面,为打工的何家子弟讨薪,为触电身亡在异地的何家后生讨回公道,虽然他是何德水的儿子,却比自己的父亲更加"刚强",他活出了新一代何家人的尊严，那是毫无暴戾之气、自立自强、勇敢与智慧并存的"刚强"，这也是一种"父性"。

小说中还有几位特殊的"父亲"：舅父、继父、友父、诗人父亲等，这些隐形父亲的存在给小说中的主人公们时刻以生活的温暖和生命的力量。何德水当年救过何崇圣舅父的命，多年以后，当何崇圣出狱后不受家人朋友待见，人生落入低谷的时候，何崇圣的舅父把自己的孙子阿坚过继给他，让他成了一个父亲，生活重新有了希望，在何崇圣眼中，舅父不是父亲却有着"父性"，让他敬仰、感激；朱明的女儿朱双梅在父亲入狱后，跟随母亲来到继父朱修鹏家同住，朱修鹏把她视为己出，因为都姓朱，也由此就势掩盖了她的继女身份，朱修鹏以继父的身份，完成了"父亲"的职责，给她创造一个同自己孩子一样的生活、学习环境，这份包容与爱，怜惜与理解也是一种"父性"；朱明的一位狱友施氏，是一个政治犯，却从不吃嗟来之食，当年锒铛入狱让一双看图纸的手变成了搬石头的手，他说"共产党伤了我的心"，所以多年后当他的同学试图说服他为组织的钢铁厂做技术处理时，他漠然离开，离开背后其实是辛酸之后的骨气、委屈之后的尊严。他给朱明带来了极大的影响，虽然他不是朱明的父亲，但却让朱明看懂了"父性"的内涵；蓝敏华，幼年失父，一个在深山中望着垭口长大的女孩，心灵之诗给她以人生的指引，让她告别痛苦，找到心的出路，诗人沙琳成了她的"父亲"，沙琳诗中的力量化为一股无可替代的"父性"伴随了她人生的成长。可见，人生处处是"父亲"，处处觅得到"父性"，星星点点的闪烁虽然微弱，汇聚在一起却足以成为"父性"的银河，而生活中，又总有那么一群人处在星空下而不自知，等到失去了才开始寻找。

三 时代更迭下的失父、缺父与寻父

甲骨文中关于"父"的字形，大致是手里举着棍棒或石斧等器械管教、教训子女的人；《仪礼》中云："父，至尊也"；《说文》中释："父，家长举教者"。长期以来，父亲的身份、形象和作用从社会建立之初就受到了传统政治、经济、文化方方面面的影响和限制，形成了深深烙印于人们心中的约定俗成的传统文化观念。随着历史进程的不断演变，父亲的身份日渐游离于传统性与现代性之间，呈"悬浮"状态。然而不论是处于"文革"时期，父亲身份的主动退场，还是历史新阶段中父亲身份的被动缺失与移位，都成了人们寻找父亲、体悟"父性"不可或缺的重要一环，人们也正是在这个曲折往复的循环过程中，重新认识了父亲，理解了"父性"。

《父兮生我》不单单是一本写父亲、写"父性"的作品，更是一本拥有着宏阔的叙事背景空间，以社会底层小人物的生活视角体察历史，揭示人们精神情感状态的力作。作者李伯勇巧借李氏家族变迁的故事脉络，将整个近代、现代、当代中国历史演化过程中发生的一些大事件融合于作品中。例如，他写了祖上南迁的艰辛历程；各个部落家族间械斗与和解的隐秘史情；人们推新学、办学堂所遭受的重重阻挠，以及闹革命斗地主、"三查"运动、揪"黑五类"、"一打三反"、"三年经济大萧条"、"牛鬼蛇神训话"、"农村联产承包制"、清理"三种人"、"三中全会"、"分田包干"等。李伯勇细致地描绘了那些裹挟在政治风浪波涛里龃龉前行的人们，在特殊的年代下，他们中有的人被自己信任的老师同学出卖，21年的宝贵光阴被历史吞噬；有的人由于伙同同学用脚跟踏踩秧田被认定为反革命集团，被判刑长达12年；有的人家里被抄，吃饭成了问题，因为偷东西吃被判了15年……李伯勇客观地为读者呈现出了那段不忍回首的历史，真实、赤裸、让人震撼。他的文字既夹杂着沉默，又掺混着纠结、悲愤与怅惋。人们在一个"父性"遭到威逼的年代集体失语，人人如履薄冰、谨言慎行，希望能与身边的一切"威胁"断绝、隔离。一人黑常造成一家黑，所以很可能仅在一夜之间就让很多儿子失去父亲，很多妻子失去丈夫，很多母亲失去儿子。所以，父亲身份的主动退场既是迫于历史进程的无奈，又体现着人性的悲哀。

小说在第一部分着重回忆了李沛宽与他的父母亲最后在一起的十五年光阴，在这十五年里，一切都发生着翻天覆地的变化。乡下人陆陆续续搬进城里，城中的建房潮一浪高过一浪；山林退化严重，人们也习惯了竭泽而渔；村里的花井，井壁由原来的砖壁改成了水泥壁，从此莲花无从落根，也无从绽放，莲花井再不开莲花；李沛宽的母亲刘月庐也不再对丈夫李令昆唯命是从、委曲求全，像过去一样任其辱骂训斥，长大的孩子成为她反抗丈夫的资本，刘月庐临终前几年女性意识的觉醒与爆发可以说是时代的产物，也可以看作一个女人长期以来在生活与精神的双重压抑下的自我解绑。李沛宽的父亲李令昆，那个长期以来一直希望紧跟社会进程，紧紧依偎在"公共父亲"身边的他，在这个时候却选择了脱轨和背离，他暗暗与时代较劲，用固执与倔强坚守乡村家园。晚年的李令昆是衰弱的、孤立的、狼狈的，他得了一种名叫"晕眩症"的现代病，加上他白内障严重，几次在县城里迷路，找不到回家的方向。即使如此，他依然习惯于行走，不断地行走，在行走中沉思，在沉思中迷惘，其实真正让李令昆眩晕的不是病痛的折磨，而是现代社会让人应接不暇的快速发展和人际关系错综复杂的对接转变。李令昆从原来宽阔明亮的圆湖家园搬到脏乱拥挤的老屋，他带着身为父亲最后的尊严在老屋坚持过自己的生活，不给孩子添烦添堵，他已不再是曾经那个威风凛凛的父亲，现在的他，只是一个时刻要受到亲人揶揄的老人……李令昆的被边缘化，代表着一代父亲的缺位与移位，而人们又恰恰在失去父亲，父亲缺位的年代极力寻找着父亲，呼唤着"父性"。

在文学史上，有很多作品涉及"寻父"的主题或情节，例如，中篇小说《一九三四年的逃亡》就是一个以"寻父"为主题的寓言故事；长篇小说《河岸》中，库文轩与库东亮父子自始至终都在寻求别人对他们革命烈士后代身份的认同，这种找寻与"寻父"有着异曲同工之妙，还有张炜、余华的很多作品我们也都能看到"寻父"主题的写作痕迹。中国科学院华南植物研究所所长梁承邺撰写的《无悔是书生：父亲梁方仲实录》也是以作著的形式试图寻找父亲、铭记父亲。本部小说的作者李伯勇，自然也是带着一份对父亲的怀念、疑问与内心的不安、愧疚创作了《父兮生我》这部文学作品，他以自己特有的方式告慰家父，也借此书告慰赣南家乡。在小说中他设置的主要人物都有一个共同的情结，就是对父亲的愧疚与找寻。朱修鹏、朱明由于父亲政治身份的原因，多年来一直对父亲采取回避和选择性遗忘的态度，不愿提起却又时时惦记。朱明在一次与狱友聊天的过程中，重新认识了自己的父亲，那个在战场上勇敢决绝、不怕牺牲、舍己为人、顾全大局的父亲形象冲击着他的记忆观，他开始感到愧疚，开始试图了解关于父亲的信息与情况，虽然父亲是国民党军官的事实不会变，但他开始理解父亲，释怀了曾经的怨恨；朱修鹏在他生命最后一星期的时候，终于难抑对父亲的追思与回忆，打破五十年的束缚和逃避，正视他的父亲是地主的事实；李令昆的晚年经常做梦梦到自己的父亲，他为自己未能及时尽孝而备感惭愧，放弃圆湖回到老屋就是李令昆的"寻父"实践。对父亲的寻找，其情感深处是对"父性"的呼唤，小说人物在时代更迭背景下失父、缺父与寻父的过程，其实就是不断理解、审视"父性"的过程。

《父兮生我》是一本含蕴着深刻的"父性"文化内涵的优秀著作。作者李伯勇通过书写赣南地区小人物的生活情感世界，挖掘独特地域背景下的氏族演变发展历史来深化人们对父亲形象的认知，帮助人们明晰"父性"精神的定位。李伯勇小说中的人物是有灵魂的，他们不是千篇一律、平面化的文学符号，而是情感真实、丰富、耐读者咀嚼的复杂存在。而且和其他作家相比，李伯勇的语言又多了几分民间的烟火气，如"田里拔一株禾苗，嚼出墙硝烟味和弄炊的烟巴味""那条五百米黑苍苍老街像困乏的老狗趴在那里""就像刚刚通车的山民，坐在车上再颠簸也当作一种难得的享受"等，句句简洁，却写出了生活，写出了味道。但总体上，作品开篇语言略显轻浮，后面随着情节的深入，加上谋篇构局别出心裁，逐渐写出了文本的厚重感。这让人不觉想起文学史上的很多作品头重脚轻，潦草收尾的现象，但这部作品克服了这个难题。李伯勇是用心在为家乡作史，为李姓氏族做传。文本中那些个伟岸不羁的父亲形象与熠熠闪光的"父性"光华将持续生发出新的时代力量，感召人们重拾"父性"，不忘初心。

第三节　陈世旭：沉入世俗而穿透世俗的人格写作

陈世旭凭借短篇小说《小镇上的将军》正式走入文坛，获得"小镇上的作家"的美誉，随后陆续发表了短篇小说《马车》《惊涛》，连续三次摘得全国优秀短篇小说奖。20世纪90年代以《梦洲》《镇长之死》《遗产》《李芙蓉年谱》《青藏手记》等中短篇小说再次崛起文坛，其中《镇长之死》荣获首届鲁迅文学奖，《裸体问题》《世纪神话》等作品关注中国转型时期知识分子的现实处境与价值追求。进入21世纪，他的小说伴随散文写作而进入诗化转型，小说《边唱边晃》《一半是黑色一半是白色》《老玉戒指》《篱下》《阳光夏侯》等聚焦知识分子的精神状态与官场生态，《江州往事》《立冬》《立秋》《立夏》《立春》体现的是记忆与现实中的乡村世俗生活，其中贯穿着作家沉稳而厚重的人格书写逻辑，支撑起整个创作世界的理想高度。在艺术层面，作家将生命世界的现实追求与文本的诗意表现紧密相融，其中一以贯之的批判精神与生命意识更加自然和谐。

一　记忆与现实中的世俗生命形态

陈世旭擅长写人，在一定的世俗生活状态中立起诸多复杂丰富的个体。写人意味着专注于人物性格的塑造，但作家将人物置于一定的记忆与现实语境当中，在独特的世俗生活中，自然而然地焕发出个体的生命气息。无论是带着时间的回望与温度，在江州往事充满温情的记忆呈现中书写一个个知青的生活及其生命气质，还是立身现实的直接与力度，在作家创作与生活的批判介入中抵达知识分子的尴尬与坠落，都体现了作家对世俗生命形态的关注与厚爱。在他的文本中，通过传记式的人物书写，在寥寥笔墨中发掘人的原真和丰富，使读者能够在人的血肉之躯嗅到其独特的生命气息。

在《江州往事》中，作家以历史的回望姿态，充满温情地追叙当年的下放生活记忆。其中有力大无比的朱癫痴，他能用嘴咬着两袋各一百公斤重的麻包，手倒背在身后，踏着没有起运的化肥，从船舱走上船头。还有强中更有强中手的吴老六，他能轻松抓住朱癫痴，让其当众服软。张克凡近乎洁癖，生怕别人坐脏自己的床单，"荷包里永远搁把梳子，一有空就拿出来梳头，梳一把用巴掌拢一把，把个大披头搞得水亮，苍蝇站不住脚。两边的鬓角一直伸到腮帮子。脸刮得铁青。不管天怎么热，一身上下都包得丝风不透：衬衫领口和袖口决不解开；瘦裤腿把两条细脚杆子弄得像笔管；尖头皮鞋的鞋带绑得牢靠"。他酷爱唱歌，却因打死也不肯"剪一剪头发，刮一刮鬓角"，最终返城后干起了拉皮条的活儿。谢宜修"像一张活动的照片，永远是一个表情"，因为"不如农民"，她嫁给了当地山墙最高的吴老六，一生在乡下过着衣食无忧的生活。女知青甘卫华为了找李部长为倚靠，一心想着对李部长投怀送抱，遭到拒绝后，竟然以一个蜜桃的代价让人怀孕，而导致李部长降职，直至离婚和死亡，甘卫华最终嫁给了老实巴交的潘伢儿。甘卫华这一人物既体现了下放女知青艰难的生活状态，也在人性的复杂与冲突中呈现了一个立体的形象。条子喜欢画画，见到什么画什么，黄场长的女儿成为条子的裸体模特，最终被回城的条子勾走了魂儿。黄场长升了官，却毁了自己的一个女儿。这些下放生活的记忆，以一个个个体的生命连接成串，既有曾经沧桑的感慨，又有人文情怀的温度。

在现实的生活中，作家继续将目光投向知识分子群体，关注他们在欲望与权力之间的尴尬与冲突。在《边唱边晃》中，陈世旭以青年作家何为的性爱成长为主线,通过描写其与三位女性知识分子的爱情故事,展现了文人知识分子如何从美好的爱情想象堕落至欲望的疯狂着魔。何为本是一个"畏惧"女性的青年作家,在他遇到长相颇似林黛玉的女记者赵响后,开始了对一个女性的喜欢与幻想。然而,赵响却是一个身心皆不自由的人,出于对自己前途的考量,她妥协于名利金钱、受控于杨中正。最终何为与赵响的爱情如镜中花、水中月,虚空一场。如果说赵响让何为体会到了爱情,那么猴子则是何为的性启蒙者。一头齐耳根的短发,一身牛仔服充溢着年轻女性的活力,仿佛她的一生都将处于动态中不得停歇。她使何为告别了身体的单纯,进入了性爱的狂欢,她像一堆火,灼烧了何为。当猴子回到自己丈夫身边,剩下的便是空虚的何为。这是一个开放且大胆的女性,她游走于男性之间,使自己成为一个赏玩男性的主导者。而姚虹的存在则给何为以清醒,在与姚虹一次大胆且无爱的性行为后,何为开始意识到自己生活的无意义与精神的极大空虚,为了让自己挣脱现实和心灵的泥淖,何为选择投身于救灾及写作,最终在秦友三的帮助下实现了自我主体意识的回归。

随着时代的推进,欲望不仅仅停留在性欲层面,而是化成一种导致个体迷失的文化氛围。在近期的《老玉戒指》中,作家讲习班里陈志等都在比情人多少、轻浮地谈论男女关系时,危天亮因生性呆板木讷、不解风情,愤而离开作家讲习班,他是一个不被人理解,甚至被取笑的个体。陈志等构成了时代欲望普遍性的文化氛围,而危天亮的行为则穿透这一现实,表现了个体与现实之间的冲突。作家没有一味地加以批判,而是以他的仁厚之心,用同情的方式处理在价值观或道德方面有严重缺欠的人物。当危天亮去世之后,剧本的署名只有加了黑框的危天亮,年轻的陈志显然已经洗心革面重新做人了。陈世旭的写作没有陷入二元对立的思维,而是用"老玉戒指"串起危天亮家两代人奉守的品质,表达他对个体生命价值的思考。

权力是使知识分子在现实生活中不断失去主体意识的文化载体。

《一半是黑色一半是白色》里的陈火林从乡级中学教师一直升迁到双金市市委书记，随着他权力范围的扩大，带来的是工作上的困难与感情上的意外。陈火林在现实的权力系统中逐渐失去了活力与胆识，在工作中以自保的心态坚持着中庸式的为人处世原则。在面对自己心爱的对象林下风时，陈火林难以拒绝却又不得不提醒自己需要坚守道德底线。最后，面对林下风的无助与失落，陈火林在权力面前犹豫再三选择了退缩。在工作与生活的权力角逐中，陈火林严遵道德底线，善于自守，虽没有沉陷其中，却失去了个体原本的活力与性情。小说《欢笑夏侯》中，笑成为夏侯进入权力系统，享受权力带来的快乐与便捷的根本。他身处权力网络当中，却浑然不知权力对其个体生命的挤抑，相反，当权力将其抛弃的时候，他还是浑然不知的笑。吴义勤指出："一个特殊的人物……他的人生、他的欢笑、他的悲喜剧背后，有着我们这个社会最大的疼痛与创伤。"[1] 夏侯的疼痛与创伤隐喻着权力的无处不在，个体生命乐在其中可以力透纸背。在《篱下》中，权力在作家看来，不仅仅来自官场，也来自个体对学术场域的理解。恩师黎丁为了扶持陈志一心创作，承担了其几乎所有的日常生活和应酬。但在陈志看来，恩师的存在却构成了一种学术权力，他嫉妒，他希望推翻，最后带来的却是深深的误解和忏悔。这里有权力文化氛围的惯性理解，也有陈志内心深处人性的复杂。来自人性的悲喜始终萦绕在陈世旭笔下，纠缠着人物的身心，演绎着生命的活剧。

陈世旭的这些作品从来不在记忆与现实的边缘停留，而是立足具体时代的生活现实，展开对个体生命的不断思索。在他的小说世界中，个体生命是关注的中心，但他笔下的个体无意逃离世俗的人间，个体的欲望总在社会权力规则的制约中流淌、挣扎、对抗，体现了作家对生命思索的迷恋。这种"迷恋"不同于存在主义式的命运思索，而是执著于意义与价值，肩负大山般沉重的思想，逼近生命的核心。无论

---

[1] 见《北京文学》（精彩阅读）2016 年第 5 期。

是面对现实的欲望,还是记忆的回望,作家总是在时代文化的素描当中,指向个体的生命与人格,虽不及厚重的历史命运小说那般丰腴与风姿,却也多了几分干练与直接。

二 人格精神的书写逻辑贯穿

大学时代阅读陈世旭小说《小镇上的将军》,令人难以忘怀的是将军的硬朗倔强,一种在不可知命运的沉浮跌宕中绝不屈服的人格力量。似乎带着与生俱来的某种使命,陈世旭从此在他一系列的小说创作中,记录诸多生命个体的存在,这些生命个体总能让读者感受到一种人格精神的热度。他没有停留在所谓"歌颂与暴露"之类简单化和庸俗化的命题之中,也不是简单的二元对立式的说教和批判。这里的"人格",是本来意义的、代表个体的精神本质及个性特点的性格、气质、品质、信仰、良心,以及由此形成的尊严和魅力。作者自言:"我敬重这样一类作家,他们的文学表达与他们的人格,与他们所表达出的价值观和他们对社会生活的认识、好恶、爱憎是一致的。他的人格是刚直不阿的,他的创作表达带有宏伟的气魄。"[①] 陈世旭在他的小说中,无意于精神层面高高在上的救赎,也没有主观层面的文化突围的迹象,他总是实实在在地贴着生活的现实,以他来自本然深处的魅力和乡土文化伦理的资源,凝聚成一种独特的人格力量,贯穿在其笔下的个体生命与生活当中。

总有一种感觉,阅读陈世旭的小说,在读人的生命,也在读生命之下的灵魂与精神,更在读作家自我的精神向度。他笔下的知识分子群体,个体的精神空间与世俗世界总是保持一定的距离。在谈到为什么会写知识分子题材问题时,作家认为:"首先是我自己进入职业化写作以后,成了一个专门从事文字工作的人,接触更多的是你前面提

---

① 陈世旭:《努力使自己的写作有意义》,《民族文学》2016 年第 7 期。

到的在我的作品中出现的知识分子，在和他们交往的过程中，包括我对自己的反省，使我感到知识分子问题是中国变革历程中人们观念和心理嬗变的一个集中体现。我们讲这个意识，那个意识，其中包括农民意识，说到底不还是知识分子的意识吗？所谓意识，它的物化的结果就是书本。任何的理念、价值观，它的叙述者还是知识分子。在很大程度上，知识分子层面所集中表现出来的就是我们这个民族心灵的历史。如果我们来解剖知识分子的灵魂，来解剖他们思想成长的经历，就是剖析我们这个民族心灵发展的历史。我是从这个意义上来写知识分子题材小说的。"[①] 正是出于职业化的反思和内心的自省，陈世旭笔下的知识分子多为文人知识分子，所从事的专业或职业多与文化或文学有关，他们在世俗世界往往能够保持一份精神力量的自我追求。《一半是黑色一半是白色》里，中文系毕业的陈火林，不管在什么岗位上，始终保持好学多思的习惯，每当工作或感情陷入困顿或纠结时，他总是将精力转移到学习和写作上。《边唱边晃》里的郑子健始终与文坛流弊格格不入，每当陷入人事纷扰时，总想"弃了市嚣，抛却俗务"，到韵园"依碧枕流，汲泉品茗"，一洗心身。老编辑秦友三临近退休，为了给自己的副高职称加把劲，与青年作家何为一起下乡救灾。在乡下他坚守自己的原则几乎不近人情，但他坚持尽自己最大的努力帮助石埠村并努力拯救何为。在救灾中他不与来自镇上和县里的干部同流合污，而是坚持下到救灾一线，吃在食堂，住在村里的仓库。他为了维护自己争取来的救灾款能够专款专用，险丢性命还招来非议，而最终收获的荣誉却被两个趋炎附势的税务局干部占有。他虽然没有获得职称，但他身上的精神力量，感动了村民，也拯救了一同救灾的青年作家何为。当看到秦友三二人因不愿意打扰村民，趁着天没有亮而离去，却在县城的街上看到村民自愿打着横幅欢送二人时，不由感受到秦友三的生命热度和人格魅力。

---

① 江磊、陈世旭：《写作是一种生活——陈世旭访谈录》，《小说评论》2010年第6期。

在《老玉戒指》中，危天亮在作家讲习班目睹一个个作家任由欲望的流淌而上蹿下跳，愤而放弃深造的机会离去。他在陈志一次次收到妓女的敲诈时，让家人带着钱将其赎出。杂志社利用他，找其父亲在香港的老关系包氏公司大公子捐赠巨额款项盖房子，并允诺他可以先选最称心的房间时，危天亮果断拒绝。陈志认为"谍战片"抢手，有利可图的时候，想到危天亮家的"老玉戒指"，想到其父亲做过特工。危天亮本人希望为自己的父母立传，而稿费都捐给沁沁所在的学校。因为"老玉戒指"，危天亮家两代人视尊严与高贵为生命，这种价值的追求在当时的文化语境下，显得熠熠生辉。在《篱下》中，黎丁先生一心扶助后学，尽管陈志忘恩负义，但他还是坚持低调做人，沉心学问，并在自己的生活中默默地帮助陈志的成长，至死不求回报。在黎丁面前，骄奢气傲的陈志深感汗颜。可以说，小说中令人感动的不是陈志的生活，而是黎丁这一代老知识分子的人格魅力。这些知识分子在追求自身价值、实践自身价值观的过程中都经历了无数波折，承受了艰难与痛苦，因而这份人格的力量显得更加自然而可贵。

在当年的下放生活记忆中，作家同样书写了一些与时代、与众人迥异的人格形象，赋予他们独特的精神魅力。在《江州影》中，小说描写了一个富有传奇色彩的师姐，她身怀绝技，能不动声色地治好一头牛的骨折，会点穴功。因为师弟的忘恩负义，她受尽了折磨。她在师弟胸前轻轻拂掌点穴，导致其每年需要定时解开。当得知师弟开药厂卖假药时，师姐再也没有出手。她虽为一个女子，却集仙气、正气为一体，在她的生命世界，透出一种独特的人格力量与精神理想。《江州往事》中，与谢宜修一心寻找机会傍上李部长不同，张可凡执著于自己的音乐。他经常在众人的不理解中高声练音，甚至因为不愿意剪去自己的艺术象征——一头长发而拒绝领导调去文工团的要求。他的生命在江州下放的岁月中，释放出一种为艺术而努力的热度，与众人的世俗生活显得格格不入。同样，条子痴迷于画画，在众人聊女人、侃大山时，他见什么画什么，并举办了个人画展。这些下放记忆中的生命个体，既有作家站在历史的今天回望艰难岁月的豪迈，又有自身人格魅力追求的承载。在他们的身上，身怀绝技或追求艺术与世俗的时代语境形成了一个巨大的文化差异，正好在当下的文化氛围中形成精神的同构关系。

深究陈世旭小说中的这些人格力量的来源，我认为一方面来自作家曾经的生存环境与内在生命的本源性追求，也就是来自他自身本体的生命气质与乡土文化伦理的正气与品格相互融合。陈世旭在个体生命世界中挖掘人性的能力并不薄弱，但是，他不是站在启蒙立场上对人性和文化阴暗的一面进行批判和反思，而是更重于对乡情诚意、乡间正气等伦理道德的认同和激扬。他写城市青年下放到江州的生活，并没有将乡村世界美化和乡愁化，而是将乡村伦理与正气作为一个精神尺度，平静地面对乡村农民与城市青年之间的交往，书写他们的生命形态，并加以客观的价值审视。朱癫痫的爽朗与专横、谢宜修的无助与趋炎附势、李部长的卖弄权势等，都在文中生动呈现，文中叙述冷静客观，其中的价值取向并非来自居高临下的启蒙，而是乡土伦理中广博的正气，让其中的人物精神自我呈现。这些生命形态都充满了乡土世界原生态的粗粝和强韧，饱含生命原汁的血气和活力，因而即便是扭曲、粗鄙的生命存在，也自有乡间生命律动之感。

另一方面来自中国传统文化精神的浸染。阅读陈世旭的小说，如黎丁身上的荣辱两忘，危天亮的慎独、心怀天下，郑子健的洁身自乐，等等，都具有传统文人的精神气质。他们共性的地方，在于不与世俗同流合污，保持一份简单洁净的精神追求。李洁非曾经在讨论《小镇上的将军》中指出："总之我将把他理解为当代文坛上一位具备'儒性'、力行'儒性'并且无可摆脱'儒性'的作家。"同时，"我并不认为陈世旭这么执著地在写作中关注现实，是因为他自以为小说能够改造现实，而宁肯相信那是由于一种内心需要，即文学创作不能不为着'人'而发生，文学创作不能不基于'爱人'的热情。这就是他的文学之'道'"。① 总体而言，作家直接、间接地表达出从传统文化的深处、从乡土底层汲取生存智慧、生命活力的一种意愿和努力。这种生命活力潜藏在中国文化的深处，潜藏在乡间和底层，一旦与作家内心深处的精神本源相遇，便形成了其文本中独特的人格力量。正如江冰指出，"正是作者人格中某种坚定性以及崇尚理想的人生观，成为这种追问的原动力，也同时成为作品的深层底蕴"。② 于是，陈世旭的人格书写逻辑，既是他内心世界的一种直观呈现，又是他对传统文化的承续，还是乡土正气的濡染。文中没有张承志笔下的"清洁的精神"那般的高蹈姿态，没有余华式的存在主义的生命形态，也没有韩少功等注重文化层面的玄奥，他扎扎实实地用自己形成的人格魅力去给笔下的人物、事件赋形赋性，构建自己独特的精神空间。

三 现实追求与诗意表现

从《小镇上的将军》开始，陈世旭便展示了具有个人特色的现实主义写作倾向。他的小说题材往往源于自身经历与现实生活，在客观描写现实的同时不乏深刻的思考性。在《海明威的骄傲是无法模仿的》中，陈世旭说道："就写作实际来说，还有一个因素是不可以忽视的，那就是我的写作常常与我的经历直接相关。在写作上我是个缺乏灵气缺乏想像力的人，离开了自己熟悉的生活原型就不知所云。"可以看出，陈世旭在小说创作中一直坚持现实主义的创作手法，小说与他的生活息息相关，他的生活又为小说创作提供了源源不断的灵感与动力。进入21世纪，陈世旭的创作视野始终与时代、生活保持高度的一致。作品描写了改革年代的农村、转型时期的城市知识分子、记忆中的下放生活岁月，探讨了人性的多样化并表达了对人文精神的坚守。他像"时代书记官"一样认真地记录时代境况，用充满悲悯的眼

---

① 李洁非：《作为"仁者"的写作——我看陈世旭其人其作》，《文学评论》1994年第4期。
② 江冰：《坚韧的姿态——评陈世旭近年的小说创作》，《创作评谭》1998年第3期。

光审视这个世界，发出低沉的叹息。而文本的内在对安宁与诗意的向往，又促使陈世旭在小说中有意或无意地营造出诗意的场景与追求。这种以现实主义为创作根本，以诗意情怀为美学追求的叙事方式，使陈世旭的作品既通俗易懂又不失内蕴，既简洁明了又不缺美感。

首先，从小说的结构来看，陈世旭的小说都以人物的活动为核心，以串珠式或聚焦式的情节结构来构建故事情节，每一篇小说都可以称为人物小说。《梦洲》近乎人物传记小说，《裸体问题》是学府里的现代儒生按谱系造册的群像图，《将军镇》中沉浮在时间之流的是小镇众生里的一长串人物。这些作品都以事件、人物为关联，各章互有联系、又相互独立。正如作家在长篇小说《将军镇》的后记中写道："写了一件一件的事，但注重的是一个一个的人。"进入21世纪，不同的是，长篇小说主线鲜明集中，在真实的社会情境中揭示人物的生命形态。在《边唱边晃》《一半是黑色一半是白色》《登徒子》等长篇小说中，中心人物在故事的聚焦下变得更为鲜明生动，表达的主题更加深刻。小说生动刻画了一群文人的众生相，展现了一个转型的时代里，人们在权力、欲望追求中的浮躁心态和异化状态。真实性既是时代文化语境的真实，又是人物内在心理和性格的真实。长篇小说《一半是黑色一半是白色》，以陈火林的政治生涯为主线，写出了陈火林在工作、生活两方面所面临的问题与选择。《边唱边晃》以青年作家何为的一系列经历为主线，通过爱情、学习、出国、下乡等多种经历展示了何为的思想、行为变化。这些小说最大的现实主义成就，就是真实地展露了知识分子应对消费社会选择各异的生存方式和生命状态，具有强烈的社会气息和令人触目反思的深刻性。

短篇小说则是以人物活动为中心，串珠式地书写曾经的下放岁月与改革的鄱阳湖边生活。在《江州往事》《江州影》《篱下》《立冬立春》等小说中，往往以诸多人物个体的生命形态为中心，注重讲述他们在一定时代氛围中的生存状态与价值追求。这些小说写法非常简单，一两个人物，一两个事件，像一个个独立的珠子串在一起，各成一体，又相互联系。这些不同人物传记式的小说叙述，每一个拥有独立的空间和氛围，但综合起来就构成了一个独特的艺术空间，人物在其中的生命形态就凸显了出来，个体的气质、精神、品格都能集中体现。

同时，在现实主义的旗帜下，小说还注重诗意氛围的营造。在陈世旭的小说中，叙述和对话是主要的表现手法，没有令人眼花缭乱的技巧和语言，很少丰富细腻的心理刻画，而是通过不时出现的民谣和一些自然环境的描写，以散文化的手法来营造与渲染小说的氛围。

在小说《边唱边晃》中，在叙述青年作家何为的情感与欲望主线时，插入一个与性幻想有关的梦，梦中出现了女孩、死亡、花堆、逃亡、追逐，最后是悬崖的坠落。这里书写的梦境对于主人公何为意味着诱惑、危险和罪感，它既是何为女性崇拜意识的一个重要隐喻，同时也暗示着异性关系对生活形态的彻底颠覆。对于何为来说，"性"即是一种掠夺的力量，它夺去的是简单的"单纯"的精神气质，带来的是欲望的无尽滋生以及由此而来的种种精神勒索。郑子健经历了办公楼里的钩心斗角后，看着楼外的镜像："高大宽阔的墙面整块整块剥落。墙缝像松动的牙床，爬满枯瘦的蕨类植物。斑驳的水泥墙上，不断更换的各种政治口号的油漆结成的外壳，龟裂得像令人憎恶的牛皮癣。"楼的外观与郑子健此时的生命体验合二为一，诗化地表现了人物的内心世界。"此刻郑子健感到被现实的恶重重包围，他恍惚地站在这灰色的老楼前，想像着时间怎样慢慢浸润每一块灰色的砖头也慢慢浸润自己每一根充满生气的神经。呵，这老楼，它其实也可以是古朴端庄诗意盎然的而不必然要在丑恶中溃烂。"小说一方面努力贴着郑子健的现实生活状态，真实地表现文人知识分子的尴尬与冲突；另一方面又用这段诗性的描写表达了郑子健人生向度的转型，完成其精神气质的自我塑造。

同样，作家在21世纪创作的一系列中短篇小说中，诗意的追求更加明显。此时作家结合自身散文化创作的手法，将优美的自然景观、厚重的民俗文化像水墨一样在文本中弥漫开来，在小说中构筑起和人物、故事共生并列的美学框架。《立春》里的何庆来、《立夏》里的李玉生、《立秋》里的何神仙,这些人物的生存空间与精神空间相映成趣,非常唯美:天水相接的湖面,风在水上滑动的声音,淡淡的紫色雾气,素净的白蒿,翠绿的扫帚菜,柔韧的马鞭草,泊船亮起船灯,照映着漫天星斗,还有丽日、细雨和山岩上气度非凡的白鹭。苏珊·朗格认为:"艺术家的能力就是将表现性和情感意味移入外部之中的能力,艺术家从现实生活中取得一束鲜花、一片风景都被转化成一件浸透着艺术活动的想象物。这样一来,就使每一件普通的现实物都染上一种创造物所具有的意味,这就是自然的主观化,也正是这种主观化,才使得现实本身被转变了生命和情感的符号。"①

正如陈世旭认为:"写到今天,我认定写作完全不必计较功利性的成败,只需要付出最单纯持久的热爱。"② 在现实的生命故事中融入这些自然风景的描写,与作家温暖的情怀、生命的感动相互碰撞,在拓展小说叙事空间的同时,无疑也给小说营造出浓郁的诗意氛围。《立冬》村委会选举唱票一波三折,请来的串堂班也拉开了大戏,串堂班是繁华历史保存下来的流风余韵,有楚骚遗风。锣鼓开场,二胡唢呐齐鸣,高亢明亮的《思凡》正唱着"小尼姑年方二八……",夜深了,村委会选出了众望所归的人选,戏里的小尼姑也终于成功地逃下山去,"整个何谷岛都静谧着,唯戏词和乐声穿墙出户,漾漾没入水天"。风俗和故事如影随形,似梦似幻。《江州往事》中,作家以吴老六家做屋上梁为切入点,极尽细致地书写了当地的上梁民俗场面。上梁时,领彩、呼应、喝酒、吃粑,整个房子的上空萦绕着激荡千年的喝彩祝福的歌声,和着张可凡放声歌唱的歌剧《茶花女》,将人物的故事、生命的追求、民俗的悠远相互融合。《江州影》则在师姐弟由合到分的关系变化中穿插大量的民间打歌,营造神秘的传奇氛围,将一个悲剧的故事讲述得悠远绵长。小说最后写道:"那个

---

① [美] 苏珊·朗格:《艺术问题》,滕守尧译,中国社会科学出版社 1983 年版,第 89 页。
② 陈世旭:《我写作着,我生活着》,《文学自由谈》2017 年第 2 期。

漂浮在鄱阳湖口外的江心洲，是一个快要淡去的影子了。"在诗意氛围中，小说将一个紧张急促的悲剧故事以从容超脱的方式抵达生命价值的思考。

本质上，"史"和"诗"在文本中呈现一种复杂的张力关系。作为现实生活的表现，传统现实主义的"史"往往注重人物和故事的线性发展，它和"诗"的抒情性会去往不同的方向，但是当"史"向艺术的更高层次超越时，最终又往往和"诗"融合在一起。陈世旭说："作家最好还是多一些文学的现实主义，少一些生活的现实主义。我自己的一贯信条是，以出世的态度写入世的文章，这是我想努力坚守的，但愿不至中辍。"[①] 从文本效果来看，陈世旭的 21 世纪小说显得越来越柔软，却又保持了内在一贯的人格力量。当年的现实主义创作，往往在一定的政治文化语境下展开个体生命的思考，其中人物主体突出、故事性强，而 21 世纪以来，小说的个体生命逐渐融入诗化的民俗、风景，将现实的文学空间不断荡开，小说的叙述与对话在悠远而亲切的氛围中强化了生命的质感与诗意的感动。

第四节　刘华：火车人生的韧劲叙事

一般来说，轰轰烈烈的宏大叙事往往容易通过小说这种文体表现出来。当作家执著于渐行渐远，却又淡然如水的日常生活作个性的叙述时，最显其中的功力。刘华的《车头爹车厢娘》穿越时空，立足于一个铁路建设的临时住宅区，感受其中人性的力量和生存的韧劲。作家融入自己切身的岁月情感与人生体验，独辟蹊径以铁路、火车、铁路工人为题材，将数十年的铁路人生作平凡而深刻的理解。日常生活对于作家而言，是一种充满艰辛而又富有力量的韧劲体现，也是岁月碾磨下的一种悲情与淡定。衣俊卿指出："所谓日常生活，总是同个

---

① 陈劲松：《我很庆幸把这一生交给了文学——陈世旭访谈录》，《山花》2010 年第 5 期。

体生命的延续,即个体生存直接相关,它是旨在维持个体生存和再生的各种活动的总称。"① 这种生命的延续在普通人身上,正是凭借一种有些固执又充满艰辛的韧劲的体现。在叙述手法上,作家以散文化的语言,缓缓推进小说叙事的节奏,在几乎漫不经心的情节推进中,营造了一种日常生活的诗意氛围。

一 日常生活的韧劲书写

纵观中国现当代小说创作,以铁路、火车、铁路工人为题材,专注于这一特殊人群的风土人情小说并不多。作家融入自己的人生阅历和体验,老老实实地叙述了铁路工人的生存状态和精神面貌。小说以抗日战争为引子,延伸到南方一个铁路建设点,将几十年的铁路建设和人生状态通过日常生活叙事表现出来,没有宏大历史下的政治热点关注,没有跌宕起伏的情景斗争书写,而是扎扎实实地深入这一个特殊人群的内部,与他们同呼吸、共患难,书写了他们与祖国铁路同行的韧劲与执著。

小说中的奶奶形象最为突出。她虽然裹着小脚,却带着一个家族,影响着这个铁路群体,淡然而坚强地跨过人生的一个个沟沟坎坎,绕过了一次次灾祸和苦难。岁月如同坚硬的铁轨、坚硬的机车,将她从一个新婚的小脚女人变成一个坚韧、泼辣和固执的年轻寡妇,进而成为一个日夜听着火车汽笛声的小脚老太太。其中生活的艰难与灾难没有打垮她,也没有像一般的宏大叙事那样,给其套上美丽的光环。新婚宴尔,她的丈夫是被日本人奴役的火车司机,被抗日的地雷炸死,瞬时将其带入一个靠出门捡煤核的寡妇时代。她从捡煤核、做女红开始,将一个家族带到一个人生地不熟的南方铁路建设点。一个年轻的寡妇拉扯着一个家族的成长,也影响了众多铁路儿女的生活和情感。

---

① 衣俊卿:《现代化与日常生活批判》,人民出版社2005年版,第12页。

满头银发见证了她生活的韧劲,也见证了一个国家铁路建设的几十年风风雨雨。丈夫出事后,游击队的连长前来道歉,她敢对着连长扔出一个未拉弦的手榴弹,吓得连长迅速卧倒,好一会儿不敢爬起来。面对生活的苍凉,她固执、泼辣,支撑起一个家庭,又像一个圣母,深明大义,关爱着铁道工人于金水、颜大嘴,还有一个个铁路家属。她坚持让自己的女儿安芯剪掉长长的辫子,不让她与年轻潇洒的杭州一起跳舞。当杭州出事后,女儿安芯执意要嫁给自己心目中的英雄时,母亲既对自己的女儿于心不忍,又深明大义地同意安芯的决定。她只身护着自己的孩子、孙子,甚至所有弱势的人,成为所有人生活中不可或缺的车厢,推动火车头的前行。几十年的岁月磨砺,奶奶身上表现出来的那种逼人的敢于生活下去的执著劲,正是几十年中国人面对艰难和悲凉的写照。

颜大嘴满身都是建设铁路留下的伤疤,却整天嘻嘻哈哈,笑在嘴上,乐在脸上。他只身一人坚持奋战在野外的铁路工地上,完婚的那一天,为了排除突如其来的铁路障碍不幸牺牲。"文革"时期,余美丽被逼作不无色情味的现身说法,在给麻木的人们带来性教育的启蒙和快乐的同时,其内心的苦痛无限翻腾。母性的力量让她艰难而执著地为颜大嘴生下一个遗腹子,平凡而坚定地传承着美丽的人性。安芯在杭州因公残疾之后,尽管众人一致反对,她却毅然选择嫁给杭州,与他一起共度艰难生活。于金水深爱着安芯,默默地在旁边关照着安芯的生活,直到他遇到和安芯一模一样的妹妹安芸。爱的执著,已经远远超越了爱情本身的含义,变成了一种化入日常生活的坚韧存在。它没有宏大历史叙事中的轰轰烈烈,也不是观念化的神圣体现,只是像坚硬的铁轨一样,静静地向前延伸。整个小说叙事,如同坚硬的机车在坚硬的铁轨上前行,没有巨大的事件描述,没有情感的波澜起伏,只是在叙说着众多以奶奶为首的铁路人群的生活韧劲。

日常生活的韧性书写,传达的是一种绵绵的人性力量,即使遭遇生离死别,或者神圣爱情,也只是激起生活中的诸多小小涟漪。这体现了作者驾驭生活的独到能力和生命体验的深刻。同时，传达出生活本身坚硬而绵软的复杂性，这不仅仅是以往那种虚妄的现实主义所能涵括的。

二 悲剧氛围中的淡定与乐观

悲剧氛围的营造，应是小说人物性格凸显的主要方面。一般来说，小说往往通过悲剧情节的大肆渲染，将人物置于情节紧张的氛围下，彰显人物的生存状态和人性力量。《车头爹车厢娘》却没有按照这一常规叙述模式，而是屡屡在悲剧氛围之下表现淡定与乐观，保证文学沿着生活本身的路径走下去，不像以往更多的是一种情绪和气氛的渲染，与现实的艰难与无奈相距甚远。这种淡定与乐观，需要作家对生活的深刻体验，"曾经沧海难为水"，一切生活中的悲剧状态，都显得波澜不惊。然而在波澜不惊的潜层，却涌动着作家对普通民众的命运关注，蕴含着作家乐观的情绪与淡定的生活态度。

奶奶在年轻的时候便失去了丈夫，她把悲痛、怀念、安慰都集中在做鞋子、做女红上，凭着自己的手艺有尊严地生活着。一个历经生活艰难的老太太，支撑起一个铁路家族的全部，成为火车前行的车厢和依靠。当女儿安芯执意要嫁给因工致残的杭州时，她首先是一屁股坐在床上，朝着自己死去多年的丈夫顾自嘟哝起来："死鬼，你就自个儿享清闲啦，不管俺，也不管孩子啦。那年，你咋不把俺一道带去呢？你说说，天底下哪有你这样当爹的？么事不管。你叫俺一个妇道人家操碎了心。你心狠的！往后，你别指望俺供你吃的喝的花的，就让野鬼去欺负你，呼你的大嘴巴子。"这是一个性情豁达的老太太的真情流露，一方面体现了她对自己女儿未来生活的担心；另一方面又体现了她能够深明大义，以淡定乐观的生活态度面对生活的艰难和无奈。当安芯嫁过去之后，她怨归怨，心里却是乐乐呵呵的。陈连根的意外事故，范莹莹的舍身救人，颜大嘴的舍命保火车，孙女枣儿的牺牲，儿子安路的先她而去，对于奶奶来说，这些死亡事件都是一次次的人生悲剧，然而"奶奶就像铁道兵部队上的政委或指导员，在调教一位新兵。和蔼而不失严厉，沉痛而怀有希望。她不是整整他的衣领和袖口，嘴角边泛起讥嘲的笑意。那是与生俱来的表情"。这些死亡事件的叙述，并没有在极悲极痛的状态下，凸显人物的坚强与其他性格，而是将其置于一种最为平常的生活状态中，以淡定和乐观的姿态加以面对。过了六十岁之后，奶奶便将百年后的自己设计得艳丽而飘逸。"她对做这活儿却是神圣不可动摇的。就像一个小女孩，很专注地折折叠叠裁裁剪剪，赋予浪漫的想象以生动的造型。有了鲜艳色彩的映衬，生命便如落红付诸春水般平易。"老人有悲、有喜、有怨、有怒，却始终在一种淡然的心态下生活着，支撑着一个家庭的里里外外。或许这正是普通人活下去的真正哲学所在。

于金水默默地守护着自己心爱的女人安芯，他为安芯的爱情而高兴，为安芯婚姻的不幸而焦急，当于金水与安芯由于众人的恶作剧而独处于一个封闭的闷罐子车厢时，其没有像很多小说那样，恣情书写他们的欲与爱，而是显得非常节制。二人由"车闸失灵一般"到"很不情愿又无可奈何地缓缓停下来"，这是非常深刻的一笔，将人性的真实与生活的本真、现实的无奈结合起来，体现了作者有意识地节制文本中的情感和情绪，将生活中的爱与美淡淡地体现出来。安芯是一个骨子里流淌着和奶奶一样血液的女人。她不顾家人的极力反对，敢于面对受伤后的杭州，并为他付出自己的爱情与青春。当杭州因为残疾而屡屡变得脾气暴躁时，她默默忍受，最终为杭州生儿育女。还有余美丽、梅香、秀等女性，她们身上都有传统女性的温柔与坚毅，善良与母爱。她们都经历了亲人的一次次死亡，却依然能够平静地面对生活，稳稳地将生活的火车头不断地推向前方。

可以说，小说没有浓墨重彩地渲染其中的悲剧氛围，没有精心雕琢人物的性格命运，而是不断将其中的悲剧氛围淡淡而坚定地加以叙述，整个文本的表面，是一个平静的湖水，深层却涌动着人性与爱情的美丽与豁达。看得出来，这体现了作家对生活的不温不火的独到把握。

三 散文化的诗性风格

整体看来，小说的重心并非落在跌宕起伏的情节结构，也并非性格鲜明的人物形象，而是漫不经心的散淡，将生活的喜怒哀乐、悲欢离合通过散文化的诗性笔法表现出来。作家以儿时熟知的铁路新村为背景，用散文化的笔调，着意描写风俗民情，刻画铁路新村的人情人性。铁路新村里的家长里短、婚丧嫁娶等风俗人情构成了小说的审美氛围。因为风俗自然地流露出一个地方人们的天性，作者总是善于从这里去寻找人物性格的源头活水以及与人物有关的风俗。汪曾祺指出："风俗是一个民族集体创作的生活抒情诗。"[①]《车头爹车厢娘》通过一系列家长里短的生活情态、地方风俗，构成了一幅幅具有生命律动而与人物性情相融的铁路风俗画，其中捡煤核、修铁路、拣菜苋等，构成了具体的年代中铁路家属生活的全部。

在情节上，小说没有一般的开端—发展—高潮—结局等环节，而仅仅是将一系列日常的生活和盘托出，没有精心组织的小说叙事结构。小说尽管横跨几十年的时代长度，经历了抗日战争、"大跃进"运动、"文化大革命"等历史事件，却没有一个宏大的情节叙述结构，始终以微观的家长里短、喜怒哀乐为主笔，不以情节的推进为节奏，而以一个个细微的人物素描延展小说的画面。整个小说似乎以孙大路、范莹莹、陈连根、杭州、颜大嘴、枣儿、安路、奶奶等人物的生生死死为主线，辅以铁路新村人家的家长里短，将铁路人群的生活状态和精神面貌表现出来。情节的推进，叙述的结构，并没有一个前后贯穿的节奏，而是按照生活本来的面目和进度在缓缓前行。即使安芯一家的

---

① 汪曾祺：《〈大淖记事〉是怎样写出来的》，李平主编：《中国现代作家与文化现象》，河南人民出版社1991年版。

宝贝"柱儿"的丢失，也没有前后贯穿的线索，柱儿的出现与丢失，更多的是安芯和奶奶等情感世界的表现，更多的是流露一个人的精神世界，而不是事件的完整性。

艺术上，小说没有环境氛围的精确描写和人物心理世界的深入开掘，只是凭借情绪的流动展开小说的叙述。在丈夫即将出事的当天，小说没有书写其中的紧张气氛和环境，而是一再交代奶奶那天纳鞋底的情形。"那天的锥子很不好使，一再断针，半截针尖扎在厚实的鞋底里还拔不出来，那天的顶针极不安分，一不留神就挣脱手指蹦到地上，那天的麻绳锋利如刃，刺得她掌上一道道血痕。"这本质上是小说中人物情绪的流动，或者事件发生的暗示，通过这种暗示，来凸显爆炸事件的发生和奶奶后来一生命运的开始。奶奶的一生都与做鞋子、做女红紧紧相伴。这一兴趣并不是情节推进和人物心理的表现方式，而是奶奶一生的性格气质的体现，无论在哪一层面上，与始终萦绕在文本中的火车的汽笛声一样，都无法构成表现小说情节和人物心理的重要支撑点，更多的是一种情绪的流动。

其他如断腿之后的杭州经常在床上摆弄火车的模型，杭州妈妈喜欢唱越剧，颜大嘴工作之余喜欢侃大山，都散点式地体现了人物的性格与情感，整个小说阅读起来，就像一幅幅漫不经心的素描画，而不是浓墨重彩的油画。

语言上，小说完全以散文化的笔法，以工笔画的形式点染着每一个人物的性格与情绪气质。小说没有明显地交代人物活动的时间和地点，也没有煞有介事地铺陈语言的隐喻和象征意义。"坐在惊惊乍乍的汽笛声中，奶奶剪裁着寡居的漫长岁月，缝补着自己的一生""老寿星穿上了自己做的寿衣，披红着绿驾鹤西去。在短暂的一生中，她用了漫长的三十年来为自己的这次盛装出行做准备。秀、安芯安芸两对，以及孙家的孩子们、老邻居们都看见，烟囱顶端，有几缕轻烟，弄云髻，舒长袖，舞裙裾，悱恻缠绵于仙凡之间"，这样的语言有很多，如同散落的珍珠，诗意十足地出现在小说的各个角落，带给读者的是一种诗性的美感和情绪的飘逸。

  总体上,作家以一种无足轻重的笔调,将日常生活中种种艰难、无奈与乐观,通过散文化的手法,凸显其中最为平常的,却又最能体现民众生活的坚韧与伤痛。整个文本看起来,漫不经意的日常叙事中传达出一种生活的执著与乐观的情绪,体现了作家乐观向上的审美情趣与诗意盎然的语言风格。

第三章　厚重乡土的变与不变

第一节　刘上洋：改革之歌的真诚谱写

《老表之歌》是刘上洋创作的第一部长篇现实题材小说，也是第一部全景式展现江西改革开放前二十年伟大历程的长篇小说。"作为一个文学爱好者，理应毫不犹豫地拿起自己手中的笔，以文学的形式把这段风起云涌风云际会的现实生活艺术地表现出来，这是历史赋予文学工作者的神圣职责和光荣使命。"① 小说立足于江西这块红色土地上的文化，塑造了一组江西老表的群像，他们中有农民厂长、大学毕业生，有村干部、村民、到沿海打工的农村青年，有下岗工人、外资企业经理、国有企业工人，有市委书记、下海干部，等等，人物形象鲜明，相互映衬，错落有致。每个人物身上，既有改革开放特有的时代气息，同时又带着独特个体致富的热切与渴望。在叙事模式上，每一个改革者在改革浪潮中表现出独特的性格命运、情感历程，尤其在主要人物身上，体现出英雄加美女的叙事模式，一定程度上继承了中国现代文学的传统。在文化层面，小说并没有拘泥于故事的走向，而是在人物命运的表现中展示了一个学者的理性反思。在语言中，融散文化的诗性与简洁的镜头式为一体，体现了小说文体一定的创新意识。

---

① 刘上洋：《老表之歌》（后记），作家出版社2018年版，第697页。

一 改革历史与个体致富的协奏

改革小说从新时期初就开始具有一定的引导性。1978年12月，党的十一届三中全会在北京召开，把全党工作的着重点转移到社会主义现代化建设上来。邓小平在1979年10月30日《在中国文学艺术工作者第四次代表大会上的祝词》中提出："我们要做大幅度提高社会生产力的同时，改革和完善社会主义的经济制度和政治制度，发展高度的社会主义民主和完备的社会主义法制。"中国社会开始了自上而下的全国性经济体制改革，而文学也在主流的引导下投入日新月异的改革实践中去。蒋子龙的"改革者家族"系列，高晓声的"陈奂生"系列，柯云路的《新星》《三千万》，张洁的《沉重的翅膀》，何士光的《乡场上》等一系列反映城市工业改革和农村经济体制改革的作品应运而生，形成了"向前看"的改革文学思潮。

这些文学作品风骚一时，其特征是以党的十一届三中全会以来所进行的各项体制改革为表现对象，一方面热情赞颂改革给中国社会带来的新变化；一方面大胆暴露改革进程中出现的新矛盾、新问题，直面人生，切中时弊，有极强的现实感。作品成功地塑造了一批富有进取精神的改革家形象，在社会上产生了广泛的影响。它们的出现，及时反映了当时经济体制改革的状貌，为鼓舞人民走出过去的创伤记忆，努力开创美好未来做出了贡献。因此有人指出，"改革开放的时代为它的兴起提供了现实的基础，作家感应时代、呼唤改革的使命感和责任感则直接催生了'改革文学'，为当代城市及工厂题材文学创作开拓出新局面"。[①]

在刘上洋的小说《老表之歌》中，作家站在改革进程三十多年的历史支点，回望前二十年改革中的人与事，既体现了作品对改革文学

[①] 王庆生主编：《中国当代文学史》，高等教育出版社2003年版，第302页。

传统的自觉继承，也体现了文本在一定的时间距离之后所具有的理性思考。小说的时间跨度选择从1976年初春至第二轮改革热潮再次展开后这一阶段，反映了20年间围坊村、前山县、南江市乃至江西省、珠三角的改革风云。作为这一历史阶段的亲历者，作品几乎包含了所有事件，比如1976年"文化大革命"末期那种压抑的、荒唐的、茫然的时代氛围，此后的毛泽东逝世以及政治上的突变，恢复高考制度给青年带来重新抉择命运的机遇，一直到后来的"大包干"的实行、个体私营经济的发展、承包乡镇企业、创办民营企业、引进外资企业、建立工业园区、开展国有企业改革等，小说通过引人入胜的改革故事和江兆南等拼搏奋斗的曲折历程，生动地反映了这些重大社会变革，为我们展现了一幅全景式的改革开放画卷。

小说没有像当年的改革文学那样，承袭十七年文学中的二元对立思维，相反，而是站在一个乡村发展与个体致富的基本事实基础上，书写中国社会谋求富裕的闯与干。江兆南在"文革"后期因为偷卖鸡蛋被定性为投机倒把的"坏分子"，为了走出家庭的贫困他搞起了长途运输。因为经常跑广东，他打开了视野，也具有了一定的市场经济意识。他从广东买来既便宜又时尚的衣服，在家乡开了一个商店，又将江西农村富余的粮食运到广东，在此基础上赚取了第一桶金。随后他承包乡村茶厂，改进茶叶加工技术，打开茶叶销路，但因为工厂改制的争议，不得不中止承包合同。在感受到新一轮的改革春风后，他贷款开办酒厂、收购行将倒闭的金昌药厂。这些实体经济的开拓经营，在红土地上如火如荼，后因贷款问题，他被迫出售自己经营多年的商店来偿还贷款。可以说，在改革者江兆南身上，不再像乔光朴那样，改革的阻力仅仅来自反改革的一面。相反，江兆南首先是一个自发的创业主体，他承包茶厂、开办酒厂和收购药厂，都来自他内心的发家致富的欲望，而不是来自上级领导的委派。他兴办企业，管理企业，遭遇一个个的困难，既有来自因袭多年的政企不分的体制化因素带来的问题，也有自身因为意识不够导致的系列问题，还有因为竞争对手的人性本质的恶生发的问题。于是在刘上洋的这篇改革小说中,一个贡献便是走出了新时期初改革文学的二元对立思维,复杂地看待中国改革开放的诸多环节。改革文学的根本,不仅仅是改革者与反改革者之间的冲突与斗争,而是有更加复杂的内外交合的因素。江兆南的创业史正是一部南江市的改革史,也是江西改革史的折射。在小说中,江兆南始终是一个充满理想、不懈追求的青年,他的艰难创业过程,就是他受挫、拼搏、韧性追求与智慧摸索的过程。他的身上既体现了一个农民青年所具有的求富欲望和生命激情,也体现了江西这样一个相对落后省份的改革精神与努力。

肖海君是江兆南少年时期的好朋友。肖海君参加高考考取了电子专业,参加工作时因受到许向才的报复,不得不远赴广东自谋生路。他与张亦华一同开办彩电厂,又因为地方政府强行征收沉重的税收而被迫将厂子搬离南江市。肖海君承接了路遥小说中的高加林、孙少平等乡村读书人的道路,只是在路遥小说中,二人的理想显得相对空泛,他们的努力和追求并没有一个明确的目标,只是为了表现20世纪80年代所具有的精神高度。相反,在《老表之歌》中,肖海君同样作为一个读书的农村青年,他的目标在于"读书改变命运",能够有一个体面的工作,或者实现发家致富的愿望。肖海君凭着自己扎实的专业知识,最后和张亦华共同管理彩电厂,成为乡土世界向现代产业转型的标志。

不管是在乡村田地里劳动,还是倒腾运输,或是到异地他乡开个小餐馆,或者开办彩电厂,作家笔下这些年轻人的生活观都很朴素,就是靠着个体的劳动致富,让自己的生活过得更美好。作家正是透过这一群个体的生命之歌,折射了整个江西乃至全国民众身上的致富欲望,把握住中国改革开放的最原始动力。作品没有刻意写他们如何成功,而是始终紧扣乡土伦理和乡村欲望,写他们普普通通的生意经,把普通人在艰难生活中挣扎坚持的那种韧性表现得淋漓尽致。

同时,小说也不回避乡村世界中人性缺失的一面。许向才是一个善于钻营的青年,他靠打击报复肖海君和江兆南,成为县革委会于副主任的乘龙快婿,最后一步一步地成为公社书记、轻工业局局长。在搞活经济后,他利用职务,开办酒厂,通过不正当竞争打垮江兆南的酒厂。当酒厂出事后,他逃到广东,投资淫秽影像制作,最后被查封。肖丽萌本是江兆南换亲的媳妇,离婚后因与家中父亲负气,出走广东谋生。她经营着一家小饭馆,正当生意红火时,却又被一起从事淫秽音像制品买卖的黄乃亮欺骗,甚至怀上了他的孩子。当遭到黄乃亮的抛弃之后,她打掉孩子回到老家。一直深爱她的林一凡准备向她求婚,她却在得知江兆南的妻子成为植物人,而他又是市委书记的亲生儿子后,再一次想嫁给江兆南,最终被拒绝而独自一人南下广东。此二人在追求致富与发展的过程中,缺失了一定的主体精神和价值,远离了乡村伦理的基本准线,最终沉沦于权力与欲望的泥沼。他们并没有与前面的江兆南、肖海君等构成改革与反改革的二元对立,而是客观地成为中国改革开放的复杂多元的存在。

本质上,正是广大民众致富欲望的奔涌,中国社会才会有真正全面深入的改革开放。小说写改革,并没有将其完全纳入政治化的视野,而是立足民众自发性的致富欲望,书写他们对幸福生活的渴望以及不懈的追求,直面他们遇到的艰难与波折,将个体致富欲望与国家层面的改革开放融为一体,形成了众人的协奏曲。同时,小说写村里年轻人的不断创业和追求,但没有沿用当下流行的成功哲学思维,刻意写他们如何成功,而是始终紧扣他们普普通通的致富欲望,写他们不断遇到波折,承受各种意外的困难,表现他们在日常生活中挣扎坚持的韧劲。

二 改革命运与爱情走向的同构

小说中众多人物因为改革和创业走在一起,而爱情、婚恋则是他们内在关系的纽带。小说一方面在一个宏阔的历史框架下书写众多老表的创业之歌,书写他们寻求致富的欲望和信念;另一方面则通过巧妙而自然地把握人物之间的情感勾连,书写他们的情爱与婚姻,表现他们在传统与现代冲突下的挣扎与信守。男男女女之间的不断重新组合,正是改革与创业大潮中人的启蒙、解放、追寻与成长,两个方面形成一个同构关系,辅助并深化了小说主题。

  爱情首先是改革的驱动。江家和肖家换亲,根本原因在于两家生活贫穷。江兆南在换亲之后的新婚之夜,同意与没有感情基础的肖丽萌解除婚约,一方面体现了江兆南在人格上的大气与事业上的进取;另一方面则刺激了江兆南外出寻找致富机会,最终通过一轮一轮的艰难创业实现自我的价值。江兆南真诚面对万秋红对他的爱意,他把她当作自己的妹妹,互相鼓励,互相照顾。他在工作过程中三次遇到翻译高雅红,在二人的相处过程中找到了共同语言,也实现了双方的情感升华。他们二人在办茶厂、酒厂、药厂的艰难中,相互温暖又相互帮助,突破了功利和世俗的束缚,最终二人在喜乐的民俗文化中走进了婚姻的殿堂。当高雅红被车撞成植物人之后,江兆南不离不弃,始终守候在高雅红的床前,深情呼唤着高雅红的名字,最终感动了命运之神,高雅红产下一子,并恢复了正常的生活。江兆南的情爱过程,与他艰难的创业经历,犹如两条并行的铁轨,呈现一种同构的关系。

  在肖海君与江凤梅之间,演绎的是一场典型的传统婚姻模式。二人虽是换亲,却是青梅竹马,情投意合。肖海君考取大学之后,婚后的江凤梅在家里任劳任怨伺候公婆,耕种田地,充分体现了一个传统乡村女性的家庭伦理观。肖海君在大学时期遇到爱慕颇深的张亦华,经历一番伦理与欲望的冲突之后,肖海君选择了传统伦理的一面,拒绝了张亦华的表白。当江凤梅被一个洪水浪头打晕而淹死后,张亦华也与杜强离婚,二人最终成就了一段美满姻缘,体现了一种有情人终成眷属的传统世俗理念。江凤梅的死,正是乡村社会的隐喻性表达。乡村社会的淳朴善良遭遇市场经济的大潮后,很快失去了存在的根本。另一面,在江兆南与高雅红之间,却是乡村伦理中的生死相依,相濡以沫的体现。无论乡村社会如何现代,市场经济如何取代原来的经济模式,乡村伦理都是人们生活的价值支点。可见,这是作家站在现代社会的支点,展开对乡村伦理与乡村爱情的辩证思考,也体现了作家对乡村文化之根的把握与理解。

肖丽萌的爱情正好与江凤梅构成一个戏剧性的对立。她将爱情建立在权力与物质之上,却失去了乡村社会文化的根本。因为许向才是民兵营长,她不愿意嫁给贫穷的江兆南,而意在对许向才投怀送抱。当许向才一味钻营,娶了县革委会副主任的女儿为妻,她逃离家乡去广东发展,她在广东开了一个小饭馆,却与生产淫秽音像制品的黄乃亮同居,在被其抛弃后返回老家,与林一凡共同经营一家宾馆。正当爱慕肖丽萌已久的林一凡要向其表白时,她却将另一半的选择转向妻子已成为植物人的江兆南。最终因为江兆南的拒绝,肖丽萌只能悄悄独自离去。肖丽萌的爱情,既有她人性中欲望缺乏理性引导的一面,又有时代改革事实的影响。小说中有相当篇幅涉及一代年轻人的婚姻爱情,写得活跃生动,富有戏剧性。

在小说中,爱情叙事既是乡村男女情感自然流淌的真实表现,又一定程度上套用了传统的英雄加美女的模式,体现了作品对传统文学的继承。在江兆南这样一个充满改革欲望的青年身边,万秋红、高雅红等女性完全体现了传统女性的美德,他们总是扮演贤内助的角色,从生活上、情感上温暖着丈夫。这与蒋子龙的《乔厂长上任记》《新星》等作品中的改革英雄叙事模式达到一致,体现了一种新时期文学传统的自觉继承,也体现了作家对中国古代传统文学叙述模式一种潜移默化的承续。"才子佳人模式"、英雄加美女的叙事模式,在江兆南、肖海君等青年身上,转化为寻求致富,并遇到善良贤惠的女子相助的人生模式。

其次是情感关系的大团圆叙述模式。小说一开始就埋下一个伏笔,江兆南原来是梁光含的亲生儿子。因早年梁光含将只有几个月大的孩子送人,儿经辗转到了江父手里,江父找到当年把小孩托付给他的老表，确认江兆南就是梁光含的儿子。同样，高雅红因车祸成为植物人后又恢复知觉，并顺利产下一子。这些充满戏剧性的情节强化了主要人物的关系，也带来了一定的大团圆式的乐感效果。反过来，许向才最后企业破产，流落他乡，肖丽萌过于功利，最终也是孤身一人出走广东，二人身上的情爱故事，体现了"善有善报，恶有恶报"的戏剧模式。

同时，在小说中，爱情与江兆南等的改革事业如同两根绳索，相互搅和在一起，形成独特的小说结构。首先是生活的贫穷，让江家与肖家两对青年男女换亲，展开了乡土历史文化中沉重而又富有人性的一面。换亲事实既体现了乡村换亲的残酷和现实存在的复杂，又正面书写江家的大气和两家的情感基础。随后江兆南一次次的创业努力，刚开始搞长途运输、收购茶厂，他遇到了高雅红，二人有了情感的基础；随后被迫放弃茶厂的承包，高雅红也离开了他；后来办酒厂和药厂，他重新找回高雅红，二人最终走在一起；当药厂出现危机时，已经怀孕的高雅红被撞伤成为植物人；江兆南倾其所有为高雅红治病，高雅红最终产下一子，病愈出院。小说在大团圆的氛围中，江兆南迎来了事业、爱情与家庭的丰收。在肖海君与张亦华这对有情人之间，他们各有自己心爱的家人，在个体的内心世界展开情爱与伦理之间的冲突和较量。二人虽然因为相同的专业背景和后来共同经营彩电厂的经历，志同道合，但二人的爱情屡屡遭遇家庭的阻力。二者在人性伦理的刻画与改革的推进之间不断冲突，小说内部产生了一定的张力，体现了作品在人性表现方面的超越。因此，小说一方面写官场、商场、乡村等不同世界的权力之争；另一方面写亲情、爱情、友情共同联结的生命存在，二者在一个宏大的改革交响曲中协奏出个体的生命强音。

小说因为前者有了时代的激情与生活的厚重，因为后者则有了情感的热度与生命的质感。作家在理解人性与生活的基础上，书写众多个体的致富欲望，把握时代改革与发展的节奏，形成一曲个体情感与改革事业的二重奏。

三 厚重的文化反思与镜头式的语言

反思也是《老表之歌》的一个重要特点。小说没有单纯从理性的文化分析入手，而是将作家对江西地域文化的熟知，化入一个个活生生的个体生命轨迹，将人物性格与文化性格自然融合，在广博的老表文化中抵达反思的高度。也就是说，作家将他在日常行政管理中生成的对江西地域文化的思考，凝聚成著名散文《江西老表》，其中有对江西人的性格进行六个层面的反思。而在《老表之歌》中，小说进一步将散文中的思考化入一系列个体具体的生活与生命当中。作品通过绵密的人物关系、人生遭遇和心路历程的设计，塑造了江兆南、肖海君、江凤梅、林一凡、肖丽萌等乡村青年的生命形象，在这些个体形象身上捕捉他们的时代光影与地域性的文化性格。作家站在更广阔的文化比照视野，对所在地域的文化特色与局限做了一次深刻的剖析与展示。

其一，小说在一系列乡村青年的生命轨迹中，反思时代政治给个体命运带来的影响。作者长期担任领导干部，了解全局，能够抓住江西改革开放的具体面貌来写，其中有极左政治时期对民众致富欲望的压抑，有改革开放以来乡村开展沼气池改造、脐橙种植等场景，有乡村创业中开办养猪场、制茶厂、酒厂、电视机厂的实践等。小说一开篇就是江和肖两位青年为了给父亲治病，而在夜里偷偷卖鸡蛋，却被民兵营长带人当场抓住。二人于是被作为"坏分子"当众批判，并影响他们的高考，直到党的十一届三中全会之后才恢复正常。强大的政治话语对个体生命的压抑，通过民兵营长许向才的"恶"直观地表现出来。透过江和肖二人的悲剧，一方面体现了民众内部自然生长出来的致富欲望；另一方面也展开了极左政治文化对生命个体的压抑和迫害。如同古华的《芙蓉镇》，在一个湘西文化的氛围中展开李国香对胡玉音等个体的政治迫害，以达到文学对极左政治的控诉和反思。在

《老表之歌》中，作品在江西文化的时空氛围中展开对当时极左政治的反思。其他如把市场贩运看成"投机倒把"，把包产到户看成"走回头路"，把承包企业看成"搞资本主义"，作品将目光投向曾经的岁月，在历史反思的层面通过个体生命的呈现，来思考中国改革开放的缘起。其次，在改革开放期间，作品通过一个个生命个体的命运浮沉，展开市场经济浪潮带来的文化反思。由于市场经济大潮激起了人们的原始欲望，这种原始欲望是一种带有野性的生命力，引导得好可以变为推动时代前进的动力，但稍不留神就有可能成为脱缰的野马，给改革开放和社会发展造成不良的后果。江兆南给了开发区主任钟书清二十万元，用于送礼品跑项目；高雅红和江兆南喝一杯酒获得十万元的贷款，最后二人喝得烂醉如泥；许向才为了牟利和整倒江兆南，不惜制售假酒，被查后又办音像厂制售黄色音像带；其他还有把民营企业和外资企业当作"唐僧肉"，对这些企业乱罚款、乱收费、收"过头税"、索贿受贿等，小说通过书写这些市场经济文化对个体生命的影响，展开鲜明而又理性的批判，并在个体生命轨迹中表达深层的文化反思，对于当下社会建构正常的市场体系和价值体系具有一定的意义和作用。

其二，小说立足江西本土的地域特征，反思地域文化性格与独特地理人文的关系。作家在其著名散文《江西老表》中分别从历史文化的角度，全面分析了江西人文化性格的丰富内涵和形成原因，高度概括出六个特点：一是温和守矩而缺乏敢为天下先的精神；二是不排外但会搞内耗；三是有小聪明但缺乏大视野；四是会读书但缺乏创造力；五是有着强烈的官本位意识而缺乏市场经济观念；六是朴实热情但缺乏勤劳刻苦精神。文章的字里行间体现了深刻的批判精神、辩证的理性思维、独到的文化眼光、博大的人文胸襟。这种文化反思的胸襟与精神直接体现在其长篇小说《老表之歌》中，转化为具体的日常生活图景及其观念形态。小说中写到村里人如何养猪和考上大学，而江西老表正有"一会养猪，二会读书"之说。这些人物大都地方文化性格突出，使小说成为真正的"老表之歌"。作品无论写江兆南在跑运输和办企业时遇到的种种官本位现象，还是张亦华和肖海君的南江彩电厂因拒缴地方政府征收"过头税"而被迫撤回原地，都暴露了改革开放进程中营商环境不佳的诸多问题，作品立足江西本土，反思江西文化性格中存在的狭隘、自私和"红眼病"等不良心理，这在本质上指向了江西经济落后的内在原因。在肖丽萌开饭店的过程中，小说写到饭店里的一次打群架，一群江西打工者在打架中各自为战，而相应的湖南打工人却非常团结。这一日常生活的细节之处，凸显了江西文化性格中"搞内耗"的局限。当张亦华等不堪地方政府征收的"过头税"，不得不将彩电厂撤回珠三角，市委书记等黯然看着一辆辆满载着生产设备的汽车离去，空留下一个个厂房的场景，透出的是作家对地域文化性格一种无奈的叹息与无声的批判。作品将笔力聚焦于改革开放之初江西人寻求致富的日常生活，并将人们的生活、习惯及观念中的不足与局限，通过具体真实的变化淋漓尽致地展现出来。

其三，小说在宏大的时代画卷中展开深层的人性反思。作品里面的大多数人物，既具有改革开放的时代背景，又有合乎人性逻辑的性格历程。作品有力地展现了中国改革开放这样一个大的历史进程，以及这个历史进程对于普通人的命运、精神面貌以及性格的深刻塑造和深远影响。肖丽萌一开始拒绝江、肖两家换亲，而执意与江兆南离婚，体现了她勇于追求自己幸福的一面。她喜欢有权的民兵营长许向才，却发现许向才已经攀上了县革委会副主任的女儿。她离家出走到广东，先打工后开饭馆，但由于求利心切，跟一个贩制黄色音像的老板搞在一起，结果被骗，最后餐馆被烧，落了个人财两空。林一凡喜欢肖丽萌，在她落难之后将其带到身边，而她却在得知江兆南的真实身份是市委书记儿子后，一心想着嫁给江兆南。在肖丽萌的身上，既有时代文化的影响，更有其内在的人性不足。肖丽萌与江凤梅正好构成了人性的两极，一个体现了人性的缺失；另一个则是人性的美好。江凤梅最后被洪水淹死，体现了作家对传统文化中人性美的一种思考。洪水则是一个时代文化的隐喻,意味着市场经济对传统乡村伦理带来的冲击。传统文化中真美善的一面,遭遇市场经济文化的浪潮,很快便不堪一击。这里既有作家对人性本体的思考,又有对市场经济带来人性冲击的沉思。许向才是"文革"中提起来的干部,他欺骗乡村女子,拜倒在县革委会副主任的膝下,为了获取权力娶其女儿为妻。他依靠县革委会副主任当上了镇党委书记,为了打压大学毕业的肖海君,将其长期晾在资料室里。改革开放后,他感到仕途无望,于是下海办厂,为了牟利和整倒江兆南,不惜制售假酒,被查后又办音像厂制售黄色音像带。这种人本质上属于恶的一面,又是市场经济中泛起的沉渣,他最后被改革开放的大潮淘汰,体现了作家对一定时代下人性本质的反思。

于是,小说通过对一群普通青年顽强拼搏英勇奋斗形象的塑造,真实地展现了落后乡村寻求致富的艰难历程,反映了改革开放给国家和人民带来的物质和精神生活的巨大变化,其中涌动着一股理想主义的激情。读者在充分感受到中国大地上改革开放的原发动力,理解他们的奋斗、挣扎、破茧为蝶的过程时,不难把握作家对时代文化、地域性格、人性本质的反思。于是小说既有了文化的厚重,又有了地域的亲近,更有人性的温度。

同时,小说沿用现实主义的手法,采用镜头聚焦的方式,对准各个时代文化下的乡村农民创业故事,书写他们的生活与爱情,真实呈现日常生活的诸多细节。一方面,大量采用电视"特写式场景"和"镜头式语言",显得简洁明快,人物语言富有个性。人物的性格、表情和心理活动,主要通过电视剧那样鲜明精短的对话来体现。江凤梅的温柔而又勤劳、张亦华的泼辣而又善解人意、牛斤的懒惰而又小气、许向才的势利而好色、江兆南的开拓进取、肖海君的淳朴执著等,这些人物的性格往往通过具体的场景对话来体现,从而避免了小说人物心理刻画的冗长与叙事的拖沓。另一方面,小说又通过散文化的笔调,将人物的生活空间诗意化和意境化。小说多次聚焦乡村一棵古老的樟树，通过它四季枝叶的变化，构成乡村生活变迁的隐喻，诗意化地呈现了乡村人物与乡村生活的巨大变化。

　　但是，我们也应该看到，因过于追求镜头式的语言叙述，小说在氛围营造与人物心理刻画层面也表现出一定的不足。小说在一个个串珠式的生活场景中，忙于创业故事的讲述，却在乡村生活氛围的营造与乡村文化性格的关系等方面缺乏足够的文化高度。如在肖丽萌开的饭馆中，一群打工者打群架的场景，本欲表现江西地域文化性格的不足，却只是通过一个简短的打架场景来说明。小说没有将氛围营造与地域文化紧密相融，停留在一定的理念层面。作家凭借多年对江西本土文化性格的体验式研究，其散文《江西老表》中的观点融入小说创作中，自然会进入小说的具体细节或场景，或者说小说通过具体的故事情节，表现江西文化的某些性格。要真正做到二者的有机融合，小说应该在具体的细节或场景中，注重人物生存的文化氛围营造，或者将其置于真切的生存空间，自然表现他们的生活观念、行为习惯等。同时，小说在人物心理的深度开掘层面不够，影响了人性复杂与丰富性的表现。如肖海君在大学读书期间，家中有贤惠的江凤梅，而校园里又有大胆率真的张亦华，小说并没有真正深入刻画其心理的纠结与矛盾，而只是简单地作出了选择。同样，在张亦华后来的结婚、离婚中，她与杜强的关系也处理得过于表面化和简单化，因而人物在一定的语境下缺乏足够的张力。

　　总体来看，小说视野开阔，思考深入。既有乡村生活的日常书写，涌动着乡村变革的生命激情，又连接城市经济的广阔舞台，书写改革推进的动力和阻力，体现了作家对中国经济发展的内生因素、外部驱动、发展局限等维度的歌颂与反思。《老表之歌》最突出之处是用平凡朴实普通人的故事为我们揭示改革开放开启的深层缘由。小说用不加修饰的现实主义的手法，表现了改革开放的历史缘起、人们朴素而又坚韧的生活观与致富观，并书写他们的勤劳与进取，展现了一幅壮丽的改革画卷。作品采用回望历史的视角，深情书写改革开放前二十年的乡村发展历史。原汁原味的生命形态中既有原始的生命欲望，又有国家层面的文化反思与引导，还有地域文化性格的探究与人性内在的反思。总之，小说既有歌颂改革开放的高度，又有文化反思的深度，更有日常生活的热度。同时这部小说写村里走向市场经济的那些年轻人，并不刻意写他们如何成功，而是始终紧扣他们普普通通的生意经写，写他们不断遇到波折，承受各种意外的困难，把普通人在艰难生活中挣扎坚持的那种韧性表现得淋漓尽致。作家把值得记住的江西老表的草根历史写出来，使小说有了感人至深的力量。

第二节 樊健军：社会转型期生命热力救赎的呐喊者

2016 年，作家樊建军的短篇小说集《行善记》结集出版。作家深入民间生活、精神场域，探采蕴蓄其间的生命流动与现实困境。他多将叙事的空间置于民间乡土之中，在这个空间里交织着对生命价值最执著的体认与尊重，在爱欲与仇恨交织的地表之下涌动着一脉救赎的泉。这为救赎而呐喊的声音丝丝缕缕，一如在空寂的旷野中寂寞地回响。

一 民间场域里生命热力的书写

作家敏锐地捕捉到乡土民间地表之下涌动着的生命热力，既有热力的消逝，也有热力的勃发。纵然里面混杂着利益、仇恨、爱欲，但却丝毫没有对乡土民间的贬损。伯父黄烟为逝者剃头作揖、焚香、净手换衣，马九爷捡坟遵守严密的流程，二人的举动都是源于朴素的因果观念的信奉和对生命价值的尊重，对生命的逝去表示扼腕的同时极力维持为人的尊严。黄烟现阶段的生命意识始于养子作奸犯科被处决后所形成的心理禁制。在他看来，是他年轻时的放浪直接影响了他的养子，并引发之后的一系列罪恶，他也在用一生去偿还自己的罪恶。

这样的生命意识同时也在《行善记》的马九爷身上翻涌，那烦琐而严苛的捡坟流程来自他朴素的生命观，他认为人死后的金骨是灵魂附着之地，而每一个灵魂都曾拥有过生命的火树繁花。

《搂着冬瓜跳舞》里的"我"最终选择延续伯父剃刀的职业，用着曾经的骨把剃刀，表演前后对客人同样的恭敬作揖，对整套工具精心爱护，那是一份信念的坚守，一如伯父当初完整而虔诚的仪程。《行善记》里的捡坟，一个包含民间信仰、爱情、生命观与死亡观的故事，生命的高度被降格到可以触摸的地方。它关乎在生命与生存之间抉择的碰撞。而《罗单的步调》里涌动着的是复杂交织的仇恨里那静止的时间观，在家庭伦理观的无意识牵扯下走向罪恶的回旋。《1994年的寒露风》更是透视了乡野民间价值伦理，那被强大主体性所遮蔽的个体性的式微本源——利益纠葛下人性自私的狂欢。

显然，作家在这里讲述的是一个乡土民间的故事，它涉及死亡，涉及乡土民间价值伦理对理性社会的冲决。一个是家族利益的历时性争夺，一个是在集体的荫蔽下行个体利益劫掠之实，而这样的故事在民间场域里恒常恒新。他从民间的复杂经验那痛彻的伤口汲取反思与救赎的力量，揭开利益争斗的伤疤，显现出理性社会的禁绝之地，那是家族伦理体系建构下，宗法制里集体性的残留带来的灵肉煎熬的复杂。

罗单在绵长杂乱的家族相互仇恨与相互厮杀的历史惯性牵引下，"他回来就是为了向武家复仇，没有原因的复仇"。在不明就里中，复仇既是手段，更是目的。在失去理性的复仇造成了不可挽回的恶果后，才发现，自己才是新一轮复仇的始作俑者。除了为家族间的仇恨之网徒增另一个死结，更让这份世仇愈加无始无终，难分难解。复仇的狂欢消退之后留下了一点点使世仇得以延续的星火。

《1994年的寒露风》里呈现的是集体性压迫下个体性声音的萎靡与湮灭。身为农技站站长的古月明出于职业操守为补上镇上巨大的粮种缺口，在老战友处购买了一千余斤稻种，却因一场意外的寒露风和农民未能按宣传单科学育苗，致使全镇大面积减产甚至绝收。"在他们眼里，我所有的一切都是可疑的，来历不明的，不清不白的，不干净的，都犯了财产来源不明罪。"对于一个大家都不信任的人，他的一切都是值得怀疑的，而值得怀疑就是他一切罪恶都会犯的有效证供。他们完全不用对一个"罪犯"施予任何同情心，他们可以对这样的"人民公敌"的财产自由剥夺，可以对他的人身动用私刑。即使最后他搜集了完整的证据链证明他无罪，但慑于"集体利益"遭到侵犯，在巨大的社会呼声中，法律事实最终还是让位于"事实"。

  作家向我们展示了社会的隔膜、偏见，社会信任丧失下的暴行，以及集体性笼罩下个体的无名和失语状态。古月明是无辜的，他的失语与缄默表明，他察觉到了事情的真相：理性社会的建制被强大的主体性所绑架，在一个集体性喧嚣的空间里是没有个体性声音发声的机会的。而这正应和了古斯塔夫·勒庞的社会心理学研究："个人在群体影响下，思想和感觉中道德约束与文明方式突然消失，原始冲动、幼稚行为和犯罪倾向的突然爆发"的实相。在这种集体性价值建构的逻辑体系里，群体中的人认为自己可以对暴行不负私人道德意义上的责任。社会信任的缺失和从集体性的利益立场出发的不容忍态度，产生了道德和理性的"群氓"，使个体合理性声音的隐没。古月明最后"平静度过余生，别无所求"的现实选择正是这种个体声音遭受压抑的精神疼痛的表征。

  小说的另一重厚重来自作家的叙事策略——作家采用了倒叙式的刑侦探案模式。语调初时平静，随着线索的涌现，情节得到不断的延展，事情豁然开朗，临近结尾再瞬间倾泻而下，恍如大雨瓢泼，当最后一点雨滴坠落，情感的堤坝被猝然撕裂，内心被洗劫一空。伯父死后，"我"逐渐知晓了他的一生。武强因过失杀人被判处无期徒刑后，二叔酒后吐露出了罗单一直寻求并直接导致他掀起新一轮仇恨波澜的答案。当我们在情感的荒原上再伫立回望之时，是否会感叹生命的无常与脆弱。

二 时代转型期传统续接的焦虑

无箫大师成为串联艺术与"食客"的社会链条的关键一环，凭着他聚集起一批"艺术食客"。在这个利益链条上，他们张着各自尖锐的刺却又上演着刺猬抱团取暖的情节。半隐斋——一半商人，一半藏身字画。有了小城"大师"兼"食客"的作品的"签约权"在，无箫大师才能凭借半隐斋主宰小城中书画界和商业界的中心地带，才能在满城的恭维之声里成为"大师"，反过来无箫大师则必须让自己化身为银子通往"大师"口袋的桥梁。无箫大师是两个圈子的成员和经纪人，他不能在任何一方喧宾夺主，但是在两个圈子的交界地带他是绝对的"王"，他有欲望也有义务为他领地内的"臣民"开疆拓土，以换取更大范围的资源交换，完成艺术到物质的变现。

他充分利用汪先生的影响力所编织的社会关系网，在利益、权力、声名的诱惑与兑换中实现人的网罗和组织，并且生成属于这块领地的价值。他利用名人光环在艺术与资本勾兑的小作坊内惨淡经营，游走于资本和世情之间，精深于资本的运作与增殖。然而，"花花绿绿的钞票流水一样淹过去"，在挣扎中，"他的双腿让看不见的淤泥捆绑了，每迈一步却招致更深的陷落"。在领地"臣民"将他送上王位后，他却发现自己是被欺骗者——成了他们艺术兑现为物质的工具和前台交换的遮羞布，留给他的只有用以麻醉和催眠他的恭维所带来的虚名。沮丧之中，他选择了对"臣民"的背叛和报复——将慕老的真作封藏，卖出去的都是自己凭足以以假乱真的模仿能力所作的仿画。蒋先生发现这一漏洞并以此胁迫无箫大师为他批量仿画，在蒋先生东窗事发后，出于畏惧，他将库房里未卖出的仿画悉数焚尽。

当艺术沾染了俗世烟火气，艺术的定位、艺术家的身心该何处安放？是在艺术与物质间壁垒打破后为这开放性空间着以更为绚烂的色彩，还是任由其为脂粉艳香所涂抹，在走向被焚化的结局中，成为无萧大师手中很上火的仿画被焚化后飘扬着的黑蝴蝶，目睹着它魂飞魄散而久久萦绕，不肯散去。

《走灯》和《纸羊》将目光集聚到在现代化经济发展的语境下的传统民俗，当传统艺术失去了他赖以依附的根基和土壤——人，年轻人外出，"左寻右找，一个小年轻的影子都见不着了"，那曾经令老一辈痴迷的舞龙灯与剪纸花传统技艺注定将要消失。结尾庆秋寄回的桌腿套被翠玉当作花猫的鞋子，花猫被布兜套得死死的，怎么也甩不脱，便就那样踢踢踏踏地走着，而我们也就这样不尴不尬地活着。

《纸羊》里三陀子干了一辈子的纸扎活，却都是用于逝者灵前焚化。他想过用于活人身上，想着顺应时代的流变而转型，在店铺开张时推销他做的花篮但却被人嫌晦气，只能拆了，就连儿子也因为他的这份职业与他存在隔膜。终于有一次可以用在活人身上——孙子槐儿学校的表演道具，但却因情节需要遭到必然的损坏。更为令他痛心的是，他这家托尸巷最后一家百年老店不久就要拆迁，老人失去了最后的凭附，无奈把之前做的纸羊偷回并置于河边亲手烧掉了这些精心编织的艺术品，向这些自己亲手编织的心血、向赖以为生并陪伴自己一辈子的传统技艺作最后的惜别。那曾经令他们痴迷、陶醉并守护一生的传统技艺，那些精致的艺术品全要从他们的生命中走失。眼睁睁地看着自己那无法延续的技艺，一腔悲愤，就如亲眼看着自己受伤的孩子的气息和脉搏正在渐渐变弱。曾经萦绕在心头的满足被抽离，代之以满目疮痍的空寂和废墟。他拾起纷零的幻象，在孤绝与无望中选择将他们亲手埋葬。

从舞龙灯的满堂，到剪纸花的翠玉，再到做纸扎活的三陀子，无一不代表着他们那个时代的传统技艺的精湛者。他们对自己所承继的传统技艺有着虔诚的信仰，面对时代更迭的冲击与时代观念的变更，这些技艺的最终指向无疑是没落乃至失去传承，被永久地封存在历史的记忆中。但作家对他们创作过程的展示毫不吝啬，他们陶醉于各自技艺的制作。在这种叙写中，一个正在创造一件艺术精品，一个正在完成光荣的记录。正当我们沉浸于艺术杰作的叹赏时，时代剧烈的转身却在告诉我们一个无情的现实：这些技艺正在被她的子民们所遗忘，历史只能选择将其封存，这些都可能只是成为将来的人们那叹息声中富丽的想象。我们分明可以听到另一个隐藏的声音——作家对民间传统技艺的不可避免的消逝的惋惜之情。其中还夹杂着在传统与现代语境的割裂中，对以优秀而精湛的传统技艺的消逝为结果的焦虑。

焦虑与割裂相关，难以阻绝的割裂，传统技艺难以与他的继任者相融的尴尬。对传统技艺加速流逝的勘探与发声，表明了作家对处于巨大社会转型期的当下的敏锐触摸和切身体悟。中国四十多年的改革开放历程让中国从悠久而沉寂的农业社会架构变得躁动，在现代化的浪潮翻覆里，裹挟着繁荣与发展，却又带着人心的震荡与浮躁席卷着曾经的传统而去。

在现代化的浪潮冲刷之下，人们的生活在物质欲望释放的激情荡漾中变得紧张而又紧致，人们无暇顾及失去坚实物质附着与根脉的部分传统，并义无反顾地将其置于一旁，但古老而稳固的传统却只能猝然应对，它们并未准备妥当就在仓皇间被人们束之高阁或被彻底地封存到历史、影像的记忆中。在声声惋惜中，我们放任这些曾经带给我们浓郁年味、醇厚幸福感的传统技艺在历史的烟尘中风干萎缩，成为最亲近的陌生之所在。那些属于千百年积淀的所在，就这样被我们这几代人轻而易举地抛开，就这样在我们指缝间流逝，直到被时间的烟尘彻底涂抹掩盖，空留后人叹息哀婉。

这是传统的大哀，也是时代转型期的大悲。既指向过去，更指向未来。《百鸟朝凤》和《走灯》、《纸羊》互相映衬，传统技艺的流逝与当下人对传统的珍视的消弭互为表里，笼罩在传统之上的是现代化转型期的剧烈，当传统不再能为人们提供更为有效率的服务之时，传统的凛冬转瞬即至，这是讲求物质和效率的社会节律。但断绝了传统根脉的我们，是否也会像花猫一样被套上不合身的羁绊，跟跟跄跄地在生活中举步呢？

三 主体性压抑下个体性的叛逃

1984年出生的少女夭夭，喜欢用肢体来言语自我，她在抗拒母亲谢沁儿的"包裹"中迷失了。为了挣脱谢沁儿出于母性与潜意识里的"爱"的包裹，她极尽享受挣脱的自由与反叛的快感，母女之间的追逐与逃离成了一场游戏和冒险。与其说夭夭想翻越谢沁儿以爱之名和主体性依附构筑起的深宫樊篱，不如说她想充分享受自己身体的权利——探索"母爱"主体性之下个体权利的边界和可能。在混杂着欲望、混乱、强烈的困惑与隐蔽的压抑的书写中，作家试图写出中国正在上演的家庭教育观念的悲剧，向世人展示他所探掘到的文化心理空间。

在《我们的风流韵事》中，夭夭和谢沁儿的"母爱"是互相指涉的对象。心理创伤后遗症驱使着谢沁儿竭力将夭夭突出的女性特征包裹起来——像她自己一样，以为这样就可以让女儿脱离自己的悲惨遭遇。另外，夭夭却在困惑中用尽全力去破除母亲精心营造的牢笼，严防母亲侵入她的领地和自由。夭夭用母亲极力阻止与乃至于恐惧的叛逆方式，去逃离母爱主体性荫蔽下所造成的对个体性独立的封锁。母亲以自己所认为的爱的名义顽固地将女儿拽回自己所守望的园地，夭夭却以挥霍性地利用自己身体的种种行为作为到达自己破窗而出的目的地——一具美丽、圣洁的身体，更为重要的是要有自由——的手段。挣脱的欲望激发着夭夭的逃离同时又在挫伤着夭夭。谢沁儿在封锁女儿的同时更是变态般地封锁着自己，压抑着自己，乃至对自己女性主体的身份表示出一种极端的厌恶，而这种心理更是——投射到了夭夭身上，并最终让夭夭再一次堕入自己曾经经受过的悲剧的轮回之路中。在悲剧背后充当推手的正是她自己——那无从抗拒和反驳的顽强沉默，那难以言说的羞耻和疼痛。

这种状态其实就是当下中国家庭教育的现状。那些当初自己走过的"弯路"要严防死守,那些自己曾经幻想过的希望要由子女来一一实现。对于那些被迫接受的孩子而言,这些业已划定的路径和圈定的园地却让他们猝不及防。他们的自我认知和对世界的想象都成为父母压抑对象下的违禁品。这一切都被提炼为身份的焦虑:父母在潜意识中将自我设定为"爱"的施行者,却忘却了同孩子交流的必要性,意图让孩子的个体依附于父母强大的主体性之下。并且相信在自己强大主体的规训之下,孩子顺着自己规划的路就能够走近他们遥望的未来,而孩子却在中途发现了现在的生活状态所没有的别样风景。于他们而言,缺失即美好。在尝试到逃离的自由的滋味后,酝酿着更大的叛逃行为。但他们只是听从了叛逃行为所带来的前所未有的快意,却忽略了叛逃的方向。他们唯一参照的坐标和方位就是父母所设限的反方向。这意味着,在翻越围城的途中,他们一次又一次地失去自己的方位与坐标。待孩子最终翻越出父母所建构的樊篱时,父母却发现孩子的走向恰恰是他们曾走过的悲剧道路。历史的悲剧惊人的在孩子身上重演——酒酒服从规训,在无声与压抑中选择吞安眠药自尽;夭夭选择悍然逃离,极端放纵自己的身体,在报复中引发了苏小卒的弑父。而这些都是母性之"爱"对孩子个体性的过度遮蔽所催生的梦魇。夭夭虽逃离了死亡的痛苦过程,却也意味着剪除了自己彻底解脱的可能性,于酒酒而言,死竟胜于活着。从今而后,夭夭注定要接受比死更痛的折磨,这会成为她挥之不去、时常隐隐作痛的"精神耻骨"。

　　孩子和父母都在以自己认为对的方式去想象、去生活,一个以爱之名,一个迎着自由的风帆。夭夭想要的是驱除谢沁儿压抑封锁之外的自在生活方式,她要获得对身体的绝对行使权,同时她的内心仍旧留有作为谢沁儿的女儿的身份所发出的声音。谢沁儿则对多年前的那件刑事案件创巨痛深,拼命包裹自己的女性特质,把自己包裹成只露一双眼睛的样子。每个月的月事对她成熟女性身份的显露与提醒,都让她产生一种病态的厌恶与恶心。"面对电视镜头里男女在床榻上缱绻的镜头,一脸潮红,呼吸急促,站也不是坐也不是。"于是,她关掉电视，把更多的时间花在花草上，带刺的仙人掌、仙人球、仙人柱，占据院里好大一块地盘，长势盎然，刺挺挺的。她栽种的带刺植物长势盎然，但我们感受到的分明是她心里的刺愈加粗粝坚硬，她对外界的敌意与隔离也浓了几分、厚了几寸。

多重声部的相互交织，但各个声部的不相融合与隔阂最终导向了悲剧的循环之路，这是人类生活中无所不在的隔膜与交流失效的显现。曹七巧一家三口的爱情、家庭悲剧找不到一个明确的罪责承担者，大家都在一种莫名的文化心理惯性下不自知地往前推。每个人都以为可以是那个想象生活的主宰，每个人也都在争夺自己，甚至他人生活的话语权，在争夺中，大家一起走向生活的末路。

夭夭想喊出"我是我自己的"，力求确立自己生活的主体性地位，但在对谢沁儿营构的包裹与封锁生活的逃离中，却被爱欲的无限度追求所异化，失去了自我，主体性追求随之宣告失败。谢沁儿一厢情愿地让夭夭活成自己想象的对象，于夭夭而言，谢沁儿始终是她想象生活的"他者"，是掠夺她生活话语权的陌生人，是彻底的侵入者。谢沁儿对夭夭不自知的"爱"的贯注却成为带来毁灭性结局的诱因。她是压抑性语境里受潜意识支配而不自知地压抑夭夭的施虐者，又是在压抑性话语空间里自戕的受虐者。人们以目光和猜测相互探寻、标识，但却拒绝对话，坚守"不能说的秘密"，然后人们都以自己认为对的方式向对方施加着酷刑。这种永恒的矛盾来自不同文化心理空间里主体和个体不可调和的冲突。作家向我们表明，在这场悲剧中谁都带有原罪，大家都是演出的参与者但谁都不是无辜者。

作家对潜藏于乡土民间的人性复杂性的叙事阐释，是一次带着生命温度同时又兼具敏锐观察力的人性采风。在历史转型期中，既有叹赏人性善念中那份对生命的虔诚信仰与尊重，也有对人性恶望造就的大悲的悲悯叹息，还有对时代流变里那些有可能在现代语境里逐渐被弃掷的优秀传统的命运的焦虑、扼腕、深思。对于人性中的温暖和对传统技艺的陶醉赞美，他从不吝惜自己的笔墨，正如小说中满堂叔和三陀子沉浸于自己的艺术时那浸润着虔诚的精致和细腻。对于民间的罪与恶，他带着深切的人文关怀去体认个体的精神追求和价值诉求，致力于还原完整的人，而这个完整的人的内心声音是混乱交织的。人正是在主体与客体、主体与个体，不同个体、个体内部不同的价值信仰的多重声部的交织与斗争中走向迷失。但作家无意于仅仅展示罪与罚，抑或单纯探究谁是谁非，而在于展现一种自在的生命状态，把握住时代跃动的脉息，进而触摸这一历史情境下人物的自在生存状态和精神裂变流程。在人与物的消逝中带来力的冲击和审美想象。

小说集展现了民间场域里社会、家庭、伦理的悲剧，也有时代转型所带来的社会阵痛的呈现，兼具善的抚慰。作家面对自己探采的文化空间、人的生存处境和精神世界，触摸到了奔流其间的滔滔罪恶。有感于"众生皆苦"的怅然，执著地探寻并呈现着现实生活中的重重困境，引导着人们投之以反思的目光，并不自觉地为自由完整的人呐喊——行善，让人们在心灵救赎的路上不再迷茫，赠予他人人文启蒙的信念。

第三节　吴仕民：生态视野下的家园坚守

在当代文学格局之中，如何书写乡村衰败趋势，如何展示中国农村在改革道路上的艰难蜕变，一直是当代作家面临的困境。吴仕民从过往经验出发，将故乡历史放置在生态伦理的视域下，注视着那个已然失去的更为悠久的家园。而对于这部出版于2018年3月份的长篇小说，目前评论界的批评研究实在寥寥。其中，有的将其放置在广阔的社会历史文化语境中，认为其为折射着浓浓乡愁的田园诗篇；还有的将其放置在"可持续发展"的语境中，审视乡村发展的局限。而在对小说充分阅读基础上，笔者发现《旧林故渊》是在有意淡化政治意识形态后，努力客观地展现社会变革，发掘生态意义，并将深刻的人文关怀注入其中。本书试图以生态理论为指导，从个体和乡村在发展进程中受到的创伤为切入口，重新发现文本中深刻的生态关怀，发现一个对故土家园深怀眷恋、对当代乡村自我更新充满期待的作家。

一　一首发展进行曲

1. 生存乌托邦的淡出

《旧林故渊》描述的是 20 世纪 70 年代赣鄱一带寻求发展的故事，它发生在一座名为"锦鲤"的千年传统渔村里。锦鲤村坐落在长长的半岛上，背山、面湖、近江，湖浪环抱，绿树掩映，尽得山水之利。从高处看，这山、湖、村连为一体，"酷似一条扭动着健美的身躯游向湖波的大鲤鱼"，村前湖边的鱼头矶是鱼头，村后拔地而起的鱼尾岭是鱼尾，一条贯穿渔村的石板中轴路则像鱼的脊椎骨，而村子里家家户户的房屋瓦片犹如锦鳞，整个画面生气灵动，自然鲜活。吴仕民深情凝视的天姑湖更是有着从唐诗里流淌而来的调和静美："天空飘动着白色和灰色的云，犹如草原的骏马相互追逐着，预示会有风雨。苇叶、荷叶轻轻地摆动，使那绿色、红色的蜻蜓停下又飞起，飞起又停下。湖面上翻滚着不大的波涛，不远处，有星星点点的渔船，还有鼓满风帆的运输船。"烟波浩荡，生机盎然，这是意境浪漫之地，是让人不禁吟出"天际识归舟，云中辨江树"之地，是能够诗意地栖居之地。

习惯了"面朝黄土背朝天"的农民站在岸边，看着眼前浩渺无际的湖面，想到的可能是不能去的危险之地，是无以为生的贫瘠和荒芜，锦鲤村的渔民们却世代栖身于此。丰产的天姑湖赐予他们成群的鱼虾、由绿渐黄的荷叶、满身淤泥的莲藕和倚湖衔波的安定的家。在《旧林故渊》开篇，虞长溪按妈妈的吩咐去湖边钓些鱼备菜招待客人，"身上流动着渔民血液"的他早已谙熟技巧，"轻轻一提，一道白光忽闪着晃出了水面，接着在空中耍了一会儿杂技，一条三四寸的小白条便扔进了鱼篓"，运气好的时候在滚滚波涛中看见江豚，长溪便"无法抑制住冲动游过去同它们亲近和嬉戏，享受着湖水湖风馈赠的美妙感受"。小说描绘村民在湖光水色的美景之下打鱼的场景，并非只为呈现捕鱼之乐，而是展现渔民与天姑湖和周围环境已形成了一种相互依存、自然和谐的关系。

然而，在小说的叙事中，时间行至20世纪70年代，这个历史悠久的渔村从安静中跳脱出来，与纷繁复杂的运动纠缠在一起。自此以后，自然演进的传统荡然无存，政治力量以一种张狂的自信席卷了宛若诗境的渔村。

当时的天姑湖在农进渔退的历史境况之下，业已颓废，"鱼产量像退水的湖面，一直是下降的趋势"，渔业随之迅速衰落，锦鲤村固有的生存模式受到冲击。村人们为生活忧惧："打不着鱼来哟心里慌，家里没有隔夜粮。"村长虞海田更是感到"肩上的担子越来越沉了"，捕不到鱼，村子里七八百号人吃饭穿衣向何处求？当现实的压力迫在眉睫，一种"饮鸩止渴"的法子——"加船增网"蔚然兴起。他明知这样做的结果是"鱼越来越少"，却不得不照着这毒药解渴的路子小心翼翼地维持着全村的生计。然而，充满忧虑与矛盾的人们还未在困境中走多久，水利建设的"大跃进"又呼之欲出——为了深入开展"农业学大寨"运动，县委决定对天姑湖再次进行围垦。对于锦鲤村，这无异于"冬夜里掀被子，春荒时夺粮食"，恐慌如同一场瘟疫在村子里悄然蔓延开来。村民该如何在不断衰毁的渔村生态中继续生活下去呢？传统村落的未来将在哪里？已然消失的美好图景会不会被历史冲刷得荡然无存，或是能够保留些许在青年一代的梦里？这些问题的答案始终躲藏在飞速流逝、难以捉摸的时间背后，可吴仕民以一介小说家的身份，用文学承载着读者去探寻乡村在变局之中将如何对待自身传统的答案。

2. 经济发展的驱动

德尼·古莱是发展伦理学的代表人物，他认为"发展本身是追求目的，但在更深层方面，发展从属于美好生活"①，易而言之，发展是

---

① ［美］德尼·古莱：《发展伦理学》，高铦、温平等译，社会科学文献出版社2007年版，第2页。

为了实现"美好生活"。在小说中,锦鲤村的渔民们为了实现经济发展,追求美好的生活,势必会同意围垦,亲手拆掉自己的生活之地。

吴仕民在《旧林故渊》中以江西鄱阳湖的周边村落为原形,架构起了生长在天姑湖畔的锦鲤村,村里的渔民们聚湖而居,靠湖吃湖,过着"驾船、撒网、捕鱼、吃鱼"的日子,这样的生活看似悠然平静,实则朴素寡淡。世世代代的渔民终日"风里求""浪里捞",苦不堪言,"日子却过得很紧巴"。小说写村长的妻子夏月荷不得已烤了六只正在抱孵的蛋招待客人,都"有几分心疼",更别提其他村民。可见,村民的生活状态是较低层次的,勉强衣食温饱而已。加之,当时"大跃进"和人民公社化运动正火热,余东县不可避免地卷入其中,提出了"围湖造田"的发展策略。在"向湖泊要地"的行动中,鱼类赖以生存的水域大为缩小,渔业迅速衰弱,天姑湖区域出现明显的农进渔退,没有了赖以生存的自然资源,渔民生活质量一度下降。正当村民为探索不出发展之道而苦闷时,一道政令带来了五百亩地可解燃眉之急又可造福十万百姓,他们只需付出半座村庄的代价,又何乐而不为?对于渔村的百姓来说,土地是一种具有最大抗击力和缓冲性的自然资源,"种地"是人类最稳妥的生产和生活方式,他们"世世代代漂泊在江浪湖波之上,上有天而下无地,岸上的家不过是驿站客栈,代代盼望着有田地",而今有田有地可种,可打粮果腹,至少"有基本的生活保障"。因此,在没有其他生产、生活方式选择的情况下,同意围垦是乡村发展的不得已之举,也是渔民通往"美好生活"的必经之路。

除了渔民自身想要求变,国家意志更是促进锦鲤村开始发展的推动力。在小说中,"围湖造田"是县委决定并报地委同意的运动,是国家的决定,必须执行下去,不容任何质疑甚至反对。搬迁前,县水利局的技术员郑齐善来村了解情况,见村子历史悠久、风景如画,具有独特的文化特色与品味,是一座很有价值的江南渔村,便不忍破坏此地。他本着保村子的出发点建议县委改线,方书记坚定不改初衷,用一句"应当用小的牺牲去争取大的胜利"就堵得他哑口无言,还说

"县委的决定如果改了,就意味着决定有错误,就会影响县委在群众中的威信",把郑齐善吓得后背发紧,竟认为自己的想法不仅没有价值,而且是很大的错误。在那个常常爆发口号声、呼喊声、谩骂声的时代,国家的重大决策不以任何人的意见而更改,否则就是与人民为敌。因此,面对围垦计划,"盲从"才是锦鲤村村民的"理性选择"。

基于以上阐释,我们发现,在外部力量的冲击之下,曾经是渔民生存之本的湖泊已经难以让他们安身立命,传统的生存、生活方式对虞长溪那样的年青一代也丧失了吸引力,政治力量以积极的态度促进渔民与土地关系的新变,改变锦鲤村的生活现状,无疑是必要也必然的选择。

3. 发展失衡带来的冲突

"发展"这根指挥棒所指之处,社会变革的大潮犹如迅猛异常的暴风骤雨席卷了普通民众和他们的生活常规,一个更好的生活图景似乎暂时露出了曙光,在这个以水为主导的村落里,人们将要过上梦寐以求的向土地讨粮食的生活。他们不知道的是,一个潘多拉的盒子正在打开,渔村将从内到外发生天翻地覆的变化,这个曾经痛苦地经受着贫穷的村庄,再次忍受着"发展"所带来的噩梦。

首先,村子的自然生态环境遭受到了前所未有的破坏。为了围出二十万亩良田,筑起的大堤将从村子斜穿而过,经过之地的房屋都要拆迁,承载了渔村上千年记忆的传统建筑被搬拆得七零八落;落在鲤鱼滩淤泥上的坝基不稳,县委便就地取材,炸了鱼尾岭;围湖失败后为了发展,渔民们做起了卖樟树的生意……多番折腾之后的美妙世界再也看不到原始旖旎的风光,锦鲤村"成了一条不完整、有些丑陋的病鱼",和谐有机的渔村景观不可追回地逝去了。

其次,发展行动导致了自然对人类的报复。为了发展经济,人们不惜过度攫取自然资源,因而引起生态失衡,导致自然惩罚人类:一方面,天姑湖区域气候异常、旱涝灾害、山体崩塌等威胁人类生存;另一方面,新围的土地上建起了许多工厂,工业废水入湖,不仅鱼虾难以存活，就连人的生存也受到威胁，癌症等疾病在村民中频发。

最后，盲目发展导致锦鲤村村民精神生态失衡。在对自然生态美的蹂躏中，人们感受到与自然越来越疏离的痛苦，失去家园的锦鲤村人渴望与自然、故园亲近而不得。在书中，作者不仅描写了渔民们在拆与不拆之间的矛盾痛苦，更是费尽力气向读者展现拆迁现场，展现房子被移平的每一步：村民们诚惶诚恐地搬动村里的石牌坊，生怕不合风水带来灾难，最爱讲旧规矩的福茂只得即兴喊几句吉祥话："牌坊换个地，子孙上高位！牌坊挪个窝，金银多又多"；准备拆那给人们带来荣耀、欢乐和喜庆的戏台时，村里几个人上戏台且歌且舞，竟表演起了一段渔鼓词，唱罢，戏班头"眼眶湿润了，竟然站立不稳，闭着眼睛一言不发"；拆祠堂就更不好办了，这是祖宗牌位的放置地，神圣而又神秘的地方，谁也不愿去取砖动瓦，当不得不拆时，"大家的感觉很像宰杀一条大鱼，每揭下一片瓦，就像将鱼揭下一片鳞，每取下一根檩条，就像把鱼卸去一根骨，许多人便觉得自己身上被剐下一块块皮肉，被抽去了一条条筋骨"……这一幕幕令人泪落的场景就像评论家桐月所言："对村落千年历史文化的厄运，人们内心充满痛苦、不断挣扎，并形成人与人之间的重重冲突。外在的冲突是争论、对骂、聚集，内在的冲突更让人难以忍受。"① 可以说，吴仕民对拆迁场面诚实而强有力的细致描绘，就是在书写个体的心灵裂缝与无声悲歌。

乡村经济的发展，村落由破败衰落转为生存危机，可怕的浩劫一阵狂飙席卷了一切愉悦、富足、蓬勃、充满希望的东西，把村民卷入了更大的焦虑之中，而新的乡土景观也在讲述其背后隐含的社会矛盾与危机。发展没有给锦鲤村人带来美满富足的生活，反而让他们目睹着这个曾经养育过他们的地方一点点沦陷，这里既没有熟悉的自然文化空间，也没有新建立起来的现代景观，只剩下一个荒凉孤寂的世界。有趣的是，锦鲤村的坎坷发展之路并不是个例，也许，这就是人类社

---

① 桐月：《保护和振兴传统村落的诗意呐喊——评长篇小说〈旧林故渊〉》，《中华民族报》2018年5月4日第10版。

会发展的必然结果。因为，一方面，我们必然要走出原始和前现代的困境；但另一方面，不顾一切的发展会与人类的生存环境、精神世界乃至审美世界发生冲突。发展和传统之间如何达到平衡，这是当前许多有识者正在努力思考的问题，吴仕民亦然。

作者从农村走出之后，城市生活和发展经验让他具有了区别于家乡人民的认知现实的眼光，当他返回念兹在兹的切近而遥远的赣鄱探寻故土时，却发现那个传统中自给自足的渔村已经名存实亡。因而，吴仕民带着对赣鄱地域的怀恋之情以及对现实的失落之意在《旧林故渊》中吹奏起了一首发展进行曲。曲终，作者以极大的热情歌咏的纯洁静美的湖光山色被一点点撕碎，散发出浓重的悲剧意蕴，这就是鲁迅先生所说的"悲剧是将美好的东西毁灭给人看"。故而，《旧林故渊》的悲剧实际上是中国农村的悲剧，也是吴仕民失落的故乡梦，这梦中充满了作者对家乡的哀愁和忧思。

二 一部生态启示录

《旧林故渊》是一部湖畔渔村寻求温饱的发展史，是一幅传统渐逝的古村落盛衰图。然而，如果用生态美学思想和生态观念去观照，它也是"含义丰富的生态主义小说文本"[①]，是一部活生生的生态启示录。海德格尔曾言："人不是存在者的主宰，人是存在者的牧人。"[②]当锦鲤村人们竭泽而渔式的毫无理性的发展短暂地主宰自然生态之后，作者融身于苍茫天地和浩瀚历史，将整个渔村的生态传统细腻地刻画在书中的自然、人类社会中，体现出鲜明而丰富的生态智慧。

1. 自然风情中的生态韵味

小说离不开自然风景描写，《旧林故渊》亦然。吴仕民以一种文

[①] 王珍：《〈旧林故渊〉：一部明清小说式的生态警示录》，《中华民族报》2018年6月1日第10版。

[②] ［德］海德格尔：《林中路》，孙周兴译，上海译文出版社2004年版，第290页。

人浪漫而诗意的眼光审视家乡的每一寸土地,书写了充满浓郁水乡风情的赣鄱地域,展示给读者一个独特的审美场景:以低岭阔湖为背景,以南方典型的密林飞鸟、湖波劲草等湖光山色的细腻之美抚摸一切,用多变而抒情的笔触让读者感受到自然本身不可磨灭的美,呈现出锦鲤村自然生态的完整美好。作者在其审美艺术世界中,自觉地追求实现人与大自然的亲和之美,营造出有生命活力的自然与人类栖居的"诗意之村"的和谐氛围,不着痕迹地表现人与自然的和谐与熨帖,如同杨天舒认为,"《旧林故渊》表达了中国古典山水和田园文学所追求的天人合一,人的心灵与自然山水草木相和谐的状态"。①

可见,《旧林故渊》中的自然风情与传统小说中的自然描写不同,传统小说中的自然描写常常是营造人物活动、故事的背景及氛围,似中国古典山水写意画般仅仅影响着小说的基调,就如废名笔下宁静的竹林、沈从文眷恋的湘西自然风景。然而,锦鲤村四周的自然山水不只是小说故事发生的外部环境,以地域特色的名义为文本生色,是小说的核心部分,可以说,书中所写,几乎无不由自然风景而起,这自然山水甚至直接与人物的幸福、痛苦、思索甚至命运休戚相关。如书中写虞老师蒙冤为右派分子而被遣回家乡劳动改造时,萌生了效仿屈原抱石沉江的念头,这本是书写生命的苦难,但作者的笔触却是十分诗意:"抬眼一看,但见轻雾渐次散去,旭日如硕大的火球,推开云层,从湖面喷薄而出,将那脆生生、绿茵茵的芦苇染成一片带着淡红的金黄,远处有风帆带着生命的张力追逐波浪,湖面上一派锦鲂鳞于天晓、水鸥翻飞于浪间的景象。"在这样的审美体验中,虞老师获得了一种与自我生命交流的情感满足,他中断了奔向死亡的思绪,久积于胸的郁愤也在人与自然的和谐相处中被消解,最终获得了灵魂的自在。可见,这些自然风情能塑造人物的心态,直接改变人物的命运。而人物的态度、命运与忧思反过来又影响着自然世界的走向与未来:

---

① 王珍:《〈旧林故渊〉:一部明清小说式的生态警示录》,《中华民族报》2018年6月1日第10版。

《旧林故渊》中，渔民合理地利用天姑湖，便受惠于大自然；渔民试图改造天姑湖，便遭到了大自然无情的反噬。如此鲜明的对比，正是作者想要告诉我们的：人与自然是一条绳上的蚂蚱，是相互关联、相互影响的。

2. 民间文化中的生态警示

《旧林故渊》的生态主题也体现在小说中随处可见的神话故事、民间歌谣和民间传说里。中央民族大学博士生张敏表示："作家巧妙地利用这些传说故事介入小说叙事，推动情节发展，不仅拓展了作品的历史文化视域，也倍增了可阐释的象征空间。"① 如果我们用生态美学思想去研读这些口口相传的故事，便会发现，在惩恶扬善的表层意义之下，还深藏了许多生态寓意。透过这些久被忽视的生态寓意，可以窥得先民不自觉的生态意识和生态智慧。

一千多年前，锦鲤村的先民就从北方迁到了赣鄱一带，靠山临江的地理位置有数不胜数的自然资源，花草树木、飞禽走兽、湖泊鱼类都是渔民的衣食之源。长此以往，当地人与湖泊和周围环境形成了一种相互依存的关系，河岳山川皇天后土都是渔民们敬畏的对象。书中"鲤鱼姑娘"的故事就反映了人们对自然与自身这二者关系的整体性认知。

这是一个关于人与动物纠葛不休的民间故事：李姑娘是天姑湖鱼君的女儿，化作凡间姑娘是想救出被虞金亮网走的妹妹。不料，前有恶霸与其争买，后无银钱付予卖家，只得许下"七日姻缘"报答金亮。七日期满，鱼女欲回天姑湖，路上巧遇争鱼恶少，不幸被绑去地主庄园，因离水太久变成了一条鲤鱼干。鱼君得知女儿已死，怒不可遏，在天姑湖掀起了滚滚巨浪，皇家宝船因此翻沉于此湖。在这则故事中，鱼人互变，鱼可是人，人可是鱼，人与自然融为一体，密不可分，这在一定程度展示了湖村先民潜意识里"物我同一"的生态伦理思想，也为"天人合一"思想做了形象的注脚。其次，鱼神之女为报

---

① 王珍：《〈旧林故渊〉：一部明清小说式的生态警示录》，《中华民族报》2018年6月1日第10版。

恩下嫁普通小伙的"动物报恩"型情节既体现了动物的善良纯真,又通过动物与人类相互怜惜、彼此帮扶的描写赋予动物特有的道德伦理,告诉人们如果尊重动物的生存权,善待动物,珍惜它们的生命,定能得到来自动物世界的帮助。若是不顾自然界的内在规律,为了一己私欲,滥捕滥杀,必然会被自然吞噬。

如果说这些在民间长期传播的口承故事是先民对后代温情脉脉的劝导,那么,锦鲤村人人都会唱念的《五宝歌》——先民们在早期生存斗争中积累的生存经验和生活智慧,便是对后人赤裸裸的警戒。《五宝歌》是这样唱的:

> 宝船不能摸,摸了祸事多。
> 宝山不能开,开了灾就来。
> 宝石不能见,见了血光现。
> 宝木不能动,动了天地崩。
> 宝水不能变,变了苦无边。
> 金木水火土,五宝不能少。

这六句歌谣,不仅令读者感到云里雾里,就连当地村民也不甚明了,只觉得"清晰而又模糊,浅显而又深奥",直到自然资源被无尽的掠夺、生态环境遭到毁灭性的破坏之后,人们承受着大自然的报复而渐渐地意识到这首传唱至今的歌谣里蕴含的是保护生态的真理。例如,在修堤时,堤坝的坝基有一段坐落在鲤鱼滩厚厚的无法承重的淤泥上,为了建设速度不受影响且不留隐患,县委决定就地取材,炸山劈岭,在鱼尾岭上取山石,以石头为垫底,作为这一段大堤的基础。可这一行动遭到了福茂老人的强烈反抗:"'宝山不能开,开了灾就来。'这'宝山'就是指鱼尾岭,现在真要开这山了,可就应了那句歌谣,要大祸临头呀。"其实这种说法并不能仅仅认为是一种迷信,因为这是世世代代"靠山吃山,靠水吃水"的人们对自然所保有的敬畏之情。福茂带点迷信色彩的话语实际上是向这个社会发出的"预警"信号,可惜无人愿意相信。最后,泥石流席卷了山下的房屋,那个相信歌谣是预言的福茂和他想要保护的鱼尾岭一起消失了。在惨痛的教训面前,村民们不得不承认,《五宝歌》就是"神灵的咒语""高僧的偈语""未来的预言",它告诫人们必须要与山林、水土等和谐共处,只有五宝齐全,才能确保共同家园的美好。

所谓"民间文化",就是民间社会集体创造并在日常生活中积淀下来的社会经验,许多人视为"愚昧",殊不知,在这"愚昧"中传递的是一种地地道道的民间智慧,而吴仕民对民间文化和民间智慧中生态意味的挖掘和书写,表明了这些来自农耕社会的朴素的道理在现实境遇中也有其合理之处,甚至能够指导人们如何与大自然相处,保持两者共同和谐。

3. 文本结构中的生态隐喻

翻开《旧林故渊》的目录,映入读者眼帘的是与众不同的目录编排:吴仕民不是用"第一章、第二章、第三章"来命名章节,而是独具匠心地以"首""颈""肩""胸""腹""腿""足"来划分篇章。吴仕民借人体从上至下的七个部位作为这部生态小说的篇名,是将人与自然有机地建构在一起,这体现了作者"在讲自然人化的同时,也讲人的自然化,将自然人化与人的自然化统一起来"[①] 的人与自然一体化的生态主张。另外,各章下面还有小标题,如首篇的"湖与村"、颈篇的"土与水"、肩篇的"浪与鱼"、胸篇的"水与沙"、腹篇的"鸟与林"、腿篇的"树与人"、足篇的"人与湖",它们看上去简单通俗,实则也是作者的巧思所在:首篇讲的是锦鲤村依湖而建,村子离不开湖;颈篇写土与水的联系至为密切,修堤围田不仅改变了天姑湖的水,也为后面的灾难埋下了恶种;肩篇上演了浪与鱼的悲喜剧;胸篇记叙了水与沙分离后锁波大堤破溃的故事;腹篇告诉人们林是鸟的

---

① 陈望衡:《生态美学及其哲学基础》,《陕西师范大学学报》(哲学社会科学版)2001年第2期。

天堂，鸟是林的伙伴；腿篇里林是人类的乳娘，村民们却在抛弃它们；足篇反思水与生命的关系。由此看来，一个凝练的小标题就是一种关系，每一章铺开一种关系，共讲述了七种关系，呈现出锦鲤村完整的生态环境及其在历史进程中的复杂变化。

  除了目录的编排极具生态哲思，《旧林故渊》在内容上也暗藏生态期许。具体来说，《旧林故渊》中采用的叙事结构是双线并置式结构，这两条线索分别为：一条以时间顺序记叙锦鲤村发展、变化的明线；一条以破解《五宝歌》的秘密为契机探索生态规律的暗线。这种具有较大综合力量的双线叙事结构最大的好处就是能够将个人的经历与时代风雨联系起来，将历史变迁内化为个人命运流程，如此，便可以通过个体的不幸遭遇反映历史进程中底层百姓与大自然之间危机四伏的关系。双线交织并行的另一优势是文本中明线与暗线既平行展开又交叉缠绕，体现出吴仕民宏观把握长篇小说叙事结构的能力：锦鲤村的变革和发展使破解《五宝歌》的秘密成为可能，生态意识的成长也反过来映衬经济发展的得与失。赵园先生认为，"人类至今仍然在顽强地企图重新找回自身发展过程中失落了的某种东西，那就是人与自然的和谐，并力图重新以这种和谐作为全部生活的基础"[①]。在这个人类关注人与自然和谐共处的生态世纪大背景下，吴仕民有一种知识分子的社会责任感：以生态美学观照自己的家乡，揭示文化资源中隐含的生态智慧和生态意识，在对生态问题的呈现和反思中，唤醒人们的生态忧患意识，并倡导人类与自然界共存共荣。

三 一声村落保护的诗意呐喊

1. 清醒而浪漫的视角

  小说是叙事的艺术，叙事视角的选择是创作小说的关键。我们发

[①] 赵园：《沈从文构筑的"湘西世界"》，天津人民出版社2006年版，第143页。

现，在小说《旧林故渊》里，吴仕民选择了无固定视角的全知全能视角，这种传统的全知叙述可以让叙述者抽离出故事，随意变换上帝般的叙述眼光，因而，吴仕民如无所不知的上帝一般，不仅能全景聚焦锦鲤村的大环境，表现村落乌托邦式的美景，而且对围湖造田事件的发生、经过及影响一清二楚，真实地再现了个体在历史沧桑中的境遇。总之，这种叙事方式由于没有视角的限制使作者获得了充分的叙事自由，对表现《旧林故渊》这种时空延展度大、人物众多、矛盾复杂的故事具有极大的优势。

在深刻理解和研究小说文本之后我们发现，作者还将自己的视角隐藏在叙事者的视角之中。我们都知道，吴仕民不仅仅是小说家，他还是国家干部，曾长期致力于我国的民族团结进步事业。正是由于吴仕民拥有不同于其他作家的人生经验，他才比旁人更为清醒，他的小说因此"能够秉持更为客观、理性的态度来审视人与自然、发展及保护之间的关系"①。最能体现上述观点的就是作者在《旧林故渊》这本书中不会情绪化、简单化地指责70年代"农业学大寨"的荒唐以及改革开放初期片面追求经济发展的不切实际，他以历史化的眼光写出了每一个人物在那个时代的局限，道尽了发展中国家的无奈，因而，有人评价其小说具有"清醒的现实主义"特质。

我们知道，吴仕民并不认为生态环境与经济发展之间是互相否定、完全对立的关系，在他的理想中，锦鲤村的未来将经过自我更新和拯救得到跨越式的发展。故事里，虞慕潜把渔村的未来寄希望于乡村自然资源和传统文化资源，他打算依赖旖旎的渔村风景和灿烂绚丽的渔村文化进行旅游、文化开发，例如，水中，可以让游人垂钓、布钩撒网，可以开辟成龙舟赛艇的训练和比赛场，还可以建水上乐园；陆上，可以恢复明清鱼巷、展示祠堂文化、表演地方戏曲。在作者看来，锦鲤村村民的地域文化意识觉醒之后，他们将运用自己的智慧立足本土、

---

① 王珍：《〈旧林故渊〉：一部明清小说式的生态警示录》，《中华民族报》2018年6月1日第10版。

开拓崭新的生存空间。如此一来,大湖风光不会荒芜,村民们可以从事旅游业活动,民间淳朴的伦理道德和文化秩序也会在虞慕潜们的持守下重新建立。

这样看来,《旧林故渊》不是一部悲壮惨烈的悲剧,毕竟,作者涂绘了村人们摆脱经济贫困、获得物质上和精神上的双重拯救的美好愿景,这是一个充满希望的浪漫尾巴,是古典戏曲式的圆满结局,更是作者精心编织的现代桃源梦。

2. 诗化表达下的遗憾

吴仕民在《旧林故渊》中无意深度探讨乡村的经济和政治问题,他只想捕捉乡土民间世界的美与暖,展现乡村如何在发展和环保两只手的钳制下艰难蜕变。然而,他对渔民所要走的发展致富之路书写得极为浅显,以至小说到最后完全逸出了现实的叙述逻辑。

在吴仕民的乡村发展规划中,旅游业将会是乡村在时代转折处自我发展的不二之选,传统文化和商业文明会无缝对接,人们会走上幸福生活的康庄大道。实际上,这只是作者自己关于乡村的梦想,不能完全推广到实际操作中。吴仕民快意的叙述忽略了乡土中国在巨变中可能出现的更为复杂而多变的情况,包括人与人的关系、人与环境的关系、人与文化的关系、农村与城市的关系,这些作者都没有在作品中投入更多更深入的思考,而这正是阅读了《旧林故渊》之后笔者意犹未尽的原因。作者信手绘制了一条出路,虽给人以希望和憧憬,却使作品缺乏经典现实主义文本所具备的那种厚重感和张力,更缺乏巨大的现实承担力和深度的介入精神。

当然,小说叙事的遗憾和匮乏不能仅仅归结于吴仕民的文学创作能力问题,更主要的原因在于作家的创作动机和创作立场限制了他的创作视野,从而影响到创作时素材的取舍和文本风格的呈现。吴仕民对家乡的观照不属于鲁迅般严肃而深刻的启蒙视角,而是当代文学中沈从文传统的回响。作者对旧乡故土怀有缱绻的眷恋和无限的乡愁,所以《旧林故渊》呈现出的故乡不是人心失散、文化溃败的乡土,而是风情人情如诗如画的能让灵魂栖居的家园。也就是说，吴仕民不是认识不到人类社会的复杂、多元，他看到了在现实发展中故乡的荒凉污秽，也观察到人们对于文化在消逝的边缘摇摇欲坠的焦虑，他只是不忍正视、刻画人间的丑恶与衰亡，于是《旧林故渊》呈现的是优美的渔村风光、善良单纯的理想人格以及喜剧式的大团圆结局，小说在单纯而透明的牧歌声中渐渐变得温润，现实的荒凉和曾经的悲痛却悄悄隐退为背景。可以说，这个梦幻如肥皂泡的结局是吴仕民对家乡一厢情愿的想象和守望，毕竟，他更愿意读者从《旧林故渊》中发现一个重焕青春活力的乡村。此种建构家园的努力，属于所有仍对乡村世界心存期待和诗意的人们，属于所有愿意坚守家园的人们。

第四节　刘伟林：梦里梦外的执著

翻开当下的许多小说文本，各种西方的词汇概念充斥其中，展示的是西方文学的"现代性"，众多暴力、性的炫目叙述，凸显的是作家的"个性"。中国文学在西方现代性的旗帜下，偏于欲望的坦陈，注重西方话语形式的挪移，总感觉与中国本土的文化体验、生活感受有一定的隔阂，很多情况下是西方话语理论的中国版演绎，或者是西方文化研究的中国操练。随着本土文化和经济的发展，一种包容大气的文学心态逐渐影响着当下文学的发展。关注中国本土的文化事实，展现当下中国的社会文化心理，脚踏实地走进中国民众的生存语境，是当下文学首当其冲的努力。在这样的语境之下，刘伟林发表在《中国作家》杂志2008年第5期上的长篇小说《桃红李白》，体现了当下中国文学的走向。作品没有时髦的叙述话语和新潮的文学技法，没有深厚的文化隐喻寄托，只是在老老实实地传达爱情婚姻的无奈、艰难与执著。

小说没有太多的惊人情节，只是一个非常传统的婚姻爱情故事演绎。一男二女的爱情叙述，关注的只是乡村世界中组构家庭的努力，和所遭遇的一系列无法撇去的命运纠葛，爱情的神圣在乡村世界显得过于奢侈。艾胜男因为不愿按照父亲的意志与儿时定亲的魏招弟成婚，在高中毕业之后与自己的同学芸香结合。然而，魏招弟始终生活在欲嫁给艾胜男的执念之中。为了能够天天看到艾胜男，也为了内心的报复，她嫁给了同村的艾姓青年，付出了自己一生的青春、幸福；为了阻挡胜男实现当民办教师的愿望，招弟写匿名信加以阻挠；为了和胜男一比高低，不惜债台高筑也要像胜男一样盖房子。但是胜男在家里的房子盖到一半时，因为想着如何应对招弟，出了车祸意外失去了一条腿。事情发生后，招弟停止盖房，与自己的丈夫离婚，决心要到胜男家照顾其生活。离婚之后的招弟，回到娘家，最后竟割脉而亡。而胜男的一生，始终生活在两个女人之间，他无所适从，更无从选择。这种处境的尴尬，足以让他一生都无法脱离婚姻爱情的巨大阴影。读刘伟林的作品，就像走进令人无法喘息的阴影世界，顿生一种淡淡的混乱、锐痛的感觉。

招弟是一个生活在梦里的女人。当她被曾经的青梅竹马艾胜男抛弃之后，她不惜以一生的青春为代价，嫁给相貌、能力都与其不甚般配的艾继中，任劳任怨地照顾瘫痪在床的公公。一方面，她的举动源于传统伦理的无形支配，她竭力要去做的是得到乡村伦理的认同；另一方面，则是坚持继续她与胜男之间的梦。此时，她"要的已经不是婚姻，而是一根稻草或者是一口气"。她与胜男攀比建房，公开表示要照顾失去一条腿后的胜男一辈子，是在继续她自己的梦。她与继中离婚后，无法再接纳其他男性，最后在抑郁之中提前结束自己的一生，还是继续她与胜男之间的梦。她与胜男之间谈不上令人神往的爱情，拥有的只是乡土世界延续千年的伦理传统。从她的身上，也似乎看不出有多么的个性，似乎在演绎一个非常传统的爱恨情仇的故事。她不像《人生》中的巧珍，体现的是乡土世界的美好一面，在代表乡村伦理的德顺老汉眼中是一块不可多得的"金子"。作家不无赞赏的笔调之中，将其置于高加林的对立面。魏招弟则既有巧珍善良美好的一面，又有狭隘仇恨的一面。她能够为梦而善良,也能够为梦而疯狂,最终为梦选择了死亡。爱情的神圣,早已被仇恨淹没,婚姻的渴望,又让她重归人性。她的死亡不是刘兰芝式的为爱殉情,而是个性的狭隘所致。如果说刘兰芝、巧珍体现了作家美好的愿望和想象,而招弟则是一个传统婚姻故事的现代人性想象。她既有超乎常人的生活理解,又真实立足于乡土伦理的视野之中,是一个执著的家庭寻梦殉梦者。

芸香作为同样勤劳贤惠的一个女性,不只是招弟寻梦路上的障碍,也是胜男无法取舍的艰难参照。她不让胜男与招弟交往,却能在关键时刻容忍丈夫的某些行为,因为顾忌自己的身份她不参加招弟的葬礼,却能让自己的丈夫和女儿前往。与胜男建立家庭之后,捍卫家庭的完整,成为她一生努力的目标。她具有女人的胸怀,又能够体悟另一个女性的艰难与无奈。她与胜男之间更多的是理解与支持,却也不无一种女性的矜持和狭隘。

整部小说没有狰狞的欲望冲突,没有赤裸的性欲呈示,而是书写乡村世界梦里梦外的艰难选择与执著追求。一男二女的传统故事,并没有像当下的很多文学作品一样,关注性和性话语的坦陈。他们之间极力寻求和维持的,只是婚姻家庭的维系与捍卫,甚至无法用爱情来涵盖。一般来说,性的展示总是爱情书写的伴生之物,尤其在当下市场文化氛围之下,性的渲染往往成为文学获取一定效益的制胜法宝。很多作家往往揭开帷帐,通过大胆的性爱书写,成就他们通往文学现代性途中的个性追求。但刘伟林的作品却显得异常的干净与纯洁,他只是在安分守己地守望乡土的文化体验,真切地体悟着乡土世界的情感纠葛。小说意在表明,对于乡土世界而言,爱的浪漫与圣洁,往往只是一种想象的奢侈,更多的是婚姻家庭关系的维系。作品只是按照乡土世界的伦理关系,踏踏实实地书写婚姻选择的冲突与执著。

小说的人物,一切都是按照乡土的伦理理念来实现自身的寻梦殉梦。招弟只身照顾瘫痪在床的公公,任劳任怨借钱建房,心里想着青梅竹马的胜男却没有破坏他的家庭,这一切体现的是乡村世界的孝义人伦以及从一而终的传统伦理。胜男,无法抛弃和芸香的相互厮守,也无法从内心真正舍弃招弟的苦苦相随。他无法在二者之间作出选择,更多的是乡土伦理的约束或者是自觉归依。"乡下女人的本色是一样的,都是长在院里的李花和桃花,花瓣不同,妩媚一样,都在尽情地绽放着。"他平衡来平衡去,也没有觉得哪个女人更好,哪个女人更不好。他选择芸香合情合理,在招弟的穷追猛跟下又默默产生下辈子要娶招弟的念头。面对招弟的苦心追随他心生恐惧与忧虑,又对招弟离婚之后的割脉自杀不无忏悔与同情,这些都是乡村世界千年延续的民间伦理所致。乡村世界正是依靠这种伦理思维的宽容与狭隘、怜悯与仇恨产生了丰富而实在的生存图景。梦里梦外,既是世俗的存在,又是生活的想象,一样的执著,构建了一个传统的哀怨故事在乡土世界的现代翻版。

  与当下众多的文学作品不同,小说显得实实在在,没有着意去挖掘其中的文化隐喻或表现新潮的文学理念。当下很多乡土作品往往在描述爱情时,注重展示其背后的各种文化隐喻意义。乡土世界的存在,往往与乡土的权力分不开,而乡村爱情的纠葛,往往在乡土权力的支配下或隐或现的存在。《大淖记事》中,巧云与十一子之间的爱情发展,不断受到当地乡土权力——刘号长的阻隔。阎连科的小说《坚硬如水》中,高爱军与夏红梅之间的疯狂性爱,正是高爱军疯狂追求乡土权力的表现。然在《桃红李白》中,丝毫没有涉及乡土的权力关系,没有像一般乡土小说那般关注民间社会的各种社会文化,只是单纯地叙述着一男二女之间的情感纠葛。同时,每一个人物身上,似乎难以找到相对应的文化隐喻意义。招弟的执著寻梦,不是为了爱的纯洁与神圣,而是在爱与恨之间艰难前行。在她的身上,没有轰轰烈烈的性爱叙述来展示欲望等文化的高蹈姿态,也似乎很难与个性化等文化层面等同起来。西方的一些文学观念,诸如人性、欲望等无法在小说人物身上找到相应的着眼点,也无法在文中找出注入"解构""后现代"等新潮的文学理念的痕迹。小说文本只是静静地在乡土河床上流淌，虽不乏波澜，折射出一些异彩的光芒，却没有任何文化参照的航标，只是原生态的前行。实际上，正是这种契合本土文化事实的文学书写，才真正体现了当代文学的发展方向，也是当代文学逐渐走向主体独立的努力。

手法上，小说将传统与反传统书写相结合，直面人性的复杂与无奈。小说读完之后，总令人感觉似曾相识又触目惊心。一男二女的叙述模式，远在《孔雀东南飞》《红楼梦》等古典文学中出现，近在《家》《人生》等作品中不断演绎。小说沿用传统的叙述模式和情节模式，却打破了读者的传统审美习惯——大团圆结局。在简简单单的文学叙述当中营造出一种悲剧的生活氛围，形成了一种独特韵味的"抛弃的诗学"（力普金语）。

粗看上去，小说是一个传统的弃妇故事模式。魏招弟本是一个与艾胜男青梅竹马的女性，她的一生都在爱胜男的梦里无法走出，包括最后为了胜男而离婚，直至依靠死亡来结束自己的弃妇命运。这与《孔雀东南飞》中的刘兰芝、《家》中的梅女士有着类似的生命轨迹。然而仔细分析，故事又是反传统的弃妇模式。魏招弟的一生，是因爱而生恨的复杂体，女性主义的话语模式很难用来加以描述。魏招弟不辞辛劳借钱造房子，任劳任怨照顾瘫痪在床的公公，既是为了与艾胜男待在一起，又怀着极大的爱而不得的仇恨，尤其是她不惜采用卑鄙的手段阻止艾胜男当上民办教师。这与传统的弃妇形象相悖，然而又是合理的人性展示。作家撇去过去的男权中心话语体系，将魏招弟还原为一个真正的人。在她身上，既有争取爱欲的个人强烈渴望，又有乡村伦理的影子。她在仇恨中守候自己的梦中丈夫，得知艾胜男因为她而失去了一条腿时，竟不惜停止建房，与自己的现实丈夫离婚，冒天下之大不韪地要去照顾胜男。此时此刻，魏招弟生活在民间伦理和反伦理的巨大阴影当中，直至郁郁而死。阅读整个小说，读者有一种被伦理与人性混杂的阴影笼罩的感觉。作家将笔触指向了人类复杂的情爱世界，企图用笔揭示出人内心锐痛和混乱的图景。任何一种西方文化或文学理论，都无法涵盖和阐释其中的精妙。

　　同时，也应该看到，作品中人物的形象基本上是一成不变的。艾胜男面对魏招弟和毕芸香两个同样优秀的女子时，虽表现出一定的复杂心理，却始终没有真正走进魏招弟对他的一片痴心，也就是并没有表现真正的民间伦理与人性欲望之间的冲突，基本上倒向民间伦理那一面，并没有表现太多的人性深度。随着时间的推移，一男二女的三维模式一以贯之，没有向人物的心理纵深之处开掘。无论是婚姻还是爱情，小说的描述大致停留在现实的状态之中，缺乏想象的自由飞升。另外，整个小说似乎截取了农村生活的一个截面，仅仅停留在人物生活状态的描述上，缺乏文学审美所应具有的文化张力。

　　当现代性、后现代性等文学坐标逐渐失去原有的魅力，文学开始在一种包容多样的心态下关注中国的生存事实。新世纪文学逐渐褪去明显的西方话语的模仿外衣，开始将目光转移到本土的文化体验上来。托克维尔在《美国的民主》中认为，在这种熙熙攘攘、利害冲突频繁、人们不断追求财富的环境下，哪里有必要的安静供人们进行深刻构思呢？当你周围的一切都在活动，而你本身已裹进席卷万物的激流，并且每天都漂浮在这个激流之上的时候，你怎么能停下来孜孜地思考精致的艺术呢？在这样一个时代，作家没有展示文学现代性的野心，没有挪移套用西方话语的跟风，也没有浮泛于文学的商海之中，追求性与暴力的眼球效应，而是真真切切地感受乡土世界的生存状态，凭着文学之梦的执著，书写着民间世界的婚姻与人性。无疑，这需要作家在浮躁的文学时代拥有一个澄净平和的心态，扎扎实实地展示中国民众的精神风貌与内心世界。毕竟纯美的文学空间，既不注重文本形式的创新，也并非一味地迎合大众读者的感官冲动和好奇心，而是需要作家拥有甘于寂寞的文学心态和诗意的文学想象。唯有如此，才能激发出文学对永恒人性的超越性的沉思，才能营构出一个富有文化张力的美学空间。

第五节 温燕霞：温婉表达脱贫攻坚的火热图景

新时代以来，关注乡村的现实发展，以脱贫攻坚为表现主题的小说创作成为一个重要的创作现象。一方面这是小说家面对"新时代的乡村巨变"的积极参与；另一方面也是当下文学对国家层面"书写新时代的'创业史'"① 等主流话语的主动策应。扎根人民，扎根生活，反映脱贫攻坚战的热火朝天成为这一类创作的主调。同时，这些大时代下的大情怀之作，往往因为作家的气质与地域文化的特征，在中国故事的讲述中呈现风格多样的态势。阅读温燕霞近年的小说，无论是《红翻天》还是《琵琶围》，不难感受其中火热的情怀和温婉的气质。带着时代的热度，温燕霞的长篇小说《琵琶围》以赣南山区为背景，虚构了一个小山村琵琶围，以扶贫干部工作的进展为主线，用扎实的现实主义笔法描写了山村脱贫致富的全过程。小说将扶贫工作的现实与赣南红色文化的时空交相辉映，通过乡村热土的情怀与时代伦理的互渗，为时代精神和乡土情怀接续文化根脉的同时，更以人的转变为脱贫攻坚赋予了历史意义。文中乡土世界的民俗风情、曾经的红色文化记忆、传统的乡土伦理相互叠串融合，构成文本的三重话语结构。于是，脱贫现场的审美建构纳入乡村文化的历史时空当中，既有乡土世界的生气，又有文化传统的厚重，同时也有时代世情的丰富。作品把脱贫攻坚取得全面胜利放到百年乡村现代性进程中去，用温婉的笔调和诗意的氛围反映社会的大变革，表现这场变革当中人的变化与生活的变迁。

一 扶贫现实与红色文化的辉映

扶贫干部何劲华、金彩凤在决战脱贫的关键时刻，受命攻坚。他

---

① 铁凝：《书写新时代的"创业史"》，《人民日报》2020 年 7 月 17 日第 20 版。

们真诚帮扶、因人施策，克服一个个困难，帮助贫困农户实现了产业脱贫和易地搬迁。小说用细腻的笔触描写了石浩财、朱雪飞、许秀珍等八户贫困户的扶贫故事，从扶贫、扶志、扶智相结合的角度，记录了琵琶围村民摆脱贫困的心路历程。小说中的贫困村琵琶围孤悬深山，人多田少，资源匮乏，村民们生活极为困难，其中有遭受事业和家庭多重打击而"脑子乱成了麻糕"的酒鬼石浩财，有被没文化、缺钱和偏见"三根麻绳"拴住的朱雪飞、朱雨飞姐妹，有被穷困、多病和失子折磨得"心如死灰"的石拐和许秀珍夫妇，有胆小被动、安贫认命的刘大有、赖秋香夫妇，还有默默无闻的五保户哑伯和丧失了劳动能力的红军亲属橘子婆，等等。小说以何劲华、金彩凤等扶贫干部在琵琶围的扶贫攻坚过程为主线，通过深入调查、精准甄别、问诊把脉，扶贫干部帮助村民们改变"等、靠、要"思想，找回自我、战胜自我，坚定脱贫致富的意识和决心，激发了乡村振兴的内生动力。

小说以扶贫干部何劲华为叙事视角，抽丝剥茧地寻找贫困原因，拷问致贫病根。琵琶围的人们或者因乡愁连心，故土难离；或者担心生计无着，对搬迁感到恐惧；或者受制于观念和视野局限，宁愿守着贫困的山寨，也不愿走出去感受新的变化。石浩财原本是个能人，曾在外略有成就，不想事业失败，回到村里又遭遇家庭变故，接二连三的打击使他堕落成酒鬼懒汉。他天天泡在酒缸里，骨头软成了油条，脑子乱成了麻糕，落得一个妻离子散、一贫如洗的下场。何劲华、金彩凤用绣花的功夫，千方百计地帮助石浩财拔掉"懒筋"，唤醒他的事业心，重塑志气，"像炭火煨番薯似的把石浩财的心煨热了，把个油盐不入的懒人酒鬼引导正道上"。石浩财在何劲华的帮助下，从一个丧失生活信心的醉鬼、懒汉一步步走上正途，并在后期兴办产业的过程中发挥了积极力量，他的经历恰是一出由悲转喜的扶贫正剧。许秀珍重男轻女，母女关系十分紧张，不符合建档立卡标准，却死缠烂打要贫困安置费。在扶贫干部的影响下，她从"青皮寡脸、尖酸刻薄"变得"自信大方，甚至可亲起来"。村民们的心结一点点被打开，心中的忧虑疑惑也逐渐解决，读者可以从中真切地感受到他们被帮扶之后的转变："他们就像长在地里的红薯，一直趴在地上，以前好日子伸手够不着，他们才把好日子看成上天那么难。没想到现在政策给大家带来翅膀，只要攒点儿劲，都能飞上天了。"

另外又通过哑伯、橘子婆等老红军亲属的身世经历将时空拉回革命战争年代，将脱贫攻坚与红色革命贯穿起来。扶贫故事的讲述，不仅仅是当下乡村扶贫工作的总结，更重要的是将其放在一个深广的历史视野中加以理解。独特的红色文化，自然成为当下扶贫书写的交互性文本。这种历史与现实的互文结构，既不重在表现现实的扶贫工作本身，也不专注于历史红色文化记忆的诗性追叙，而是在二者之间寻找一种精神贯穿的内在文化动因。回望"历史"，使当下的扶贫攻坚成为革命历史传统在新时代的延续，过去、现在与未来不同的时空融合在脱贫攻坚的现实之中。揭开哑伯是否红军的身份之谜，贯穿了小说文本的始终，成为小说的一条暗线。苏区红军的精神则弥散其中，融入当下的扶贫攻坚事业。何劲华与常莉玲等，通过查阅党史文献资料，匹配口型，最终证明哑伯是当年的红军。哑伯拿出的一张磨损得不成样的《闪闪的红星》电影海报，上面有穿着红军服装的潘冬子，一个印有"红军万岁"鲜红字样的搪瓷缸，这两个意象构成了当下扶贫攻坚的潜在历史文本。作家自述道："我想尽量让小说中红色基因的传承，苏区精神的发扬光大变得自然、真实、可信，从而赋予人物血性、温暖与光亮。"[1] 正如人物橘子婆在对当年苏区红军的回忆中，"现在的扶贫队就像当年的红军，也是让大家搞好生产，多打粮食，让大家有饭吃、有衣穿、有房住、有学上"[2]。小说通过历史与现实的互文参照，将江西赣南中央苏区革命精神与贫困山村脱贫攻坚的干部事迹紧密结合，用细腻的笔触刻画何劲华、金彩凤等基层扶贫干部舍

---

[1]《客家围屋里的那些人、那些事——温燕霞〈琵琶围〉创作谈》，百道网，https://www.bookdao.com/article/425899/。

[2] 温燕霞：《琵琶围》，江西人民出版社2020年版，第59页。

小家为大家的崇高品质，他们在工作中从生活点滴入手，因户施策，带领石浩财、朱雪飞、许秀珍等贫困户实现了精准脱贫。

何劲华的家族与妻子温成仙的家族都是革命烈士的后代，红色的基因自然转化为他在新时代扶贫攻坚事业的坚韧与执著。在工作中遇到难题的时候，何劲华总是拿出腰间的笛子，吹起红色经典电影《闪闪的红星》中的《映山红》，血与火的红色记忆在优美的旋律中顿时化解了人们心中的困扰。这些父辈和赣南苏区革命的精神传统，映射在新时代共产党人的扶贫攻坚事业当中，通过一系列的日常生活细节和意象表现，体现了二者在时间上的历史传承。可见，作品在向脱贫攻坚深处不断掘进时散发出强烈的时代气息，也在对烽火岁月的回望中彰显出鲜明的历史理性。在扶贫攻坚的现实层面，以何劲华、金彩凤、杨明等为代表的扶贫干部深入基层，融入群众，服务人民，着力表现了新时代中国共产党人"以人民为中心"的政治理念和坚持"共同富裕"的价值理想。

二 乡村情感与时代伦理的互渗

现实主义文学真正的魅力在于以情动人。这就要求作品反映的内容是读者可触摸、可观照、可共情的某种真实，需要作家带着赤诚之心，扎根人民，扎根生活，才能写出时代的旋律脉动，才能赋予人物真实有趣的灵魂和鲜活生动的面貌。温燕霞曾创作《围屋里的女人》《红翻天》《我的客家》等多部优秀长篇小说和散文集，拥有相当丰厚的生活经验。为了《琵琶围》的写作，她深入江西多个贫困村，采访近百人，足迹遍布田间地头，录下大量视频素材，写下近10万字的采访笔记，才有了这样一部展现脱贫攻坚一线昂扬面貌、传递共产党员铿锵力量的优秀作品。小说没有坚硬地表现脱贫攻坚事业的过程，而是聚焦贫困户和扶贫干部的情感变迁，再现脱贫攻坚路上的真情与温情，体现了小说创作立足乡土大地的乡土情怀。

首先，小说没有一般性地从城市植入一个与乡村没有纽带关系的干部形象，而是通过乡土亲情的关系，将何劲华和金彩凤与琵琶围的扶贫工作连接起来。何劲华的外婆生活在琵琶围，这一层亲情关系的存在，决定了他在乡土情感上与琵琶围具有了天然的关系。天然的亲情关系成为何劲华容易走进乡村的文化密码，与此相反的是，原来的杨明书记却被乡民赶出琵琶围。于是领导在村民自发性的点名要求下，让何劲华和金彩凤受命扶贫。小说的高明之处在于，选择了可以打通贫困户心灵壁垒的乡土情感作为人物的生存土壤和进村入户的"敲门砖"，既为人物性格形成提供依据，也为人物完成扶贫使命奠定基础。其次，何劲华与金彩凤二人过去经常在琵琶围表演灯彩，精湛的灯彩艺术征服了一个个乡民，因此，二人入乡扶贫必然带有一种来自乡土本身的情感，而非简单的扶贫。凭着他们在血缘上的乡土亲情和文化传统上的亲近，何劲华和金彩凤二人在遭遇石浩财、朱雨飞姐妹等在脱贫过程中表现出来的困惑、怀疑甚至抗拒时，他们仍然能够沉下心来，用平视的目光审视乡村的贫困，帮助乡民走出贫困的障碍。相比较而言，一些城市中派来的第一书记，身上贴满了时代政治的标签，很难与乡土世界深度融合。在何劲华身上，他经常通过打感情牌，比如帮石浩财寻找离家外出打工的妻子，送受伤的石浩财去医院治疗，拉近与贫困户之间的距离。金彩凤为了让石浩财下定决心脱贫，不惜在周日自己请客与石浩财斗酒，直到让嗜酒如命的石浩财下定决心做好养鸡工作，真正自己站起来、强起来、富起来。他们是真的为群众好，坦诚相许，真诚以待。

　　沿着乡土情感的传统惯性，小说没有将人物塑造建立在宏观的时代伦理之上，而是立足他们的日常生活，书写个体的生命价值。作品中的两位工作干部，一男一女，级别不高，家里还缠着一堆麻烦事，但他们还是以大局为重，住进山寨，在自己与家乡情感纽带的牵引下，帮助村民走出乡村的贫困。作品成功的关键在于对这两个人物的塑造，把他们写活是小说艺术成就的基础。一方面，作家将时代伦理建立在他们的日常情感基础上。何劲华妻子住院开刀，他无暇照顾，儿子又领回一个未婚女友，在卫生间里生出小孩，家里乱成一锅粥，单位里又有同事趁他不在顶替了他的位置。金彩凤与丈夫早已离婚，家中上有老下有小，她上琵琶围扶贫后，老母亲生病卧床不起，女儿在高考前夕早恋，影响学习，前夫对此不闻不问，而她又无暇顾及。她在接受任务时有畏难情绪，当女儿为了支持自己工作，克服一切困难考上大学时，那番含泪的感慨真诚自然，增强了作品的艺术感染力。他们也是普通人，遇到难事也可以要求组织帮扶照顾，但两人都觉得不好开口，尽力自己去克服困难，不耽误工作。《琵琶围》没有将人物置于高大上的时代伦理之中，表现他们的奉献与追求，而是将他们的扶贫工作与家庭伦理相结合，在日常的生活世界中书写他们身上的朴素情感与生命价值。

另一方面，作家在脱贫攻坚这一时代命题之下，并没有一味地表现他们的精神光芒，而是不回避他们身上的性格缺陷与不足，进一步表现其内在的挣扎与困惑。在小说中，文化馆副馆长何劲华与人交往犹如"隔着厚木桶蒸水，慢热"，文化馆干部金彩凤善于聊天，与人自来熟，两人都为人公正，凑到一起，成为佳配。他们不是没有缺点，何劲华容易感性用事，有时会做出草率决定；金彩凤快人快语，急了也会发飙，间或惹来麻烦。可是正因如此，两位主人公都使读者感到亲近可信。他们想尽办法化解一家家贫困户的心结，与贫困户建立起深厚友谊，帮助他们组织合作社，开展种植铁皮石斛、食用菌、香菇、黄豆，发展养鸡、竹编等生产项目，劳苦功高，感动了所有村民。小说在写他们为实现琵琶围村民的成功脱贫不懈努力时，也表现了他们为此影响和耽误个体和家庭的深深不安和歉疚。小说没有停留在塑造扶贫干部和村民勠力同心拔穷根、奔小康的人物群像上，也没有着重铺写扶贫工作的规模和投入，而是将情节集中于表现扶贫干部的善意和暖意，从人性人情的角度出发，书写他们身上的真性情，用温暖融化隔膜，以感情改变现状。

帮扶者将村民当作自己的亲人，收获了感动和信任，琵琶围人改变贫困命运、追求美好生活的原动力因此被激发出来，两股力量合成了一股力量，通过易地搬迁安置和发展特色产业摆脱了贫困。脱贫对象石浩财原本积极上进，后来遭遇家庭变故，接二连三的打击让他"破罐子破摔"，生活消极，整天抱着酒瓶睡大觉。他对离家外出的妻子白桂花的牵挂，对孩子的关心和照顾，自然生长出他寻求快速致富的欲望和心理。扶贫干部何劲华、金彩凤用绣花的功夫，"像炭火煨番薯似的把心煨热了"，重新点燃了石浩财等农民的志气，让他们变得自信大方、可亲可爱起来。赵峰和薛丁山二位上海知青，当年陷入绝境而想轻生的时候，是琵琶围的村民及时出手相救，用客家的米粄、红薯丝捞饭唤醒了他们的生命意识，最终通过高考走出了大山。怀着这份感恩之心，他们在琵琶围脱贫攻坚之时，回到当年的琵琶围，给乡民以反哺，既给每一户村民带来了启动资金，又为开发琵琶围的民俗和旅游价值打开了思路。琵琶围的妇娘精心制作了他们当年喜欢吃的米粄、粉皮、红薯丝捞饭，表达他们对客人的感谢与难舍。小说紧扣客家文化的元素，在客家文化传承中重塑琵琶围的人文精神和道德传统。读者走进他们的故事，能真切地感受到乡土世界自然的情怀与追求，而非简单的政治话语的演绎。他们的身上，既有主流的扶贫话语的推进，又有民间话语的感恩，将乡村脱贫的伟大事业表现得自然而温暖。

于是，在琵琶围的乡土世界，始终萦绕着一种善良真诚、乐于助人的氛围，流淌着乡土情怀的热度。琵琶围的两个老人橘子婆和哑伯是传统价值的化身，他们暗中互相牵挂，历经革命年代到新时代，不是夫妻却能相濡以沫。二人革命信仰坚定，先人后己，他们虽然贫穷，可面对社会扶贫捐助的巨款却毫不心动；身为五保户的哑伯一直想把住敬老院的名额让给生病的邻居；橘子婆经常告诫孙子，江山是红军打下的，红军的规矩现在还管用，绝不能向人伸手，要做到马瘦骨头翘，人穷志不短。他们衰老佝偻的身体像一对燃烧的蜡烛，继续发着光和热。以这两位老人为代表,构成了琵琶围乡土情感的核心,向外辐射开去,朱雪飞姐妹、石家兄弟、许秀珍等琵琶围的村民都具有一种乡土世界的情怀与温暖。他们在琵琶围的生活,犹如一个大家庭,虽然平时各家之间会有一些小矛盾、小冲突,但是一旦谁家出现困难,大家都能相互帮助,相互照顾。琵琶围人的日常生活,脱贫攻坚事业的推进,都浸润在这样一种民间厚重而又朴实的乡土情感之中。尽管琵琶围村民们在脱贫中都有自己的"小九九",但他们身上始终体现着乡土世界的善良、真诚、互助等情怀与品质。正是建立在这种乡土情感的基础上,《琵琶围》的扶贫攻坚书写具有了乡土大地的厚重与丰富。

同时,也正是乡土世界的温情与伦理,一定程度上构成了他们脱贫致富的文化束缚。除了琵琶围人因袭传统生活方式、不思奋斗,"等着别人送小康"的僵化思想和陈腐观念,小说还看到了富有温情的乡土伦理产生的负面效应。以哑伯和橘子婆为核心的乡土精神空间,在作家笔下既有其温情与暖意的地方,与当下的城市化、物质化追求构成反差,也构成乡村脱贫致富的伦理障碍。也就是说,当扶贫干部动员大家搬迁下山时,正是琵琶围的伦理空间构成了村民不愿意离开故土,搬迁下山的原因。这一点是作家超越一般的小说思考之所在。于是,在帮扶者与被帮扶者之间既有主流的时代伦理的驱动,又有乡土情感的融合。两股力量从最初的排斥到最后的统合,既是脱贫攻坚的真实过程,也在叙事中形成了打动人心的张力,汇聚成一首至情至热的乡村振兴合奏曲。

三 三重文化圈的交叠融合

作家凭借对乡土世界的熟知与理解,不仅记录了当下脱贫攻坚的火热场景,又从历史记忆中挖掘红色基因,并深度切入传统乡土文化滋养下的文化心理结构之中。小说以人的转变写出了困难群众对美好生活的向往，绘出了一幅党的政策、扶贫干部、社会力量和困难群众合力进行脱贫实践的画卷。作品通过虚构一座围屋的故事，将乡村脱贫的曲折故事和动人情感建立在温暖的乡村伦理、诗化的客家习俗和昂扬的红色文化之上，大到脱贫攻坚带来的山乡巨变，小到人物个体的一颦一笑，展现了一幅乡村未来的希望图景。在这个图景当中，主流的乡村脱贫攻坚话语、红色的苏区革命话语和厚重的客家文化习俗构成小说的三重文化圈层，它们相互叠加交融，以一条真诚的情感主线加以贯穿，形成了《琵琶围》的小说叙事结构。作品在讲述脱贫攻坚的故事中没有拘泥于政策的解读，而是将其置于厚重的客家文化氛围当中，通过诗意想象了一个赣南山区的琵琶围，将脱贫攻坚战略中的人与事鲜活而富有生气地表现出来。

　　首先是主流的乡村脱贫攻坚话语。作家用现实主义的手法，书写何劲华与金彩凤两个扶贫干部，进入赣南山区一个称为琵琶围的地方，帮助村民脱贫致富的故事。小说扶贫与脱贫双线并行，将脱贫作为扶贫的目标，通过脱贫反映扶贫的成果，在群众脱贫的过程中彰显扶贫干部舍小家顾大家的奉献精神和带着感情做好群众工作的热情，同时写出了群众在扶贫干部的努力下获得启发和鼓舞之后迸发出的主体性力量，给读者呈现了一个活态化的脱贫攻坚现场。其中既有整体搬迁、大棚种植、发展民宿旅游、直播带货等乡村脱贫的举措，也有脱贫干部忙于填表，应付材料检查的现实困境。何劲华、金彩凤、杨明、乡镇干部邱小楠等克服家中困难，一心扑在工作上，杨明用自己的房子做抵押，帮贫困户贷款扩大产业规模，何劲华、金彩凤自掏腰包为琵琶围合作社购买菌棒，还拿出自己的积蓄帮助贫困户搬迁建房……他们舍小家、为大家，以情动人，对村民进行志智双扶，着力表现了新时代中国共产党人"以人民为中心"的政治理念和坚持"共同富裕"的价值理想。

　　其次是红色的革命话语。小说《琵琶围》把红色话语聚焦在两个村里的老人身上。一个是受伤后成为聋哑人的老红军哑伯，他依然保存着"红军万岁"的搪瓷缸；一个是红军家属橘子婆，她几十年如一日地为烈士守墓、为路人提供茶水。这就把当年的革命话语和当下的脱贫攻坚连接起来，贯通的不仅是环境和背景，更是共产党人的精神与使命，既有开阔的当下意识又有纵深的历史感。这两个老人的故事，为琵琶围撑起一片革命历史的天空。红军的长征精神、苏区精神既体现在橘子婆严格教育子女，以及对整个琵琶围村民的言行训诫当中，也体现在哑伯的真实身份逐渐揭开的过程之中。这种红色的革命话语没有高悬于琵琶围的上空，也没有成为坚硬的政治说教，而是化入琵琶围脱贫攻坚的日常生活，其中有何劲华、金彩凤等扶贫干部舍小家顾大局的牺牲奉献；哑伯、橘子婆等老红军亲属几十年如一日地为烈士守墓、为路人施茶的坚定执著；赵峰、薛丁山等老知青重返故地回馈乡里的赤子情怀。这种红色的革命话语转化为扶贫干部的久久为功和广大群众的众志成城，才有了新时代琵琶围人脱贫攻坚的壮丽画卷。

最后是客乡的民俗话语。作家虚构了一座位于赣南中央苏区的琵琶围，这里山阻水隔、交通不便，是全县最贫穷的村庄之一。围屋面积不足1万平方米，只有12户村民。这是作者构建的一个孤悬于群山之中、住户不多的小世界，更有利于充分表现具有独特魅力的客家文化习俗与风情。一方面作品用温婉而写意的抒情笔调，在真实的生活现场择取鲜活的客家习俗与风景，写出了乡村的烟火气和百姓的真性情。其中有琵琶峰一路上捐建的茶亭，两位老人终年不断的免费施茶，哑伯一生为红军烈士守墓，崖壁上摘野生石斛，华彩四溢的各色灯彩，还有花样繁多、工序复杂的客家米粄、粉皮，还有酿豆腐、蛋饺、三杯鸡、小炒鱼、红薯丝捞饭等客家美食。作者用绵密细致的笔触生动勾勒了一幅幅客家乡村风俗画。在这个蕴味十足的客家风情图中，小说讲述人们的日常生活、喜怒哀乐，将他们豪爽、通达、执著的性格特点展现得淋漓尽致。"生活在琵琶围里的人，就像长势茂盛的脚板薯，枝枝蔓蔓互相缠绕，虽非一荣俱荣、一损俱损，但有时也是折断枝梗连着茎。如今搬下山的人已经在新地方发兜抽芽了，山上的人仍挣扎着吮吸故土的汁液，希望老树能发出新叶来。"① 这些富有泥土气息的语言，既生动地呈现了琵琶围人淳朴善良的生命世界，也真实地展现他们的靠、要思想严重，缺乏内生动力的状态。于是，琵琶围这个地方充满人性的温情又显得封闭落后，形成类似于韩少功的《爸爸爸》中的艺术空间。它既是一个封闭独立的生存空间，又是一个虚构的文化空间，它既充满活力，又有自身的局限，构成的正是当下中国贫困乡村的隐喻本体。

另一方面，小说紧扣客家文化的元素，在乡村的自然资源与文化传统中寻求脱贫致富的路径。乡村的脱贫攻坚不附属于城市现代化的发展轨道，而在于以乡土世界为主体，强调乡村发展的资源优势。扶贫干部何劲华和金彩凤是客家灯彩制作非遗项目传承人和采茶戏传人。他们用独特的方式在琵琶围聚合起客家的精神气质，凝聚人们共同的精神记忆，更易唤起大家对美好生活的期盼愿景。无论是灯彩还是采茶戏，在客家的民风习俗表现中，将扶贫干部与被扶贫对象之间的距离作了朴素的情感融合。何甘通过网络直播带货的方式，把琵琶围的特产与民俗文化融合推出。利用客家围屋和客家美食，兴办民宿，开展客家爱情旅游文化节，着力表现了扶贫与文化的融合，构建起乡村繁荣的立体图景。同时，《琵琶围》每一章都以一首客家歌谣引入，歌谣不仅是整个故事的叙事线索，还概括了每个章节的主要内容和主旨思想，将整个小说笼罩在客家文化的诗意氛围当中。

整个小说由主流的脱贫攻坚事业、红色的革命话语、客家的风俗民情三种话语构成，以这些话语为核心构成小说的三个文化圈层，犹如一个三重塔，相互串叠融合在一起。最上层的是主流的脱贫攻坚事业，属于时代的显性话语，体现了作家对时代政治的真诚关注。第二圈层是红色的革命话语，小说在红色记忆中走进革命的天空，为现实的扶贫实践提供了精神保证，荡开了小说的叙述空间。最底层的则是

---

① 温燕霞：《琵琶围》，江西人民出版社2020年版，第93页。

厚重而富有诗意的客家民俗风情,构成了乡村脱贫攻坚的文化传统。贯穿三个圈层的主线正是"一切为了人民"的朴素情感与精神,连通的是客家文化的价值传承与苏区精神的现代转换。不难看出,温燕霞的《琵琶围》既有书写脱贫攻坚的火热与激情,又有表现客家文化的温婉与真诚。

第四章　生命光影的魅惑

第一节　李晓君:生命在时空交汇处的沉潜与飞升

阅读李晓君的散文,感觉其中有诗性的飞扬,有现实的沉潜,还有知性的思考,这一切都在空间的滑动中不断呈现生命的艰难、尴尬和疼痛。记忆、现实相互缠绕,通过一系列的生命空间来展示时间的流逝。在李晓君的散文中,有两个空间,一个是曾经的记忆空间,也是他在20世纪90年代工作过的一个南方乡镇;一个是他在南昌市的生活小区——贤士花园。不同的生活空间,经过作家不同时间的情绪、情感碰撞,生成枝枝蔓蔓的不同的心理、精神场域,从而弥散在文本不同空间中的是一种深刻的时间意识。散文以潜伏者的视角,游刃有余于不同空间的人与事,既有历史记忆的温情挽歌,又有现实生存的理性反思。作家不温不火地沉入生活的日常状态,通过诗画融合的艺术追求,体现了一种冷静中和的散文气质。

一　乡镇生活的记忆重返

经过了二十来年的时间汰洗,作家早年的乡镇生活空间成为一抹红霞,然后在时间中慢慢褪去其中的光泽,留下的是一幅平淡而又充满温度的素描图。记忆在散文中经过时间的凝练,慢慢生成一个个清晰而生动的画面，呈现了20世纪90年代中国乡镇生活的烟火味道，其中有乡村教师的生活、有乡村姑娘的爱情，也有对乡镇干群关系的思考。这些日常生活的记忆，凝聚着作家当年的激情、忧郁、孤独、奋斗以及思考，传达出一种挽歌式的温情与失落。

散文以当年工作的南岗中学为记忆叙事的核心，从通往学校的路、墓地、小店、镇上的办公楼这些生活空间入手，激起个体生命的情绪和思绪，在力图还原当年的生活情境中展开一幅青春记忆的图景。其中有"我"一个未婚青年神秘地从新婚女子那里接过几张光碟，有一神秘男子在墓地凭着气味捉蛇，有猫头鹰在孤独的秋夜不安的叫声。这些画面营构了一个青春个体忧郁面对充满未知的未来的孤独、神秘和寂寞。通往学校的公路边有小卖部、小餐馆、理发店等小店，带来了城市的消费气息，却呈现出亘古乡村所具有的缓慢、停滞的特征。乡村既带活了乡村，使之充满生气，又显得死寂和沉默，将乡村的古老与落后通过一种诗意化的方式加以呈现。作家在诗意想象的基础上，在现实与想象之中来回穿梭，挖掘出一种掩藏在粗糙生活、庸常表现之下的诗意，唤起人们心中对美丽乡村的乡愁情绪。在镇政府的办公楼中，作家敏锐地感知到在这里有两种不同的语言系统，一种来自政府大楼内部的权力系统，一种来自村民身上的民间系统，一个属于空间，一个属于时间，但读者能够真切地感受到话语系统之间的作用与流向。几个乡镇干部在镇政府门口的闲聊，一些路人面无表情的走过，还有墙上醒目的标语，小镇依然是一片沉寂。其中既有我作为一个乡村教师的公职人员的疏离，又有我对权力系统的反思，更有我对乡镇生活的世俗温度的感知。散文没有惯常地书写乡村生活的诗意，或者以城市现代性的目光审视乡村世界的落后与文化乡愁，而是以乡村中学及其周边的空间为载体，书写乡村日常生活的记忆，还有青春少年的力比多冲动，正是这些冲动，构成了乡村生活曾经的活力与激情。

人物素描图，是散文进入记忆的一种方式。中学食堂的胡师傅，脾气暴而且倔，内心却有一种称为刚正的东西。周老师、刘老师在夜里出去抓田鸡和黄鳝，冬天用气枪打麻雀。乡村教师每年春节期间在乡间小道上骑车或步行，轮流吃春酒。诗人广子、江子的来访，彻夜同床聊文学、聊诗歌。姨妈从前端庄靓丽，随着岁月的流逝变成了一个面色黄黑的女人，从信仰佛教到信仰耶稣，姨妈在对神的皈依中获取面对生活诸多苦难的精神力量。还有路边理发店里的神秘而又令人产生冲动的女人，弹着吉他的乡村医生，缓解着乡村疼痛的恐惧，戴着墨镜的算命先生，忧郁而又冲动的画家兼诗人的翰，每天用野蛮的方式维护镇上的工商秩序的街头怒汉五狗。五狗靠卖血为生，却又嗜酒如命。金清华善于绘画和作打油诗，能巧妙地将镇上的政治、经济、风月与村事用四句打油诗反映出来。他虽以清理垃圾为生，但是他的画遍布于镇上的建筑物。每天骑着摩托车在镇上风里来雨里去的寿翁，一边收税，一边追中学的女教师，随着摩托车的老旧，他也一天天的消沉。镇长孙一淼早年擅长养鱼，提拔后雷厉风行，迷恋权力，最后因受到处分而被调离。这些简笔勾勒的人物素描图，寥寥笔墨，折射了一个时代小镇生活的不同侧面，不同个体的生存状态。他们的日常生活方式，既有乡村社会权力结构的复杂呈现，又有乡村社会现实的坚硬体现，带着作家时代记忆的情感烙印。这些素描图构成了一个小镇既充满生命活力又不无遗憾的风俗图，体现了小镇世界凝滞而又流动的生活状态。

　　乡村爱情的力比多流淌也是散文追忆的一个重点。一个会裁剪衣服的乡村美女，愿意嫁给吃商品粮的教师，为的是拥有一个具有稳定工作的丈夫。乡镇中学分配来一个师范毕业的漂亮女老师，引来了乡镇中学七八个男教师的追逐。这一群男教师如风一样骑车从稻田丛中掠过，或坐或站地出现在刚刚毕业的年轻女教师的宿舍，各怀心机却充满着生命激情的期待与困惑。乡村女教师身上那种纯诗般的清澈质地，让男教师们陶醉，并激荡着他们韵味悠长的情感幻想和气质。大伙儿一路上大声说笑，仿佛不是去上班而是去旅游，一种浸透着青春力比多的生命激情流淌在大家的日常生活之中。"我"和初中同学吴老师面对面在一个砖木结构的平房里相对坐着，忽而含笑，忽而迷惑，青春岁月的记忆显得真切又虚幻。漂亮的陈老师吸引了火电厂两个男青年的到来，引起了众多男教职工的敌视。她天生丽质，看起来无比娴雅，充满书卷气，却裹挟着强烈的性欲，不断地和校外的男子发生关系，最后被前来捉奸的丈夫逼得赤裸出逃，而被褥、衣物全被付之一炬。还有中学的黄老师，一身才气，和负责另一小学食堂的李海燕恋爱结婚，生活的抒情部分走进另一条轨道。燕女士和崔老师一家淳朴善良、美满幸福，燕女士却按捺不住，在丈夫不在家时钻进了学校厨师庞师傅的被窝。乡村世界的常态生活之下，涌动的却是潜流的激情。青梅竹马的吴老师和骁恋爱时始终小心翼翼地在爱的字眼之外焦急打转，二人分手后各自成家，一种情感怅然若失伴随青春的流逝，如同一座小废墟，在时间的深处淹没。表哥师范毕业后分配在一个偏远的小学，一个村姑的出现化解了他青春的恐惧和孤寂，情欲控制了他的身体，也束缚了他的视野。他多次南下广东寻找发展的机会，失败的懊恼和情欲的把控，最终将表哥放在命运的轨迹去生活。这些乡村教师身上有异性的困惑，还有欲望的迷醉，在青春岁月日渐消逝的氛围中悠悠地体现了20世纪90年代乡村中学教师的情爱生活状态。

　　立足当年的乡村工作事实，作家凭借自己的生命体验和文化视野，反思乡村生活中出现的各种现实问题与现象。首先是乡村传统文化的失落。岭山脚下的聂公庙曾经迎神赛会无比热闹，充满狂欢，今天已经不复当年的盛况。古渡头物产输出的繁忙，折射了当年商旅要道关于木、竹、茶叶、稻米、茶油等贸易的兴旺。铁路运输大潮的到来，使赣江这一黄金水道的优势全失，退潮的惯性力量，至今还在阻碍着当地的重新奋起。散文从文化结构的层面展开历史性的反思，既客观又带有深深的情感。岭山一带的道观、道士戏，万寿宫中的许真君，各种自然神、人格神走进人们的内心，随着时代的推进而越行越远，作家在一个现代性的视野中思考当下的人们如何面对传统文化，如何迎接精神的欠缺。一个孩子竟然被偷偷钉死在棺材盖下面，作为一个逝去老者的陪葬，这个被隐藏起来的罪恶最后因为一根电线杆神秘性地一砸才真相大白。其中既有对传统陋习的痛心和反思，又有对现代人的愚昧和残暴的痛恨与谴责。岭山脚下，因一个采茶戏传承人"大美女"的死亡，采茶戏等民间文艺也随之支离而星散。"乡绅从中国乡村退场后，一个精神相对盲目和空缺的农村，还没有建立起一个更富有活力和品位的精神场。"作家立足城市化语境下的乡村现状，思考乡村传统文化的未来走向。文笔客观冷静，语气平和中正，体现了散文作家面对乡村传统文化日渐式微的深深忧虑，并在一个现代性的层面思考乡村未来与文化振兴的可能。

其次是对乡村生活现实的思考。对于粮管所不给农民支付现金而打白条、计划生育政策与乡镇财政的内在关系、野蛮开展计划生活工作、农民负担过重、乡镇基层干群关系紧张等问题，作家在散文中都展开自己在场的叙述和思考。这些冲突"不是缘于个人行为，而是缘于地方政策，缘于工作目标和工作对象之间存在的巨大的裂缝"。其中既有关注乡村发展的人文情怀，又有背后的理性思考。乡镇上的录像室不仅给农民带来了文化生活上的娱乐，还改变了人们对外部世界的认识，甚至改变了他们的世界观。农民从拒绝到接受，婚姻观、男女关系都不再保守，商品和务实的观念，开始扎根在农民的脑海里。性格温和、年轻漂亮的丽娟老师与男友未婚同居，遭到父母的极力反对，多年以后陷入一地鸡毛的生活中的丽娟老师才明白父母当初的苦心。最终，重义轻利的父母之爱和执著爱情的男女之爱，在残酷的现实面前引人深思。赌博、做"小姐"、传销等行为体现了乡民对于发家致富的焦虑与迫切，也折射了乡村社会秩序受到外来城市文化的冲击及其带来的价值观的混乱。

最后是对乡村教育现状的思考。作为早年的乡村教师，作家将目光自然投向教育。其中有乡村教师因为行政手段被公路集资、拖欠工资，直接影响他们的爱情与终身大事。乡村教师为了拿到拖欠的工资，

"讨薪"上访到镇政府，甚至组织罢课。学生因家庭负担过重，中途辍学进城打工。乡村教师看不到出路，一些人拼命往行政岗位上挣扎，一些人打牌、赌博，一些人停薪留职下海去广东。在这里，我们看到的是一个在场者的理性思考，其中有对乡村教育发展的关注，还有从管理层面对改进乡村社会秩序、乡村教师状态的沉思。

二 城市小区的暂居思考

《暂居漫记》以作家暂居的贤士花园小区为思绪支点，通过历史和时代的不同视域，既有当下城市皱褶处的生活片段，又有自身精神与心理空间的延展荡漾，将不同生活空间的喜怒哀乐、烟火气息与精神心理立体地呈现。47个篇章构成既独立又有机统一的完整文本，通过全景式、深层次地展开叙述，作者以一个潜伏者的在场式考察和沉浸式体验，勾勒不同的空间与个体，同时追问其中的生存密码，思考生命最终的价值。

首先，他注重城市生活空间的某一个角落和某一个细节瞬间的感觉，其中有站台、医院、药店等，在这些独特的空间中享受着孤独的隐秘与自由的想象。站台，就像一个渡口，因承载着焦虑、欣喜、失望、急躁等情绪而被赋予了重大的意义。每一个平静的个体在普通的站台上，都涌动着内心的波澜，而生命的意义由一个个站台的瞬间组成。医院这个冰冷而又嘈杂的空间，因一个神经错乱的年轻流浪者的存在和医院门口医闹的发生，展现了人际关系的扭曲，营造了一种冰冷而机械的氛围。"医院仿佛一个负能量的收集场，见证着肉体的冬季、生命的负数、人性的幽暗。"其中有医患关系的思考，病人与亲人关系的分析，还有走廊上人们的心理把握。原来小区附近的土菜馆纷纷变成了药店，在作家看来，既是全民重视健康和养生时代来临的表现，又引发了医疗体制改革、医保等管理层面的系列问题及其思考。关于房间，作家在其中展开无边无际的想象，一个房间里一个女孩在读异乡男友的来信，一个房间中一对父母在争吵，一个房间里的老人正在死去，一个房间里住着寡居的老男人，一个房间里住着一对走路都生怕踩死了蚂蚁的老人。这些房间里折射出不同个体的生命形态，也体现了作家对生命存在和价值的不同理解。

作家善于从日常生活中攫取富有戏剧性的生活场景，以点带面，从不同侧面呈现一个城市小区的生活形态。林荫道上一个精神有些失常的保洁员，手上抓着扫把和铝制簸箕，胡乱指着人，信口开河地嘟囔着谁也不明其意的话语。一个烤红薯的人，有着黝黑的皮肤，变魔术般从大铁桶的炉子上取出一个个外皮焦黑、内里鲜黄的红薯。沿街叫卖的小贩，将商品摊在一辆即将报废的小车上，用一个大喇叭循环播放骗人的广告。寒冷的冬天，有家长倚靠在电动车上，有家长站着低头看手机，彼此没有交流，等待着孩子放学出校园。一个头发谢顶、两鬓斑白的老人石膏一样站在窗前，手里夹着香烟，烟灰落在窗台上，当烟头的温度传递到手指才猛的醒悟一般将烟头弹出去。这些微观的城市生活场景，既传递着世俗的人间烟火气息，更是作家对城市生活个体生存状态的反思与理解。诸多戏剧性的生活场景，形成蒙太奇的镜头效果，既有城市个体生活形态的表现，又折射了作家穿透世俗表层的内在努力。

其次，散文还聚焦不同的人群，透过这些个体的生存状态，展示城市空间的疼痛与尴尬。其中有借贷者、老人们、各色房东、暂居者、小区女性、门卫等人群，折叠成一个城市小区的不同层次。文中透过小区一个年轻人因为借高利贷而被人追杀事件，反思借贷者的行为状态与精神心理。小区的老人是打麻将、健身、晒太阳的活跃分子，他们通过打麻将建立友谊，甚至在参与传销活动中享受一些免费的服务，从而慰藉自己内心的孤独。小区的暂居者有衣着灰暗、行动迟缓、面容平静而又略显悲伤的老人；有年轻美丽的女护士，她们褪去身上的医院气味，打扮得多情而妩媚；有身躯高大的黑人和身上喷洒着某种香水的印巴女人，这些小区不同群体犹如在一个坩埚的底部，既安静持久，又变动不居。房东自然是城市小区的人群，第一任房东是一对中年夫妇，她们培养了一个清华大学数学专业的儿子，人缘非常不错；第二个房东是一个厚道而大度的女性；第三个房东则总是身穿旗袍，身材苗条；第四个房东因为双方女儿是同学，同是备考家长的身份，让人见证了对方的朴实和热情。在小区暂居的过程中，出现了四位女性：一个是干净、清爽的卖蔬菜女人，平静而自然，端庄而专谨，善良的眼神里含有淡淡的感激之情，有一种脱俗之美；一个卖虾的靓丽女孩，不微笑也不冷漠，让人不免产生一种怜惜之情；一对卖卤菜的漂亮母女，打扮时髦，却总是给人以冰冷的态度；最后一位是市场管理员，她体态匀称，走路带着仙气，但几年之后便融入农贸市场的整体情状，蒙上了一层黄色的中年妇女的菜色。四位女性的生命世界透出的是生活带给人的密码，浮泛的是内心深处的不可言说的人世沧桑。

最后，散文通过对一系列城市生活的所思所感，记录城市生活的心路历程。手机遗失在出租车上，于是上演了一场寻找手机的紧张故事，考验了人的耐心、信任和贪欲。十多年来家中没有安装一部家用电话，是因为私人生活不想被打扰，从而扮演一个虚拟中的逃离者，乐于按照自己的性情生活。散步不仅使身体放松，更加放松心里绷紧的弦。文中从日常的散步想到一切的物是人非，此在到彼在的位移也成为散步，而导演这场散步的主导者正是人，他们既是悲伤的观众，又是受伤害者，一个自己的傀儡。文中透出的是作家在城市化进程中深刻的人文忧思与乡愁意蕴。租户之间一方面热乎地游戏，散场之后关系却迅速转为冰冷。即使是一对父子平时也疏于联系，有着亲情上的罅隙。于是每个人都成为事实上的"密语者"。这是城市空间的生命形态的呈现，也是现代物质追求带来的隔膜，体现了作家对城市个体生存状态的一种温热的情怀与忧虑。

作者以城市小区暂居者的身份，写这座城市的街道、建筑与人，既烟火气十足，却又充满现代城市的活力孤独。老旧的建筑、城市的落日、巷子的店铺、鲜活或缄默的个体,构成了这座城市的表征。作家把城市分割成无数的文本,用诗人的眼睛去体认一个面目模糊的时代,因此生发的情绪如同这个城市一样复杂:有现实生存中的疲惫和生命的流逝,有面对物质化生活的伤感与疏离,有对庸常生态和时下普遍精神状态的感知与思考。

三 诗画相融的叙述与冷静中和的气质

表面上看,无论是乡村空间的记忆书写,还是城市空间的片段呈现,李晓君的散文都注重攫取日常生活中的片段或空间来加以表现所思、所忆、所感。但从本质上来看,其散文却是时间的感怀,生命的沉思。

与其说他想为我们讲述日常生活的故事,不如说他想为我们讲述时间的故事。一个已逝的故事,一个生活在其中的故事,故事的主角既是他自己,也是时间本身。在他看来,"生命的意义,由一个个瞬间组成,而每个精彩或暗淡的片刻,都有命运(和时代)那看不见的手在引导和编织"。在作家的散文中,本质有两个世界的存在。一个是日常生活的俗世世界;一个是关于生命与时间的乌托邦。也就是说,无论是在《江南未雪》中,书写曾经岁月的记忆与疼痛,还是《暂居漫记》中的都市现场抓取,日常生活的把握和个体生存状态的表现,都体现了散文对外在世界的关注,然在其底层,却还有一个隐形的世界,那就是作家关于生命和时间的沉思与感悟的乌托邦世界。在这个世界中,寄寓着一个自我,一个高贵的、完美的精神生命,这个完美的精神生命来自俗世的空间,却和这个空间自觉分离,于是沉重的现实世界中,自然升腾起一种轻灵的生命追索。作家自言道:"我与周围的一切发生亲切的联系,并在内心银幕上折射出各种图案,开出或热烈、或清冷、或浓郁、或浅浅的'花'来。这事物之花、精神之花、缠绕着人们的生活之蔓,也勾连出我这个观察者内心的隐蔽花叶、揭示出灵魂深处的真相。"① 于是，两个世界的相互缠绕，贯穿的是内在的关于时间与生命的思考。与此相应的是，散文以诗一样的思绪流动来结构全篇。他的散文大多没有一个明确而固定的主旨，更多的是以一种意识流的形式呈现各种感受。他的思绪从来不固定于一个单一的点，他总是由一个片段、一个场景、一个往事、一个故人引发种种思绪，它们时而伸向历史，时而面对现实，时而又进入绘画的、音乐的、诗歌的世界中去。可以说，作者是以画家的眼睛观察，以音乐的耳朵聆听，以诗人的心灵感受，然后将繁杂的印象以漫记的形式记录下来。

可以说，这些感受都不是源于物本身的实际功用，而是源于作为诗人的一种独特的感受力和观察方式，这些感受因为源于同一个事物而奇妙地组合在一起。正是这样的思维方式与结构方式使他的散文更多地具有一种流动的气质，人们不得不按照作者感受的轨迹重新感受这个具有多重解释的世界。同时，对绘画的兴趣与学画的经历，决定了散文中总能随手捕捉一些有意味的场景，呈现出诗画一体的艺术特征。他总是能提炼出瞬间的影像，把它凝固为层叠的画面，如同一幅油画或者是一组无声的电影镜头。文中写寿翁："寿翁过早谢顶，残留在后脑的几绺头发岌岌可危地趴在顶上，风一吹，像站立的秋草迎风乱舞。当他骑着摩托车在小镇风驰电掣时，他的头就显得格外醒目。仿佛一个肉球插着一支残破的黑旗，恐怖地由远及近，又由近而远。"寿翁的形象，本质是时间的印痕，生命在时间的流逝中不由让读者产生一种沉重而又轻盈的感觉。"体育器械旁的男子顶着在空中艰难升起的身体，快递小哥盯着手中的手机，罗老板盯着快递小哥。他穿着通常喜欢穿的红色背心，黝黑的胳膊虽瘦，但肌肉还紧致。他的眼神空洞而无言，典型的工人师傅的脸。他的太太在背后小间的洗手池前洗涤物品。他靠在玻璃柜上，店门口有几张半旧的凳子、椅子，现在

---

① 李晓君：《暂居漫记》（序），百花文艺出版社 2021 年版，第 3 页。

没有人坐在上面，地上香烟头的灰烬早已冷却，猫咪突然站起来，弓着身子，使劲拉长，像是做瑜伽的主妇，夸耀它乏善可陈的体态。"人、猫、凳子等物象构成了一个凝重而呆滞的画面，时间被取消，形成一个层次感、立体感强烈的空间世界。本质上这是一种时间的艺术，在作者的眼中抽离了流动的时间，每一个人和每一个事物在那一刻的姿态组成了生活空间中复杂的面目，于是在静止的刹那感觉到整个世界的凝重。

不难看出，作家在文体追求层面摒弃了所谓的散文常识，"让散文游弋在诗歌、小说、戏剧甚至哲学的边界"。① 作家曾受过绘画和写诗的训练，一方面善于捕捉日常生活中凝滞的光影，用诗的手法表现生命世界的时间流动。"冷是一条长形的滑行动物。冷在咬噬着一切，室内的和室外的。屋子里的衣物、书本、洗脸台、镜子、地板、窗子、布帘都留下冷咬噬过的痕迹。"在散文中，冷于是有了形状，有了行动，甚至有了人性的一面。在写人时，"在风雨如晦的年代，'满街红绿'的惊恐里，姨妈初尝了命运的不公。生活一点点在改造她，把她塑造成今天这个样子。在希望得救的渴望中，在看似命运预设的轨道上，她渐行渐远。她始终无法真正看清生活的面目。而我试图对她的讲述，无疑也只会加深读者对她的误读。"时间对生命的刻痕，个体命运的悲叹，都在作家诗化的叙述中显得举重若轻，蕴味悠长。

其次，散文以一个潜伏者的视角来书写一个个生活空间，既体现了一种在场的现实热度，又与外在世界保持着一种冷静的、沉思的距离。"我像个潜伏者，略带疏离、冷静地看着身边每日生成与消逝的故事。对老旧的建筑、城市的落日、巷子的店铺、鲜活或缄默的个体，怀有热爱之心。更多的时候，我在前者身上看到自己的内心，从他者和事物在内心的投射上探寻自我的冥想、心灵的悸动和精神的慰藉。"② 无论是早年的中学工作经历，还是近年来城市小区暂居的体验，散文主体总是

---

① 李晓君：《时光镜像》（序），百花文艺出版社2006年版，第4页。
② 李晓君：《暂居漫记》（序），百花文艺出版社2021年版，第2页。

出入自如，在叙事过程中游刃有余。当年中学工作时的乡村爱情，既有一个青春视角来看待他者的爱情萌动与背后的功利驱动，又有一个青春个体的自我体验与情绪流动。表哥师范毕业后分配到一个偏僻的乡村小学任教，其中的惆怅、失望，甚至无助的情绪，既有来自表哥自我的叙述，也有叙述者——我的体验。他遭遇一个乡村姑娘，在欲望与情感、现实与未来的矛盾冲突中一天天的成长、成家、成熟，其中弥散着的正是一种青春与现实对撞而产生的忧郁、悲情的氛围。同样在城市小区的暂居中，门卫手中掌握着身为最基层管理者的权力，我作为一个潜伏者，旁观着他们的日常生活形态，并不断加以审视和同情。小区不知道哪个房间传来的美妙琴声，引起了我的关注和想象。琴声是我的梦，也成为阻隔现实的美好幻景。它与小区内外世俗的嘈杂与喧嚣构成了一种美学层面的张力，既有形而上的沉思，又有形而下的拥抱。

最后，从散文的气质来看，体现了一种中和冷静的风格。他面对现实的俗世世界时，不温不火，理性分析，直逼社会结构的本质。在个体的精神世界中，也往往将情绪的热度稳住，却在一种人文情怀的温度中抵达生存的思考。在李晓君的散文中，他从来没有一个强大的散文主体在居高临下地发号施令，也没有文化层面的高屋建瓴，而是以一个潜伏者的姿态，尽力压低散文主体的叙述高度，在平和宁静的思索中展示个体的气质。其中写乡镇干部为完成计划生育任务，凌晨将一个孕妇强行送进卫生站进行节育措施。散文没有展开人文情怀的忧思，也没有对底层个体命运的悲叹，而是在一个辩证的视野下分析乡镇基层管理方面的矛盾与复杂。五狗在小镇上由横转衰的命运，最后以"五狗再也没有出现在小镇上。人们说五狗死于卖血"作结。金清华一心画画，甚至为一幅画与人大打出手，"究竟是魔气，还是天才？谁又知道呢"。这些散文没有用二元对立的思维，一味地对底层生命世界投以同情或批判，也没有出于廉价的人性关怀和乡愁抒发对底层生命世界的悲悯，而是在一种淡淡的、悠悠的笔调下，自然而真诚地流露出对生命的理解和关注。

同时，由于散文追求一种中和的格调、理性的介入，影响了散文对日常生活世界的批判与反思力度，也影响了其中对个体的生命追求、存在命运的思考深度。如果能在时间的诗化追求上进一步努力，将散文中关于个体生存的精致断章，置于一个悠长的历史文化中去加以积淀与沉思，以强化散文的气象与格局，散文将更具成熟而大气的韵致。

第二节 江子：在现实与历史的开合中寻找文化密码

当下的散文创作，已经不再满足于20世纪以来文化散文的大命题、大追求，而纷纷深入生活与历史的皱褶之处，带着时代个体的生命情怀，表达个体的人生感悟和生活思考。批评家王兆胜提出当下散文创作需要"形聚神凝心散"，正是要接续中国传统散文的流风遗韵，"将天地自然、社会人生、生命智慧融入心间，变成自己的底气和元气，然后以自然而然、散淡从容的笔法表达出来"[①]。江子的散文当中，无论是家园还是历史，或是器物，都带着他诗性的情怀与生命的追求。从《田园将芜》，到《苍山如海》，到《青花帝国》，看似散散淡淡的文化与历史追求中，却被其中一种独特的"寻找"气质所打动。他一方面将江西本土的乡土状态放在当下城市化进程中，通过以点带面的方式绘制一个个乡土世界的生存图景；另一方面则将诗意的触角伸向历史钩沉，在时代与人性之间寻找红土地上的文化密码。

和作家江子的交流，总是有一种酣畅淋漓的感觉。江子生活在南昌城，却以一个乡村的卧底身份联结着城市与乡村，思索后乡村时代的存在。他的背后是一个生他养他的原乡，来自血脉深处的乡村记忆有他永远割舍不下的情感。历史人物与器物的点击荡开了时代与人性之间的话语空间，在历史与现实的逡巡中寻找存在的诗意。阅读江子

---

① 王兆胜：《"形不散—神不散—心散"——我的散文观及对当下散文的批评》，《南方文坛》2006年第4期。

的散文，很喜欢其文本之间纠结的寻找激情，一种内心对现实把握和历史记忆之间的开合感，一种情怀涌动中的孤独气质。他渴望在历史的人物与物件之中寻找文化的密码，在靠近历史真相的激情中捕捉人性的本质。因此，立足于当下的文化语境来考察江子的散文创作，既能在社会文化学的层面上感受一种难以抑制的历史冲动，又能在诗意审美的追求中聆听曾经的生命喘息声。

一 在现实的撕扯中寻找诗意

在江子的笔下，现实从故乡开始，从故乡的日常生活开始。他将目光投向原生态的乡土世界，着意于体味乡村民众的悲喜哀乐，而通过自己的情感通道流淌出来。江子的散文巧妙地将自己的体验融入进去，以人物点击的方式，走进后乡村时代的故乡、故土，将自己作为其中的一员，书写乡村在现代化进程中的痉挛与阵痛。在他的散文中，既没有当下诸多底层写作的那般居高临下，而是拥抱乡村，将乡村生活的境遇与自身的体验紧密联系，又能保持一定的距离来思考当下乡村的出路。

他以略带俏皮又不无心酸的话语，将自己比作乡村的卧底，引出了一系列血脉相连的人物与故事。太祖父、外祖父、祖父、父亲、母亲、叔叔、侄子、堂弟、表弟，然后延伸到村子里的大婶、大爷，当年的同事、同学、朋友，这一个个平凡的人物生活状态，构成了散文中乡村世界的肌理。作家倾听他们血管的撞击，感受心脏的跳动，一切都在亲情之中带来叙述的方便，更在真切的底层叙述中触摸到乡村现实的隐隐痛感。命运莫测，相貌堂堂的太祖父无辜横死于土改时期。祖父继承了太祖父的壮士气概，但也时运不济，两次投军失败，最终还是"娶妻生子，种地杀猪，直到终老"。外祖父是人们口中称道的拳师、郎中，却是母亲口中好赌的泼皮。父亲不似祖父勇猛洒脱，反而生就"一副书生的瘦弱体态和善良本质的天性"，在村中备受欺凌。

不过，父亲手艺好，凭着一把篾刀，编织出了一个竹器世界。然而，手工业时代没能抵挡住工业时代的滚滚洪流，时间把父亲变成废人，只留下篾刀闪着月亮的寒光。三代人，有豪气有手艺，却一辈子没走出乡村大地，如同所有乡村农民一样在这块土地上刨土谋食，生老病死。至于"我"，"我"不想重复父亲被人欺辱的命运，通过努力读书工作得以告别故乡驻扎城市，肩负起这个苦难家族里一名父亲的责任。透过这条血脉的流淌，折射了乡村世界生命的喘息与精神的绵延。

作家在触摸家族血脉的流向后，最终还是在当下农民进城的大时代语境下，忧心忡忡地书写一个个乡民与亲人在城乡之间的命运遭际。留守老妪河清大婶孤独地老死在自己的老屋，生儿育女一辈子的她，身边并无一双聆听她的遗言的耳朵。种田的刘武汉老头一生精于耕种，不慎跌入田间，无力爬起而成为肥田的膏腴。乡村在城市的巨大吸引下，被押解上一个前途未卜的快车。他们一个个被裹挟着，奔走着，却茫然不知所终。"田园将芜胡不归"，归向何处，如何归，不归又怎么办，一切都在作家的视野下。"我"的堂弟会根在城市被骗光了钱财，遭遇警察暴打，频繁更换工作，最后陷入了传销；弟弟曾元生进城后陷入了身份焦虑和归宿恐慌的煎熬之中；王五生因在化工厂上班而得脑颅肿瘤，结果救治无效死亡；希望一辈子待在村子里的小堂叔曾群星进城做了装修工人，却不慎从高楼摔下死于非命……作家在道出一个个乡民亲戚的打工之苦时，并没有以居高临下的底层关怀将批判指向城乡二元对立，而是将自己融入进去，在触摸一个个乡民亲戚的脉搏跳动中，感受当下乡村的真实状态。但由于没有找到一条讲述相关人物事件的合适通道，未能细致入微地抓住那些人物命运中能让读者内心产生共振的细节，文本因此显得痛感有余而韵致不足。

尽管太祖父、祖父和外祖父、父亲、"我"这一支血脉命途迥然，却在"对岸的村庄"这一向往中殊途同归。无"此"不成"彼"，"对岸的村庄"是以这一头"我"的故乡为参照；此岸的村庄，"是个人多地少、穷山恶水的地方"。自然资源缺乏，农耕文化背景之下的乡村生存时刻受到威胁；加之，此地民风凶悍，械斗欺凌时有发生，来自自然环境以及周遭村人的双重威胁，一个家族想要在此实现安居乐业是极为艰难的。"对岸的村庄"里，以太祖父在故乡对岸的村庄认了一门干亲为肇始，代代延续下来。于父亲而言，对岸见证了他幸福的童年时光，更抚慰了他在"土改""文革"时代变革中遭受的苦痛。太祖父、祖父和父亲，他们在对岸受到了一群无血缘关系的人所给予的亲人礼遇。"我"去过江那一头的对岸，结果发现现实的对岸其实与故乡毫无二致，但"我"依旧对它心生向往。

"对岸的村庄"，即"稻子在田野自在地摇曳，村居在树林中隐现。地少人多、资源富足使这里的人安居乐业。阳光的充足、雨水的充沛和绿荫的庇蔽使他们目光平和，面色清静，与天地万物有着一种近乎天籁的和谐"①。这一现实村庄，也是"我"和父辈们的幻想村庄，更是当下个体生存诗意化的想象。然而，这种诗意化的想象，并不能真正缓释作家内在的乡村痛感。诗意化的想象并非来自田园诗人的咏叹，也不是当下很多底层创作空泛的悲悯情怀，而是血脉相连的亲情之下相互撕扯的疼痛与理解。

江子指出："田园将芜的命运，让每一个乡村后裔，每一个自认为与乡村存在文化上的母子关系的人都感到揪心。如此三千年未有之乡村剧变必须有人记录。中国散文传统一脉，是史官带有使命意识的庄重书写，那就让我做我的故乡的史官。——同时也是做当下乡村中国的史官，以唤起更多的人回望故乡，回望乡村，唤起更多的人对乡村精神失落的深度关注。"② 这些忠实于乡村生活事实记录的文本，没有底层意识的理念化，也没有农民工生存愁云惨雾的想象性表述，一切都在亲情的追索下，书写乡村的衰败与空心。透过这些常态的生活肌理，作家拥抱着这些熟知的生活状态，又努力探究人的存在，二者扭结在一起，既充满人文关怀地为日益破碎的古老乡村立言，又复杂

---

① 江子：《田园将芜：后乡村时代纪事》，陕西人民出版社2013年版，第227页。
② 江子：《田园将芜：后乡村时代纪事》，陕西人民出版社2013年版，第3页。

地抖开乡村日常世界的隐痛。

二 在历史的逡巡中破译文化的密码

江子的散文创作除了关注乡村现实的生存状态,还将目光投向历史厚重的一面。历史既承载着深邃的文化空间,也承载着活生生的人和事。如何在历史的框架之内,将散文的才情与历史的深邃紧密地结合,江子发挥了他的豪爽之气,将历史的大开大合与人物的命运、精神置于日常生活的柔软之处,文本体现了历史的大气和个体对命运的把握。

面对井冈山这座早已成为承载革命话语的概念之山,作家发挥乡村叙事的长处,以人物点击的方式,拨开革命战争的迷雾,将激情想象与史料爬梳相结合,沉入当时的生存状态。作家自言:"我尝试着以人物命运为经,以井冈山历史事件为纬,以与井冈山历史有关的突出意象为精神内核结构篇目,或者完全通过揭示一个个人物命运来阐述历史——我尽量从小人物入手,因为小人物的命运,更有广阔的人性意义,更能原生态地表现那段历史的艰难、慷慨与悲壮。"[①] 作家努力绕过正史叙述的坚硬掩体,进入日常生活柔软的一面,重在探究这些人物身上的信仰是如何与日常生活中的人性相互联系的。在散文中,革命历史只是一种叙述,它往往变成了恋家乡情、夫妻恋情、母子深情,将革命战争的硝烟岁月转化为以人为中心的命运叙述。"盐""药""信""歌"这些生活中常见的事物,都成为作家切入井冈山革命历史的着眼点,残酷的历史在情感的映衬下更显得残酷,而革命也在各种情感中得到了确认,进而叠加成为一个高大丰满、切实可感的井冈山。作家迂回于井冈山历史往事的沟壑之间,努力寻找特定的井冈山文化密码,在貌似枝枝蔓蔓的叙述中,涌动着一种靠近历

---

① 江子:《苍山如海——井冈山往事》(前言),江西高校出版社2012年版,第2页。

史真相的激情。

实际上，这一段战争历史的激情叙述中，人性与革命始终在撕扯着作家的内心。这一撕扯本身，带来了散文文本更多的阐释空间与维度，同时也导致了文本的左顾右盼，很多地方难免转化仓促，不自觉地汇入革命话语的泛泛之流。欧阳洛、贺国庆等的历史叙述，革命的激越大于人性的复杂，最终还是表现为一种平面的革命小史叙述，无法进入艺术世界的诗与思。可见，激情唯有在历史理性的引导下，才能更好地在历史的大殿中找到人性的尊严。

在《青花帝国》中，作家以折扇式的叙述方式，将江西景德镇历史上的青花瓷不断地人化。历史的青花瓷高贵典雅，却始终与人的灵性，人的生命气息相互融合。在典雅而又鲜活的氛围中，将青花瓷身上的灵光以诗的韵味呈现在读者面前。

首先，作品以人的生命体验来贯穿历史上的每一个瓷器，将青花瓷的历史与人的生命气息相互联结。明朝大龙缸的烧制，正是把桩师傅童宾为了拯救景德镇民众于水火，毅然将自己的肉身投进熊熊的窑火，于是大龙缸因为吸收了人体的生命气息而获得了成功，童宾也成了景德镇陶瓷精神的图腾符号。督陶官唐英用自己的生命督制青花，铸就了景德镇陶瓷艺术的辉煌。在作家笔下，皇帝、异国的国王、画师、诗人、郑和、考古学家刘研究员，还有活跃于景德镇的帮会，他们的生命、生活融入了青花瓷的历史，让人的历史与青花历史的血脉一同跳动，青花的历史因为生命的融入而契入了深远的文化密码。

作品以八个碎瓷片的方式，满怀野心地在构建一个青花历史的帝国中融入了浓郁的家国情怀。与此前的《田园将芜——后乡村时代纪事》构成呼应的是，作家将其中对当下乡村生活状态的诗性关怀，融入青花瓷的历史叙述当中，将青花瓷的命运上升为家国的命运。也就是说，青花瓷不仅仅联结的是个体的生命体验，还有一个巨大的文化符号支撑起每个青花瓷的故事。童宾之死，将肉身化为陶瓷之神，其实演绎的正是中国传统文化沿袭已久的民族之魂。督陶官唐英呕心沥血体察百姓疾苦，在景德镇推广买卖公平和工匠救济等制度，将景德镇变成一个人人向往的理想国度。他为青花写诗、画画，又将景德镇变成一个艺术的王国，连同他最后的生命终结，都体现了为艺术、为民族而献身的大情怀。同样，刘研究员在发现高安的青花瓷窖藏之后，整日埋首其中，寻找青花主人的踪迹。郑和受命下西洋出访各国，携带着彰显国家气度的青花瓷器，历经一次次的艰难，却客死在异国他乡。这些生命个体的存在，连同景德镇的帮会争斗，背后都有一种大写的情怀，即家国情怀附着在青花的每一个故事当中。"它见识了西方强权势力乘着海上舰艇冲进皇宫，那瓷壁上看不见的隐秘裂缝，就是国家遍体鳞伤的隐喻。它的齿间一直紧紧咬住覆水难收的破碎之声，那是这个古老国家在危急关头随时迸发出的怒吼，是这个历经沧桑的民族葆有的最后血性"①，话语当中透出的这种家国情怀，激活了青花瓷身上的每一片历史碎片，使青花瓷最终有了民族之魂的归依。

同时，也应该看到，八个青花瓷的系列故事，每一个故事主体的背后如出一辙，都在青花瓷文化精神中体现出这种大情怀的同一性，从而导致每一个青花瓷故事的个性缺失。童宾、唐英、郑和、刘研究员、画师、诗人等最后都将其精神升华到一个民族之魂的高度，却忽视了每一个青花瓷都具有自己独特的生命气息。

三　在诗性的纪事中抵达生命的沉重

总体来看，江子的散文是一种诗性的表达。早年的江子乘着想象的翅膀在诗歌的大地上有过短暂的翱翔，组诗《我在乡下教书》为他赢得了诗坛的地位，也开启了他叩问乡土中国的沉重之思。"田园将芜"系列散文既是江子对故土田园的一次社会学意义上的生存追问，也是一次精神层面的诗性还乡。面对脚下这片曾经哺育过欧阳修、刘

---

① 江子：《青花帝国》，广西师范大学出版社2017年版，第195页。

辰翁、文天祥、解缙等文学巨匠，创造过一门三进士、九子十知州等人文奇迹的"江南望郡"，如今却空余"歧路上的孩子"、"老无所依"、"消失的村庄"、"永远的暗疾"和"无处安放老照片"。作家以散点透视的手法，通过以人纪事的方式，试图揭示市场经济和城市化进程挤压下田园将芜的一个个真相，"故乡已被押解上路"，"有一种不可知的力量妄图把乡村变成一座废墟"。

作家以非虚构的真诚，在"消失的村庄"、"粗重的奔跑"、"疾病档案"和"绝版的抒情"中，记录了一系列乡村皱褶处触目惊心的衰退和嬗变。留守老人的非正常死亡、留守儿童的无助与孤独、乡村病痛的可怕与打工者的艰难等，这些乡村社会学意义上的纪事，带着力透纸背的沉默与呐喊、悲鸣与叹息，触痛着每位读者的神经。

然而，从江子的文字中，我们不难看出作家乡村、历史、生活本身的诗性理解。孤独、寻找构成了他的散文一个个突出的诗性主题，这些诗性主题体现了作家将诗性的品格与现实的反思紧密结合，既有诗意的超拔，又有思考的沉重。

首先是孤独。散文有一组是回首二十多年前那段青涩的年少时光，徜徉在这些文字里的是浓烈的诗意。刚参加工作的"我"和大家一起打牌、弹吉他、喝酒、玩刀，游游荡荡充当一回"罗子"的气派，其实掩饰不住内心青春的孤独与茫然。刘仁堪被捕后在狱中，张子清伤后无法得到治疗，最后躲藏在一个山洞里，母亲在牢狱中掩护儿子，这些人物都身处一种莫大的孤独之中，将他们对革命的信仰、对亲人的情感升华至一种人性的诗意境界。同样，在《田园将芜》中，乡民不断生病死亡，不断有人失踪，亲情流逝，杨万里笔下的诗意终究不可挽留，每一个乡民连同刚出生的孩子都被押解着、拖向城市。"我"在大雪中还乡，发现故乡和父母一起老去，笼罩在乡村世界上空的是一种"百年孤独"的沧桑与无奈。

同样，在《青花帝国》中，由于青花瓷的独特魅力，每一个相关个体既承载天地之德又富有生命的质感，在精神气质上天然与孤独为伍。昊十九尊崇道家的"虚静",避开尘世,一生醉心于青花瓷散发出来的魔幻气息与历史魅力。程门恪守职业精神,追求着瓷器的精巧,但最终走向了自然,回归了道家的本原。明皇朱瞻基、清皇乾隆都热衷于关心景德镇的瓷器生产,迷恋瓷器上的青花,他们在权力的辉煌中独自享受青花瓷的魅力。波兰国王奥古斯都二世喜欢静坐在他的瓷器宫殿里,享受无忧欢畅的时刻。这些生命个体,只要和青花瓷产生关联,必然建构起一个艺术的独立王国。在这个自我建构的孤独世界里,"瓷器"与孤独的人相伴,二者造就了充满"孤独"气息的"青花帝国"。因此,"孤独"既是这些生命个体的精神气质,也是青花瓷在今天的现代化进程中散发出来的乡愁气息。由此看来,一部《青花帝国》,也正是一部喧嚣时代透出孤独气质的乡愁之作。

寻找诗意的空间是江子散文最大的努力,也是文本呈现出的独特之处。在他的散文创作中,人物总是流露出一种流浪的气质,流浪是一种行为方式,也是散文的诗意流露。流浪意味着精神的自由,一种骨子里的放荡与豪爽:背着篾刀的流浪是父亲精神的温暖与慰藉;醉酒是村民张羊苟精神流浪和找到自我的方式;骑自行车让"我"感受自由的快乐。在乡民进城的书写中,村民一个个被城市押解着,在城乡之间"粗重的奔跑",也是他们努力走出乡村贫穷的精神流浪方式。即使在散文《青花帝国》中,景德镇著名画师昊十九费尽一生琢磨,研制出了流霞盏、卵幕杯灯艺术瓷器,却特立独行,把自己隐藏起来,与世界两不相欠,让自己的精神自由自在地流浪。伍良臣藏起了祖传的瓷器后,也把自己藏了起来,没人知道他去了哪里,"他或许真变成了闲云一朵,在天空自由自在地踱步,无惧战争与死亡"[①]。他们的身上都具有一种超越尘世的气质,或者是生活中的出走,或者是把自己隐藏起来,本质上都属于一种精神的自由流浪。

流浪属于形式,寻找才是江子散文的最终气质,一直贯穿于江子

---

① 江子:《青花帝国》,广西师范大学出版社2017年版,第195页。

散文的创作。《赣江以西》中，从太祖父、祖父、父亲到"我"的人生，完成的是一次家族血脉精神密码的寻找。《对岸的村庄》中，太祖父和父亲的心里总有一个隔着一条赣江的对岸村庄，这些正是纷乱与烦乱世界中的诗意空间。"田园将芜"的当下乡村社会，作家在"消失的村庄"里努力地寻找一个曾有的乡村，一个精神的彼岸世界，尽管前途未卜，尽管有些悲壮，但寻找一直在进行。因此，在感受乡村的隐痛时，并没有让人感觉异常的"愁云惨雾"，而是一种诗意的领略，即在现实空间中对未知空间的寻找。

在《青花帝国》中，作家没有将散文写成一部类似于知识考古学的文化散文，而是将"瓷史"转化为"瓷人"，让青花瓷焕发出的精神气质与生命个体的精神气质相通，成为当下需要的精神家园。作家坦言："与以往的青花主题书写不一样的是，我这本小书，写的是人。人是精神的载体。景德镇这座伟大的东方艺术之城的精神，当然要由人而不是器物来指认。我努力呈现跟景德镇有关的人们的艺术精神，他们的性情、人格，他们的爱与恨、力与美，他们的癫狂与劳作，他们的牺牲与贡献。我想，他们立起来了，景德镇的千年文化品格也就得到集中展示。"[①] 把桩师傅童宾、画师、工匠、皇帝、国王、郑和、刘研究员等，他们身上的每一个故事都是个体在寻找人与瓷之间的神合。作家寻找的正是，青花瓷的艺术魅力与人物个体身上的人格魅力之间的契合点。

毫无疑问，江子的散文以他来自血脉的乡村冲动与诗性品格，在"田园将芜"的生存空间展开了怀乡与批判的肉搏；又大胆闯入井冈山、景德镇青花瓷的历史空间，在逡巡与流连中寻找其核心的文化密码。他在诗性的纪事中，任由激情与理性撕扯，在感受孤独中完成现代精神家园的寻找。于是，带着诗的冲动与史的追索，江子散文在一个个小故事的开开合合中传达了来自个体自我内心的大情怀。

---

① 《江子：跟随青花抵达历史新边疆》，《文化·大家》第51期，凤凰网江西频道，http：//jx.ifeng.com/a/20180315/6435749_0.shtml。

第三节　胡辛：瓷性人生的激情演绎

　　江西作家胡辛是部大书。其大的第一方面是作为一个作家创作的成果体量大，而且质量高。自1983年处女作《四个四十岁的女人》获全国优秀短篇小说奖以来，现已出版著作四十部，主打小说，兼涉传记文学、散文、影视剧本，还主持省级以上课题二十余项，并撰写了一百余篇研究论文。其大的第二个方面在于文本中的气量宏大。《瓷性天下》放眼全球，心怀天下，考察汉唐至明清历代帝王、王朝政治与瓷器、瓷业和瓷器外销的隐秘关系，艺术地勾勒了中国瓷器走向世界的丰富图景，体现了作为一位文化学者的独特视角和敏锐眼光。其大的第三个方面是文本的内宇宙之大。无论是人物传记还是小说，或是文化散文，作家都深入个体内在的人性世界，将其置于复杂与冲突之中，建构了一系列微观却具有无限张力的人性空间。阅读胡辛的作品，总感觉自己的知识储备不够，视野难以企及。在我看来，要想全面体味胡辛的创作，至少需要文学、文化学、影视传播、历史学等方向的学科知识建构。因此本人只能盲人摸象，窥一斑而已。

　　阅读胡辛老师的作品，于我而言，是一次冒险，因为太大了，我仿佛走进瓷器博物馆，知道每一件都是精品，却无法真正领略其灵魂。我不敢哇哇大叫，因为怕出洋相，又怕惊扰了艺术的天使。我只能蹑手蹑脚，俯身倾听其中的声音，感受其中的温度。同时，我又是一次内心的对话，一次激情的对话。我经常自诩本人对工作学习的激情，却在胡老师的文本中感受到一种更大的激情虹吸力，让我在其中流连忘返。我认真地读，与其中的每一个人物对话，就仿佛在与胡老师进行面对面的交谈。冒险有距离，有敬畏，对话则无比亲近和亲切。我从中读女性话语与中国经验的表述，读瓷器文化与人生的互文，读文本叙事的复调与背后的强大主体性。我愿意将其创作置于当代文学的进程中，努力寻找其属于的位置。因此，研究胡辛的创作，触及当代文学中女性命运与话语建构、文化散文的灵魂穿透、文学与影像化的关系等命题，无疑对丰富当代文学史的理解，把握当代文学进程具有一定的价值和意义。

一 女性话语的情怀书写

胡辛的小说是典型的"女人写，写女人"。她的小说里，用心最多、用力最重的人物形象当然是女性。因此，女性意识、女性话语自然成为学界研究胡辛创作的重要切入点。黄会林的《在传统与现代之间的守望与超越——论胡辛创作20年》、胡颖峰的《胡辛小说创作论》、郭力根的《生命中的城与女人》、江冰的《遭遇困惑》等，都从女性小说创作的女性命运关注入手，将其置于女性意识和女性话语的语境下，注重从现代与传统、城市与女性、地域文化与女性，以及女性命运的反思等命题展开深入的研究。这些研究将胡辛的创作纳入当代文学女性文学思潮的范畴中加以定位，从学理上进行文学创作的整体把握和反思。然而阅读胡辛的创作，不难感受到其中涌动着一股温暖的情怀，将女性命运与现实生活相互融合，使众多女性命运既有历史的厚重，又有时代的质感。因此，我这里重点谈的是胡辛创作中女性话语的呈现方式，也就是其创作本质是一种情怀写作，一种有温度的激情写作。

首先是家国情怀。胡辛的创作都在关注女人，不难发现，其笔下的女人几乎都与家国之下的事业有关。作者沿着当年伤痕文学的惯性，怀着理想主义的激情，以抒情的笔调，在一个宏阔的家国视野下塑造了一系列纯洁、高尚、坚忍的女性形象。在她们身上，传统女性的一系列品质与时代的家国情怀相互勾连，女性话语自觉纳入国家话语的宏大层面，通过母爱、奉献等品质，将女性意识与家国、事业相互融合，也构成了胡辛建构女性意识的主要话语力量。处女作《四个四十岁的女人》中的柳青是一个默默献身于山村教育的小学教师，她恋爱失败，身患癌症，却能坚守乡村教育，体现了中华民族几千年积淀下来的崇高而又悲剧的人生境界。尽管遭遇了太多时代和生活制造的痛苦，但四个朋友认定的青春无悔，指向的正是家国层面的话语系统。《粘满红壤的脚印》中的女主人公艾小雨是一个毕业于农学院的土壤工作者，将自己的青春默默奉献给红壤改良事业。《这里有泉水》透过鹅湖中学"六粥斋"中六位教师的凡俗人生，以诗意的笔调书写理想的人生追求。年轻的树云涉世未深，未婚先孕却被男友抛弃，无奈之际欲投江自杀却被美术老师马良救起。面对马良的追求，树云一再拒绝，独自带着私生子树华生活。改革开放一开始，树云被推选为副校长，从地区教委要来年轻的音乐老师余多与体育老师萧乐乐，支持他们在乡村中学搞素质教育，却遭到办公室主任钟如冰的百般刁难与阻挠。最终树云在大家的帮助下教学改革取得了成功，与马良跨越18年的爱恋也终成正果。树云的故事，将女性生命的价值自觉融入国家的乡村教育事业，小说在看似平淡无奇的生活日常中彰显了浓烈的家国情怀。

其次是文化情怀。胡辛是学者型的作家，自然会将其生命中经历和体验的各种文化经过整合，而化入其创作中。在《蔷薇雨》中，小说通过书写经济大潮中徐家书屋希璞、希玫、希玮、七巧等姐妹迥然不同的各种遭遇，表现女性的爱情、婚姻、命运等主题，也不难看出其中难以忽略的对南昌古城乃至国家的文化情怀与眷念。老大希璞致力于医学事业却得不到丈夫的理解与支持，只能选择下乡参与巡回医疗工作；老二希玫为报恩唯心嫁作平林妇，欲在服装设计上有所作为却被奸商害得锒铛入狱；老三希玮心高气傲，带着私生子"晓峰"在深山老林生活19年后重归故里，却与昔日恋人凌云"剪不断、理还乱"；老四希瑶学识渊博，过了谈婚论嫁的年龄仍无法找到自己的"另一半"，依然依恋着二姐夫石平林；老五希玓与金苟结合干起了"厨娘"的营生；老六希玑在徐家书屋门前开起了"理发屋"；老七七巧依恋着三姐昔日的恋人凌云，最后舍弃内心的爱情幻梦，不择手段地嫁给姚律师之子姚宝宝，远走他乡去追寻心中的"美国梦"。不管徐家书屋七姐妹如何在情感上、生活上困惑、挣扎，最后都归于乡井。"凡有井处必有人烟，或曾经有人烟；井台旁是你的家园，或曾经是你的祖宗的家园。"所有的人生的荒凉的故事，最后都回到了井这一文化家园的记忆与眷顾中。

《蔷薇雨》的独特之处在于为女性安排的是自我救赎之路。作者让主人公希玮十八年来独自一人咀嚼伤痛，这是个"残酷"的安排，凌云最后是作为对她的补偿而来到她身边的。而希玮的姐妹们最后纷纷离开家，亦可看作女性集体无意识的"逃脱"。作者借七巧之口说出："徐家姐妹离开家，不是因为家太肮脏，而是太清白！清白得容忍不了一点污垢一点尘埃，这种清白便成了一副沉重的十字架，在我们本来就够弯的脊梁上又平添了重量。"① 在这里，徐家的"太清白"，与文本反复书写的"井"等意象一并构成的文化家园，既是众多姐妹生命中难以承受的文化重负，又是自我救赎的精神家园。作者表现的是情爱迷局，但笔下没有为爱殉情的悲剧，而总是让她的人物经得起生活、情感的打击。其中的根本在于文本中反复营造的一种让人深感温暖、可靠的家园氛围，而这支撑起众多女性的日常生活。

每一个人物的聚离与情感的分合，背后都有一个无形且温暖的文化家园作为底色。于是在蔷薇雨湿冷而缠绵的氛围中，呈现了一个个现实与历史交融，文明与保守较量，革新与传统抵牾的生动画面。女性命运与家园记忆水乳交融，文本在关注微观的女性命运的同时，体现了守望文化家园的宏大追求。正如侯秀芬等解读《怀念瓷香》所言："瓷文化是中国文化的重要象喻，瓷晶莹高洁又脆弱易碎，其本质是女性的，女性与瓷互为符码，瓷文化当成为中国文化的母体。胡辛的底气和自信，可以看成是对华夏文明的另一种解读。"② 胡辛用文学创作的方式，在日常的俗性世界里开辟出一块诗意的空间，这是作

---

① 胡辛：《蔷薇雨》，二十一世纪出版社2005年版，第338页。
② 侯秀芬、李玉英：《声色满满：胡辛及其作品中的花木情缘》，《创作评谭》2017年第5期。

家和她作品中的人物希图守望的精神家园。

最后是个体情怀。女性话语的本质是关注女性个体本身的存在。《瓷城一条街》中,残疾却又聪慧的青青希望拥有善良的景兴,享受他突如其来的一个吻。她喜欢活泼热情的谷子,却又怨恨她对景兴的诱惑,攫走了自己最宝贵的东西。她深爱着景兴,却又诚挚地要求悔婚,还他以自由,甚至希望他和谷子在一起。谷子热情奔放,一直喜欢儿时照顾自己的景兴。当她大胆地追求景兴并有了身孕后,却陷入了对青青的无限愧疚中。她果断地打掉孩子,不敢正视青青清澈的眼眸。这两个女子面对爱情的纠结和挣扎,支撑起了一个复杂、丰富的人性空间,成为文学史上少有的个体形象。

在《蔷薇雨》中,凌云在十八年后如愿以偿地和希玮结合,终结了希玮的悲剧。然而七巧远嫁美国,出人意料地与傻子姚宝宝结合,其实是在知晓自己得不到凌云的爱情后,在绝望心境下的孤注一掷。作家放弃把凌云塑造为爱情圣徒的形象,而是刻画了一个"高尚的伪君子"。她敏锐地观察到了人性的多层面,并在爱情的悲与喜中揭示了人性的弱点。石平林与徐希玫之间是一场无爱的婚姻,石平林单方面无怨无悔的情感付出不断鞭击着徐希玫,她对石平林只有感激,却用以身相许的方式来弥补自己和家庭对他的亏欠。鄢河鸥的再次出现让徐希玫陷入了两难选择:要么自己痛苦,要么家人痛苦。徐希璞不愿做丈夫精心打造的幸福家庭的道具,她选择独守在自己营造的纯净的白色天地中,捍卫她不容亵渎的精神家园。她在丈夫的逐客令下,义无反顾地"穿着白色的圆领衫,白色的睡裤,白色的拖鞋,从她白色的小闺房立马'滚'到即便夜幕中也五颜六色的街头巷陌",自由地呼吸生活的气息。在这些女性的人性空间内,爱与恨、传统与现代、爱情与责任等相互矛盾,又相互包容,在充满着丰富的生命活力与复杂的张力效果中,构成真正"自由的独立体"。作家自言:"这其间,理性与情欲的撕掳、人格与本能的抗衡、灵魂与肉体的崩裂,在人们,尤其在女人的心田迸发种种律动和骚动。是玉石俱焚的悲憾?是人的自我价值的张扬？是归真返朴的恬静？"① 她们身上虽然受到来自传统的羁绊，也有爱情的人性自私，最后却归于生命世界的希望，最终通向瓷化的人生境界。

于是，在胡辛的小说中，无论是宏大的家国情怀，还是守望家园的文化情怀，最终都立足于一个个女性的生命个体，书写她们丰富复杂的人性空间。透过她们的挣扎与纠结，呈现一个个外在困惑与矛盾，内心却向往自由的个体世界。

二 陶瓷世界的生命诠释

研究胡辛的创作，自然离不开陶瓷文化的影响。张升阳、戴瑶琴在《徘徊在爱与痛的边缘——言说胡辛小说的一种情怀》一文中，将其称为"白色乡韵的回响"②，表现其中一个个人物的陶瓷人生。何静在《素手青条上红妆白日鲜——地域、女性双重视阈中的胡辛作品研究》一文中，将胡辛的创作分为绿色、红色和白色三种，白色同样指向陶瓷文化书写③。这和江西的旅游文化宣传非常吻合，但总感觉与人的生命感有些错位，更多的立足于创作中的文化品类，而将作家的创作资源加以面上的抽取。实际上，江西作家的创作中与景德镇的陶瓷文化相关的不少。江华明的《瓷器破碎》《尖锐的瓷片》等小说，重在将陶瓷文化化入景德镇人的生命世界，成为他们底层艰难生活的文化氛围。在江子的《青花帝国》中，陶瓷往往与风火神童宾、皇帝、西方的国王等男性话语相连，作家渴望在历史相关的人物与陶瓷之中寻找文化的密码，在靠近历史真相的激情中捕捉人性的本质。在

---

① 胡辛：《凭栏观海　岁月留声——胡辛30年论说纵览》，中国社会科学出版社2018年版，第39页。
② 张升阳、戴瑶琴：《徘徊在爱与痛的边缘——言说胡辛小说的一种情怀》，《南昌大学学报》（人文社会科学版）2003年第2期。
③ 何静：《素手青条上红妆白日鲜——地域、女性双重视阈中的胡辛作品研究》，《山东文学》2012年第3期。

我们看来，胡辛的创作中，陶瓷属于女性，陶瓷世界与人的生命世界构成互文结构，陶瓷的命运就是女性命运的隐喻。胡辛用一个个女性的生命激情和生命体验，与坚韧而又纯洁的陶瓷世界相互碰撞，形成富有生命力的陶瓷人生与艺术世界。

首先是瓷性生命的个人演绎。在胡辛早期创作中，陶瓷文化作为一种日常生活的特质，在人物个体身上转化为独特的情感和气质。在我看来，瓷性包含了白色的江西文化特色，却比白色文化更具有生命质感和灵性。瓷性，是一种如瓷一般纯洁、高雅的人生追求，它可以是个体日常生活的呈现，也可以是在情感、精神气质上的脱俗和雅致。同时，瓷器虽然易碎，其每一个碎片却依旧能保持生命的原质，将生命的力量一直绵延，因而具有一种与"China"一致的生命韧劲，这既属于瓷，也属于中国。因此，我认为胡辛小说书写的瓷性生命，正是绵延数千年中国民众生命气质的隐喻性体现。而这一瓷性气质，在小说中却是通过作家融入自身生命热度的日常生活书写来加以演绎。

胡辛在景德镇工作八年，太熟悉这方地域："黑色的烟囱森林天空、白色的高岭土和红色的窑火，黑、白、红是典型的东方色调。袖珍古镇手工作坊星罗棋布；乡野山地源源输出高岭土和釉果，无数松林砍伐成金字塔般的窑柴柴垛！"她将自己对景德镇文化的一往情深倾注于笔墨文字，《昌江情》中，母子情是主调，但在我看来，景德镇昌江东岸生动的浣衣图让人难忘。景德镇的女人是勤劳的，每家每户的女性无论老少美丑，都有着洁癖似的喜爱洗洗刷刷，皮鞋洗后高高挂在竹杈上曝晒、家中的门板都扛到江边刷洗等。这些日常生活的图景虽未涉及瓷器，却是瓷城人洁净、清雅品质的折射。而在《瓷城一条街》《地上有个黑太阳》《河·江·海》《百极碎启示录》等小说中，作家进一步采用意识流等技巧，进一步将瓷性融入笔下的生命追求中去。这些小说中的瓷都女性虽出身、经历、性格各异，但深入她们的内心世界，却发现胡辛似有意为她们注入了"瓷性"气质。"骚寡妇"大字不识一个却勇闯柴窑，"征服"了把桩师傅；老三届大学生景兴身世诡秘，爱情受挫却痴心不改；瓷街绘瓷女青青即使身残仍一心投入瓷器的包装设计；具有现代气质的女大学生谷子则不畏世俗、敢爱敢恨，风驰电掣的摩托车身影令人难忘；还有充满叛逆精神的女中学生小弟；等等，她们的身上都有一种常人所不具备的气质：韧性、激情。也许她们命运多舛，甚至不被道德乃至法律所容，但她们一直坚守心中永恒的纯洁、善良、雅致，坚韧却又小心翼翼地呵护脆如美瓷的情感。

　　如果说江子笔下的瓷器文化是一个充满男性气质的青花帝国，其笔下的人物自然是血性的把桩师傅童宾、画师、工匠、皇帝、国王、郑和、刘研究员等男人，这些无一例外都是发生在男性身上的故事，表现了个体在寻找人与瓷之间的神合。作家坦言："与以往的青花主题书写不一样的是，我这本小书，写的是人。人是精神的载体。景德镇这座伟大的东方艺术之城的精神，当然要由人而不是器物来指认。我努力呈现跟景德镇有关的人们的艺术精神，他们的性情、人格，他们的爱与恨、力与美，他们的癫狂与劳作，他们的牺牲与贡献。我想，他们立起来了，景德镇的千年文化品格也就得到集中展示。"① 那么，在胡辛的笔下，瓷都就是一座"母性的城"，她自言："也许昌江东岸成百上千的老少女人们，那跪拜式的浣衣图烙刻下太深的印象；也许那神秘的窑门的传说，分明凸现出远古的女性的图腾；也许烧窑的艰难和痛苦、出窑的期待和辉煌，太像十月怀胎和一朝分娩；也许制瓷可戏谑为玩泥巴的艺术，而泥土，无论哪个民族，似都有地母这尊女神。"② 瓷性人生的洁净、雅致、韧性与母性的内涵达到一致，作家将瓷性的人生理解化入一个个具有地域文化特色的日常生活图景中，每一个生命个体的情感、人生都赋予了瓷的魅力而收获了美学的绵延。

---

　　① 《江子：跟随青花抵达历史新边疆》，《文化·大家》第51期，凤凰网江西频道，http：//jx.ifeng.com/a/20180315/6435749_0.shtml。
　　② 胡辛：《怀念瓷香》（后记），二十一世纪出版社2005年版，第295页。

其次是瓷器世界与生命世界的文本交互。随着创作的深入，作家书写瓷器文化的野心似乎更大。她不满足于在一个瓷性文化的氛围下书写个体的日常生活、情感追求等，而是将瓷器文化直接推向前台，与女性命运的书写构成互文结构，二者相互渗透，你中有我，我中有你。"胡辛老师是瓷性的，就如她在著作中所写的，瓷是女性的，优雅、圣洁、艳丽、细腻。同时，瓷作为中华母体语言的构件，是女性世界感悟的源泉；瓷，更是女性形态、情爱、品格和理想的象征。"①《怀念瓷香》则以省城女教师树青应邀为皇瓷镇电视专题片撰稿为开端，在对景德镇陶瓷文化历史长河的溯源中，将飞天婆、林陶瓦、毕一鸣等几个家族的兴衰成败故事，水红莓与林陶瓦、毕一鸣千丝万缕的情感纠葛及其身世之谜的故事加以镶嵌，于是，一部陶瓷史与一部女性情感史、命运史相互交融。其中，关于陶瓷的历史有：林陶瓦向树青讲述皇瓷和皇瓷镇的历史，毕一鸣向苔丝讲述渣胎碗和民间青花的历史，古陶瓷博览区的老师傅讲述皇瓷镇的瓷器工艺，等等。在这些陶瓷历史的讲述中，又有机地镶嵌进一系列传说，其中有"最早的陶是女人发明的""高岭婆婆的传说""孝女跳窑出祭红的传说""青花仙女的传说""徐皇后和永乐瓷""万贞儿与鸡缸杯""郑贵妃与青龙缸"等。小说分为十三个章节，其中"白色土""罗汉肚""窑门图腾"等皆为陶瓷工艺制作的铺陈或是陶瓷史的概览，但却将"骚寡妇""火狐狸""红蛇莓"等人物篇章镶嵌其间，将个体的生命世界与历史追忆交织一体，运用复合繁杂的结构，将树青与江红莓的身世之谜与古老的陶瓷史交织交融。

有意思的是，小说中关于陶瓷的辉煌历史的讲述者为男性，作者却掀开这些历史的表象，让人同时看到女性在陶瓷史中的创造："皇瓷镇的女人在炼瓷史上一直是巧手辈出，功不可没的。只是男人的历史埋没了她们而已。""最早的陶就是陶的雕塑，是由女人发明的。"②

---

① 刘庆玉：《挚爱情深怀念瓷香——谈胡辛老师的女性瓷缘》，《创作评谭》2017年第5期。
② 胡辛：《怀念瓷香》，二十一世纪出版社2005年版，第187页。

尤其是郑贵妃与青龙缸、徐皇后和永乐瓷、张太后与蟋蟀瓷罐的故事也在作者笔下娓娓道来。在小说中,作家有意赋予母性空间一种充满原始生命力的主体位置。她称白色的荒原是母土,并极力张扬窑门图腾的母性崇拜:"你就是一个活生生的赤裸着的女子。赤裸着丰硕的双乳,赤裸着繁衍生命的甬道,正昭示着分娩的苦痛与伟大。"[①] 而她笔下的"骚寡妇",一个又老又丑的疯女人,"大概过的是原始人的生活,吃的是山果野菜,饮的是东河溪水,一年四季赤身露体贴着大自然,她的生命力反而特别强盛"。[②]"她是一尊老而又老的土地婆!"[③]"她就是衰老和泥土。是没有釉衣的陶。"[④] 她在繁华世界里忽隐忽现,像疯子,又像预言者,更似白色土上的一个原始的母性符号。于是白色土、窑门、土陶等瓷意象与"骚寡妇""火狐狸""红蛇莓"等女性命运相互缠绕,瓷史与女性,尤其是母性的命运史构成了互文结构,既有历史的神秘与悠远,又有现实的幽怨与自豪。

最后是心怀天下的视野和灵动大气的魅力。随着作家对陶瓷文化世界的了解越来越深刻,她又不断结合自己的学科专业特点,将传记写作与电视专题篇的制作相结合,完成了一系列陶瓷人物的传记作品《瓷都名流》和电视纪录片《瓷都景德镇》等。于是在出版社的策划下,2017年出版了《瓷行天下》,陶瓷文化书写于是具有了外销瓷一般心怀天下的视野。瓷的外销历史、中国文明史、世界帝王史,还有百姓的日常生活史互相融合,既讲述了中国陶瓷外销的历史,又融合了个体的性情与喜好,于是瓷史便是人类文明史。正如中国好书颁奖词所言:"从外销瓷的角度来切入,它追溯了自汉唐至明清,历代帝王他们的政治制度、个人意志和审美情趣,对瓷器瓷业以及外销瓷的影响。它以瓷带史,全方位地展示了中国陶瓷文化传播天下的沧桑之

[①] 胡辛:《怀念瓷香》,二十一世纪出版社2005年版,第78页。
[②] 胡辛:《怀念瓷香》,二十一世纪出版社2005年版,第38页。
[③] 胡辛:《怀念瓷香》,二十一世纪出版社2005年版,第47页。
[④] 胡辛:《怀念瓷香》,二十一世纪出版社2005年版,第265页。

路，勾勒出了中国瓷器行走天下，荣耀世界的华美图景。"①

　　文本主线以中国瓷器外销的大历史为背景，追溯了汉唐至明清时期历代帝王的政治文化更迭，个人意志和审美情趣对瓷器、瓷业和外销瓷的影响。从"汉唐古道丝路瓷路双生花"到"宋元帆影天青色与青花瓷"，从"国色元青花原来竟是外销瓷"到明代"长风破浪直挂云帆济沧海"，从"欲说还休失之交臂大海洋"到"一半是火焰一半是海水"，这些历史繁华与世事荒凉的交织中，作家充分展示瓷的历史和品类，历数窑工瓷匠、皇帝后妃、名流平民之众，将瓷的历史与世界文明史相互融合。在一个个引人入胜、饶有情趣的外销瓷的叙述中，作家将人的审美情趣、国家命运置于一个大文化视野下，从精神层面上阐释及反思瓷行天下的文化传播。"珍贵的瓷，本是历朝历代千千万万能工巧匠的心血汗水凝练，然而，大历史几乎忽略'瓷器'二字，陶瓷历史也极少记载瓷匠姓名，甚至根本没有留下其真名实姓……似乎只有以皇窑御瓷为主，才能凸现中国陶瓷乃至世界陶瓷演进的线路……这是怎样的不公和悲凉……西方瓷的接受史研发史又岂能离开一个个皇帝的为瓷而狂？"② 其中个体命运的关注、穷则思变的反思，不断见诸文本，让读者在阅读中既能充分感受深刻而温暖的人文情怀，又能感悟立足世界之林的民族文化反思。

　　辅线则充分发挥其文学话语——尤其是女性话语的感性力量，以瓷说事，以瓷说人，带领读者走进个体的生命与情感。在"青花与釉里红的纠结"一节中，既有瓷史发展的描述，又有朱元璋气质的表现。作家写朱元璋喜欢红色，胸襟宽广又极其狭隘，于是一个立体的皇帝形象与"釉里红"的出现有了历史和人性的合理性。如果说江子的《青花帝国》中，明皇朱瞻基、清皇乾隆都热衷于关心景德镇的瓷器生产，迷恋瓷器上的青花；波兰国王奥古斯都二世喜欢静坐在他的

---

　　① 见2018年度"中国好书"颁奖盛典的颁奖词，https：//www.sohu.com/a/330314601_311037。
　　② 胡辛：《小说家视野里的陶瓷文化——兼谈〈陶瓷物语〉等景德镇地域文本的创作》，《南昌大学学报》（人文社会科学版）2003年第4期。

瓷器宫殿里，享受无忧欢畅的时刻，这些皇帝都在权力的辉煌中，企图建构一个心中的瓷器帝国。而在胡辛的《瓷行天下》中，往往旁逸斜出，书写他们的生命追求、人生喜好，在复杂的情感结构中表现他们与瓷器的历史奥秘。在书中，胡辛继续发挥其女性话语的优势，将瓷史与女性命运史相结合。文本中万贞儿誓死保卫朱见深，于是有了她与成化瓷的关系，但作家重在书写万贞儿的忠贞、情感，并与瓷的特征相连，自然赋予成化瓷人灵动的魅力。同样，勤政爱民的弘治皇帝登基，立即停烧御窑，发展民生，任由民窑烧瓷扩大外销，百姓于是安居乐业。整个文本图文并茂，作家费心尽力地搜集古码头、古窑址、古河道、古窑口、代表性外销瓷器物、沉船遗址及打捞等方面的图片，呈现出历史的厚重与苍凉。同时，作品注重融通中外的新视野、新话语和新表现手法，寻求文学话语与历史话语的结合，在展示中国陶瓷文化博大精深的同时，具有穿越时空、行走天下的精神魅力。

三 历史、影视文化与主体意识的交融

阅读胡辛的作品，总想全面了解其人、其文、其事。她写小说、写关于瓷器文化的大散文、写剧本、拍电视剧，几乎是文艺界全能。这段时间的仔细阅读和思考，发现其各种努力和成果是相通的。几乎在她所有的创作中，都有一种无处不在的萦绕其中的历史氛围。这些氛围的营造，通过将一系列影视画面、意象与个体的命运，尤其是女性命运，相互融合呈现出来。最后这些特征都离不开弥散在文本中强烈的主体意识介入，构成胡辛创作难得的自信与气质。这种自信与气质负载在作品人物个体或瓷器文化之上，令读者不难感受到其中涌动的激情与理性的文化反思。

首先是历史沧桑的氛围萦绕。黄会林、沈鲁在论文《在传统与现代之间的守望与超越——论胡辛创作20年》中指出，"胡辛的小说作

品背后始终矗立着一个'守望者'的形象"。① 守望的既是江西本土的地域文化，也是传统的精神世界。胡辛言："如果说文学作品是常青之树，传统便是哺育滋润它的河流，地域则是绿树赖以生存的那片土壤。"② 可以说胡辛的创作总是有一种历史的沧桑感，萦绕在文本中，既有她对生命——尤其是女性生命的理解和体验，又有她构建自我文学空间的努力。

无论是处女作《四个四十岁的女人》，还是《昌江情》《蔷薇雨》《怀念瓷香》，还是《瓷行天下》，等等，不难感受其中厚重的历史记忆与文化氛围。在《四个四十岁的女人》中，昔日中学同窗的四个普通女人一台戏，像薄伽丘的《十日谈》一般轮番诉说年华逝去的沧桑。阔别二十年的经历，行年四十的感慨，四个女人在事业、理想、爱情、婚姻、家庭中的寻寻觅觅，其中的"理想"与"爱"都化入一种"曾经沧海难为水"的历史沧桑感中。《蔷薇雨》讲述的是徐家书屋七姊妹的命运沉浮，却嵌进了古城中的民俗风物、历史传说、地方掌故，徐孺子的古老掌故，烙刻进作者对古城文化的深层思考。小说里氤氲着的古城历史文化气息伴随人物的喜怒哀乐如同那缠绵又伤感的蔷薇雨滴，共同构成了一种古典而又幽怨的氛围。《禾草老倌》回述了古老的禾草包装瓷器的技术似乎将炼瓷的古镇与种田的农村紧紧相连。《地上有个黑太阳》将家族史身世谜嵌进古陶瓷史的追忆中。《瓷城一条街》以记者江波的视角追寻着瓷器街烧窑的、绘瓷的、绞草的、陶瓷考古的、搞雕塑的人们的世俗百味。《怀念瓷香》则在对古老陶瓷文化历史长河的溯源中，互文式地讲述了当代形形色色的个体浮躁故事，悠远的历史空间回荡着人文情怀的追索。

在此基础上，胡辛小说以现代意识穿透传统的历史记忆，并加以理性的反思。在《瓷城一条街》中，作家打破道德话语的二元对立，

---

① 黄会林、沈鲁：《在传统与现代之间的守望与超越——论胡辛创作20年》，《南昌大学学报》（人文社会科学版）2005年第1期。

② 胡辛：《创作的反思——传统·地域·自我的寻觅》，《文艺理论家》1988年第1期。

直接让传统娴淑的青青、激情奔放的谷子，还有挣扎纠结的景兴展开人性的冲突与较量。作家面对古老的瓷城、厚重的文化，不断展开爱情与责任之间的判断与选择。在《瓷行天下》中，面对外销瓷的辉煌历史，明代尽管白银如潮水般地涌进了中国，却导致中国积淀几千年的制瓷技术外流。作家用世界的眼光在历史的前行中陷入对制瓷技术的昨天和未来的思考之中。

其次是影视艺术的融入。从《四个四十岁的女人》开始，胡辛的创作就展露了文学向影视艺术借鉴的天分。小说通过四个四十岁的女人在省妇女保健院的葡萄架下相遇，然后以对话的方式，展开二十年生活沧桑的追忆。场景的集中、对话的方式，还有一系列细节的逼真呈现，都体现了作家与影视的天生契合。在《瓷城一条街》中，谷子骑着摩托车，风一般地从古老的瓷街穿过。《昌江情》中"偏西的日头给昌江撒下了无数碎金细银，江水在女人们的搅拂下荡漾、荡漾，洗呵，洗呵"。"她们英英武武，气气派派。肩上枕着一根亮锃锃的毛竹扁担。一头挑着瓷城特产——腰子形大竹篮，要洗的衣物尽你装满，另一头挂着两只脚的洗衣搓板和一只圆圆的蒲垫。她们的裤脚管自然早就卷起，随着呼喊，她们右手擎着的棒槌便雄赳赳地在李昌江眼前晃动。"① 这些昌江边上亘古难忘的画面，展现了古城特有的日常风情和温暖情调。在《这里有泉水》中，鹅江东岸，在绿竹红桃之间，有一排屋檐翘起的破败老屋，号"六粥斋"。在这里，家家一天劳作完毕，炒上几个小菜，合家围坐一桌，家长里短在这里飞升。在《蔷薇雨》中，"童年的梦里，佑民寺的大佛，绳金塔的铜顶，青云谱的唐朝老桂，分明牵扯着遥遥历史的那一端；系马桩上挤挤挨挨的店铺、茶肆、花生铺、酱园、京果店、烧饼铺、猪血摊，喧闹着世俗的热腾腾……"② 胡辛充分调动自己的生活经验和生命体验，用这些镜头式

---

① 胡辛：《〈四个四十岁的女人〉与景德镇》，江西教育出版社2018年版，第24页。
② 胡辛：《凭栏观海　岁月留声——胡辛30年论说纵览》，中国社会科学出版社2018年版，第36页。

的画面挽留住终将随时间的磨洗而逝去的古城风韵。即使在《瓷行天下》中，作家写弘治皇帝登基之前与父皇的对话，二人的性格透过直观真切的场景扑面而来。

胡辛善于捕捉日常生活的生动细节，通过一系列的对话、影像画面，呈现出一个个富有瓷街风情的生活图景。其中有悠远的文化古韵，鲜活的家长里短，执著的女性生命，最终实现了一颗女人心的飞翔。

最后是作家主体意识的强烈。不同的作家笔下，主体意识往往通过不同的方式呈现出来。有的作家将主体加以隐匿，让其中的人物自说自话，任由人物个体按照自身的逻辑行动。如刘震云的小说《故乡天下黄花》、苏童的《妻妾成群》《我的帝王生涯》等。而有的作家主体却现身说法，或直接负载在人物身上，通过人物的言语来表达自己的价值诉求，如古华的《芙蓉镇》、路遥的《人生》等。阅读胡辛的作品，不难感受其中强烈的主体意识，或通过负载在其中的人物个体身上，或按捺不住现身说法，展开个体对人物命运、陶瓷文化的历史性反思和判断，体现了文本感性的价值判断在历史、人物身上的明显参与。

很多人读出胡辛早期小说中有明显的教师情结，本质上这是作家主体负载在其笔下的人物身上的结果。《四个四十岁的女人》中，作家有时化身柳青，有时又附在叶芸、淑华等身上，表达自己对世事沧桑的理解和感悟。也就是说，作家的文本激情影响着每一个人物，她们对理想的追求，对生命的理解，最后不由自主地汇入作家作为一个女性的主体追求之道。同样，在《瓷城一条街》中，性格迥异的青青与谷子，对待景兴的爱情，本该是两种完全不同的选择，最后却在其背后的一个主体声音中达成共识。这样，主体意识的介入，使文本充满激情，价值判断鲜明，却也失去了人物本该有的性格逻辑及其背后的张力效果。长篇小说《怀念瓷香》以陶瓷为构架，讲述了皇瓷镇上一出出缠绵悱恻、欲说还休的情爱故事，其间还夹杂着家族谜、古瓷案。历史、情感、伦理、悬疑……类型元素可谓丰富多彩。女主人公树青应邀为《皇瓷镇》纪录片撰稿，回到阔别多年的皇瓷镇，她便拥有陶瓷历史的阐释者与书写者的身份。女小说家则隐身于树青这个人物的所见所闻、所思所想，理性地审视了皇瓷镇的陶瓷史，在视角的流动与叠加中保有对历史的选择、组合与阐释的话语权。但这两个人物在文本叙述中往往合二为一，最后只是在执行作家的文化思考与价值判断。小说人物的性格书写最后让位于叙述者的理性反思，导致小说出现了许多整块的理性话语而显得比较生硬。这些情不自禁的理性话语最终汇成一条主体的激情大河，于是文本一气呵成，瓷的历史与人的历史相互缠绕，最后实现了升华。

总之，胡辛的创作既体现了一个女性生命的激情和柔情，又见证了一个文化学者的智慧和思考，还深藏着一份来自人性深处的为爱、为家庭、为事业不断撕扯，最后归于平静的隐秘感悟。小说如人，时而沧桑如老者，时而纯真如孩童，时而坚韧又热情，时而脆弱又倔强，这正是瓷性之花的激情绽放。

第四节　王晓莉：知性与率性的融合

阅读王晓莉的散文，经常有一种如沐春风的感觉。其中知性的文化与文明，率性的情感与情绪，相互融合在世俗生活的超俗瞬间的捕捉中。在其文本之下，潜藏着一颗纤细敏感、善良真诚的心灵。在思与诗的生命存在中，抵达一种以文化人、以情动人的韵致。生活、阅读是其生命的常态，也是安守内心平静和思考之心的互文空间。

一　生活在上，情感在下

王晓莉的散文，就内容而言，大体可分为写人和写物两大类。人生所经历的人物，大抵以熟悉的亲人、爱人和友人为多，因为熟悉，因为一种源于天性的亲近，对所写的人物有深入的认识，所以才会有深切的情感。散文写人写到感人一般有两种情况：一种是散文所叙述的内容本身感人；另一种是散文家通过艺术手法进行内容诠释时，他（她）的文体和气质感动了读者。简言之，前者是内容的感动，而后者是艺术的感动。王晓莉的《弟弟的树》一文，伤怀弟弟，情韵低回，兼具两种感动。亲爱的弟弟去到另外一个世界，永远不会回来了，"我"住进弟弟的屋子，每整理一次家，就会清理掉一些属于弟弟的痕迹，但弟弟生前留下的树却让母亲念叨，也让"我"领悟到生命大波折里真实的平静。弟弟贴在冰箱上写有"注意关煤气"内容的小纸条，还有三个大大的惊叹号，成为情感的提示。生命中一些痕迹终是无法清理、无法忘怀的，亲人间这种刻骨的怀念，任谁读来都会感到哀伤，这是内容的感动；而叙述者本身意象的选择、细节的处理以及有节制的语言自觉，很好地处理了对弟弟超越事理的关切，则渗入了作者本身的气格，构成了艺术的感动。《卖麦芽糖的人》中，一个卖麦芽糖的人为了维护行业的神圣，将自家的土鸡蛋和百合送给咳嗽的老汉，其中人性的淳朴、人间的温情显得庄重又自然。散文在当下世界的人事语境中充满了抗辩与呼唤。《弯人》中，"不知命运为何要惩罚他"，"让他成了一个弯人"，这些散文上面写的是世俗生活，底下却涌动着一种别有意味的情感波澜。这些情感不只捕捉人物瞬时的"情绪"，更重要的是善于掌握人类的"情结"，笔墨集中于身心某一特色，并强化之，别具淡远的回味。

王晓莉写情感，不仅写人与人之间亲情、友情、爱情，及人类的其他情结，还有人与自然的情感，涉及生活中一系列动物植物。她不仅写身边熟悉的人，而且时常为不具名之芸芸众生立状。《手牵猴子的人》中，她能从大街上一个手牵猴子的人身上，洞察到人的动物气质和可悲的异化；《象湖边的钓鱼客》中，她能从象湖边一个残疾钓鱼客钓起一条残疾鱼儿的态度上，悲叹人对生命认识的狭隘和局限；《怀揣植物的人》中，通过一个精神失常的人手捧植物的画面，表现人与植物相互映照，发现生活的美与秩序；《双鱼》中，散文写即将收摊的菜场一角,一片狼藉,水池里剩下两条瘦弱的鱼,水太浅了,浅到不够栖身,这两条鱼各自吐出泡沫,蹭到对方身上,仿佛市场的喧嚣、卖鱼男人的高声大气都消逝了,只剩下鱼们"相濡以沫"的声音。然后,她写人,两个相倚的生命所潜藏的激情,即便面临无数劫难,依然如双鱼那样相互撑着,在彼此的命运中相爱一生。悲哀尽处生出缕缕温暖,这温暖缓缓地暖向读者的神经末梢。《鱼迹》中,桥上钓鱼客摔死活鱼之后的斑斑血迹,引发对人与鱼、人类与自然之间可怕关系的思考,反映其悲天悯人的情感追求。《卫生间里的神》写卫生间里的一群蚂蚁,在其神一般的存在中流淌的正是人与蚂蚁之间神合的情感世界。

因此,阅读王晓莉的散文,不难感受到其文本底下流淌着的浓浓情感,有感怀弟弟的亲情,有对弯人生活的悲悯,有对卫生间里顽强生存的蚂蚁的感动,有对卖麦芽糖的人的情义产生的敬意,有对话多女人的生活的悲叹,等等,这些散文在感念世界的疾病、疼痛、喧嚣、冷漠、残酷之时,给读者一种向善向上的温度。

王晓莉说自己"常常长时间、眼也不眨地看着身旁某些无名氏的生活",因为其中"每一个细节都意味深长、生气勃勃"。她平视众生,站在人性的基点上,写下生活中的浮光掠影,体现的正是对众生悲悯的深切而又博大的情怀。王晓莉从心底里尊重、理解任何一个生命,并视之为同类。她多写时代里或平凡或卑微的人物,真情述说着那种调性缓慢而又意味悠长的人间世相,就如天使来到人间,让我们爱生活本身,爱合乎天性和有生命尊严的生活。她以对各式生命精准而富有深度的表达,撼动惯性生活的人,去看见平时看不到的那些存在,以深广的生命之爱连接起广阔的生命世界。

二 生命的思与诗

王晓莉的即物风格,是善于从凡常生活中一些毫不起眼的渺小之物中,体悟到"生之细微以及丰富,感到陷于更深的生之缄默时的欣喜",或在最为习焉不察的地方发现别人所不能发现的意义形态。

《铺深墨绿色丝绒布的会议桌》中,她由一张铺着深墨绿色丝绒布的会议桌想到,桌子也可能是人精神世界的一个组成部分,"与自己相配相衬的桌子,这世上,每个人都有一张"。《老站台》中,她在站台等车,目睹了一个背着大包的胖女人和一个同样背着大包的瘦女人之间"一桩紧张的、几乎捏得出汗"的交易,由此觉得"站台,老起来竟这样快,是它知道、储存、承载了太多的人间秘密吧"。在《密码》中,由生活中的疾病遗传,传达一种生命的达观态度与对生命价值的追索。《愤怒的房子》中,一对兄弟在大庭广众之下手持菜刀追杀,引发她思考的是当下世界物质与欲望的存在关系。《假如连一颗鸡蛋也没有的话》中,一个最常见的、便宜的鸡蛋,往往也是生活中有价值的所在,因为它带给流浪汉、带给"我"、带给无数人安抚与依赖;《台灯》则着重呈现台灯真正的功用是做"我"的陪伴和知己;《碎花隐》揭示碎花真正之美在于"隐";等等。

日常的生活空间,在作家的笔下,都成为其知性思考的通道,流向生命的形而上层面,也是其思考的容器,蕴蓄着生命与世界撞击的火花。

在《话多的女人》中,她能从散步时遇见的一个素不相识的爱说话的女人身上,见出"她们对语言所做的无穷制造,皆缘于平静中的毫无奢求的绝望";《再见,陌生人》里,她还能从公交车上邂逅的一位老太太无法控制的伤痛述说及前后待人态度变化中,洞悉人与人之间本质的陌生:"在人类隐秘的情感世界里,每个人都如此这般地设立了一座看不见的永久监狱。里面私自羁押着内心的秘密、伤痛以及耻辱等一个个'犯人'……这样的囚禁,是多么积重难返啊。"身边遇到的诸多生命个体,在世俗、道德、伦理等的轨道下各有各的存在,但作家放弃世俗的惯性,诉诸生命的直观,直逼人性的复杂。她的这些散文,往往借人物带出作者的哲理观念,因为所思所想皆从生活中来，其中的哲理观念便不会雷同，不会一般化，同时不免让人想起评论家吴调公先生的一句话："哲理的最深处是感情的最强音，也是诗意的饱和点。"① 可见，王晓莉的写作，可谓秉承了中国现代散文的人道主义传统，通向的却是现代文化与文明的思考。她写一个残疾人钓到一个残疾的鱼，一棵树的消失和一个人的消失有什么不同，通向的是人与自然之间的和谐相处，以及人性的复杂。她写弯人的生活状态及其精神世界，寻求世人对弱者的关怀与理解。她写一个陌生的老太太从分享生活到自我逃避，表现的是生命中心灵的囚禁与解放。

在其展开对世间万物的生命之思时，王晓莉还在习见之中发掘其中的诗意，唤醒生活之中的生命个体。在《老姜和他的自行车》中，工人老姜那辆骑了快四十年且至今还在使用的自行车，已不再是单纯的一件物了，因为"貌似无生命的物，到了老姜这样的人那里，岁月流转中，他已赋予它同等的生命与情感。他们互相帮助、磨合，留下彼此的印记，成为彼此的支撑"。而《暗房》中一间暗房对于一个写作者的重要性就在于：拒绝外界打扰，专注于心灵显影。"就像那些虔信宗教到至高无上的人的内心，他们对自己的信仰之物之神，总是从不透露半点"，它在一个写作者脸上留下的痕迹是："兼夹着沉静、冥想以及专注的一种莫名的颜色，一种骄傲与谦卑、冷静与热烈相混杂的无以描述的神情。"在《笨拙的土豆》中，她兴致盎然地"去观察、了解、亲近那些披着大地色外衣的土豆，那些外表粗糙、内心扎实的土豆，那些在市场的菜堆上与人们的菜篮中笨拙地滚动的土豆，那些养育生活的土豆"，乃是希冀在内心确立一种真正正确的生活：在漫长的黑暗里沉默与积蓄，过更多有丛林、有荆棘的笨拙的生活。《老宋的旅行》中，老宋的妻子永远在她的客厅和花台上旅行，老宋打算去少林寺，却在郑州一个小旅馆中读了三天的书。他去全南看围屋，却在定南游了一通，兴尽而返，由此，老宋的精神与魏晋风度有

---

① 吴调公：《散文的范围与风格》，《雨花》1962 年第 10 期。

了神交。

我们看到，经王晓莉的生命点染，自行车、土豆、暗房、树木等无生命的物象，成为她的一条诗性叙述的秘密通道。她习于用此类物象展现生命的神秘性，而写物的最佳处，可以在若不经意间，形成一个诗性的象征，甚至由此抵达人性的诗化气质。而对于有生命的动植物，她又总是谦卑以待，推己及物，如此，她便能不同寻常地思考一棵树的消失和一个人的消失有什么不同："人的消失，总是隆重的，仪式感强烈的……而树的消失，永远无声无息。像树曾经秘密生活一样，它也秘密离开。仿佛这个世界没有任何微细更改。但是真的没有更改吗？一棵树消失，环抱它的那片泥土性质必将有所改变，曾经寄居其上的几只鸟会消失，来授过粉的一小群蜜蜂、蝴蝶会消失，这个院子里的花香会消失。若是它周遭有几棵其他的树，树灵有知，会误伤其类兔死狐悲，会暗中加速消失的步伐。然后，世界，就有它非常微小但重要的一部分要消失了。世界，就这样一小块一小块，这儿一点那儿一点，秘密地消失着。"（《一棵树的消失和一个人的消失有什么不同》）《卫生间里的神》更是将卫生间里相处了四年的蚂蚁视为神的存在："这个热爱身体接触的族群，他们摈弃冷漠、矜持与骄傲，零负担地和同类相触相拥。任何生命种类，想来都本能地懂得肌肤相亲的确高于任何有声语言。而蚂蚁，是完美地践行这一规律的族群"，"我的这群卫生间老友，它们奔波不歇，如孔子所言的逝水般'不舍昼夜'，它们仅仅以完美无缺的行动告诉我，蚂蚁，这袖珍的圣徒，它匍匐于大地之上，每一步都是朝圣者不疑不惑的叩拜"。

本质上，我们对待事物的态度，也显示出我们与自己的关系。王晓莉写物，完全是一种心心念念的迷恋和珍惜，现实生活中的琐琐屑屑对她来说似用之不竭。她写人，则是一种情真意切的凝望与悲悯，遇到的、看到的人都拥有诗性的气质。因此，世间的人与物在作家笔下相知相映，经过其生命的感悟和理性的开掘，通向的是一个独有的文学世界。其中的思属于生活中的神来之思，诗则是生命气质的体现。她善于从日常的人与物中，寻找内在于斯的变化、内在于斯的精神联系，以便发掘出其中的真趣与奥妙，思与诗在生命中得到了融合。

三 生活与阅读的互文

王晓莉读了不少书，看了不少电影，在她的散文中，日常的生活经过她的点石成金，与阅读的经验和体验相互融合，构成独特的互文状态。也就是说，在她的散文世界中，往往存在两个文本的交互，一个是世俗生活中的超拔脱俗，一个是阅读世界中的情感与哲思，一个是率性的生活空间，一个是知性的精神空间，两个空间无一刻意讲究之处，但也绝非平淡浅白，而是"随意成文"背后有着独到的生命哲思。在《沿着走惯的路走回家去》中，作家从每天下班回家走过的那条路，联想到奈保尔的《抵达之谜》中那条百感交集的路，还有多多诗歌《能够》中充满温暖与亲情的回家路。在《双鱼》中，散文从菜场中的两条鱼说起，联想到一对夫妻的"相濡以沫"，进而想到夏目漱石长篇小说《门》里在贫穷中相守一生，让人感动的主人公宗助和阿米。在《手势》中，从日常生活中顾客与销售的争吵开始，一个手势，既有力量，又有温柔，还有爱，然后由手势想到电影《悲情城市》，其中哑巴文清求爱的手势是一种沉默而又深情的爱。这些散文中共性的地方，就在于从日常生活的空间开始，到曾经阅读的知性空间结束，二者相互映照，文本的精神内核随着自己的生命情怀自然流动，不刻意、不造作，率性而为。

王晓莉的散文，文字枝蔓甚少，直指核心，纤细处类乎织绣，淡远处宛如泼墨，遂能感慨遥深。她所呈现出来的，是一个贴近而又遥远、细腻而又冷静的心灵世界。她创作的散文，以中年的沧桑世情写小人物与小事物，通过"显微镜兼望远镜"式地观照身边的生存世相，在喧闹之中聆听自己内心的宁静。每一篇散文层层地向里走，直到所有的市井声消失，所有常态的、凝滞的生活外壳被剥开，那余下的才是她最终所要表达的。她从哮喘的咳嗽声开始，用自己独特的生命视角，由顽固的疾病转到父女之间的亲情密码；由一个残疾人钓到一条残疾鱼，想到人性的复杂；由路边的树木修剪，想到旁逸斜出的自由追求。散文对于作家而言，犹如心中一处处的私房风景，她用自己的心灵密码，打开生命中的一个个玄关。她于人、物与情、理的因缘流转中，于物我关系与人生真幻中，巧思敏悟，思辨不断，由此生发出一种哀而不伤、静而不冷的散文气质。

整体来看，王晓莉的散文善于从日常的世俗生命状态中攫取一些微小的场景或镜头，用自己生命的体温去触摸世界，展开思与诗的对话。每一篇散文都让读者惊叹其开掘的方向与力度，并在其中感受到生命的真谛。无论是卫生间中的蚂蚁，还是路边道旁树的旁逸斜出，还是老姜和他那辆骑了几十年的自行车，都带给读者精神澄澈、春风化雨的感觉，引导人们进入一个向善向美的境界。当然，也应该看到，当作家的这种写作成为惯性，小切口、小场景、小情韵自然会影响人们对阅读的潜在动力。在阅读到一半的文本之后，我基本能猜测出作家思与诗的路径与方向。于是这种惯性写作阻碍了人们对阅读的探险，而成为一次阅读的旅行，真正的阅读应该是挑战式的阅读。散文家应该适当打开视野，走进具体场景或人物的内心世界，在表现是什么的同时，重在挖掘为什么，将人性的复杂丰富真切地加以表现。

第五节　王芸：生命在时间中的流逝与凝定

阅读王芸的散文《此生》，感觉有一种荆楚之风的大气，又有一种江南山水的清丽。足迹涉及湖北和南昌的王芸，在她的散文世界里，有荆楚大地历史褶皱中透出的文化气象，但她没有将其客体化和观念化，而是妥帖地潜入个人心灵的重重起伏和褶皱之中，传达出对社会万象与大自然中变化万端的情愫，描摹出那极其细微的生命涟漪。她用一个女作家的生命之光烛照世间万象中的时间流逝与凝定，情感纤细，心绪自然流淌却又不乏思想的激荡，虽不是大开大合，却充满生命的灵动和诗性的超拔。其语言古典而又大气，雅致而又绵密。语言的丛林中处处可见随性而准确捕捉的诗化物象，任由沉思与冲动随风飞舞，娴静而又有气势。

一　人生褶皱处的生命关注

在率性和不经意中，王芸散文的目光关注点往往不在高光之处，而是对社会最边缘最失落最失败的一群人投以关怀，这种关怀不是居高临下的怜悯，而是充满理解和共情。《路过》中写一个有着"破碎的脸，破碎的声音"的老人，其因为早年的严重工伤，在单位提出让儿子顶班还是继续治疗的选择中，他选择了前者。然而工伤带来的病痛，并没有带来生存的安全。他的儿子在工厂改制中被清出了工厂，单位当年的承诺随风而去，他为当年工厂的承诺，为一家人的生存到处寻找申诉之路，"老人用尽全身力气去碰撞，去撼动的是一个有着钢铁的坚硬与冰冷的企业，它有着自己的利益逻辑"。老人带着一摞复印的申诉材料走了，留下一个迟滞衰老的身影。不难想象，在老人的身影与主人公之间充满生命的悲悯与温情。在《期待的草叶蒙蔽了眼睛》中，一男一女两个流浪者在江边细致地整理自己，洗涤自己。鞋、袜、外套、一个旧床单以及背包，一应事物沿着河堤的坡岸铺陈开来，安详地晒着太阳。"他们是元素的异类，自由走动，行云流水，不收羁绊。他们像晶体。析出在俗套的条条框框之外。他们懂得放弃，因而获得自由。"不难看出，散文在他们的身上发现了当下社会生活中少有的简单和自由，透出一种俗套的诗意。然而，散文笔锋一转，还是这两个流浪者却埋头在装满废弃物的果皮箱中搜索，于是一种"生活的残忍"或者"生活的真实"出现在读者的面前。蒙太奇式的画面冲击，激荡着生活的本相，冲击着种种诗学的俗套。在《听来的故事》中,"她""最爱雨天踩着木屐去踏雨",后来成为纱厂招工的第一批女工,耳朵磨起了茧。退休后的她,天天坐在广场上"看"自己走过的长长的一生,曾经的袅娜,只能出现在梦中。"他"小时候听私塾先生唾沫飞溅地讲张飞、讲关羽,行走在干板结实的堤坡上,躲了一天的枪声,而后挑着沉沉的泥土在河堤上奔跑,把一生都交给了这条大江。这些人是社会中或处于边缘的、或失落的、或失败的人像,作家以一个女性特有的悲悯和体恤,去观照他们的灵魂。她深爱着笔下的每一个人物,不论他们具有怎样的身份、怎样的地位、怎样的故事,王芸总是坚持生命的直觉,尊重、理解他们,其所表达的都是一种文学的悲悯精神与接地气的人文关怀,并以此对抗社会的丛林法则。

二 生命与时间的和解

在王芸的散文中,生命永远获得尊重。每一个生命个体的存在,总是有时间流淌的身影,身影之下却是作家对人生的细致盘点与淡然相视。一个四十来岁的男人瞬间被死亡派来的使者牵出了人世。"什么都没来得及留下,除了痛苦的茫然失措的妻女。""他如此甘愿地上路,没有一点点挣扎、反抗、迟疑。也许,他们之间已经有过不止一次对话,不止一次。"中年殒命,本该是伤心欲绝,却在作家笔下成为一次对话,其中的举重若轻,让人不难感受到生命的无常,而在无常中却是一种的常态。于是,其散文中,生与死的命题总是在时间中走向淡然。"今天不早,明天不晚",对于一个八十七岁的独居老人而言,生命是一种真实而漫长的感受。她在历经岁月的沧桑之后,犹如将自己放进一艘悬在半空中的船,搁浅,抛锚。一个诗人以自己的方式,结束了自己的生命。在主动掌握死亡密码的诗人这里,生死是浑然一体的必然,又是首尾相接的轮回。于是,不论是年轻人的意外之死,还是老年人的必然归宿或诗人的主动选择,生命与时间完全和解,死亡成为一个生命的日常形态。突如其来的汶川地震，作家想到的是人的一生中遭遇的众多震颤，无论悲剧，还是亲情，都在时间的河流中走向平静和安详。医院的病床上，一个个疼痛的躯体，其中有年轻的女孩、羸弱的老妇、中年的男子，他们在时空的宇宙中辗转着各自的命运。生死与年龄、性别无关，却是时间下宿命般的疼痛，揭示的是必然的生命规律。父亲从年轻到衰老，我和父亲的关系从错过到找回，其中的亲情、生命的流逝，都体现了作家用生命真切感知生活，用亲情化解时间的残酷。

在时间的河流中，一切的悲痛、衰老、疾病都在柔软中不断前行。一个朋友铁了心要和丈夫离婚，却又有了一个真实可触的孩子；一个平时走路脚步生风的同事，却突然得了胃癌；一个退休教师历经"文革"的遭际，每天出现在图书馆的大厅，犹如一个被操纵的木偶，亲手将自己埋进一个不为人知的世界。一对父母对孩子悉心养护，在孩子得了白血病后却因为不是亲生父母而没有资格进行血液配型。这些生命中不可避免的悲剧，最终都在时间的河流中掩埋，化为一种脆弱的平衡。

在王芸的笔下，城市、老屋、古老的村庄、神秘的香巴拉，都在时间的流动中成为不可挽回的一种文化乡愁的象征符号，其没有随大流地进行一番现代性的慨叹和感怀，而是带着一种雅致的大气，在时间中达成和解。此时，读者可以在文本中感受到城市的面貌越来越相似，城市的气质越来越难以找寻，但城市又是一座未来之城、理想之城，显得大气宽广从容。木质的古宅正在不断地被修复和移植，人们在感受修复后的古宅的生态之丰美时，作家却能感受到修复之后的反复伤痛，古宅在时间的流逝中获得了生命的气质与痛感。青石板、老屋，见证了不朽的、永远处在消逝中的时光，它们在恍如隔世的记忆中带来世俗之外的平静。香巴拉的云影、玛尼筒、风马旗继续着时序和生命的如常轮回，对于世俗的我们来说，却是生活中的一种柔软和抚慰，也是一种经历后的明白。这些具体的空间，一股脑地进入时间流逝的河床中，既有生命的痛感，又有记忆与未来的气息。

三 内敛而又大气的诗性之美

阅读王芸的散文，既没有以往散文中的核心性主题体现，也没有文化大散文中的文化理念性的追求，而是在一种从自己的生命出发，将生命的精气神逼近生活的真相，牵引出一系列关于文化、生命、时间、空间等命题的个性沉思。

首先从散文整体风格来看，王芸的散文有一种古典的内敛。她用自己生命的温度，感受外在世界的温度和形态，一切都显得平静而又自然。"不赶急，也不想坐车的时候，我选择走路上班或回家。路上，我可以有几种选择，出单位向左或向右，在路口向前或过街，向右或向前，这项的路口共有四个。"这些的散文叙述语言，没有时间的追赶，没有利益的挤兑，以一种不温不火的叙述节奏连通生命中一种内敛却又不无雅致的情调。这种情调弥散在文本中，化成一种当下散文难能可贵的诗性气质。她写一个年轻的生命离开人间，"七八点的光景，这位躺在床上的父亲翻了个身，就被死亡派来的使者牵出了人世。什么都没来得及留下，除了痛苦得茫然失措的妻女"。她写一个独居的老妇的生活，"白昼与黄昏，已经在她如墨色漫洇纸面的晚景中，模糊了界限。整幅整幅连绵而来的日夜里，她在狭小的两居室缓慢摸索而行，而止，而动，而静。时而如一帧凝定的墨影，镶嵌在室内昏昧光线中。一切从简，想睡时睡一阵，想醒时醒一段，她极少将自己的身体缓慢挪下四楼几十级台阶，那是一个被衰老拉伸得无比漫长和艰难的过程。"这些语言具有古典意境的韵味，又有雅致生命的情调，与作家内在的生命追求与情绪节奏完全一致，灵动地描摹了此生此世的思与诗。

其次从散文的格调来看，王芸散文又有一种跟时间和解的大气。她的散文并不在文化散文的框架下书写，而是在生命与生活的相遇中，在一个文化哲思的高度上追随生命存在的理由与价值。一段时间内，余秋雨式的文化大散文成为文坛的散文创作主潮，在一个观念性的文化大框架下，历史还原、场景还原、寻找文化的出路等成为散文创作的主要路径。相反，王芸的散文并不追求文化气象的大气，而是一种阅读和感知各种生命存在之后的淡然与大气。一个独居多年的老妇，一句"今天不早，明天不晚"，是一种阅尽生命、走到了恐惧背面的大气。江边的两个流浪汉不停地洗涤自己，一身都是诗意，却也会在垃圾箱里不停地搜索。散文没有落入二元对立的俗套，没有一味地称颂他们身上的不俗或俗套，而是以和解的方式看待时间在个体身上的变化。"我们常常沉湎于内心的期待，不可自拔，可事情或者说，会以自己的方式，让我们醒来。我不知道这叫不叫残忍，或者生活的真实。"这需要一种生活的睿智，更需要生命的淡然与大气。她写赣州的古城墙、浮桥、围屋等物象，但没有从历史文化的层面追索生命的价值和意义，而是在历史长河中沉思人事万象的流逝感。"流动的生命，充满活泼泼的生息。可凝定之中，又何尝没有流动；流动之中，又何尝没有凝定，如同欢欣与忧愁、渴望与绝望、覆灭与新生可以杂糅与转化。这世间本没有永恒的阻隔与阻断。"理性的沉思与感性的慨叹相互融合，汇聚成散文大气而又睿智的美学特征。

再次从散文的内容来看，散文善于捕捉生活中富有特质的细节画面。"穿花布罩衫的孩子，在青石板路上跑来蹿去，脚步咚咚脆响。深色棉袄包裹的老人，定坐在墙脚。碎白的头发从绒帽下泄出来，阳光一路滑过，在瘪而多皱的嘴角摩挲一下，团结在了虚握拐杖的一双手背上。那上面，岁月涂抹的斑点清晰可见。"这些随处可见的生活场景，与一座老屋的古老节奏相互关联，体现了作家对诗意美感的追求。他写一个无助的老人，"老人的手在胸前激愤地挥动，那是失去了三根手指的手，举在空中，像是不无幽默地模仿着手枪射击的动作"。画面中既有老人的情绪呈现，又有其心中愤怒而不能表现出来的难受与无助。这些画面既有诗性场景的一面，又有影视剧中富有戏剧性画面的元素，生动而传神地表现了世间万象的生活真实。

最后，王芸散文的语言往往采用陌生化的手法，将生命中出现的一系列事件或情境，通过喻指的符号呈现在读者面前。"时间，如透明的沙尘漫天而坠。时间所有的物事，无不被细如尘埃又广至无垠的它，缓缓覆盖成历史。时间呈现的，远远渺于它所深埋的。""我的目光，像击打在光滑的球体上，偏离，或者被弹回，纷纷碎成光与影，溅落在水波上。他们专注于洗尘，目光根本不在我身上停留，即使掠过，也平淡至极。"这些语言通过喻指的手法，回环往复地表现了作家对生活与生命的感受与沉思。文本独有的语言符号在一定程度上表达了个性化的生命格调与生活节奏。

当然，也应该看到，由于作家散文思维的绵密，大量喻指的语言符号通过回环往复的方式，构建其语言丛林的叙述景观，显得语言上有些欠节制。也就是说，由于强大的主体意识介入，导致散文中作家的价值追求反而迷失其中。同时，作家过于强化时间在生命的流逝与凝定，导致散文总体来看，时间成为一种理念性的生命流动，而缺乏太多的生动性与丰富性。

第五章 城市生活与女性书写

第一节 杨帆:筑梦者的苍凉

现实生存一直是当代作家关注的焦点。从社会主义现实主义对现实生活的宏观关注,到新写实创作以来的沉下世俗,当代小说总是在努力逼近生活的真相。如果说宏大的现实生活关注指向现实的广度,世俗生活书写扎向人性世界的深度,那么杨帆在当下的创作则将目光伸向生活的细部,神情冷酷却又不无怜悯地将生活的内在肌理翻示在外。因为现实生活总是比想象还残酷。杨帆小说从《黄金屋》开始,并没有止于底层关怀这样廉价的视野。她既是筑梦者,又是梦的摧毁者。她写人性,更写现实,一切都在撕扯着读者的内心。感受杨帆的小说世界,犹如一面日渐破碎的镜面,镜框完整,却在听着玻璃镜面吱嘎破碎的声音中,任凭生活世界的不断支离。裂隙之间,充满着人性与现实冲突下的无奈、苍凉,还有一种原生的欲望与伦理之间的猛烈碰撞。杨帆似乎将生活的复杂肌理细致地抖落给众人,其中又夹杂着现代情感的审视,并在富有独特造型感的画面中,实现了诗意与现实的紧密相融。

一 现实生存的痛感

考察当下众多的关注底层生活的小说,总有那么一种二元对立的思维在支撑着作品。城市/乡村、上层/底层、城市居民/农民工，扬此抑彼，道德的高下与阶层的高低正好形成参照，并在鲜明的人文关怀中抵达社会的道德制高点。杨帆小说同样有着阶层固化的问题，年轻人的创业就业问题、情感生活问题等，涉及人物有城市乞讨者、流动商贩、大学教授、医院女护工等。这些人物散布在城市的深处，支撑起生活的厚度。作家没有将其定型化和概念化，而是在各自的梦想中，抵达现实生活的残酷。穷人并非因为穷，就占有不言而喻的道德高地，每个人都在活得更像个人的梦想中，追求和绝望。杨帆对底层人物抱有深切关注，字里行间与他们有着极强的共振频率，但她没有站在一个道德高地挥舞着狼牙棒，没有试图为底层代言，为苍生立命，再盛上"一碗上面漂浮着一点悲悯几许同情的心灵鸡汤"。她目光冷峻，剥皮剔骨，以在场者的姿态，用一种外科医生般的精确，来发现他们的日常与他们衣服下的不堪。

  在杨帆笔下，城市被抹去了其外表的光鲜亮丽，而将日常的灰暗之处抖搂在读者面前。王金枝不顾众人出于道德的同情，执意让婆婆在寒冷的广场上拖着病体，扛着饥饿乞讨，王金枝的绝情、撒泼，都在一个巨大的梦想驱动下完成，那就是拥有一套自己的房子。在王金枝的梦想世界里，她是强势的。丈夫陈东国的懦弱，而最终出走富婆的温柔乡；无奈的锦绣在婆婆去世后也离家远去。在胡姓富婆面前，她刁蛮敲诈；在众多大学生面前，她撒泼赶走他们的同情；在民警面前，她貌似泼辣却很快因为假钱而瘫倒。在她起早贪黑，通往黄金屋的梦想之途，亲人一个个离她而去，只剩下她孤零零的一个人。在她身上，生活的残酷与亲情的柔软，无法找到平衡点。失衡状态下的她，既有通向梦想的原动力，让人感觉生命的强悍，又有坚硬现实面前的无助和苍凉，让人感觉生命的软弱。因此，主流的价值观、人道主义情怀，甚至精英意味的底层关怀都不是作家的用力所在。当王金枝推出病重的婆婆来到广场，这本是一场情感或道义流淌的好机会，作家却集中笔力，让王金枝撒泼装疯，将各路打抱不平的人马纷纷退下。王金枝的行为足够让路人头上廉价的道德高冕脱下，让情感和道义无法流出，在她身下，大情怀被小心思——腐蚀，最后被夷为平地。她身上坚定的梦想与现实的艰难，比起众人用廉价的同情或批判砌起来的那座城墙，要来得坚硬得多。

　　同时，杨帆还将笔触伸向老年人的婚姻情感问题、高考落榜女孩的出路问题、医院护工的生活问题等。老魏虽已日显年迈，却在女儿长大后突然有了找一个热被窝的老伴这样的梦想。然而王金花的丈夫、儿子的到来，搅得老魏的生活乱七八糟。老魏寻找情感的温暖，却在情与钱之间陷入孤独绝望。老魏每天在应付众多的人、众多的事。"正是在社会中，在与人们的交往中我感到了最大的孤独。"[1] 老魏和王金花之间，钱大于情，最终因为钱的问题，二人一同因煤气爆炸而亡。摧毁老魏梦想的是这些底层民众无法摆脱的贫穷及带来的婚姻家庭问题。一心在美院备考的女孩贞德，历经一年又一年的落榜后，最终无奈放弃。在其成家后，却又因为孤单而出轨，她带着一个女儿等待一扇能打开的门。对于贞德而言，早年的绘画梦想，在遭遇生活的复杂后不断摧毁和粉碎，尽管她还在等待，但那是一种无望的等待。这些人物的梦想，或为房子，或为亲情，或为理想，或为自我的存在，在现实的残酷中一一被摧毁。摧毁梦想的残酷现实中，有人性的弱点，有生活的逼仄，有原欲的冲动。因此，杨帆小说中的现实不再是外向的投身，也不仅仅是内向的纠结，这些复杂的生活万象，正如破碎的镜面，折射出当下生存空间的艰难和促狭。她划开城市生活美丽绚烂的脓包，让里面的脓血点点渗出，从而抵达那些被日常生活所遮掩的痛感部位，避免了对生活镜像的表层作简单的复制。

二　现代情感的腐蚀

　　现代情感就像一种有形的流汁，没有方向却无处不在地流淌在现

---

[1] ［俄］尼·别尔嘉耶夫：《认识自我：思想自传》，雷永生译，广西师范大学出版社2001年版，第37页。

代人的生存空间。杨帆的叙述没有任何的过场，而是把我们直接带入两性之间的情事纠葛，在一种或者冷静、或者体恤的情怀中，看到情事纠葛暂歇之后从洞开豁口流出的东西，腐蚀着现实生存的外在表象，而带来种种无以言说的情感之痛。"家庭制度化和性行为的规范化将在每个个人身上引起一系列隐藏的问题，这些问题无形中使感情生活和人类关系极大地复杂起来。性行为的规范化导致了此后情爱的既无边界又无节制的地下活动，造成了家庭情感和色欲感情之间的混乱的不确定的关系，建立起婚姻和情欲的二元性，引起新的和多重的矛盾。"[①] 杨帆的小说在家庭内部、男女之间几乎没有一篇涉及情感的温暖。作家往往在无以言说的帷幕下，让我们看到情事以怎样的姿势进入，又以怎样的宿命发展和灭亡。性事、情事在杨帆的纤纤素手中炼成了一把小巧而锋利的刀，悄然剜开一个个城市角落的人生与故事，让我们窥见生命在情爱热灼后的斑斑内伤。

单身母亲、离婚妇女、失足女人、婚外情、第三者、风尘女……构成杨帆小说女主人公身份中的主要特征。这些女人的身上注定要承载太多的情感焦虑和冲突，却又带有一种伤害后不屈的尊严和顽强的生命力。杨帆没有在个性张扬的道路上放纵性与情的书写，而是将性、情流淌于现实生存的细部。《天鹅》中的叽叽集舞女、歌女、妓女于一身。《暗物质》中蒋小花是一个电视台的职员，她不停地结交男人，不断地打胎。她的情感人生就像名字一样，讲了一个又一个的人生笑话。《粉色》中的妍燕虽是一位还在读小学的女生，但她熟知现代烟花巷里发生的一切，包括色情交易、钩心斗角；《迷途》中的佝丽怀着懵懂的憧憬来到城市谋求生存和发展，现代城市对于佝丽她们就如同八卦迷魂阵，甚至出门都找不到回家的路。走投无路的佝丽第一次用肉体交换十元车费之后，从此一步步用身体混迹于现代社会黑白两道。杨帆不断将视角引向生活背阴的一面，由这些人物身上的情与性

[①] [法] 埃德加·莫兰：《迷失的范式：人性研究》，陈一壮译，北京大学出版社1999年版，第140页。

叩问人性存在的真相，体现出了对现实表象的反抗。

杨帆冷静地翻开当下城市生活的皱褶细部，让城市情感的斑斑血脉呈现在读者面前。《毒药》中的青瓶和朱军，同在教育局工作的一对互相体贴的恩爱夫妻，丈夫朱军发现妻子青瓶失身于局长，用贞洁换来他的正式编制之后，开始了对妻子变着花样的报复和折磨。故事结束时，青瓶刚出院，患鼻癌的朱军就住进了同一间病房。此时此刻这对劫难中的夫妻进行了一番忏悔，但在死亡号角已经吹响的破碎结局中，情感已经不堪一击。《黑夜中的白衬衫》中的刘慧是个乡下进城的女孩子，要想在城里立足，必得付出比常人数倍的代价。她与邵华东恋爱，却因为邵华东车祸而双腿残疾，"刘慧可以爱得要死要活，但不会爱一个半死不活的人"，于是刘慧的爱情首度夭折。此后刘慧爱的是单位的科长，科长承诺给她调动工作，刘慧有了身孕后，科长煞费苦心地说服了她打胎。结果以科长老婆到单位大闹而结束了这场爱情。小说讲述的是一个笨拙的爱情故事，却让我们感觉到时代爱情的价值被欲望疯狂咬啮的声音。杨帆笔下的性无关善恶，却始终附在生活的背面，腐蚀着生活这根大柱。究竟什么是真正的罪魁祸首，是生存的艰难，还是力比多的流淌？杨帆面对一个个破碎的结局，沉入生活的细部揭示属于城市深处的暗流涌动。

这些情感叙述以一种极端的方式放大了日常生活中的破碎。文中没有代言底层的欲望，没有消费苦难的意识，而是在对那些卑微孱弱的小人物情感的把握中，揭开城市深处的爱与恨，及其尴尬与绝望。《后情书》中，罗宝文守着因车祸而成为植物人的丈夫20多年，但作者没有惯常性地去写其身上的坚韧与奉献，而是在一份夫妻情感的坚守中植入她与婆婆、与儿子之间的冲突。丈夫的存在，本质上是一个考验人性的符号，而三者的情感冲突也构成了中国家庭伦理的复杂。她与男人老占之间的情感，甚至性欲冲动，则在伦理与欲望的冲撞中，体现了人性的高度。《吃石榴的男人》中，单身母亲黄丛在离婚后带着儿子小军一起过着艰难的生活。她对生活中的一切善意和美好都抱有警惕，对同事老郭的追求也犹豫不决，但却耐不住寂寞，成了一个年轻货车司机的地下情人。货车司机在与黄丛的肉体交往中，产生了浓烈的情感需求，而邻居女人在孤独的生活中，则以令人难以理解的母爱，疯狂地保护着小军。整个小说看上去是简单的日常性叙事，但划开表象之后，却发现是对都市非常态的情与性的考察和体认。"小军"的"被绑架"这一细节，决定了文本超越了爱与恨、情与仇、善与恶的二元对立，从而进入了复杂的精神维度。杨帆在创作谈中说道："我的人物总是身处一个面目不详的城市，大小不论，照样充斥现代文明，情色冷暖。在《吃石榴的男人》里，男人女人都有温度，这温度是这城市给的，也被这城市夺去，寻找，挣扎，求索，回归，我的男人女人们在漫漫长路跋涉，企图找回最初的安宁。隔一段日子，男人乙用钥匙打开前妻的家门，呆上半天，睡上一觉。"它既是情节性的，又富含哲理性。锋利的刀锋背后，实现对这个伪情世界绝望而节制的控诉，是作家杨帆对当下世界的绝望性认知与批判。

都市情感的热度，并没有将交往中的每一个人——尤其是女人带到一个温暖的地方，而是裹挟着走进一个情感的黑洞。其中热闹而又孤单、宿命又抗争。情与性的灼烧，将杨帆笔下的生活变得面目全非，体现了作家以女性独有的感受力来逼视生活的真相。

三 诗与实的交融

把生活写成生活，其实很难。一个作家如果将日常生活的外表涂抹上大情怀的油脂，往往会流于浅薄的政治或伦理书写，相反，如果生活总是聚焦于世俗的小心思，则会让文本贴地而行。杨帆小说毫不留情地用刀划开城市幻象下的苍白面具，将大情怀与小心思相互融合在低调冷静的叙事外衣之下，表现了当下中国深刻的危机和救赎的可能。

首先是造型感。杨帆小说往往抓住不经意的一瞬间，将场景特定的造型呈现在读者面前，好似电影的深焦距大景深镜头，既有细致而多层次的场景描述，又有立体和色泽组合出来的造型质感。杨帆小说没有鸿篇巨制的野心，却将笔触伸向城市深处的每一个角落，营造出一个个的小造型，通过这样的造型，将人物的情与思传达出来。在《黄金屋》中，"对面屋顶蹲着一个女孩子，因为隔得远，看上去像是一只猫，或一头鸟。女孩背部纤瘦，头发披散，正对着远处天际出神。可能在张望鄱阳湖面的水鸟，或是帆船"。杨帆抓住城市深处的某一瞬间，将其定格，形成一幅独特的造型图。女孩的造型，既有文人世界的诗意，又有底层世界的木然。她似乎在思考诗和远方，又在寻找明天的生活出路。婆婆"距离画架几米开外，她围坐在一床棉絮里，靠着旗杆睡着了一样。应有七八十岁，戴着黑线帽，嘴唇乌紫，面皮粗糙，有些地方皲裂了。身前放一只补了的搪瓷碗，里面有几个硬币、零钞。她那神态仿佛她是这个台子的主人，占据领地已经一百年，她跟这个旗杆已是一个整体，密不可分"。脸上写满沧桑的婆婆与她身后的旗杆，构成了城市广场中心地带一个独特的造型。在构图的视觉方面，婆婆和身后的旗杆融为一体，与周边的高楼大厦形成鲜明的对照，在城市的一片光鲜亮丽中涂抹上一笔灰暗，刺激着人们的视神经，将城市生活不平衡的一面呈现出来。同时，在广场平面上，这个广场中心的造型，撑起的是一种生存力量的强大，又是底层世界道德伦理层面无言的伸张，击中城市广场上的每一个民众。杨帆用纤细的秀笔，寥寥几笔，勾勒出一幅幅与城市奢华构成巨大反差的素描图，从而与中国当下的底层"真实"建立起一种让人血肉震颤的联系。她只是简笔勾画出系列下岗女工、按摩师、小偷等城市边缘人的生活瞬间或一幅幅与城市万象不相和谐的素描图。这些造型化的场景与画面，将当下流行的底层叙事区别开来，强烈的画面感，将原本满满当当的底层生活质感荡开一系列的诗意空间，给过于硬实的生活书写增添了许多虚空的想象可能。

其次，杨帆小说的语言硬实、简洁，但其勾勒出来的瞬间造型却带有丰富的寓言性与诗意性。当婆婆在锦绣的怀里死去后，锦绣背着婆婆在雪地上跑。"她好像被人追赶着，身体弓得紧紧的，在院内绕着不规则的圈。当她们跳下院墙时，她背着婆婆一跃上了屋顶。两人惊呆了：她踏着暗银似的积雪，像一只猫那样沿着屋檐飞奔。那是不可能发生的事，锦绣像一只长着巨大翅膀的鸟，背着婆婆的尸身不停歇地在一个又一个屋顶上奔跑。"这一独特的造型，既是反现实生活逻辑的寓言式表达，又营造了一种与现实划开界限的诗意，仿佛有卡尔维诺小说的味道。在《贞德的号角》中，贞德一生都在寻找命运之门。"关键是找到那扇门，决定你命运的那扇门，打开它，你梦寐以求的事物终会出现。可是，如果那扇门后根本没有为你准备的礼物，你是转身离去，还是继续让门发出'空空空'、'空空空'的响声？"其中的诗意与寓意几乎不需要更多的语言去诠释。在《摇晃的浴室》中，丈夫与母亲两人的皮肤瘙痒，正是一种寓言式的写作，透过皮肤瘙痒，写出了二人之间因空间变化而带来的个体反应，一直在摇晃着他们的内心。同时，小说还擅长运用长镜头，将场面的景深拉大，辅以有温度的色调，调制出一个个富有层次感的诗意场景。《吃石榴的男人》中写道："一根白金般的光柱投到房子中央，无数灰尘在晨光里尽情狂欢。小军伸出手切那光线，小手给映得透明，一种触目惊心的红润。一会儿他脱离女人的怀抱，跑到门口玩土。一个小小的院落，长满了草，是那种很有秩序的长，像那类血液里窜满了狂野、因为受到调教而举止规矩的姑娘。两棵树之间，一个竹架牵起一蓬葡萄藤，地面落满了细碎的荫凉。小军的背上、头顶上披上了白亮的阳光，一撅屁股，将一把把亮闪闪的金子抛到地面。不多时，两人觉出房里的寒凉。"这些造型化的场景，看似漫不经心，实则是作家的精心勾勒。她巧妙地将小说语言的造型感与色彩、温度、速度、弹性、密度结合起来，创造出了一种既有电影般的瞬间造型感，又有丰富文学性和寓言性的诗性语言。这样的小说语言，既有强烈的画面感，又有诗化的哲思味。

可见，杨帆的小说语言，并非追求速度阅读的快感，而是不停地通过造型和画面来延缓故事的讲述，她的目的不是故事的趣味性，而是集中在造型与画面之间的张力效果，建构一个往返于大情怀与小心思之间的独特世界。

第二节　陈蔚文：沉重与轻盈的城市书写

2021年底，陈蔚文以小说《锦衣》获得第十九届百花文学奖，授奖词中写道："在描写一线城市打工者的众多作品中，陈蔚文的《锦衣》略显低调，但是这种低调的写作以其特有的沉潜、宁静和执著宣示着一种存在和力量。前任房客留下的锦衣犹如一面镜子，现任租房者在与其不期而遇中发现了自己。镜子的那一边是理想的生活，镜子的这一边是真实的窘境。在灵肉离合叙事中，作家揭示了锦衣背后的社会层级与属性。"[①] 此前，她的这部小说已入选中国小说学会的年度小说排行榜。

评价陈蔚文的小说，与流行两个字无关。她的创作属于女性文学，却没有强烈的女性主义；笔下有底层人物，却没有底层书写的哀怨；写城市生活的世俗，却不陷入世俗的羁绊。她的作品有城市生活的沉重，又有退离世俗的轻盈，其中的矛盾与张力，正是其小说的魅力所在。

陈蔚文以都市空间在场者的身份，书写城市男女情感世界一系列具体真切的生活，却又同时展开着世俗生活之外的追求。她书写世情的碎屑与烦恼，往往通过一些具体的意象与细节，去探究个体精神与灵魂的复杂性。她的小说往往将叙事与心理表现相互融合，日常生活化的叙事通往一种独特的情绪世界，于不温不火的氛围中抵达城市个体灵魂的内在孤独。因此，把握陈蔚文的小说世界，对于理解当下中

---

① https://www.sohu.com/a/510164656_121124762.

国的城市写作,把握城市生活的内在肌理具有一定的意义。在创作上,以人写城,重在个体精神世界的探入,对于突破城乡二元对立或后现代式的城市书写模式具有一定的价值。

一 城市世俗的在场与逃避

新时期以来,中国作家的城市书写主要体现在三个方面。一是乡村化的城市书写。一批农裔作家凭借他们的乡村或县镇的成长经历,书写城市生活的状态,自然带有乡村文化的烙印,其中有莫言、贾平凹、刘庆邦等作家。尽管这些作家后来定居城市,但早期的乡村经验决定了其创作的视角、路径与方式。二是后现代式的、欲望化的城市书写。自20世纪90年代以来,后现代主义伴随市场经济的铺开,城市文化成为这些作家对后现代物质现代化的演绎与体验式理解。卫慧、棉棉、周洁茹等作家笔下,城市意味着奢华的、颓废的物质消费欲望与景观。三是城市生存状态的个体体验式书写。作家往往沉入城市空间的肌理,书写一座城市的个体生存状态,尤其表现其中的情感状态与心理状态。其中主要包括一些"70后""80后"或更年轻的作家,他们卸下了过去的意识形态重负,也不受后现代之类的观念式诱惑,而是从个体生命的深层出发,表现一些带有自身真切体验的生活细节与场景,表现个体在城市空间的精神状态与心理状态,比如陈蔚文、徐则臣、石一枫等。

在现代化进程中,城市扮演了重要角色,它像一个复杂的巨型装置,个体作为一个个零部件存在于这个装置中。书写城市不在于书写城市外在文化景观,而在于表现处于这个装置之中的一个个生命个体的生存状态。在陈蔚文的小说中,有不同阶层中的隔阂、贫富间的差异、老城区的改造拆迁,城市男女之间的恋情,人在体面身份背后的尴尬与孤独,租房生活的尴尬与不安,等等。其笔下的人物都是世俗生活的在场者,他们在见证城市男女的生活时,通过一系列具体真切的生活细节，逼真地呈现他们的世俗状态。在她的小说里，我们看不到太多的"酒吧"、"迪厅"、"时尚"、"性爱"和"吸毒"等时下其他城市作家所极力凸显的字眼，更多的是基于女性的视角关注日常生活的平静、市井，以及在这背后女性丰富的个人情感体验。

在她早年的短篇小说《卢苡的早春》中，由于对男性的失望和对女性生育的恐惧，卢苡产生了同性恋的心理，她对室友于小芒产生了爱慕之情。当于小芒有了男友之后，卢苡心中掠过尖锐的痛苦，而后便是无限下坠的失落。小说《梦见》中的护士姚雅云除了注射换药实在想不出自己还会做什么，每天下了班，她只想躺在床上不动，等候那些纷至沓来的梦。

小说《最后一夜》中，将一个人物分成两个叙述主体，小尹是个身世堪怜的女孩，父母因长期感情不和而离异。为了照顾饱经伤害的母亲，小尹舍却一份异乡相伴的爱从京城只身返乡。直至一天，她恍惚中从超市带出一把未付钱的水果刀，开始体验到一种莫名的快感。此后，走出不同的超市，小尹的裤袋里总会有爽肤水、洁面乳或几块黑巧克力，体会着激情出手的战栗和安然无事的快感，虽然知道自己终有一天会被发现。小说中另一个女主角陶尹在银行同事眼中是个生活优裕、前程远大的女孩。小说结尾处，透过超市收银员伍禾的视角，被超市保安带去问讯的小尹正是陶尹。小尹和陶尹原来是同一个人的两种面目，在分饰两角的同一人中，小说表现了城市生活与人性的复杂性，以及城市生存中人的失衡状态。

陈蔚文还书写了一系列中年女性的城市生活，这些女性多在物质生活上衣食无忧，却不断陷于情感与家庭的纠葛。两性之间的关系始终是城市毛细血管中一些阻隔的血栓处。在《惊蛰》中，女主人公开芝没有衣食之忧，却深处丈夫是否对自己忠诚的怀疑焦虑中。她做家务、看电视剧、带孩子，还有一个重要任务就是收集丈夫的信息，寻找丈夫与女人"苏爱贞"的联系。她上美容院减肥，寻求家庭成员的帮助，甚至在家里烧香念经希望与丈夫重归于好。最后在结婚纪念日那天，当丈夫廖胜回到家时，开芝脑子里闪现的却是一张女居士的脸。在开芝的日常生活叙述中，表现了一个缺失自我的女性的情感之累。

这些小说以城市生活的在场者角色，将目光伸向城市的深处，像探照灯一样，照亮着个体的世俗生存空间，甚至自我的人性空间，寻找其中一些令人心虚和心堵的生存状态。然而，其笔下的人物主体虽是在场者，却又总是主动退离现场，在保持距离的寂静之处，寻找孤独的生命感觉和个体世界的丰富。

在陈蔚文的小说中，人物个体在生活的真切中感受世俗的喧嚣与烦恼，又在精神的虚幻处驻留自己的孤独与美丽。《城市码头》中的岑颜，大学毕业后在省厅一家公司工作，后又应聘到一家四星级大酒店的财务部。她感情细腻，清雅脱俗，有良好的艺术感受力，是一个能让任何优秀男人看上一眼，便"不由自主"为之心痛的姑娘。她在家受父母疼爱，出嫁后又受到"身体不错、工作不错，性格也不错"的丈夫的百般呵护。但她的爱情是被动的，她对周围生活的介入也是被动的。她帮朋友小三托门子打官司、处理哥嫂之间的感情纠纷，虽然都挺投入，但让人读来始终感到这不是一个真实的她。主人公的形体出现于小说的各个场景，但她的灵魂却似乎游离于那些个片段的场景之上。她一方面以在场的姿态生活，拥抱世俗；另一方面又不断地在精神上退隐，进入自我的孤独与虚无状态。她真正的"自我"整日在《日瓦戈医生》《烈火激情》、舒曼的钢琴曲和庾澄庆的流行乐中徘徊，以致一听到"资产重组、控股、振荡"之类的话语就"五心烦躁"。在本质上，她属于古典的、精神的人，她虽然享受着现代都市生活，但在人格、气质上都与现实中的物质生活格格不入。中篇小说《春分》中的苏玉贤在年轻时遇到有妇之夫李保国，未婚先孕便成了家。她做服装生意，带女儿，最后与李保国离婚。在世俗的生活现场，苏玉贤很能干，但在生活之余，她却有着强烈的精神追求。她组织女性沙龙讨论文学与人生，自费去大学中文系做旁听生，一心想出版一本诗集，寄给自己中学时一直暗恋着的已婚语文老师，她的这种追寻也代表着许多女性面对柴米油盐的日常外内心所蕴藏的精神需求。

可以说，在陈蔚文的小说中，几乎所有的女性都身处世俗生活的旋涡，却总是在心理与精神层面不断退却，去寻找自我的独立。前者体现了作为个体的生活之累，于日常生活琐屑之中表达生存的艰难与尴尬。后者则体现了个体的精神追求。笔下的人物有意识地退避日常生活的世俗常态，去寻找自我的空间。文本中出现两个世界，一个是入世的城市现实；一个是出世的精神空间。二者体现了当下城市生活个体在世俗与精神之间的裂隙状态，也体现了陈蔚文小说视角的独特之处。

二 世情的琐屑与生命的寂寞

宋代以来"市井"的形成，不仅开启了中国人新的生活空间，形成了城市的功能与形态，还开启了中国文学世情书写的崭新维度。"市井"与"市民社会"、"世俗"、"日常生活"等一系列现代性概念形成对接，直接体现了城市的烟火气息。何为"世情"？鲁迅指出，"大率为离合悲欢及发迹变态之事，间杂因果报应，而不甚言灵怪，又缘描摹世态，见其炎凉"。[①] 如果说，老舍的《四世同堂》书写的是老北京市民"过日子"的生活状态，其笔下的庙会、年节、婚姻、饮食男女等世情风俗，无不体现出活生生的北京人的性格、生计、活法和念想，那么，张爱玲小说中对物质生活的热情，"赶紧活"的人生态度，对"时代的惘惘的威胁"的恐惧，正是"饮食男女"对世俗人生的理解与尊重。卫慧的《上海宝贝》、邱华栋的《公关人》等小说中，只见城市的外在符码，不见世情生活的日常。王安忆的《长恨歌》、金宇澄的《繁花》中，都市的日常生活被意象化、历史化，往往承载着巨大的观念隐喻，缺乏生命的真切与灵动。

[①] 鲁迅：《中国小说史略》，上海文化出版社2005年版，第153页。

陈蔚文的写作从日常出发，不注重外在的城市文化呈现，而是将目光投向城市生活的内在肌理，书写大时代下的微观世情。"比起天马行空的发达想象，我更依赖琐碎、夯实的日常。"① 日常生活的世俗表达，意在打破小说叙述的逻辑性，通过一系列似闲非闲的世情画面，表现城市的生活样态。中篇小说《征婚》中的刘美琴遭遇三个男人：一个是老实本分却有技术的黄大运；一个是小气而又有些文艺范的秦爱国；一个是不靠谱却又出手大方的熊桂林。刘美琴最终选择了熊桂林，在结婚登记后，却遭遇骗婚——熊桂林消失，刘美琴最后倒在了病床上。刘美琴的征婚史透过一系列的日常生活乱象，呈现了城市女性的世俗欲求与价值取向的尴尬。这篇小说在《天涯》杂志刊发后，被《北京文学中篇选刊》等四家刊物转载。

中篇小说《葵花开》中，身在广州的郑庆为如何妥善安置东北老家寄来的三床厚棉被烦恼不已，一边是广州小家的促狭空间，一边是老家母亲的拳拳爱意。南方的暖与被子的厚，构成了郑庆这对小夫妻的日常生活之困。被子的困扰还没有解决，双方家长准备来广州又制造了难以调和的矛盾。岳父母先来，购物、买菜、陪同外出塞满了郑庆每一天的生活。在逼仄的生活中，他遇到了东北老乡阿唐。阿唐为他下厨，还帮他把饭盛好，阿唐的贴心举动让他从逼仄生活中暂时解脱。然而，生活总要继续，在妻子和岳父母反对郑庆母亲来广州时，郑庆接到母亲患胃癌的电话……一系列的日常生活细节，构成了郑庆与妻子的现代城市生活场景。这对夫妻间的价值观、生活观差异以及两个家庭之间的紧张关系等，也是当下许多家庭的真实反映。

作家自言："我更愿关注那些幽微的、普通的世情，当然不止于表现可见的那一面，还要去再现不可见的那一面。"② 宏观的城市图景和消费景观不在陈蔚文的关注范围内，她将目光投注于城市的细部，透过一系列琐屑的事物来表现城市内在的世情与生命。

---

① 陈蔚文：《此处，彼处》，《雨水正白》（代序），长江文艺出版社2013年版，第3页。
② 陈蔚文、僟晗：《去表达城市中多元化的生存及具体的人》，《青年文学》2019年第12期。

被中国小说学会评为"2020年度最佳小说"的中篇小说《锦衣》以上海这座城市为空间，围绕人类基本生存需求中的"衣"这个中心，通过描写外地女孩吕美红的租房经历，折射个体在上海都市文化空间下的物欲冲动与内心抉择。吕美红眼中的上海是一座充满理想和欲望的城市，她向往住上"洁净、现代"的房子，穿上"精致、华丽"的锦衣，享受着"气派、优雅"法桐映衬下的空间气息，但吕美红所面对的现实是：住在"价格难以承受"的出租房里，穿着陌生人留下的"勉强合身"的衣物，过着与法桐的优雅截然不同的生活。出租屋衣柜里前任女租客留下的衣服，成为吕美红对上海这座城市的物质欲望的凭借，也影响着她在都市是去是留的选择。

《磨损》中彭姐包的粽子、生吃的黄瓜、带钩的黑色运动鞋、陈旧的衣柜，这些日常生活细节，构成了一个离异女子与裁缝彭姐之间的生命感知，支撑起都市生活的质感存在。

与新写实小说不同的是，陈蔚文无意去表现时代社会的生存本相，也不是观念化地去追求生命的哲学意味，而是透过一系列琐屑却富有烟火气息的世情书写，导向一个带着自身体验的生存理解与个体存在的感觉。作家认为，"不管先验或超验多时髦，我只能借由体验的主观性，而非叙述的主观性展开写作"。[①] 她一面连通的是世俗的都市生活，一面连通的是带着个人化体验的心理或精神空间。

小说在世俗经验中思考种种非世俗的问题，包括人的孤独、贫富、疾病、死亡与存在等。《雨水正白》里的钟贞，怀着一个年轻女子对心上人的浓浓爱意在雨夜里急着赶回单位，她不断地提醒自己不要搭错车，不要下错站。结果她确实没有搭错车，也没有下错站，但她依然无法把握自己的命运。一个新手司机，一个酒后输了钱的火化工，将她引入了象征死亡的火化厂。她惊吓过度后，心上人已成了别人的新郎。在充满偶然性的命运中，小说的关注由女性情感转向生命实质

---

① 陈蔚文：《此处，彼处》（代序），《雨水正白》，长江文艺出版社2013年版，第3页。

的思考。

在陈蔚文的不少小说中，都充满着这种追问与思考，类似卡夫卡笔下的文学世界。在入选《21世纪年度小说选·2003卷》（人民文学出版社）的小说《悬念》中，对于妻子马韵梅而言，丈夫唐大年的突然出走始终是一个谜。她一方面陷入对丈夫的不断追寻中，及至后来想放弃追寻，远离唐大年的影响，过自己平静的生活；另一方面，却又发现与自己生活多年的丈夫是陌生的，越追寻越不了解唐大年。失踪的唐大年比以往更加强烈地存在于她的生活，并使她无法再去爱别人，也无法不再去追寻。这种无果的追寻成为她维持既有生活意义的重要凭证。

都市男女之间的日常交流，没有恋爱季节的浪漫与激情，而是隔膜与失语。在《说话》中，应碧的丈夫下班回来的任务就是在网上下棋，夫妻之间几乎没有交流。应碧只能在下班时与勤杂工伍师傅一起聊聊家常，谈谈女人间的话题，不料伍师傅因为单位人事而被辞，应碧的同事老黄与她的生活突然产生了关联。应碧最后梦见自己坐在火车上，回到了父母的身边。经过一番波折后的应碧，最后通向的是一个孤独的世界，体现了作为一个女性个体对自我存在与婚姻的思考。

因此，琐屑的世情生活并没有止步于城市男女之间的欲望、情感表现，而是通向个体灵魂的所在。这些人物主体身处躁动的世俗空间，却固执于寻找自我的生命归属，在寂寞中抵达一片空灵的情韵氛围。可以说，陈蔚文笔下人物的寂寞是共通的，他们代表了当下城市化进程中一代人的精神流动——这是一种介于心理与灵魂之间的个体状态，没有存在主义的哲学高度，却有生命世界的温度；没有批判社会的锋芒，却有精神情怀的追问。

三 世俗叙事的内倾化

处在今天城市化日益加剧的时代节点，如何契合城市，寻找表述中国城市的路径，自然是作家们努力的方向。如果说邱华栋、卫慧等的北京、上海等城市书写中，呈现物质化、消费化、欲望化的后现代主义文化表征，那么在王安忆和金宇澄那里，上海书写则属于在历史的旧影中回味世情的记忆，其中将城市历史作为世俗怀旧来加以定格。

陈蔚文的城市书写，看得出是想进入当下中国城市发展的内在肌理，书写世俗生活的疼痛与活力。贾平凹从《废都》开始，可以说有意识地汲取古典小说叙事资源，进行城市题材的创作实践。作家坦言："以中国传统的美的表现方法，真实地表达现代中国人的生活和情绪，这是我创作追求的东西。"① 近年来的小说《暂坐》以类似于《清明上河图》式的"写实主义"，走进"城市的细部"，并带有真切的"市井中国"之理解与温情。作家指出："中西的文化深层结构都在发生着各自的裂变，怎样写这个令人振奋又令人痛苦的裂变过程，我觉得这其中极有魅力，尤其作为中国的作家怎样把握自己的民族文化的裂变，又如何在形式上不以西方人的那种焦点透视法而运用中国画的散点透视法来进行，那将是多有趣的实验！有趣才诱人着迷，劳作而心态平和，这才使我大了胆子想很快结束这部作品的工作去干一种自感受活的事。"② 作家采取空间化的小说形态，一个空间带出一个女性或一个事件。这些空间并非城市小说惯常关注的高楼大厦、车水马龙、购物中心等现代化景观，而是她们各自的生活世界，有茶庄、火锅店、理疗店、甜品店、西涝里，还有她们自己的住所。小说以《清明上河图》的结构模式，采用传统中国画的散点透视法，移步换景，一个空间一个人物的写，边介绍空间，边写出相关人物的生活样态。故事化和空间化叙事是小说城市书写的主体方向。

陈蔚文的城市书写不靠传统地讲故事取胜，也不似意识流小说那般专注于人物的心理呈现，却在文本中总能让人感觉到叙事与心理的

---

① 贾平凹：《"卧虎"说》，载雷达主编《贾平凹研究资料》，山东文艺出版社2006年版，第8页。

② 贾平凹：《浮躁》（序言之二），长江文艺出版社1999年版，第3—4页。

有机融合。作家在刻画人物时，总是抓住某一场景或事件，甚至是物件，来表现个体的生存状态。同时，在这些场景、物件身上，同步着生命体验的心理流动感。

在她的小说《锦衣》中，未婚女子吕美红在上海租房，前租客蔡小姐留下一衣柜的衣物，带给了她无尽的城市想象与自身作为个体在城市的体验。绛红色大衣、黑靴子、蕾丝边的 BRA，还有蔡小姐留在洗手间的精油和磨砂盐。这些物件都带给吕美红一种城市的心理幻觉。"人靠衣装马靠鞍"，吕美红"当喷过蔡小姐留下的香水，擦上玫瑰气味的身体乳，穿上蔡小姐留下的外套和靴子，再用盥洗台上那些口红中的某支抹过嘴唇后"，她觉得自己部分地变作了蔡小姐。整个小说氤氲在吕美红作为一个来自乡村的女子对城市欲望、城市空间、城市消费的想象与理解之中。神秘的蔡小姐，连同她留下的所有物件，带给了吕美红无限的渴慕与想象，折射了物质生活的巨大落差带来的心理感觉。

小说最后，"她不知道自己能不能飞起，但她被一种隐约的东西怂恿着，鼓动着。她一只手插进衣兜，触到一个东西，是那枚金属的叶子小挂件。她在掌心握紧它，像握紧某种凭持。"其中的金属小挂件在吕美红掌心紧紧握住，正是她渴望能抓住自己未来的欲望投射。小说一方面在讲述吕美红在上海的生活；另一方面展开心理层面的体验式书写，两个维度相互渗透，形成独特的城市生活体验与感觉。

小说《在那遥远的地方》以明、暗两条线讲述了两个家庭面临或正在经受考验的关于孩子教育的问题。小说写一家三口到南方一个风景区度假，却借夫妻俩为该不该带孩子来看这种无聊节目的争吵，巧妙地引出了另一个家庭的"灾难性"故事——男孩的表哥小宇变性。对男孩来说，没人关注他的世界，没人知道他的心事，他想吃什么、他玩什么游戏，父母全然不知亦并不在意。他爸每天只会刷微信，只负责买单；他妈最关心自己的身材和皮肤问题。陈蔚文随手为我们推开一个看起来还不错的三口之家的正门，截取了这个家庭短暂的度假生活，让我们看到了当前不少家庭生活的真实境况：表面的富足稳定、平淡却不平静的婚姻、相守但互不相通的心灵。文本用一个寻常又巧妙的故事，呈现了当代婚姻关系与教育的困境，这就是陈蔚文的不凡之处。

《磨损》中，主人公和彭姐的生活构成互文，一个是离异的白领女子，一个是摆裁缝摊的彭姐，一个生活体面却孤独，一个深陷不能为儿子买一双名牌鞋子的窘迫之中，两个人都在时光的磨损下经历着各自的生活。小说将平行却又截然不同的两个女性世界相互映照，表达了物质时代中，"物"的无力感，以及不可或缺的重要性。这看似悖论的二者构成了真实的现代社会。

于是，我们不难发现，在陈蔚文的小说中，透过表层的世俗生活，她一直在追问的是其下的社会与人心。这些追问，倚靠的正是作家独特的小说视角与构思。在她早年的小说《梦见》中，作者一开始便把姚雅云的内心忧虑铺垫成迷离的梦境，把她对自己不孕的惆怅心理交织成一片迷惘的"水域"，于是小说对人物内心情感的捕捉和小说整体氛围的诗意营造得水乳交融。

由此可看出，她在刻画人物时，既能出乎其外，书写人物的世俗生活诉求与欲望，又能入乎其内，表现独特生命感觉与体验，二者有机融合，游刃自如。在她的小说中，病房、菜场、租金，乃至歌曲、书籍、家具、镜子、衣服等这些外在的场景或物件都带有作家的感觉与体验。这些物件犹如小说的重要道具，引出时代的生存现状与心理。文本的体验世界犹如一个黑洞，带有强烈的虹吸力，将世俗的生活世界或物件吸纳进去，转化成独特的文本效果。因此，陈蔚文笔下的城市世界带有时代个体的生命质感，也散发出一种与时代保持距离的精神诗性。

同时，也应该看到，由于注重个人的生命体验和感觉的融入，陈蔚文将时代生活的丰富复杂性，糅成了具有个体诗化追求的生命世界和心理情绪。于是小说所表现的世俗生活透过个体的生命情绪之镜的过滤，笔下的小说世界显得相对狭小，时代与社会的表现广度不够。同时，又由于文本中始终弥散着作家的生命体验与感觉，这种心理的情绪自然带着强烈的主体感觉，如沉溺于人性的善良、个体的失落等，导致文本向人性深层世界的开掘不够，减弱了不同类型主体精神带来的震撼。纵观陈蔚文近年的小说《磨损》，不难感觉到其对超越自我的努力，当然还需更大的突破。我们拭目以待。

第三节　宋小词：大时代下的个体生命追寻

阅读宋小词的小说，似乎总能找到当代文坛曾经的"80后"写作、底层写作、女性写作等思潮的影子。但感觉无论将她的小说放进哪一个范畴，又都有些不妥。当我们说"80后"写作时，自然想到韩寒、郭敬明等笔下的青春、反叛、欲望；当我们说底层写作时，同样会想到王十月、郑小琼等打工作家带给我们的苦难、压抑、游走；当我们讨论女性文学时，更多想到的是男权中心、解构、女性主体等命题。而同为"80后"的宋小词，并没有在类似于后现代主义式的文化焦虑中，书写一代青年遭遇市场经济带来的困惑，也没有在阶层固化的思维下讨论底层农民进城的艰难。宋小词的小说写得很真，她不断扒开社会生活的罅隙，于时代的皱褶中寻找个体生存的真实理由。宋小词的小说又写得很有野性，在不断调整我们的认知水平的同时，却没有富含挑战性的王者姿态。她的小说写得很扎实，总是真真切切地理解生命的残酷，刺破每一个绚烂的泡泡，显露出生活的尴尬、苦难和困惑。她的小说切入点独特，无论是乡土还是城市，总是聚焦一个个普通的人物，通过别出心裁的小叙述，追问大时代背后的个体存在的意义和人性的困惑。在她的小说中，生存是王道，却留下一片现实个体自我挣扎后的无奈。她在写幽暗的人性，却带着生命的热能去刺破时代的常态。她在叙述的反抗中抵达真实，也在追求真实中缺失了一些形而上层面的追问与反思。因此，理解宋小词的诸多作品，感受世俗个体的生活追求及其痛感，对于把握当下青年作家的创作走向具有一定的代表性意义。同时，这对于沿着文学现实主义的轨道，理解当下文学如何表现时代经验也具有一定的参考价值。

一　生活常态中的痛点触击

生活在大时代下的个体，总是容易感受到时代高速列车的轰隆前行，却很难能够驻足片刻，体会脚下的两条铁轨在前行中的互相撕扯和推让，以及路边小草在风中的抖动。宋小词的小说写生活，写个体在城市的生存状态，但没有在城乡冲突的固化模式中将自己带入二元对立的伦理范畴，相反，她带着自身的生命体验探入时代的残酷之处，真切地触击生活常态中的痛点，聆听个体在大时代下的喘息。

一般来说，城市女性的命运书写，总是将城市隐喻为男权本身，在强大的男权中心话语之下，呈现女性个体的生存艰难。相反，在宋小词这里，城市和乡村一样的生动与丰富，既充满欲望，又不无窘迫。作家并不遵循女性主义的思路，在文本中书写女性在男权中心话语之下的压抑和痛苦，也不似底层写作那样，重在书写进城个体的受挫与苦难，而是以点带面，敏锐地选取一些日常生活常态中的生动细节，书写生命个体来自世俗生活却又触及灵魂的痛点。新写实小说重在表现生活的原生态，将人性中本能的一面呈现在读者面前。如刘恒的《狗日的粮食》《伏羲伏羲》，文本聚焦的正是人性中最本质的东西：生命与性。在方方的《风景》中，则以纯客观叙述来实录凡俗人生中的种种本相，以揭示出生存本身的意义。在池莉的《不谈爱情》《烦恼人生》中，则是以认同和拥抱世俗生活的姿态，来面对个体的生存境遇。在宋小词的笔下，则更多的是立足日常生活的世俗常态，其中既有社会的复杂与矛盾，又有个体世界的挣扎与追求，还有其中不时流露的温暖与情怀。如《直立行走》的杨双福，作为一个来自贫穷乡村的女大学生，嫁入城市成为她的现实追求。她贪恋周午马的帅气，也渴望有一个安稳的城市家庭。这里的杨双福，既有人性中的本能性一面，又有贫穷乡村的社会性一面，还有女性个体寻求安全慰藉的一面，但这一切都与传统的伦理道德保持一定的距离。

在城市空间的书写方面，小说并没有像一般的打工作品那般，总是在展现城市高楼、购物中心等奢华的一面，而是将目光投向城市的褶皱之处。周午马的城市家庭同样贫穷、窘迫。即将拆迁的旧楼、散发出一股沤烂的臭味的垃圾桶、污迹斑斑的木门，还有周午马无法直立的"狗窝"卧室，这些共同构成了《直立行走》的城市空间。它没有成为城乡对立中高高在上的隐喻体，而是与乡村世界一样的生动与污浊。作家带领读者走进城市空间的内部褶皱，直面城市个体的生存状态。周午马一家为了在即将到来的房屋拆迁中多获取三十平方米的面积，用最快速度与杨双福缔结婚姻。杨双福为了能在城市中生存下来，同样希望嫁给城里人周午马。二人各取所需，靠吃饭和睡觉维持着关系。房屋拆迁这一个重大事件，快速促成了二者的婚姻。癌症晚期的周父为了能够保证多获取三十平方米，拼尽自己的精力延续生命，希望能够熬到补偿的那一天。不料人算不如天算，周父在分房之前去世，周母竟然秘不发丧，千方百计只为保住这三十平方米的面积。当记者和警察得知真相后，周家拼尽了力气抵抗，杨双福用秤砣砸伤了民警而入狱。这一砸，既有她念及周午马对她的好，也有她在周家利益受损时必须挺身而出，从而保住自己城市身份的考虑。然而，最终她没能保住自己的婚姻，出狱后的她倒在了周午马的一记闷棍之下。这一闷棍是城市给她的，也是生活给她的。无论是周家每一个人，还是杨双福，都不是生活的被动接受者。他们的生存没有悬浮在城市的上空，没有欲望世界的绚烂缤纷，也没有底层空间的愁云惨雾。他们的人生在城市的褶皱中行走，有隐忍，也有不甘，有欲望，也有惶恐，有残酷，也有些许短暂的温情与暖意。

如果说《直立行走》中的杨双福嫁入城市，是为了一个城市人的身份，那么在《开屏》中农村女孩秦玉朵嫁给了"官二代"南翔，则有她作为个体在城市的身份焦虑与现实需求。为了嫁入"豪门",她讨婆婆的欢心;为了骨折的母亲来自己家顺利养病,她取媚于丈夫;为了一个独立稳定的工作编制,她陪领导上床。这一切都源于她无法褪去的乡村底色。在小说中,无论秦玉朵的家庭还是工作单位,都拥有城市光鲜亮丽的一面,然其生存的处境,却依然幽暗如夜。面对孤身一人、省吃俭用供其读书的母亲,毕业后工作的不知着落,秦玉朵必须理直气壮地利用自己的容貌资本,"成为南翔的女朋友继而成为他的妻子,把根扎在这个繁华的都市里,彻底告别农民身份,这就是她的'青云之志'"。于是她隐忍,把南翔变成自己手中的"利器"。"为了能拴住他,她还到医院做了上环手术,免去了他戴套之苦。"随着母亲的到来,她与丈夫的关系恶化。她为了在城市中寻求一个正式的编制,将自己的身体交付出去。然这一切并不在城乡对立的压抑状态下,秦玉朵的生存状态,属于她个体的选择,根本上来自她的现实需求和主体欲望。

  宋小词就这样翻开了个体生活世界的外相,裸裎内在的痛点,让读者感同身受其中生存的刺痛、隐忍和挣扎。我们可以用城乡差别理论、性别权力理论等来阐释女性的生存困境,分析女性是如何被逼进一个狭窄阴暗的角落。然仔细看宋小词的小说,似乎没有这么狭隘,而是为我们提供了一个更加广阔的社会视域。在她的笔下,虽然打开的是城市生活的褶皱,连通的却是城市生活的内在肌理。《直立行走》中,杨双福一心想要嫁给周午马是源自她的乡村身份和处境,但周午马为什么一定要娶?婚姻在杨双福那里意味着一个城市中的立足之地,它对周午马来说也是落实在家庭人口之上的三十平方米拆迁补偿。周家在父亲死后秘不发丧,全家为了隐瞒父亲之死与警察奋力相搏,都源于贫穷。在杨双福用秤砣袭警而入狱后,周午马住进了新房却踢开了杨双福。这一切似乎都在说明,生存比婚姻、爱情重要。而在《路遥遥的心事》中,宋小词直接让杨双福或秦玉朵变成了柳玉章,至少在刚结婚时,这个山村青年对岳父拿出10万元作房子首付款表现出一脸的感恩戴德。所以，在宋小词的小说里，婚姻无法与浪漫爱情对接，也与有情人终成眷属无关，它是实打实的首付款，是一个有编制的工作岗位，是三十平方米的拆迁补偿。这些城市生活世界的爱情、婚姻、利益，构成了当下个体生存空间的复杂与生动，残酷而不无温情。

正如宋小词《在城市的寒冬里蛰伏——〈直立行走〉创作谈》中所说："我要书写他们，写他们的艰辛，写他们的疼痛，写他们的泪水，写他们的汗水，写他们的渴望，写他们的屈辱，写他们的精明，写他们的骨头，写他们的压抑，写他们的愤怒，写他们的沧桑，也写他们的精神，写他们的被伤害，也写他们的伤害人。"① 作家在揭示这些个体的生存本相时，既有生命个体的内在逻辑，又有时代现实的残酷与复杂。相对于城乡之间的落差、男女权力的关系而言，宋小词笔下已然构建出这些框架之外不可回避的现实。这些个体由于各自的出身以及经济状况，表现出圆滑、隐忍、诡诈和屈辱，但他们并没有什么机会去考虑人格或尊严，因为现实逼迫他们必须寻求实实在在的生存之道。小说只是在呈现大时代下个体生命世界的基本事实，文本之下是同情还是批判，需要读者自己去做出判断。作家无意在城市和乡村之间制造某种不可调和的冲突，而是要写下秦玉朵、杨双福们的左右为难。就像她在一则访谈中所说："我不过是居住在城里的乡下人而已……而对于我个人来说，乡村的生活并无诗意，城市的生活也没有多少荣光，我处于尴尬的夹缝中。"② 文本中有他们的隐忍，也有他们不惜一切代价在城市中寻一处立足之地的生命热能。这些个体从乡村走出来，带着乡村生活的野性，在体味城乡失衡带来的蜕变之苦中触击生命的痛点。不难看出，宋小词的小说带着早年新写实小说中直击生命本性的文化基因，却能在生活的常态中感受个体与社会的碰撞；有底层写作中面对生活艰难的勇气与担当，但走出城乡二元对立的思

---

① 宋小词：《在城市的寒冬里蛰伏——〈直立行走〉创作谈》，《中篇小说选刊》2017年第1期。
② 宋小词、吴越对谈：《写作是我在打开心扉说最私房的密语》，《收获》微信公众号，2018年3月20日。

维模式而完整地面对时代生活的生动性和复杂性；有来自"80后"写作的直率与热情，却由于多年的乡村生活体验，其笔下的城市个体必然带着非农化过程中农村的亲情、礼法等活在城市的阴影下。于是，文本在社会生活常态中触击生命的痛点，既真切又有温度。

二 人性幽暗处的撕扯

面对社会生活常态下的生命痛点，作家没有写得愁云惨雾，而是沉入世俗生活，在幽暗之处肆意地去展露现实生活的复杂人性。她聚焦人们世俗的日常生活情状，却把镜头推向个体生活的细部，书写现实对情感、人性的残酷侵蚀；她直面当下社会的问题，却又遵循内心的召唤，表现出不循套路的野性，在亲情、爱情和友情各种惨烈的较量和考验面前，对人性作多元的审视和丰盈的阐释。无论是亲情、爱情还是友情，宋小词总是在阳光灿烂的时候，将读者引向一个意想不到的境地，任凭情感、利益、伦理等在生活的真实中互相撕扯。宋小词在自己扒开的人生褶皱中，大胆亮出那些幽暗处的污垢，有一种近乎病态的执著，却又令读者感受到人性的暖意。

亲情在宋小词这里，不仅仅意味着血缘关系下的温情，更体现为个体社会性的矛盾关系。个体的生老病死，不是形而上的问题，而意味着在金钱与利益的溶解下，一点点失去情感的厚度。作家将个体生命的轨迹与血缘、利益融合渗透，既有血缘纽带的神秘牵引，又有社会伦理的隐形制约，还有利益链条在其中的牵扯，呈现一个既残酷又不无暖意的世界。《太阳照在镜子上》中父亲出轨，同父异母的陶平、陶安姐妹之间既相斥又相吸。陶安是父亲中年出轨的产物，陶安洗脚妹的职业和鸡飞狗跳的家庭生活让本就对她充满恨意的姐姐无比厌烦。当带着三岁儿子再次追求爱情的陶安来到陶平住处，固执地等待着小她两岁的情人林大庆一起开启新生活，姐姐陶平既鄙视又心疼。她理解陶安的追求，却又多次催促妹妹跟随妹夫回乡。最后，陶安纵身跳入江中结束了自己年轻的生命。透过姐姐陶平的视角，将情感、伦理上的拒斥和血缘上的隐秘吸引真切自然地融合呈现出来。在《天使的颜色》中，记者南音突然接到父亲在进城检查身体前打来的电话，开启了亲情和钱之间的撕扯。"能活多久"成了小说里不断跳出的提示音，它在反复敲打、摧残着南音等的同时，也推动故事走向了一个早成定局却难以真正面对的尾声。小说把父女间的脉脉温情与一个颇为世俗的"钱"字捏合在一起，情感在不可更改的生死宿命中必须经历考验。舐犊情深无法改变每月成千上万元的医疗开销，再加上母亲意外骨折，南音真实体会到了一分钱难倒英雄汉的无奈。一则"抗癌宁"的电视购物广告让父亲动了心，南音不愿上当，却分明感受到父母对自己的冷淡。在母亲历数从二胎罚款到父亲如何深夜抱着南音打针的种种往事后，"南音把两千七百元人民币一张一张数给收银员时，她感觉自己就像屠刀下的羔羊，伸着脑袋任人宰割"。当最终耗尽财富后父亲离世，"南音伤心欲绝，同时也如释重负，她有种轻松感，接着越来越轻……"父亲的遗物却是一张三万元的存折，留给南音出嫁用。一边是因为亲情而明知上当也应顺意的体谅；一边是所有的情感与关怀最终必须落实在钱上的残酷现实。"对生命的尊重"、父女之间的亲情、现实的经济状况，三者通篇都在撕扯，没有胜负，只有宿命下的无奈，温情中的酸楚。

其他如周午马一家为了多分三十平方米的房屋拆迁，不让病重的父亲出去晒太阳，死后秘不发丧，在房间挂起腊肉、香肠，以掩盖尸体腐烂的气味。这种现实的惨烈恰恰与亲情的维系相互叠合，二者之间的冲突与撕扯，刺破了文艺腔带来的动人情怀与道德优越感，这大概才是真正的"80后"写作撕下体面之后的真与狠。

爱情的撕扯在宋小词的小说中，并非单纯的情感交流或分配，或者传统的情爱伦理冲突，而是将城乡关系、个体利益和情感关系放在一起，搅成一团乱麻。《开屏》中，各种力量的绞杀搏斗，将秦玉朵这个有着不甘、有着不满、有着隐忍、有着欲望、有着虚荣的女性刻画得入木三分。在秦玉朵这里，她与丈夫的爱情关系构成了她与婆家，甚至扩展到城乡之间对垒的关键。母亲的到来使她不得不有求于丈夫，她"用性事来铺垫"。当她与丈夫的关系恶化，她不得不因为"市编办"与局长发生了关系。当她与局长关系进一步发展时，却发现局长曝光了二人的隐私。爱情的浪漫成分完全被挤对，各方力量的厮杀让爱情只剩下利益和性的交易。《路遥遥的心事》中，家境优越的路遥遥一直在出身农村的丈夫面前趾高气扬，可是婚后长期不孕让路遥遥心事重重。她从爱情的云端跌落到生活的尘埃里，备受歧视和轻贱，还牵连到自己的父母，路遥遥只能在人情如纸的婚姻里隐忍。当现实的利益、爱情的怀疑和人性的暗影搅和在一起，促使她决定离婚的时候，路遥遥却意外怀孕。这一爱情的荒谬结局，虽然满足了路遥遥在婚姻上快意复仇，却将生活的残酷暴露在读者面前。我们不难想象，路遥遥与丈夫的爱情未来指向何方、娘家与婆家之间的矛盾、腹中胎儿能否健康成长，这些婚姻问题都将陷入一个尴尬的境地。华丽的婚姻外纱、家族权力的变化、女性生命的隐忍，一一在她的笔下无处遁形。这些残酷的现实中透出生活的尴尬与疼痛，又冒出生命的热气，让读者叹服。

除了城市的爱情和亲情，作家还把目光聚焦于乡村的世态人情上。在《柑橘》中，小说以两个身份特异的人物的凄惨命运来表现乡村社会的生存事实。一个是"五保户"，一个是精神失常的哑女。他们处于整个乡村社会结构的底层，生活处境艰难，小说却穿透人性的幽暗之处，去感知日常难以抵达却渴望到来的光。"五保户"苟大宝收养精神失常的哑女，村人强奸哑女致其怀孕，他决定留下孩子。村支书等恶意报复，他几乎走投无路。当"糖水"难产死去，已经身患绝症的苟大宝，托付好孩子后抱着"糖水"的尸体走向柴火堆，点燃了打火机。在小说中，有村人对孤寡老人和哑女的残忍和报复，有苟大宝在关键时刻遏制了对哑女的情欲冲动，有其最终放弃对村支书的仇恨，还有雷屠户、曾医生、胖赤脚医生、妇女主任等在善恶交织的关口，自然地流露出良善与慈悲。作家绕开了大时代下的灿烂光影,在幽暗的人性撕扯中呈现乡村弱势群体的生存事实。在小说《呐喊的尘埃》中,疾病、暴力、卖淫缠绕着一个家庭,也肢解了一个家庭。父亲的尿毒症是个无底洞,不仅花光了家里的积蓄,而且将家人之间的温情引向人性的幽暗处。二叔为了找钱杀人抢劫,被判死刑,母亲、小姑和"我"出外卖淫。为了家里少一张吃饭的嘴,爷爷在床底下放了毒死太太的农药。"不要弄得人财两空",既是乡村生活的真实状态,也是家人在病者和其他个体的生存之间的艰难选择。

不管是城市生活的爱情与亲情,还是乡村日常的世态人情,文本中总是将读者带入幽暗的人性空间,任凭各方力量追逐和撕扯。作者扯去包裹在大时代外面的糖衣,露出了赤裸裸的生活苦涩,揭开了轻易不为人知的底色和肌理。在各种扭曲和矛盾、各种妥协隐忍与抵抗中,生存、人性、伦理、道德纷纷按照自己的逻辑在生长和厮杀,人的内心被撕裂,生命乃至人性,都被逼至一个尴尬甚至可怕的境地。小说的关键之处,仿佛裂帛之声从幽暗无边的空间传出,读者感喟真实的同时,不觉颔首与叹惋。于是,我们不难感受到作家在撕裂中的决绝与冷静,以及直面隐秘幽暗的勇气。正如宋小词自言:"作家立于一个时代,眼睛所看见的,身体所遭遇的,心理所感受的,必须要如实表达出来,不能歪曲,不能蒙蔽,真实客观冷静的书写,写一个时代的血与泪、沧桑与残酷,是需要莫大的勇气的。"[①] 这种冲破文本弥漫开来的撕扯的力量,与读者的隐秘内心形成共振,探入人性的幽暗处,体现人性与社会的交锋。

三 在反抗中抵达真实

宋小词小说的辨识度在于其对现实揭示的真和狠。一般而言,现

[①] 宋小词:《小说是一场幻术》,《文艺报》2018年9月17日第002版。

实主义总是与真实性相通，尤其是近年来的非虚构倾向，体现了作家关注社会、关注时代的用力所在。农民工书写、乡村题材创作、底层写作等，都在经典的现实主义轨道上继续滑行，也逐渐走向同质化、模式化趋势。正如王鹏程指出："城乡之间的流动迁徙、文化冲突、身份尴尬、农村的土地荒芜、传统价值解体、家庭伦理失范等具有普遍性的生活现象和社会问题，耗尽了文本的文学性和审美性，作品成为类型化的现实镜像或社会学记录。"① 在宋小词的小说中，也有乡下人进城、城市底层和乡村题材创作，却没有堕入城市与乡村、底层和上层、男性与女性等二元对立的思维模式。相反，小说在这些题材范畴的书写中不断反抗，反抗固有的思维模式、历史理性、伦理观照模式，从个体生命"自我实现"的角度深入发掘生活，抵达人性的真实。

其一，在她的小说中，个体的生命形态书写与当下的流行模式构成一种反抗。底层叙事、城乡冲突等书写，往往在一种二元对立的思维模式下，凸显生存的苦难氛围。宋小词虽然也书写底层的苦难，书写疯癫、残疾、犯罪、性、死亡，但其文本中却没有当下农民工书写那般的愁云惨雾，而是在世俗认同的基础上反抗固有的模式。因为苦难的因子已经被她打碎、熔化、重铸、吸收，其中既有张爱玲式的世俗性露骨，又有鲁迅式批判的狠和准，还有湖北楚人的野性气息。在《直立行走》中，作家没有沿着乡下人进城的书写模式，将城里人周午马和乡下女子杨双福对立起来，而是以类似于张爱玲式的世情笔法，将二者通过"吃饭、睡觉"联系起来，最终落实在二人的婚姻事实上，目标直指的是房屋拆迁还房中多分三十平方米。二人的结合各取所需，却感觉与爱情相隔甚远。小说一开篇就是杨双福和周午马在钟点房性爱之后的淋浴，"她忽然感到羞耻，觉得自己像周午马的一只夜壶"。这个比喻完全刺破爱情或性的浪漫神话，将一个乡下女子与

---

① 王鹏程：《从"城乡中国"到"城镇中国"——新世纪城乡书写的叙事伦理与美学经验》，《文学评论》2018年第5期。

城市贫民之间的利益婚姻的真相裸裎在读者面前。文中的城市贫民周午马"摇摇晃晃径直去了自己的'狗窝'","月亮升起来了,照出了他们的影子,她觉得她跟他就像两只狗"。小说结尾处,杨双福看到周午马的新家,感慨"更重要的是他狗一样蜷缩在狗房子里近三十年,受了几十年的苦楚,总算要由狗变成人了"。作家将周午马比作狗,将他简陋狭小的房间比作狗窝,体现了周午马表面上放荡不羁、寻欢作乐,其实生活同样窘迫和压抑。宋小词打破了将城市与乡村厚此薄彼的底层叙事模式,而是将二者联结成一个整体,书写大时代下的新体验。《开屏》讲述的是一个贫家女和富家公子的故事,却加入摔伤后母亲到来的情节,将个体在男女、城乡、母女之间的纠结与撕扯作集中表现。秦玉朵为了落户城里找了副区长儿子南翔结婚,但秦玉朵的农村出身一直备受丈夫一家歧视。她的城市生活看上去令人艳羡,却由于母亲的存在而拖着一个沉重的乡村负担。秦玉朵为了生存而出轨,为了尊严而离婚、辞职,她的尴尬与痛苦正是乡村不断被城市塑造的结果。

因此,宋小词凭借其丰富而又可靠的乡村经验,把城市看作生动的城市,看作城市化进程中的城市,书写个体身上的疼痛与挣扎,书写他们在城市化进程中身后那个长长的乡村影子。这使她的创作在"80后"作家群中摆脱了所谓"同质化"写作的困境。相反,当下一些作品中,城市与乡村的形象是固定的,城市中各个阶层也是固化的,而忽略了其中的变动性。对于秦玉朵这样的个体而言,随着乡村与城市生活空间的变化,人的情感、命运也相应地发生着重大的变化,这正是当下城市化进程的生动现实。宋小词在写城市底层的个体命运,关注当下农村青年进城的生命形态,与大时代的潮流并无二致,但作家聚焦大时代光影下的一些幽暗处,书写他们的窘迫艰难,以及生命的韧劲。宋小词的写作犹如锋利的手术刀,切入个体日常生活的肌肤,向外翻出一道道鲜红的血肉,露出生命的肌理。于是,习见的题材在反抗中打磨出了新的光亮。

其二，小说还在历史叙述的反抗中，寻找人性中富有生命力的地方。长篇小说《声声慢》没有像当代文坛众多的历史叙事那样，去家族史或革命史中寻找历史的玄机，或是讴歌民族之魂。作家通过孙女对奶奶雷明翠一生的回忆，书写了一位历史风雨中摸爬滚打求生存的农村妇女。她出身富家而知书达理，性格却大大咧咧，生出不少是非；自己身为女人却重男轻女，苛责媳妇与孙女；一生争强好胜，却在丈夫死后不得不乞讨、偷窃谋生；处心积虑安排儿女的婚姻与前途，又因为命运不济而自责不已。小说没有沿着历史叙述的轨道，反思大时代下的历史走向。相反，她时刻在反抗，写家族，却反抗常规的家族叙事。其中有亲兄弟在战乱中分道扬镳，堂兄弟为了争一个公办教师的名额反目成仇，母女之间的撒泼斗狠。这些乡人和乡间的世事叙述，并非本能式的原生态呈现，而是依凭着乡间的岁月流动反抗着当下主流的历史叙事。乡村世界生命原质的东西自然流露出来，并不遵循宏大的时代逻辑，而是带有乡间的朴素和野性，诠释生活前行的秘密。

作家带着真切的乡村生活体验，穿透时代的表象，关注"滚滚向前"的时代巨轮之下一些最底层的生活状态，并表达其对历史主流的"进步"话语之敏锐思考。在《柑橘》中，苟大宝并非仅仅是一个乡村世界的"五保户"，也是这个时代的一个"失败者"。作家将笔触深入历史的逻辑之中，揭示这个"失败者"形象生成的环境与过程，进而窥破了时代的隐疾。在集体经济时代，苟大宝是一个乡村的能人。集体经济解散后，因为村主任和村人的强夺，他不仅没有承包橘园的机会，而且失去了耕牛和良田等生产资料。因此在改革开放后，尽管苟大宝勤扒苦做，仍然难以发家致富，最终沦为"五保户"。在主流话语的历史建构中，勤劳致富是历史前行的主要动力。然而，透过苟大宝的经历来看，如果一开始就分配不公，个体的价值不能通过奋斗得以实现，更多的人反而会因此丧失自由选择的权利。小说没有沿着乡村历史的常态叙述，走出了要么因懒而穷、要么因缺失文化而穷的历史逻辑，通过对苟大宝性格生成过程的细致回溯，透视社会发展的玄机，在反抗中抵达乡村历史的幽暗处。

宋小词除了关注现实，关注大时代下个体的生存本相，也在一些乡土小说中制造一种历史的幻影，有意识地模糊时代话语，反抗现实世界对文学的压迫。如小说《呐喊的尘埃》中一开篇就写道："我们这里四周都是山，那山其实离我们很远，只能看到连绵起伏的形状，这形状给我们带来一种被包围的感觉，无论目光放得有多长远，终究要被这形状给挡回来，日子因此变得逼仄冗长。又是丘陵地貌，田地被地势弄得不成规矩，只能进行原始的刀耕火种。犁田的牛望天叫声'哞'，便是一股子穷味。一切都毫无指望的样子。"小说的时空在这里仿佛凝固，乡村的生死于是带上了历史的宿命色彩。在《血盆经》中，"入惊蛰了，天色将晚时发的春雨。春雨如铜豆，砸在瓦上、地上、树叶上，砸出一大片叮铃哐当的声响。天火擦着地火，轰隆隆的雷一个接一个响在屋脊上。何旺子跟大伯歪在火塘边，一株柳树蔸烧得好似三魂丢了两魂，时不时地冒着青烟。从房梁上牵下来的一根铁钩上挂着一把炊壶，炊壶一身黑垢，在火上保持沉默"。这些小说的开篇，仿佛带领读者走进历史的幻影，将时代现实的问题，置于隐隐约约的乡村文化历史的绵延之中。这些历史幻影的叙述中，既对当下一些文学非虚构倾向构成了反抗，又体现了作家因来自乡村而无法抹去的乡愁气息，给小说带来了直面现实之余的诗意韵味。

其三，宋小词小说最显著的特点是对伦理常态的反抗。在宋小词的小说世界中，每一个生命个体都以生存为第一要义，伦理、亲情与之不断冲突。小说叙述不停地反抗着常态的伦理、亲情，在人物命运的推进中阻断逻辑的支持。《天使的颜色》中，"我"在不停地挣扎、不停地计算着，尽管想方设法筹钱给父亲治病，却依然换来父亲写在纸上的几个大字："久病床前无孝子。""我"倾尽所有，甚至到处筹钱借债，父亲还是没有活下来。其生前留下的三万元存款，给小说增添了一抹亲情、人伦的亮色，却无法照亮人性最深处的幽暗。亲情、人伦与利益之间，无时无刻不在较量，宋小词不无残忍地撕开了温情的面纱，在父女亲情的反抗中逼视生存的残酷。在《呐喊的尘埃》中，得知父亲得了尿毒症，"我"竟然生出巨大的恨意。为了给父亲治病，钱成了一家人最大的问题。爷爷故意在老太太床下放置剧毒的农药，让卧病在床的她自己结束生命。二叔为了搞到钱，杀死老板大河，被判死刑。他在死刑执行之前，劝父亲在治不好的前提下自杀。这些个体身上，亲情、生命、金钱厮杀，治与不治构成伦理与现实之间一个无解的难题。这些文本的叙述始终与伦理、亲情在反抗、搏斗，最后杀得人仰马翻，在富有张力的美学效果中穿透日常生活的表象。

同时也应该看到，作家在追求生活本质和反抗常态的叙述中过于激情与紧张，导致文本难以有一个真正勘探内心世界的从容心态。无论是中篇小说还是长篇小说，作家捕捉生活细节的能力很强，但众多的细节表现往往点到为止，少有荡漾开来的生命追问和时空渲染。小说结尾大多努力制造欧·亨利式的出人意料，真实曲折，却影响了小说超越现实的高度。所以，杨双福或秦玉朵等个体的命运，往往令读者叹惋的同时，并没有将读者引向一个形而上层面的思考。作家要有面对现实的勇气，更要有表现现实的智慧与能力。如果光有勇气，小说至多也是面对问题时"用事实说话"的"焦点访谈"。因此，很多小说若能在现实生活的真实中进行一定程度的虚化，将某些人性的幽暗处作极致性的书写，这样小说就能穿透现实世界的局限和避开时代话语的束缚，容易引发读者在艺术层面作个体存在的反思。如《直立行走》中，杨双福用秤砣砸伤警察，恐惧的她见到血后倒地晕了过去。这后面的结局可以通过幻觉或梦境的方式，打通虚构与真实的暗道，从而在多维的话语空间走向人类意义的生命哲思。关于《血盆经》中的何旺子、《柑橘》中的苟大宝等形象，也同样可以将他们的性格再往前推进，挣脱大时代下现实问题的局限，从而抵达艺术想象的多种可能。因为过于客观真切的世俗空间，表现的仅仅是此在的世界。小说不能仅仅依靠"原味的生活"，而需要将读者引向一个审美的世界。文学要解决的不是现实生存中一系列具体的问题，而是表现通往形而上的精神之途中驻足留恋本身的诗意。

第四节　阿袁:古典氛围下的世俗生存

　　五四文学革命之后,在个性解放思潮的影响下,鲁迅的创作开辟了知识分子的书写题材,知识分子群体在现当代文学中崭露头角,并随时代的发展逐步受到社会各界的广泛关注,作家也从不同的角度对知识分子群体进行了想象和建构,铸就了一批具有时代价值和特色的知识分子形象。如现代文学中,叶圣陶的《潘先生在难中》、沈从文的《八骏图》、钱锺书的《围城》可谓是书写和讽刺高校知识分子的经典。随着现代大学体制的建立,高校知识分子群体的特殊身份更加凸显出来,尽管一些当代作家对知识分子人格、命运的审视力透纸背,但却难以避免特定语境对知识分子群体的遮蔽,从而忽视了"身份"符号下知识分子个体的本真情态。而身处高校圈层中的作家阿袁则是认识到了这一点,突破了以往作家对高校知识分子价值取向的误区,以既批判又认同的态度,还原出知识分子个体的生活本相,并投诸真切的审视与思考。

一　突破身份认同的围困

　　人生活在特定的时空背景中,自出生就被赋予语言、种族、神话、艺术等各种文化符号特征,并在与社会关系的相互缠绕中,逐渐形成自身的"身份"符号。事实上,"身份"是个体进入社会关系网络中所拥有的角色或地位,具有强烈的社会属性,承载着个体的价值和意义。但近年来,随着社会交流的深入和社会分工的细化,关于知识分子群体的认知,逐渐与"社会身份"的权力话语相缠绕,不可避免地形成以"群体价值"来定义的固化模式,而往往忽略"群体身份"之下的个体情感差异,不免陷入由身份认同编织的误区和围困之中。如当代文学中，汤吉夫的《大学纪事》、阎连科的《风雅颂》、史生荣的《所谓教授》，对知识分子人格与命运的审视力透纸背，但是仍然难以逃脱特定语境中对知识分子群体的单一认知，而忽略其"身份"符号下的原始情感差异。作家阿袁，则"贴着人物去写"，深入高校知识分子的日常工作和婚姻生活，兼顾知识分子叙事和女性主义题材写作，开拓了小说创作的另类文本。她的小说《师母》通过"师母"的视点，切入高校知识分子的婚姻，从中剖析出现存社会对知识分子身份认同的危机，并尽力还原出知识分子身份外衣之下的世俗男女本相。

首先，知识分子身份认同的社会化。知识分子这一特殊群体历来受到众多作家的关注，在特定时期，作家赋予知识分子不同的身份想象与文化建构。21世纪以来，随着社会交流的深入和社会分工的细化，社会大众关于知识分子的认知逐渐固化，将知识分子群体拘囿于特定的生活场域，更多关注知识分子身份背后的社会地位和价值，而忽略其应当是一个"为了思想而不是靠思想而生活的人"[①]。小说《师母》以三位师母"鄢红""庄瑾瑜""朱周"的视角切入，通过师母在婚姻生活中的状态，传达出知识分子背后的商业、社会价值，剖析出现存社会对知识分子身份认同的危机。辛夷裁缝铺的女儿"鄢雒"，经由陈良生、孟一桴，最终变为师大的师母"鄢红"，这一身份话语的转变，映现着一个初具现代意识的女性，在自我的成长和探寻中，无力面对现实的捉弄和世俗的诱惑。先是寄身于出租屋，与有着半个知识分子身份的陈良生苟且度日，再是通过婚姻的附庸，成为孟师母，成功跻身于知识分子圈层。但由于自身文化身份的缺失，她始终游离在自我生活的中心之外，屈服于知识分子"文化"身份和男权话语之下，沦为身份和婚姻的附庸。师母庄瑾瑜以自身"文化"身份的社会属性而自诩，无时无刻不享受在由"身份"话语权利带来的自我满足中，不仅处处演绎着"比翼双飞"的幸福，并随时倾轧与蔑视他人的

[①] 张东丽：《新世纪文学中知识分子形象的嬗变——以高校题材长篇小说为例》，《东岳论丛》2010年第11期。

存在，如嘲笑朱周资料员的身份、看不起鄢红的没文化等。师母朱周出身知识分子家庭，自带"文化"身份的气质，但在对庄瑾瑜的仇恨、敌对和对鄢红的友好、同情之中，仍不免从心理学上传达出对知识分子背后身份价值的认同。

其次，知识分子身份对人性本真的束缚。在当下尊重知识、科教兴国的社会语境中，知识分子阶层是知识与身份的象征，饱受社会大众的尊重和敬仰。由于外在社会语境赋予知识分子群体以较高的情感期许，致使这一群体自然与社会道德伦理相互缠绕，以"超我"的形式存在社会关系网络之中，造成对其个体"本我"的束缚。但根据弗洛伊德的人格理论，个体的"自我""本我""超我"的界限并不十分明确，它们在社会的实际行为过程中切换、游走，因此不免造成外在"身份"与原始"本我"的错位。正如作家阿袁在面对面访谈中所说："食色，性也。我是把教师当人来写，人就有七情六欲，就有食色性。因为我自己也是教师的缘故吧，知道教师是怎么回事。身份这东西，说白了只是一件花衣裳，你穿这件花衣裳，他穿那件花衣裳，看上去好像不一样。其实脱了花衣裳之后都一样。在生活面前，谁能雅？即使满腹诗书，可以把上厕所说成'出恭'，把男女之事说成'巫山云雨'，其本质又有什么不同？"[①] 其小说《师母》正是直指个体原始"本我"，揭示出高校知识分子在其身份外衣遮蔽下的世俗生活本相。小说中的胡丰登、庄瑾瑜夫妇是披着知识分子的身份外衣，装腔作势生活的典型，无论是学术工作，抑或婚姻生活，两人在外保持知识分子应有的通达、善意与和谐，在内却暴露出作为一个人的私欲、狭隘与分裂。如两人在私下根据事情的轻重程度，分别在客厅、书房、卧室对工作、政治的关系展开利益分析，或两人在身份外衣与道德伦理的遮蔽下，暗自对两性生活关系的计量、谋算，以及时刻对名、利的在意、渴求等，处处透露出被遮蔽的人性本我特征。

---

① 吴佳燕、阿袁：《没有谁比女人更知道爱的存在和虚无》，《长江文艺》2019 年第 5 期。

在当下知识分子身份渐趋"社会化"转变的境况之下，阿袁的小说《师母》通过女性"师母"的角度，深入高校知识分子的工作、婚姻生活，透过知识分子的神圣面纱，描摹出了当下高校知识分子的真实生活本相，剖析出知识分子个体人性的本真状态。

二 揭示婚姻形式的附庸

阿袁作为高校内的学院派作家，深谙高校生态圈内知识分子的生活与状态，她以与知识分子平行的立场，在既讽刺又认同的态度中，开辟出了知识分子与女性主义书写的另类范本。在《师母》的封面，阿袁介绍道："也许你也遇到过这样的'师母'，她会在学生面前吟唱《致橡树》，会挽着丈夫的胳膊在宿舍区里施施然地溜达，她永远把自己打扮得美美的，又对女学生照顾有加。然而，你就是好奇，在无人的时刻，她'卸妆'后的容颜。"阿袁在此用"卸妆水"抹去高校知识分子及其家属华丽的妆容，并用其渗透进知识分子的婚姻生活，从而探究到女性生存"天花板"的内在肌理，不过是借助婚姻形式的附庸。

随着社会主义现代化程度的持续加深，中国女性的受教育程度越来越高，能更多地参与到公共社会生活中，从而一定程度上获得了经济上的独立和自由，但是出于某种原因，"女人往往能够超越男权制社会中通常的那种阶级分层，因为无论女性的出身和教育程度如何，她永久的阶级关联比男性要少"[1]，她们在社会中所获的地位和价值在某种程度上具有附带意义和临时性。身处高校这一特殊场域的作家阿袁，敏锐地捕捉到时代缝隙中知识女性的这一婚姻现状，她表示："有批评者也说过，我的小说所体现的几乎是女性主义的倒退。但不论是纵观，还是横观女性的生存现实，女性确实一直处于他者的位置

---

[1] ［美］凯特·米利特：《性政治》，宋文伟译，江苏人民出版社2000年版，第56页。

上。所以，从某个意义上而言，浮花水草般寄生的女性都不能说是'复古和退化'，而是一直以来的女性主流。"① 身体和精神双重独立的女性时代并未真正到来，尽管她们在主体意识的带动下，竭力实现自身的社会价值，但仍旧难逃几千年来中国女性的生存本质：以婚姻的形式，有意或无意地附庸于男权话语之下。小说《师母》中的师母鄢红可谓是附庸于婚姻的典型，她怀揣着对生活的渴望和憧憬，从辛夷到师大，竭力进入师大的"文化圈层"，但由于自身资质的限制，她只能任由陈良生"设计"，在两性关系和主体意识中失却自我，以旁听生的身份游离在中心之外；在遇到孟一桴后，鄢雉完全被孟一桴教授的身份价值所吸引，又一次在"设计"下进入师大，但摇身变成"鄢红"的她，只是作为婚姻的附庸而存在，她屈服于婚姻之下，竭力掩盖自身价值的缺失，但又不免时常暗自失落，惧怕这附属的"师母"地位有朝一日突然消失不见。师母庄瑾也是匍匐于世俗婚姻的女性之一，她虽然拥有教育带来的价值和地位，但仍旧深受知识分子外衣与男权话语的束缚，在装腔作势中竭力维持幸福的婚姻生活表象，如在日常家务生活中的周全、两性关系中的迎合，以及与学生小黛关系的假意维护等，处处透露出知识女性在婚姻中的窘迫地位。

两性婚姻是鄢雉融入高校生活的重要方式，亦是庄瑾瑜保持自身幸福的有效手段，在婚姻的庇护下，她们装腔作势、左右逢源、患得患失，用尽各种计谋竭力维护自身的价值和尊严，但却从根本上失却了作为独立女性的机会和意义。

三 展开生存困境的反思

纵观阿袁的作品，她的小说多年来以高校知识分子为主题，涉及知识分子的日常工作、婚姻生活，从两性关系、世情人心、人伦亲情

---

① 吴佳燕、阿袁：《没有谁比女人更知道爱的存在和虚无》，《长江文艺》2019年第5期。

等细微处书写出知识分子在当下无奈、淡漠的生存境况。但是当读者试图用"灰色"来概括其小说的情感基调时，阿袁却表示："我认同罗曼·罗兰的那种人生观，以一种消极的方式来开展积极的人生，以悲观主义的方式来开始乐观主义生活。所以在理论上，我是个消极主义者；在生活实践上，我是个乐观主义者。所以我小说的底色虽然是灰色，但上面还是盛开了明艳的花朵的。而这明艳的花朵，是生命真正的意义所在。"① 从整体上来看，阿袁的小说直面世俗男女的生活情态，以讥诮又辛辣的笔触描写了高校知识分子身份外衣之下的虚伪、阴暗和狡黠，但对高校生态圈的同化性、知识女性的悲剧现状又无不饱含批判与同情，以既认同又批判的态度，审视知识分子当下的生存命运，在灰暗的生活底色上仍旧憧憬"明艳的花朵"。小说《师母》着重描写了高校教师群体的工作以及家庭生活，通过教授们的职场工作斗争、家庭婚姻的纠葛，深深透见出高校生态圈对普通人性的压抑，以及婚姻生活对知识女性的束缚。

  首先，随着现代大学体制的建立，高校知识分子作为一个特殊的群体，受到社会界的认同和尊重，因此，其所在的高校生存场域也自然成为一个群体的生态圈，并在此圈内展开了良性的循环。但作为生态圈中的个体，注定要受到"丛林法则"的限制，有意无意地接受圈内隐含约定的规训，而违背作为一个普通人的本意。小说《师母》中，作者有意破除被神圣化、理想化的知识分子形象，而是触及人性本质，自然地描述出高校生态圈中的职场斗争。在传统学而优则仕观念的影响下，一方面，副主任胡丰登执著于职场政治的斗争，并以自身狭隘的"仕途"观念，随意衡量揣测他人，终日在负面的人际关系中挣扎。如当得知学术大鳄韩愈之要来师大的消息后，胡丰登辗转思索，力图将此事件的全部利益收入囊中。但所有周密的计划都不如本真情谊动人，韩愈之与孟一桴的同学情完全超越了职场利益的诱惑，

---

① 吴佳燕、阿袁：《没有谁比女人更知道爱的存在和虚无》，《长江文艺》2019年第5期。

为规避学校利益往来的纠葛，以及内部职场政治的旋涡，两人在商量之下取消了此次活动，胡丰登因无法达成个人目的而对孟一桴"恨之入骨"；又或胡丰登对上级周校长的媚态逢迎，对同等或下级赵素槐、沈岱宗等的冷眼刁难，最明显的是其不满沈岱宗的随性与不羁，运用手中的权力，着意为难，无处不透露出传统知识分子的种种负面情状。另一方面，以知识分子无为、清高立场自居的教授孟一桴、沈岱宗，身处高校这一生态圈，虽然无心于权势，却也无法避免"丛林法则"的伤害，在淡然之中艰难地独善其身。

其次，在高校知识分子的婚姻生活中，阿袁突破传统作家的价值取向，不只赞扬女性价值独立的趋向，而且从现实维度指出知识女性的传统价值观。正如阿袁在其作品《长门赋》中所言："钱锺书说，婚姻是座围城，外面的人想进去，里面的人想出来，可钱先生不知道，那些想出来的其实都是男人，女人却是守城者——守住里面的男人，也守住外面的女人。"[①] 即使是受过高等教育的女性，同样以现实主义的坚守，去践行传统女性的价值观。小说《师母》中的女性，身处高知的文化圈层，无所不用其极地捍卫婚姻，捍卫自身"城主"的地位。师母庄瑾瑜，表面上力行着"比翼双飞"的婚姻生活，背后却耽于丈夫的性冷淡以及类似于出轨的自渎，在与女学生的"和谐"中捍卫生活的圆满；闵师母以"坚壁清野"方式，直接拒绝闵教授收取女学生；上海的杨师母同样区别对待男、女学生，在讽刺讥骂中将女学生击退；师母鄢红虽然不露声色，但在与女学生马骊的相处中，仍旧通过内心的敏感、忌惮和恐慌表现对自身婚姻的捍卫；更有甚者，作为研究生的吕小黛，深谙作为女性的优势之道，试图利用性别手段来魅惑导师以换取读取博士的机会。作为高知分子的女性，她们仍旧以传统女性的价值观生存在当下社会，根本无法像子君那样喊出"我就是我自己！"的女性宣言。对此，阿袁认为：这不是女性主义的倒退，

[①] 阿袁：《子在川上》，太白文艺出版社2018年版，第14页。

而是当下女性生存的现状,"表面上来看,高校或其他体面的地方对于道德、爱情和婚姻更为看重,其实质不过是有条件挥霍财产而已——他本来就想以旧换新!所以都市的女人,在精打细算之后,会选择做一个道德的女人。这不是一个浪漫主义的选择,而是一个现实主义的选择。我们的社会现实,远远还没有达到让女性可以浪漫的程度。即使过了这么多年,我们大多数也还都是白流苏呢"[1]。

阿袁对高校生态圈的书写,一方面揭示了儒家传统"入仕"思想与当下时代语境碰撞下所暴露出的负面权势思维,以及此种思维对淡泊、无为知识分子的围困;另一方面,指出了高校圈层内高知女性仍旧持以传统价值观,沉溺于婚姻的真实现状,流露出作家对知识分子当下生存困境的深刻反思。

四 熔铸古典小说的艺术

新时期以来,许多作家开始尝试对中国古典小说的叙事传统进行再确认,从古典文化中汲取养料,为当下的小说创作注入新的活力,创作出了一批极具特色的文学作品。陈忠实的《白鹿原》在个人命运与民族文化的演绎中,再现时代、历史的混沌与厚重;莫言的《丰乳肥臀》《生死疲劳》等,在传统文化与民间资源的萃取中,彰显生命的活力与韧性;格非的《江南三部曲》在极具诗情的桃源意境中,寄寓知识分子的人生理想……作为新世纪学院派作家的阿袁,同样是学习古典文化的践行者,她的创作往往引经据典,将诗词的情境、意蕴插入文本,在充满古典气息的氛围中生发议论,聚焦高校知识分子的生活与职场,极具张力地揭示出世情男女的生存本相。

首先,对古典诗词的吸纳与融合。阿袁的创作以语言性见长,她在引经据典的基础上,生发议论,将古朴、优雅的文言文与直白、浅

---

[1] 吴佳燕、阿袁:《没有谁比女人更知道爱的存在和虚无》,《长江文艺》2019 年第 5 期。

易的白话文相结合，使小说流露出一种古今杂糅的审美风格。具体来看，"引经据典"是阿袁小说常用的表达方式，无论是描摹人物，还是叙述场景，阿袁通常借助古典诗词来烘托气氛，形成含蓄、隽永的叙事效果。正如评论家臧策指出："阿袁的叙述语言就像莲藕，又像拔丝苹果，总能带起千丝万缕的历史文化记忆。总能把当下的人和事，与诗经，与唐诗宋词，与京剧昆曲打成一片，从而极具张力。"① 在《师母》中，开篇引用《辞海》中的句子来解释师母鄢红的幼名，含蓄地奠定人物的生命基调，后用"燕雀安知鸿鹄之志""士别三日、当刮目相看""华美袍子里的一只蚤子"等诗词、名言警句来描摹人物的状态，极具古典趣味；《史记》《西厢记》《红楼梦》《长恨歌》等名著的经典故事，被引用至文本的不同情境，使小说辞近而旨远，充满文言与智慧。但是，阿袁的"引经据典"，并非将古典意蕴与现实情境相融合，达到情景交融、物我两忘的叙事效果，更多的是将古典诗词、典故中规中矩地插入知识分子的世俗生活，并对其进行望文生义的解读与议论，形成一种讥诮与讽刺的叙事效果。在《师母》中，作者借白居易"云鬓花颜金步摇，芙蓉帐暖度春宵"的浪漫，来讽喻陈良生与鄢雉这对世俗男女的另类春宵；以"良辰美景奈何天，赏心乐事谁家院"的惆怅，来形容鄢红婚姻的困境；以《齐人一妻一妾》的故事，来讽刺孟一桴因得到学生的喜爱，而暗自得意的心态……雅中有俗，俗中带雅，以古今杂糅的风格，幽默讥诮的语调挖掘出了知识分子世俗生活的本相。

其次，重返知识分子讽刺小说的道路。文学史上，以知识分子作为讽刺对象的小说可追溯至清代吴敬梓的《儒林外史》，它以辛辣的笔触，描摹出儒士追逐功名的卑劣、恶俗与丑陋，可谓是中国古代讽刺小说的巅峰。而后，现代作家钱锺书的《围城》，凭借着睿智、机警而又辛辣的文笔，深入挖掘动荡年代知识分子的卑琐灵魂，成功延

---

① 臧策：《前世流转的因果》，《创作评谭》2009年第6期。

续着知识分子讽刺小说的道路。行至当下，阿袁身为学院派作家，她的创作重返知识分子讽刺小说的道路，以当代大学校园为描写场域，对高校知识分子的日常生活展开探索，描绘了形形色色的知识分子的生存世相图。在阿袁的众多作品中，可以发现，当大学教授走下神圣的讲台，便成为最普通的凡夫俗子，践行着趋利避害的世俗生活。作者撕开知识分子的身份外衣，将其最本真的欲望得以最大化地呈现：知识分子对于官场权利、两性价值的痴迷追逐，成为其众多作品中最大的亮点。如《师母》中，教授胡丰登在职场中左右逢源，趋利避害，不惜使用各种手段邀请韩愈之教授，以达到自身升迁的政治目的；同时在"比翼双飞"的婚姻表象下，胡丰登仍旧难掩对两性欲望的渴求，暗自借女学生小黛的照片来释放情欲，众多行为构成了世俗知识分子形象的典型代表，完成了作者对知识崇高性、严肃性的消解。但是，在阿袁的知识分子作品序列中，趋利避害的大学教授，附庸于婚姻的女高知仅仅作为系列的描写对象而存在，并未对其进行超越。自《长门赋》《郑袖的梨园》，到《子在川上》，再到《师母》，作品题材单一，不乏观念先行的痕迹，缺乏对知识分子男、女复杂人性的开掘，以及对社会现实的深刻洞察。

最后，对古典世情小说的汲取与借鉴。正如鲁迅先生在《中国小说史略》中提出，"大率为离合悲欢及发迹变态之事，间杂因果报应，而不甚言灵怪，又缘描摹时态，见其炎凉，故或亦谓之'世情书'也"①。所谓世情小说，大抵是指以普通的"饮食男女"为描写对象，展现其在世俗生活中的两性婚姻、家庭琐事、伦理纠葛等的小说。作家阿袁无疑深受古典世情小说的影响，颇有《金瓶梅》与张爱玲《传奇》的影子，她的创作虽以知识分子为题材，但最本质的内容却是对知识分子的崇高性、严肃性进行消解，将笔触指向知识分子外衣下的世俗男女，以古今杂糅的风格，幽默风趣的语调，在琐屑、平庸的日

---

① 鲁迅：《中国小说史略》，人民文学出版社2005年版，第186页。

常生活中,上演了一出出欲望横飞、真假变换、啼笑皆非的世情大戏。在《师母》中,鄢红婚前与陈良生的"地下恋情";孟一桴与前妻小北的纠葛;胡丰登教授对女学生小黛的意淫;闵师母以"坚壁清野"的方式捍卫婚姻;庄瑾瑜对夫妻两性关系的努力;吕小黛利用女性特征进行利益的获取;等等,精彩绝伦,无不与古典世情小说的气质相贯通。但是在阿袁的作品中,世俗男女之间的权利、欲望纠葛,作为小说普遍的描写对象,并未对其达到形而上的超越。如同样涉及世情题材的书写,《红楼梦》于封建现实之上的"玄空"之境,张爱玲小说中个人命运背后的彻骨悲凉,皆是超越世俗生活之上的哲思。而阿袁注重的是对世俗男女精神、情欲生活的表现,既无向死而生的深刻体验,又缺乏生活表象之外的生命哲思,这似乎是构成阿袁创作局限的重要原因。

阿袁对古典诗词、典故的引用与生发,使她的小说雅俗互换,颇具古典气息。而她对知识分子的讽刺、对世情男女欲望的展示,在某种程度上延续了传统古典小说的创作道路。但她对诗词、典故过度的引用与阐释,表现对象的类型化、简单化,使她的小说难以企及形而上的哲思空间。

总之,阿袁通过书写高校知识分子的日常工作、婚姻生活,还原出在身份外衣遮蔽之下世俗男女的生活本相,是对以往作家关于高校群体单一书写的反拨。她借助古典小说的艺术,以既认同又批判的态度,呈现出高校生态圈层的无奈、淡漠,以及时代女性耽于婚姻的生存现状,既是对传统古典小说创作道路的延续,又是当下时代语境与文化因素相结合的产物,表现了一个精英主义作家对现实的热切关注和思考。但是作家对诗词、典故的过度引用与阐释,以及表现对象的类型化、简单化,使她的小说难以企及形而上的哲思空间,从而不免构成局限性。

第五节　罗聪明:在优雅中穿透坚硬的生活现实

如何书写现实,构建　个属于自我的小说世界,本质是由作家所持的观念决定。人的观念在文本中具体表现为个体的生存状态、精神心理、生命价值等，还体现在文本氛围中是否具有人文情怀或人性的温暖。罗聪明的小说既有乡村留守老人生活状态的呈现，也有都市男女的情感、欲望与伦理的冲突。但不管其小说世界呈现的是乡村现实还是城市生活，都体现了作家对当下日常生活空间的密切关注与真实表现。在她细腻而深情的话语叙述当中，尽管其中的乡村图景显得孤清而神秘、城市空间坚硬而冰冷，但在文本深处仍然涌动着作家善良与悲悯的人文情怀，体现了作家对当下生命个体存在的理解和把握。

一 神秘乡土的现实关注

如何表述乡村，是乡土文学的关键。韩少功笔下的《爸爸爸》在一个神秘空灵的氛围中直逼乡村生活的本质和国民思维的本体。路遥的《人生》则是通过年轻农民的情爱起落来表达乡村世界的变与不变。关仁山的《金谷银山》将脱贫攻坚的现实与国家、民族的发展"命运"连接在一起，凸显了脱贫攻坚的历史厚重感。在罗聪明的系列小说中，关注当下乡村世界的一些现实问题，是其文本的用心所在。乡村社会的巨大变化，不仅表现在农民生存空间，更重要的是其精神心理和乡村文化世界。城乡关系的发展，大量青壮农民外出务工或进军城市，村庄里留守老人的生计问题、养老问题、精神问题，都成为作家关注的对象。作家没有简单地提出问题，甚至开出药方，而是将其置于厚重的乡村社会结构当中，把握其中的文化氛围，在个体命运的呈现中加以思考。

乡村老人的日常生活成为小说文本重要的时空场域。列斐伏尔指出，日常生活"是一切活动的汇聚处、纽带和共同根基。只有在日常生活中造成人类的和每个人的存在的社会关系总和，才能以完整的形态或方式体现出来。"[①] 文本将关注乡村老人这一命题融入个体日常的生

[①] 吴宁：《日常生活批判——列斐伏尔哲学思想研究》，人民出版社2007年版，第165—166页。

活细部，使人物具有了现实生活的"质感"。在《树公树婆》中，每一个老人的命运都如同古老而神秘的乡村世界一样，厚重而又复杂。明九老娘老两口都健康且长寿，有儿有女，儿孙满堂，女儿在外当公务员，儿子在身边生活，年青一代的孙子和重孙则住在城里，偶尔回来热闹一下门庭。她和老倌几十年同在一个屋檐下，同吃一锅饭，一起干活，一起吵架，却长期过着分居生活，衣食无忧的他们，竟显得麻木、枯朽、毫无生气。透过这些乡村老人的生活图景，可以看出，村容村貌已然现代化的乡村，孝道仍然停留在过去，与送钱多少直接相关，却缺失日常的亲情陪护、心灵交流。这一对老夫老妻分不开又聚不拢的状态，构成了当下乡村老人的日常图景，展现了他们精神上的孤独与冷寂。作家打开乡村日常生活的褶皱，看到了乡村老人生活既现实又普遍的一面。

钟一阿婆的儿子偷盗成性，坐牢十年，出狱后仍不悔改，因参与抢劫运钞车而被当场击毙。媳妇月桂性子暴烈，早年与婆婆打架，不小心用竹竿将婆婆一只眼睛刺瞎。她带着儿子女儿在村里百无聊赖地生活，整天打麻将，却也在明九老娘的好言相劝下，伺候自己婆婆的一日三餐。九十五岁的钟一阿婆，早年失去了丈夫和儿子，在村子里顽强地活着，尽管与儿媳妇、孙子同在一个屋檐下，还享受了低保，日子却过得穷酸而孤寂。

乡村老龄世界的孤独是小说文本的主要征候。明九老娘和明九老倌整天没有几句话说，老倌总是守着他的狗，每天种着吃不完的菜，两人顶多就是在饭桌上一起吃饭，漫长的夜晚各自在房间里独睡。铁匠娘子瘫痪在床多年，成天一个人自言自语，诅咒着当年假想的情敌。癫婆子整天光着身子东窜西窜，钟一阿婆则夜里在后山、在塘边游荡。她们或是寡居多年，或与丈夫常年分居，与孩子之间几乎没有什么交流，于是，互相吵架、打讲①便成为乡村女人驱散孤独的最佳方式。

---

① 打讲：方言。指谈话、聊天。

明九老娘从女儿家回来，每次都要与钟一阿婆打上三天三夜讲才罢休，其中有对自己子女的夸耀，更是在喋喋不休中消磨时光。每隔一段时间，明九老娘就要到钟一阿婆家里打讲，顺便给她送上一件衣物之类的。打讲更是一种乡村权力话语的体现。"钟一阿婆是磨盆，明九老娘是磨盘，磨盆总是张着口，等着磨盘吐出白花花的面粉将自己填满。一个是火钳，一个是柴火，冰凉的火钳总喜欢靠近柴火，把自己烤热、烧红、烤烫，靠火的猛力与高热来养活自己的精神。"打讲者在话语当中，隐含着从旧时代走过来的老一代村民对金钱、地位、荣华富贵的崇拜，以及这种旧俗带来的人际关系的变形。明九老娘之所以喜欢和钟一阿婆打讲，除了钟一阿婆是她个人隐私的保管者，更为重要的是，家境富裕的明九老娘在钟一阿婆面前有一种优越感，而钟一阿婆则有着对明九老娘的权力接受，二人之间打讲，显然话语权来自明九老娘一方，话语被动接受的一方则是钟一阿婆。从钟一阿婆这里，明九老娘获得了权力和物质的自信与认同，满足了自己的虚荣心。同时，钟一阿婆得到了自己的物质馈赠，也实现了自己在精神上的替代性满足。对于这些老人而言，时间是孤独的容器，尤其是一到夜晚，通过打讲的方式来消磨是最好的方式。家长里短的乡村日常便在乡民打讲中飘荡在村庄的上空。

神冲这个小山村，虽然有户户相连的水泥马路、有与树齐高的楼房，却呈现出一种苍凉与孤独的状态。这主要源于明九老娘、明九老倌、钟一阿婆、铁匠娘子等耄耋老人身上体现出的一种苍老、孤寂的气质。即使是月桂、山伢子等第二代留守老人身上，也表现出一种与之相应的老态，可以说是明九老娘或钟一阿婆等的延续。这是作家对当下城市化进程中乡村的深层观察与理解，文本之下体现了一种人道主义的情怀，其中既有对乡村生活状态的关注，又有对同步于城市的经济发展而滞后于精神空间构建的乡村现实的忧虑。神冲的故事虽然发生在脱贫攻坚时期，但对今天的乡村振兴依然是个镜鉴。

作家除了关注这些孤寡老人的生活状态，还走进乡村生活的内部，写出乡村在情爱世界中曾经充满原始野性的一面。作家用春秋笔法，简笔勾勒，书写了一个暮气沉沉的山村曾经流淌的生气与冲动。在明九老娘向儿子的告状中，当年明九老倌与疯婆子一起喝茶、送红包，甚至在井台边的风流韵事还在流传。铁匠娘子本来与钟一阿婆是闺友，但在钟一去世后，铁匠娘子发现铁匠与钟一阿婆在补锅之后相互拥抱在一起时，便视为一辈子的仇人。这些带着原始欲望的性爱野史，构成了厚重而沧桑的乡村历史的一部分，一定程度上折射出乡村世界曾有的激情燃烧的岁月，也凸显了当下乡村留守老人的情感缺失和养老问题。

同时，乡村老人如何面对死亡，也是作家书写乡村世界的一个重要方面。在《父亲的"花花世界"》中，父亲在世的时候总是对他自己建造的棺材心心念念，每年都要给棺材涂上一层新漆。无论遇到什么困难，哪怕是饥饿威胁，也不愿意卖掉棺材。但是在"我"这个做女儿的没钱交学费时，父亲毅然卖掉棺材供"我"上中学。在父亲心目中，棺材是一个人的生命归宿，也是他生命的最终寄托。钟一阿婆在一个深夜不停地敲明九老娘的门，告诉她自己不想被火葬，生怕被火烧得油滴滴的疼。这里既有弗洛伊德层面的死亡恐惧，更有民间传统观念中对火葬这种新生事物的不理解，其中透出乡村老人面对死亡与生命的认知。

除了关注乡村留守老人，作家还在乡村振兴视野下，书写乡村生活的变迁。苦竹村摘帽脱贫，热腾腾的炊烟、牛羊鸡鸭的大合唱、你来我往的邻里乡情，故事在温热的乡村图景中展开。叶运生以守林种树为生，在国家政策支持下，叶运生的林地越种越大，收入也越来越好。其邻居张果老家靠养猪致富，却带来环境的恶化，严重影响乡邻的日常生活。小说中两家的感情与两家的致富在起起落落中形成了同质化的结局，开始两家互相帮助，和睦相处，其后张果老家扩大养猪规模，污染了周边的生态环境，导致村里的水质、空气不断恶化，叶运生只能在两家之间砌起一堵高高的墙。当张果老高血压倒地后，小说结尾是叶运生前嫌尽弃,想帮助张家实现产业转型,一同为改善村庄生活环境而努力。乡村脱贫、生态保护,乡村如何实现良性的长足发展,是作家关注当下乡村发展的思考和努力。

二 城市男女的情感纠葛

在现代化进程中,城市扮演了重要角色,它像一个复杂的巨型装置,个体作为一个零部件存在于这个装置中。书写城市不在于书写城市外在文化景观,而在于表现处于这个装置之中的一个个生命个体的生存状态。在罗聪明的小说中,我们看不到太多的"酒吧"、"迪厅"、"时尚"、"性爱"和"吸毒"等时下不少作家所极力凸显的字眼,更多的是基于女性的视角关注城市男女在情感上的分分合合、在家庭生活中的世俗与平静,以及在这背后女性丰富的个人情感体验与反思。城市男女家里家外的情感、欲望以及他们内心世界的纠葛与冲突,构成了其城市小说生命体验的独特存在。

作家走进一对城市男女的夫妻生活,探讨他们在离婚与不离之间的困惑与冲突,以及带来的精神心理层面的变化。这些城市男女在物质生活上衣食无忧,却不断陷入情感与家庭的纠葛。两性之间的关系如同城市毛细血管中一些阻隔的血栓处,看似平静无比,实则危机四伏。刘海与古英一直在婚姻内部玩捉迷藏的游戏,玩得惊心动魄而又精疲力竭。小说一开始便是古英得知丈夫刘海有一个八年之久的地下情人后,决意要跟他离婚。她一方面身处丈夫是否对自己忠诚的怀疑与焦虑中,把家务和孩子都放到一边,最重要的任务就是寻找藏在丈夫背后的女人"梅子";另一方面又在与丈夫共同拥有三个孩子的前提下,努力说服自己好好生活,不闹离婚。然而丈夫多次出轨,多次欺骗,也让对地老天荒失去信念的她渴望另寻自己的真爱。于是就有古英与初恋男友毛新竹的旧情再叙,但当他们再见面的时候,已是时过境迁,毛新竹离婚后有自己的女儿要管,而古英也有自己的三个孩子要照顾，就像两列各担使命的列车擦肩而过。后来古英在网上认识了网友——杂志编辑石秋，二人隔空热恋，你来我往地微信、书信、写诗、和诗。当石秋要来古英所在城市相见，而古英在丈夫的要求下一起去机场接人时，石秋并没有出现，不久寄来一封表达相望却又相忘的信。或许石秋这个人根本就不是真实存在的，只是文本的一个隐喻性表达而已。他的存在只是古英在精神层面对爱恋对象的补偿性想象。

婚外情是小说重点表现的内容。作家并没有在古英与刘海之间上演一场欲望与情感的冲突，也没有集中表现城市男女在爱情上的你死我活，她总是以一种人性的理解和温情的笔调，叙述城市男女在处理家庭与欲望、情感关系时的状态。刘海是一个企业的小老板，婚后十年他一次次在外面出轨。妻子古英初时对丈夫的多次出轨并不认真计较，依然抱守信念往前走，"她觉得外面那些女人根本无足轻重，只能在她婚姻的外衣上烧几个芝麻小洞，缝缝补补穿在身上还不至于影响冷暖"。然而，当她得知自己的丈夫竟然与另一个女人偷情八年，觉得受到了羞辱："八年，不仅是把她和刘海的婚姻外衣烧得千疮百孔，简直是夺走了全部的衣料，只剩下一块糊弄古英眼睛的前襟。"她对自己执著的爱情产生了怀疑甚至绝望："一棵寄生在她婚姻树上八年之久的野树，它的长度和力量，甚至可以替代原主，把她婚姻的根基碾得粉碎。"她通过窃取丈夫的手机信息、跟踪追查等知道了事情真相。那些一次次主动地故意暴露在她面前的插足者，竟是同一个人：梅子红。最大的真相还在后面，刘海还与梅子红生下了一个私生子，而这个私生子，就是古英抚养多年的养子。夫妻二人不断较量而又妥协，时而闹离婚，甚至起诉到法院，时而又其乐融融带着孩子出去逛公园。在三个孩子及他人面前，刘海和古英始终以恩爱夫妻相处，表现出一个完整家庭的幸福姿态。可以说，作家笔下的城市男女情感纠葛，并没有按照当下城市书写的套路，或者后现代主义的文化路径去演绎，而是贴着中国城市的事实去书写。

文本叙述中，人物个体总是游走在家庭伦理与个体伦理之间。在中国城市家庭，孩子是维系家庭的主体力量，而非夫妻二人之间相濡以沫的情感关系与性爱关系。小说书写古英与刘海不同的出轨故事，一个是精神，一个是肉体。丈夫刘海出轨八年，甚至与情人梅子红有了孩子，并将孩子带回家和妻子一起养大。他的出轨经历一次次被妻子发现，又一次次地悔改和回归家庭。妻子古英也想象和自己的初恋，甚至与网友石秋之间发生一点婚外关系。她在质疑自己，她和刘海之间总是欲分难分，到底是因为孩子，还是因为情感的依恋，甚至是性欲。这些婚外情故事，打开了城市生活的内在肌理，让人看到了光怪陆离的城市空间内部遍体鳞伤的一面。也就是说，在城市空间里，物质与情感、精神与心理构成了一系列反讽状态。另外，作家又让笔下的人物始终逡巡于家庭生活的空间，无力无法也不愿走出家庭的范畴。小说开头，古英和刘海在家里闹矛盾，上演了一场家庭暴力，当古英的木兰剑刺向刘海的脖子时，在外面放完烟花的三个孩子出现了。在他们不知情的嬉闹声中，木兰剑落在地上，结束了夫妻二人的这场打斗。"家一旦分裂，三个孩子就是她无法割舍的肉。刘雅，她亲生的，肯定能争取到抚养权。刘风，她也想要，但肯定会判给亲生父亲。想象着刘风今后还要接受别人为母，她就不能接受。刘颂，还不到两岁，她也可以争取把他带走，也有足够的决心和信心把他抚养大，但是，他刚失去双亲，又要走进单亲家庭，命运何其不幸！这就不是天灾而是人祸了。无论如何她也不想成为制造这人祸的祸手。想到这些，只有把眼泪埋进枕头。"三个孩子成为维系夫妻二人关系的纽带，也是家庭伦理中最核心的部分。为了家庭，为了扭转丈夫的心，古英甚至想到老家湘西的村子里寻找草蛊婆，试图学习放蛊来控制自己的丈夫，希望安安稳稳地与刘海白头偕老。同时，小说多次写到全家人共饮的一只瓷画茶杯，无论古英想出什么招法来让大家分杯喝水，全家老小却仍是习惯于此。这个瓷画杯的意象，体现了作家在叙事伦理上还是倾向于家庭伦理。因此，在文本之下，我们在阅读过程中总能感受到一种和谐家庭的愿望与情怀。

也就是说,这些小说在表现城市男女的情感纠葛时,以一个城市生活在场者的身份,将目光伸向城市的深处,像探照灯一样,照亮着个体的世俗生存空间,甚至自我的人性空间,寻找其中一些令人心虚和心堵的生存状态。然而,小说在麻乱的城市生活中,一方面希望实现个体价值,在婚姻难以实现爱情、欲望时,鼓励男女走出家庭的束缚;另一方面又立足于家庭伦理,以传统的家庭文化来左右个体的生活与情感追求。文本呈现冷与热的相汇交融与妥协,最终还是随着情感逻辑发展。其笔下的人物努力寻找生命奔放的感觉,却又难以挣脱家庭伦理的束缚,体现了生命世界的丰富与厚重。作家在见证城市男女的生活时,通过一系列具体真切的生活细节,逼真地呈现他们的世俗状态。

三 氛围的营造与情境的戏剧性

无论是书写乡村现实问题,还是表现城市男女的情感纠葛,作家构建的这些小说情节简单、人物性格也不复杂,其重心在于某种氛围的营造。氛围是指,"文艺作品中的特定气氛,往往与景物、场面、环境相结合,构成特定的意境和情境,可以是作品局部描写所达到的艺术效果,也可以环绕整个作品"①。它在小说中犹如一种独特的气味,弥散在文本当中,成为小说叙述的主体。如果说,《树公树婆》在一群乡村老人的生活形态中体现的是一种孤冷,《山上一夜,山下一夜》在氤氲着暖意的邻里乡情中凝望人心的纠结,《我爱白兰花》在城市男女的情感纠葛下流淌着温热的人性情怀,那么,《父亲的"花花世界"》则是笑中带泪的亲情原味。这些不同小说氛围的构建,体现了作家在创作中表现出来的独特气质。《树公树婆》开篇,是钟

---

① 朱立元主编:《美学大辞典》,上海辞书出版社2010年版,第757页。

一阿婆掉进神冲塘里被救出后，说出了一串虚虚实实的话，给小说营造了一种乡村神秘的文化氛围。村庄后山坟地的树，对应着一个个死去的村民，树和人的命运相通，而钟一阿婆希望自己有一棵长满眼睛的树，将来在地下也能感觉有很多人和她打讲。这种氛围既包括村人对生命的敬畏和死亡的恐惧，又有将生命与死亡接通起来的坦然。钟一阿婆两次落塘，最终的死因扑朔迷离。她究竟是因为神志不清，夜晚路暗不慎跌落水塘，还是因为家境贫穷、生活艰难，或是老境孤独而无力继续生活下去，抑或听从后山里死去丈夫的呼唤？在钟一阿婆落塘那夜，她来到明九老娘家求助，声嘶力竭地拍打窗户，到底是阴魂来和明九老娘告别，还是精神和心理上出现问题，才半夜三更出来游荡，最后死于神冲塘？这一场景制造了类似乡村恐怖电影的氛围，既有乡村厚重的神秘文化，又有邻里之间的亲情伦理，还有孤寡老人的无奈与无助，共同构建了一个乡村老人的精神状态图。其中贯穿了作家关于乡村的养老问题、老年人的精神孤独问题、传统的孝道与现代乡村的未来走向等问题的思考。后山的坟、坟边的树、幽深的水塘、塘边的一只反复出现的红拖鞋等，既有乡村历史的悠长，又有现实空间的神秘，更有生命个体的精神寄托。这种空灵而显得神秘的文化氛围，荡开了作品面对的乡村一系列的现实问题，拓宽了文本中现实与历史的疆界，使作品氛围真实而又神秘，厚重而又接地气。

同样，在《父亲的"花花世界"》中，小说始终出现一副黑漆漆的棺材这个意象，将乡村世界中老人如何面对死亡与亲情直观地表现出来。一直在堂屋中摆放着的棺材，连接的是生与死的两端，一方面是生者对死的敬畏与坦然；一方面又是对生命的渴望与期待。小说中以女儿的视角，透过一副棺材与父亲生命轨迹之间的关系，营造了一种既有死亡的恐惧又有亲情的难舍的复杂氛围，在文本内部相互冲突而又融合，形成独特的张力效果。于是乡村叙事的空间便在日常生活的细节呈现中得到了拓宽，个体的生存状态与精神状态在一个拉长了的生命记忆中强化了其中的厚重与复杂。

第五章 城市生活与女性书写

如果说，作家倚借乡村生活真切的记忆与体验，胸有成竹地建构一种个体生命轮回的神秘文化氛围，来表现乡村老人这个独特群体的存在，那么，在《我爱白兰花》中，作家则是在感知生命情感的基础上，书写城市男女的情感纠葛，通过"白兰花"的唯美意象，将城市情感的冰冷氛围冲淡或缓释，从而传达出一种独特的人间烟火气息。需要强调的是，作家没有按照当下一些城市文化的路径，将城市演绎成为欲望化、物质化的一面，而是通过一对城市男女之间的欲望与情感，书写他们的困惑与冲突。作家无意建构一个城市男女的欲望之城，而是在家庭、孩子、情人、朋友之间打造日常的城市生活空间，寻找城市普通男女之间的情感密码。小说最后的结局具有悲剧意味，"白兰花"洁白、芳香、质地清纯，象征着爱情的高洁与纯真，与城市男女之间的情爱纠葛形成反讽。"白兰花"的意象反复出现，一方面表达了文本对美好爱情、幸福家庭的向往和追求；另一方面则在文本当中营造了一种与主人公日常情爱生活迥然不同的氛围，给冰冷麻乱的城市情感生活增添了一丝宁和与暖意。

除了文本的氛围建构，小说还注重画面的构图，强化画面的戏剧性与冲突性，体现了小说叙述的一种优雅姿态。在《我爱白兰花》中，古英和刘海在房间里打斗的场面，既有戏剧动作的诗意，又有舞台效果的冲突感。二人挥舞和抢夺木兰剑，刀剑的光影伴和着碎裂的声响，每一个动作之间都富有构图美，将本来的家庭暴力演绎成一个富有诗意的打斗画面，在艺术上产生了独特的美学效果。在刀剑的试探与犹疑之中，显露出这对夫妻之间撕扯不清、难以割舍的情感。同样在结尾处，大大小小几个人在露台上扭打在一起的场面，很有武侠电影的画面感，每一个动作都是立体的呈现，在音响与光影中，体现了作家长于对小说场面的精心调度。

在《树公树婆》中，明九老娘从江西女儿家回来，在菜园子里与老倌之间的对话，富有乡村生活的韵味。明九老娘拿出女儿送来的东西，一件件地抖给自己的老汉，老汉几乎无动于衷。老太太找不到该有的认同，有时讨好，有时愠怒，或坐或立，真切地呈现了一幅乡村老人之间无声胜有声的交流图。钟一阿婆深夜来访，拍着窗户希望进屋跟明九老娘打一场讲。黑色的影子映在玻璃上，发抖的声音和神神鬼鬼的话和着后山大树在风中的呜咽。明九老娘去隔壁房间找老倌起来壮胆，老倌却说铁匠娘子要死了。这一切让钟一阿婆第二天早上死在神冲塘里显得扑朔迷离。整个情节富有画面感，充分调动读者的各种感觉器官，形成独特的戏剧化效果。

在叙事结构方面，文本表面上看起来非常简单，大致属于单线条的情节结构，但仔细阅读，却不难发现其中存在多条或隐或显的叙事结构，共同形成复调的艺术效果。在《我爱白兰花》中，除了古英和刘海之间分分合合的情感纠葛，还有帮扶对象江小鱼改邪归正的故事，有古英与初恋毛新竹的旧情再叙的故事，有古英与未曾谋面的编辑石秋之间的虚拟恋情，还有刘海与梅子红之间的婚外情故事，这些故事结构缠绕在一起，共同构建了一个城市男女生活的复杂状态。同样，在《树公树婆》中，小说既有明九老娘等几个老人孤独养老的故事，还旁逸斜出地叙述了钟一阿婆儿子黑大和媳妇月桂之间的生活状态、村子里早年充满活力和野性的故事、新时代殡葬形式的改革、乡村孝道的变迁等，这些不同的话语叙述融合在一起，最终统一于山村富有神秘而又厚重的文化氛围中。它既属于当下社会现实语境下乡村社会的表现，又具有类似于韩少功的《爸爸爸》中的空灵与神秘，将乡村社会的现实问题置于神秘诗学叙述中加以呈现。

可见，作家以她富有人性关怀的笔调，书写当下乡村与城市空间的生活状态及其一系列的问题。文本穿透乡村与城市日常生活中的坚硬现实，在感受个体及时代的隐痛与迷惘中，优雅地抖开当下社会的内在肌理，揭示其中的征候及其生命诉求。

第六章　人性空间的内在勘探

第一节　丁伯刚：异乡的焦虑与坚定的书写

读丁伯刚的小说，似乎很难感受到文学主潮一波一波的推进，而是感到越来越沉入卡夫卡式的"洞穴"里。什么新历史叙事、后现代主义思潮、底层写作、欲望写作，似乎都与他无关，他无意于当下流行的传奇性写作，也没有契合时代的情绪写作。他仿佛在黑暗的"路那头"，孤独一人，手里擎着"宝莲这盏灯"，轻声吟唱着低沉的"安魂曲"，期待着"有人将归"。四周是无形的人生焦虑与孤独，内心却信守着一种难得的坚定。他以一双惊恐不安、无所依靠的异乡人的眼睛，格外有神地审视着有形无形的生存焦虑，这需要精神的极度自信，更需要作家甘于生活漂泊与灵魂孤独的定力。丁伯刚执著于小气的叙事风格，却一定程度上成就了其文本潜在的"大气"。

一　无形的人生焦虑

"焦虑是人们在真实的或臆想的危险面前发生的一种恐怖、害怕的情感。既可表现为单个人的心理，又可表现为社会集团心理或整个社会意识。"① 在丁伯刚的众多中篇小说中,"焦虑"构成了其笔下人物的基本状态,也是他从日常生活叙事中破茧而出的诗意所在。"焦虑"弥漫在他的每一个文本当中,其中有个人对来自社会世俗压力的焦虑,有来自历史的痛苦记忆的焦虑,有来自现实生存压力的焦虑,也有弱者对来自权力机制压抑的焦虑。他努力让人物避开太多的时代主流,也不书写时代文化大潮,表现时代精神的宏大理想,他只是在以自己的方式,书写现代人无法避开的种种生存焦虑。这需要勇气,也需要一种非常人能拥有的从容。

  早在20世纪80年代,作者在《天问》《天杀》中,以率真而又激烈的方式,对人性与亲情进行道德和心理观照,文本透出的不仅仅是人性的挣扎和道德的谴责,更是令人深深地感受到难以承受的焦虑。当读大学的马元舒在学校里见到手里提着一捆散发着刺鼻臭味的网猪绳索的父亲时,他"捏了一手的汗湿,浑身发抖,舌头僵直,说不成话"。他害怕同学们的嘲笑,因此面对自己的父亲亲热地叫了一声"伯伯"。父子之间的亲情,与马元舒身上的世俗情感,产生了极大的冲突。他恐惧同学的突然出现,恐惧父亲手中的网猪绳招来同学们的围看与议论,却又怕父亲看出他的嫌弃。因此,当父亲提出要去女生寝室看望同乡的王红柳时,他千方百计地搪塞,不给父亲带路。当父亲提出要回去时,他一方面惧怕父亲看出他的嫌弃;另一方面又希望父亲能早日回去。父亲因为儿子的表现,伤心得晕死过去,儿子在众人的注视下,背着父亲去医院,完成了一幅"温情脉脉的人间天伦图"。然而,这仅仅是儿子在众人的伦理谴责之下逃离恐惧的一种方式。陪着父亲逛街时,父亲提出要给他买一套衣服,和他吃一顿饭,他却时时感到恶心、想呕,千方百计地回避。父亲的钱被警察没收后,当晚便发病了,马元舒却飘飘忽忽地想:不如死了吧。最后还是同学们不顾寒冷,半夜将父亲送上回乡的火车。短短的几天,父子异地相

---

① [奥] 弗洛伊德:《精神分析引论》,高觉敷译,商务印书馆1984年版,第289页。

见，马元舒却始终生活在害怕父亲给自己丢脸的焦虑中，这更是一种来自道德伦理与世俗成见的焦虑。马元舒的身上，始终跟踪着一双世俗伦理的眼睛，内在潜藏着一个可怕的世俗魔鬼，在躲躲闪闪中陷入了一种诗意的焦虑。最后，小说举重若轻，将父亲失望而死轻描淡写地以一封电报结束。作家以天问的形式、真实的解构方式消解了人间弥足珍贵的亲情，质问的不仅仅是马元舒身上父子亲情的缺席，更重要的是这种缺席背后的中国式焦虑。

《落日低悬》中，李富荣因谢玉学在梦中的频频出现而屡次发病，谢玉学成了一个不祥的恐惧之物。可谁曾料想，为了治好李富荣的病却牵扯出一段鲜为人知的伤痛记忆，谢玉学自身也因此陷入无法摆脱的心理焦虑和尴尬的现实处境。与之类似，《有人将归》中孙宇立因噩梦连连而备受煎熬，为缓解焦虑，他决定回到几十年前随父亲一同下放的歌珊县看看。一路上，孙宇立与随行者北林的回忆为我们揭开了历史面纱的一角，看到了那逝去岁月里的血泪之痕。另一条线索则是北林被现实生活挤压的焦虑，面对自己的上司孙宇立，妻子的工作调动一直无法找到一个合理的时间和方式来表达。小说的结尾一样是耐人寻味的，孙宇立在焦虑之下精神恍惚，误遭村民追赶，仓皇奔逃途中不慎落水而亡。《唱安魂》中的天峰，虽然身处经济发达的深圳，拥有房子和车子，但却因一块客死他乡者的墓碑一直为自己身处异乡而焦虑。于是，他一次次在恐惧中寻找自己的精神之"根"，却一次次在无所依傍中充满了困惑与恐惧。他已经无法找到安放自己灵魂的地方了。

对于光明与陈宝莲来说，焦虑已升级为恐惧。一方面他们生活在对方的恐惧之中；一方面却又处于一个宏大的世俗眼光的逼视之下。一次次的高考失败，让光明深陷内心的恐惧之中，同时，外人鄙夷的目光让他越加恐惧。为了逃离和化解内心的恐惧，光明入赘陈宝莲家，不想堕入一个更大的生存恐惧之中。陈宝莲一次次的逼压，让身为男子汉的光明无法逃离，他不敢得罪陈宝莲，甚至完全听从于她。当陈宝莲死去之时，他却深陷一个新的更大的恐惧——失去对手的恐惧之中。陈宝莲同样如此，她一次次撒泼，几近丧失人性地将光明置于自己的控制之下，正是她作为来自异乡的弱者，源于大扁屋村民欺压下的恐惧的驱使。如同鲁迅笔下的祥林嫂一样，无论是光明还是陈宝莲，都生活在无形的恐惧之下，他们唯有像刺猬一样，互相制造恐惧，才能获取生存的能量。正是如此，在陈宝莲死后，光明要为她大办一场丧事，因为他从陈宝莲身上看到了自己的影子，也为了填补自己失去对手的空虚。这对于光明来说，又是一场更大的恐惧与悲哀。

可以说，焦虑来自丁伯刚的秉性。丁伯刚说自己"是一个被彻底放逐之人，被彻底遗弃之人，是一个自己对自己的另一半永远在寻找的人"①。现实境遇中的漂泊之感与内心深处无根之状的相互交织，构成了作家创作的焦虑诗学。当一个时代的人们习惯于幸福生活的脂粉味道，习惯于新人类的现代都市文化时，以自己对生活的惶恐，书写人生的焦虑，甚至是恐惧的体验，不正是一种寻找人性慰藉的努力么？

二 异乡人的安魂曲

丁伯刚在创作谈中经常谈到自己是一个"外乡人"。确实，读他的小说，能够体会到一种无所依傍的漂泊感。对于一个在九江生活多年的作家，读他的作品却只能找到一些地点的蛛丝马迹，无法感受到九江的文化。韩少功的寻根小说有湖南楚文化的印痕，贾平凹的创作更是无法摆脱商州文化的浸染。然而，在丁伯刚的一系列小说中，除去"江州"之类的地名，让人丝毫感受不到九江文化的某一方面，也未曾见他文本中经常提到安徽老家的文化。一切都只是作家心态的流露，是作家对"灵"的探求。"自此以后，我发现我的整个人基本上已经给劈成了两半：一半在老家，另一半在异乡，一半是灵，一半是

---

① 丁伯刚：《〈路那头〉创作谈》，《布老虎中篇小说》2006年春之卷。

第六章 人性空间的内在勘探

肉。每天都在挣扎,每天都在撕裂,每天都在用这一半去寻找另一半。实在说,我一点也不理解自己体验的到底是什么。"① 作家以非常的精神定力,穿透日常生活的雾罩,不是要抵达某种文化的胜境,也不是阐释某种理念,而是在朦胧黑暗的人性洞穴中摸索修炼自己的人格定力。这是丁伯刚小说"小气"的地方,却也是他作为"异乡人"写作偏执与信守的一面。

打开丁伯刚的小说,其中的每一个人物似乎都不在"家",而是在"异乡"艰难前行。《两亩地》中的吴建,在暑假来江州找自己的女朋友,刚下车,莫名其妙地便挨了一脚。因为他是异乡人,这里绝不是讲道理的地方,于是他逃得越快越好,越远越好。他好心替余细毛垫上医药费,却被本地的余细毛沾上,不断地向他借钱,丝毫没有还的意思。最后当余细毛跪下来还钱的时候,他在感受与余细毛之流的当地人较量取得胜利的同时,却感到了更大的失落,这一切都是因为当地一个鲜花店的老板,源于他对自己的女朋友有好感,于是他陷入了更大的危机。小说不仅描绘了吴建等的异乡感,更重要的是他们的内心危机。作家没有将笔墨重点放在外乡人进城的苦难叙述,而是通过"借钱"这一具体的日常生活,注重对人物内心异乡感的揣摩,逼近人物内心的困惑与迷惘。这就需要作家心与心的把握与体验,而不是一种居高临下的俯视写作。

如果说吴建身上,体现了一种异乡人的困惑与无奈,《宝莲这盏灯》中就近乎残忍地书写了人性的挣扎与异乡的惨痛。高考接连失败,光明上门入赘大扁屋。于是,一个年轻且有文化的异乡男人,不得不忍受一个经常撒泼的农村寡妇。在这里,光明身上的文化显然没有一点意义,虽然成家并生儿育女,但光明面对的不是他的妻子,而是他的岳母陈宝莲。妻子是"家"的符号,但作为岳母的陈宝莲却不断导致和加剧了光明的异乡人感觉。她将心放在生病的望来身上,不

---

① 丁伯刚:《〈路那头〉创作谈》,《布老虎中篇小说》2006 年春之卷。

断逼使光明筹钱、借债，来完成自身的生命延续。望来没有希望挽回，她便采取疯狂的手段要求光明把儿子过继给她，光明在大扁屋始终只是一个实现陈宝莲生命意志的工具，丝毫没有自己的主体感觉。他是一个懦弱的男人，在逃离高考压力的同时承受着来自异乡的种种内心折磨。陈宝莲也是一样，下嫁到大扁屋，丈夫早早离去，儿子始终疾病缠身，在众人的眼光之下，她无法寻找到自我。作为一个异乡人，她越是需要寻求一种自我身份的确立。于是她不断地通过一些撒泼手段，确立自己在村里、在家里的主导地位，将光明控制在自己身下，极力将自己的生命延续下去。在这一点上，陈宝莲的形象具有了类似"曹七巧"的意义。陈宝莲死后，光明一家在大年夜邀请村人打牌、放鞭炮，正是他作为一个异乡人的孤寂内心的折射。小说的成功在于通过这两个敌对的人的日常生活体验，营造了一种宿命的异乡感以及其内心的挣扎。

异乡的困惑、异乡的挣扎将人物放置在一个游离的状态，他们拼命地捕捉，却始终无所依傍。于是在天峰身上产生了一种寻根的努力。天峰与妻子远离家乡到广东沿海落户，却在某一天返乡时对一块客死他乡者的弃碑产生了兴趣。回到广东的天峰，始终挂念着这块碑，因为这块碑勾起了他的异乡感觉，促引了他开始思考自己的归宿问题。因为在他们心目中，"目前这个城市似乎并不是他们最后落脚的地方，他们总还有那么一种感觉，有那么一种打算，有往哪里再挪一挪的打算。实际上在广东这里，每个人都漂泊不定，永远不可能有个最后落下的时候"。[①] 于是天峰在寻找墓碑主人的热情中化解自己的异乡感觉。他希望将自己养父养母的骨灰带到广东，又希望能回到歌珊工作，他在不停地变换，实际上是他无法安放自己漂泊的异乡感。他努力想寻找一个安放灵魂的地方，然而何方是他的归宿，他自己也不知道。

对于孙宇立而言，是在冥冥之中回到了自己的故乡——歌珊，

---

① 丁伯刚：《唱安魂》，《青年文学》2006 年第 6 期。

消解自己的异乡感。然而最后,他却被一伙不明真相的村民疯狂追赶,最终落水而亡。他的死亡可以说是故乡的神秘召唤,也是他异乡感的驱使。他以悲剧的结尾寻找自己的归宿——死亡。有意思的是,他的死亡却是在他被村民误认为是坏人的前提下产生的。无意义的死亡,隐喻了回归的艰难与虚无,更体现了作家安放灵魂的努力与勇气。于是,异乡对于作家而言是永恒的体验,死亡是安放灵魂的最终方式。

丁伯刚说:"实际上我写作是有一个总主题的,这就是写人的无救与无助,及对拯救的向往与吁求。但具体展开的时候又有两个方向,即硬的方面,如恐惧如暴力如危机之类,另一种是软的方向,直接写人的孤单无助及对救助的向往,如这篇《宝莲这盏灯》《唱安魂》等。我也有几个长篇构思,基本都是这个方向的……。我的整个经历都是这种异乡人的东西,我不写这个写什么呢?……我觉得人类本身就是被彻底放逐的一群。这也是人的最本质感受。我在内心甚至还有一从未跟人说过的狂妄的想法,就是以自己的写作来重述宗教的基本主题。"① 因此,他小说中的宗教意识不是来自宗教文化的秉承,而是一种化入常人生活的真切体验。对于丁伯刚来说,异乡的感觉是化入灵魂和血肉的。异乡人总是充满危机感和紧迫感。思念中总是遥不可及,甚至可能有些虚幻的故土,与现实层面的生存总是有格格不入的感觉。"歌珊"这个来自宗教的名词,屡屡成为人物的故乡,即他们寻求安放灵魂的地方。灵魂的安放不是丁伯刚的目的,重要的是寻求安放的过程。他艰难地苦吟着安魂曲,却从不寄希望于灵魂的超脱与皈依,因此,读丁伯刚的小说,读不出明显的文化味,却感受到一种穿透日常生命体验的异乡感及其引起的灵魂挣扎。在其文本中,读者无法期待能体味到文本隐喻的厚重文化,却能在情感节制的前提下直面生存体验的厚重本身。

---

① 甲乙:《印象·丁伯刚小记》,《百花洲》2009年第2期。

三　坚定的书写

异乡的漂泊注定了没有太多的文化停留，充满焦虑的人生容易转向逃亡的征途。然而在丁伯刚的创作中，异乡的感觉里蕴含的是一种内在的坚定。这种坚定似乎不是来自某种文化与传统的信仰，也不是对某种道德理念的归依，更多的是来自作家骨子里，来自作家切身的生活感受。一定文化的书写，容易走向情感的泛滥与造作，因为演绎某种文化一定会因为功利性而走向生命的干枯，而真正来自生命的书写，则需要永远不可替代的人生秉性的支撑。这是需要融入作家心血的创作。

在小说中，对生活，对某种事物达到痴迷状态是他笔下的人物的共性。《宝莲这盏灯》中，尽管大扁屋的生活，尤其是光明一家的生活非常贫苦，非常艰难，却不会让读者感觉到一般小说中的那种愁云惨雾。艰难与恐惧的生活中，明显潜藏着一种来自个体生命深处的坚定，将日常生活的叙事穿透，直逼人性的本真。《唱安魂》中的天峰，虽然身处广州这个现代都市中，却在冥冥之中似乎得到神的召唤，一直在执著地寻觅着自己的归宿。叙述从一块客死他乡者的残碑开始，天峰为死者寻找墓地，要将养父、养母的骨灰带在身边，以及最后要放弃广东的事业，回到家乡歌珊。寻找自己归宿的坚定，成了天峰缓释焦虑的核心。他在焦虑中坚定地寻找，又为寻找无着落而时时焦虑。丁伯刚没有拯救天峰的企图，而是让天峰自己努力拯救自己，甚至让他在恐惧与坚定之间自然滑行。任何意念化的叙述，都不是作家的初衷。

《有人将归》中的孙宇立，痴迷于要回到故乡，寻找自己旧时的故乡记忆。《路那头》中处于阴间的"我"却痴迷于要在江西与安徽之间寻找一个真正的归宿。作为异乡人，他一千次地想到要把家人迁回安徽去，但安徽又难以回去了，所以他们只能在路上。但不管怎样，他们的心目中还是有一个坚定的"路那头"。而对于《落日低悬》中的谢玉学,当李老师每次发病时,梦中总是有他的身影,于是他痴迷于这种荒谬性的探寻。天峰仿佛在冥冥之中得到了召唤,执著甚至神经质地探究一座孤坟的来历。即使是《玲珑城》中的一条狗"王军",它与黄连、开先,和捡破烂的王老子之间总是不离不弃,总是坚定地跟随着小巷里的住户。

可以说,这些形象的内心都有一种坚定,尽管很多都是一种病态的表现,却都是来自精神的真实,构建了一个丁伯刚的文学世界。这个世界,在常人的世俗眼光中,尤其是在当下的市场语境下,显得异常苍白,却需要作家独特的心性修养与人生品格,才足以与世俗相抗衡。丁伯刚认为:"作为一个著述者,也就是说作为一个精神创造者文化创造者,假如他自身都没有一个基本的文化信念精神信念,没有一个完整而充盈、能与整个外在世界相抗衡相对应的内心世界,那么他凭什么写作,这样的写作者他又到底能写出什么?"[①] 他找到了一种独特的观察世界的方式,将人类寄寓在荒谬性之上的基始结构,并坚定地探查人类被灵魂逼迫到最后地步时的可怕景象。他的文本世界便是他心目中的现实世界,他把心灵领会到的生存苦难意识植入文本内部,使二者同构在一起,进而获得一种深度存在。

同时,在坚定地走进人类生存的恐惧与苦难的叙述中,他并没有泛滥自己的情感,而是显得相当的节制,甚至有些地方往往构成一种对传统习见的消解,在他低调的叙述中完成他极其内敛的追求。

他的早期作品明显具有一种消解意图。当马元舒的父亲从几百里之外来看望他时,小说并没有努力去营构一种习见的父子情深的人伦图景,而是将马元舒置于越出常人思维的境地,他不愿看见对他寄予厚望的父亲,甚至在父亲晕倒在水泥地上时,他的心头不断地响彻着一个有力的声音:"死吧死吧死吧死吧。"然而,消解不是本意,重要

---

① 丁伯刚:《内心的命令》,《创作评谭》2004 年第 11 期。

的是在消解当中将马元舒置于一个人伦与违背人伦之间的恐惧和尴尬之中,将马元舒的心态展示出来。在《天杀》中,一开篇就对传统的爱情叙述展开了解构式的却又率真得令人惊诧的描写:

> 于是我的处境很有些尴尬。我一直以为,女子的身体应该极其柔软,轻盈,用手一抓,便像棉花或白云一般。小洪一点也不缺少女性的柔美,她的体态让我一见就着迷。今天我意外发现,小洪的身子又粗又壮,硬邦邦的,一手搂过去,好像没有边际。我试着把她抱起,谁知好重,简直没法撼动她。我说不出地扫兴。我有些悲凉地想:"怎么,我这么快就抱到女人了?与女人拥抱,就是这么回事吗?"这太平凡了,太无味了。我真不应该这么随便。小洪的主动更让我失望。女子应该含蓄些。感情是缓慢发展的,应该半遮半掩的,哪能像她这样。

对人的自然情欲的描写如此单刀直入,不仅带给读者忍俊不禁的阅读感受,更是作家干净率真的书写气质的表现。于是,文中一个非常习见的"现代陈世美"的故事模式,便在主人公郑芜之的事业、爱情、欲望之间有节制地展开。小说没有停留在人性欲望的自省与审视上,而是更多地将主人公的内在冲突展示出来。

叙述的节制当然与作家的文本性格有关,内敛而低调的书写往往使作家无意制造一系列强烈的冲突,在一开始便将冲突的引信浇灭。光明入赘大扁屋不久,陈宝莲便借个由头就给光明下马威,对抗的场面似乎就要出现。然而我们看到的却只是陈宝莲越闹越起劲的独角戏,光明毫无反抗地束手就擒。《两亩地》中的吴建最后得知刘赛羽有了相好,也没有走向极端,仅是感觉到一种"更大的不安"。对于丁伯刚而言,冲突的爆发,往往会提前大规模地释放文本中浓浓的生存恐惧,反而消解了心中的真实。这种叙述的节制正好构成了一个区别于现实世界的诗意世界,他的写作不是呐喊,而仅是以一个穴居者身份,依靠手中一盏宝莲灯,而静静地审视着芸芸众生。

应该说,在丁伯刚的小说中我们看不到宏大的历史文化背景,小说主题也非具体指向民族国家的隐喻意义,相反,他关注的都是普通的个人生存境遇与命运归宿,通过这些个人内在而真实的命运展示,传达出作家对于世界与人生的独特理解。他的异乡人情结始终萦绕在文本当中,压抑的焦虑和生存的恐惧构成了他独特的诗学体验。他是异乡人,九江文化似乎没有进入骨髓,安徽的文化也无从圈点,无文化的"小家里气",却成就了他人生独特体验的"这一个"。同时也应该看到,过于沉迷于自身的"穴居"性格,使他的作品难免缺乏一种来自历史与时代的大气。相信来自内心的命令是一个作家走进心灵世界的前提,但如果仅仅听从内心的命令,而看不到文化历史的深广和厚重,作品终难突破和超越,是否会陷入一定的模式化创作呢?

第二节 陈然:透过现实逻辑的人性光束

阅读陈然的小说,总有一种不知所措的感觉。如果说用当下的"底层写作""先锋写作""知识分子写作"来套,似乎都有那么一回事,却又明显感觉不对。对于陈然而言,他的创作更多的是听从自己对世界的认知和判断,而不是来自外在理念的形构。陈然的文本是冷酷的,冷酷到有时会怀疑其是否有冲动。他冷冷地看着这个世界,看着他身边的人和事陷入惶惑、焦虑甚至恐惧,却又总是在疼痛中淡然一坏笑,笑得一口的白牙,让人感觉一阵痉挛,又一阵轻松。他的小说没有大悲,也无大喜,无论哪一种理论的阐释,都可能半途而废。因此,他是一个无法用当代文学思潮来将其归类的作家,却又真实地刺痛当今社会的现实,呈现属于个体世界的"不可告人"之处。把握陈然的小说创作,犹如发现当下主流文坛的缝隙当中生长出来的一株令人耳目一新的仙人球,带来了文坛的可爱,也产生一丝隐痛。

一　超越俗见的现实关怀

在陈然的小说中，很多是将笔触聚焦于生活的底层世界，书写他们在转型时期惶恐、焦虑、颓败的生活状态。但作家没有将其置于底层世界的愁云惨雾之中，而是用笔划开现实的表层，深入生活的内在肌理，将人性的弱点慢慢悠悠地展示在读者面前。小说《手》的主人公是一个乡办企业的工人，在工作中被轧去了一只手，很快遭遇企业转制，他的未来生活没了着落。小说主人公缺乏对世界必要的了解，缺乏生活的信心、勇气与能力，甚至可以说是一个自甘沉沦、逃避责任的人。还有小葛、林霞、父亲、母亲、红红甚至厂长等都是一样，尽管各自的性格不同。作家总是通过他的叙述一步步改变读者对他们的态度，同情，怀疑，进而厌恶。《我们小区的保安》重在个体的心理分析，但又不停留在心理层面，而是由一个小区保安员的心理来凸显现实的关怀。老何想当保安的原因，是源于他多少年的警察情结。他喜欢警察的服装、警察的工作、警察的威风。警察是一个社会符号，象征着权威、神秘与尊严，它契合了老何内心的欲望。这种欲望来自社会整个权力系统压制后的反弹。老何说，"一穿上警服，立刻就威风凛凛了"，并且认为"别说警服，就是其他制服，比如工商、税务、海关、交通、军队，甚至那些年流行的中山装，等等，作用也是一样的"。他工作认真热情，制定了种种规矩，办出入证，甚至给每个小区居民编号，以符号化而对照跟踪。但这种工作热情的动力与老何个人品德几乎毫无关联，而全部来自他对权力的追逐与对秩序的想象和迷恋。

又如《我是许仙》，这是一篇关于乡村生存状态和打工族精神生活的文字。作品中黑豆的现实生活贫乏、单调、无助，一切希望与寄托都变成虚幻，以致到了妄想、偏执、强迫症与白日梦的地步。小说的另一条线索是从农村来城市打工经历曲折走上犯罪的姐妹，通过她们的生活，文中既有对底层生存境况的现实写照，又有对她们不幸遭遇的同情，还有对她们寻找、努力、挣扎、失败直至堕落这一过程的思考。小说没有停留在对弱者的同情和对社会公正的质疑等这类想象性的叙述中，而是将其思考和疑问聚焦于需要同情的一方，表现他们身上人性的弱点。在作品所描写的底层群落中，人们的善良与卑鄙、同情与私心、高尚与堕落、坚忍与委琐交织在一起。陈然想告诉读者的是，底层生活的巨大落差，不仅是权力机制造成，底层民众同样应该承担责任。

除了对底层世界的关注，作家还将目光对准日常生活世界的庸常一面。作家在直面庸常生活的可怕时，并没有强化其人物自身的努力，而是聚焦抵抗庸常的尴尬与茫然。《愚人节》和《南瓜籽与伊拉克战争》这两部小说写了庸常之人对庸常的抵抗。陈然对"几乎无事的悲剧"做了新的理解：无事可能酿成悲剧，无事具有惊人的杀伤力，无事本身就是悲剧。当那些琐碎的生活杂事发生在这些底层人物身上时，我们读到的与其说是原生态的生活面目，不如说是一地鸡毛蒜皮。

这两个作品的故事虽然毫无相同之处，但是它们都以小人物的日常生活为表现主体，通过大量的生活细节表现他们的贫困化、边缘化、失语化的生活状态。《愚人节》中的主人公拒绝按常规逻辑来进行游戏，而是选择假戏真做。当他站在四楼卫生间的窗台打算纵身一跃时，人们以各种各样的方式消除了他这一跃将会产生的后果。于是，他只能是一个小丑，别无选择地平庸下去。《南瓜籽与伊拉克战争》的主人公强烈渴望摆脱眼前的生活状态。当周围的现实生活无法提供可能时，他只能将目光投向遥远的地方，伊拉克战争的实时新闻成了他想象中的替代品，充当这个下岗工人失败人生中的一根稻草。"战争，使得平常的日子似乎有些不平常起来了，这就是战争和一个人的关系。假如平常的日子是一个鼻子上涂了白色油彩的小丑，那么现在，他可以把油彩洗去，把帽子扶正，说话也不用那么怪腔怪调了。谁不想过一种严肃而高尚的生活呢？""他坐在电视机跟前，最近地接近战争。

战争使他想到生命和死亡，以及生存的意义等诸多重大问题，只有在这时，他的生活才会像一座冰山从无聊琐屑中光洁鲜明地浮现出来。""一想到国际大事，就开始心平气和了。……一想到国际大事，他就好像从平庸的生活里上升了。"这样的状态改变了他的现实生活，改变了他惯常的性格和处事方式，甚至将战争引到了身边。他第一次打了自己的妻子，在学校办公室打了孩子的老师，并第一次进了派出所。反抗平庸，意味着改变生活；但生活的资源有限，这种虚幻的战争感觉总要褪去，最终落入生活的俗套之中。人物在反世俗生活的努力中，并没有真正走出世俗生活，而是堕入了更大的泥潭。

  一般而言，现实世界中除了庸常，还有诗和远方。在《女诗人曼及其往事》中，曼全身心投入在诗歌的世界里，诗歌不仅使她失去了青春、爱情和亲情，而且使她失去了生存的基本能力和为生存而努力的热情。她拿诗歌对抗生活的现实，为生存寻找一个理由。然而，诗性没有随着写作的执著而存在，而换来的却是生活的破败。读着曼的这些故事，你会为作家笔端的尖锐和冷酷而感到隐隐作痛，他没有将原因投给时代，也没有给不合时宜的人们留下一点点皆大欢喜的伪装，而是让我们看到个体脱离世俗之后陷入绝境的可怕事实。

  底层生活世界需要启蒙、批判、同情，但如果一来就被摆在底层的位置，必然会失去生活本来的状态。陈然小说总是越出当下社会、文学界一些常态的俗见，将目光聚焦于底层的无力感、趋利性与自堕性，在生活的原色中发现其隐隐的不安之处，将其揭示出来。底层的性格在不断改变，生活的厚度也在不断转化，以往文学史中经典的批判性与先锋性正在失去光泽。作家拨开社会芜杂的现象，用平视的目光质疑一些文学的常态，寻找生活的时代本质。

二 理想与现实撞击后的隐痛

  除了关注底层人物的生活空间与精神状态，作者还将目光投注到自己的生活圈子——知识分子的精神世界。知识分子的书写在沈从文的《八骏图》、钱锺书的《围城》那里，多以反讽的方式书写他们的迂腐状态与精神尴尬。陈然的小说在理想与现实之间的冲撞下，知识分子的文化品格沉默于日常生活的琐碎之中，其聚焦点并没有书写其身上的困惑与艰难，更多的却是理想与现实之间的隐痛。其中的痛感隐隐约约，并在无形中生长扭曲。

在《隐隐作痛》中，学生马光以逃学的方式反抗约束人性的教育体系，试图找寻自我的个体。马光当了中学教师后，从不按程式化的方式教学，在他看来语文是活的，但是教科书总要给它死的答案。当学生表示老师就是参考书，马光反驳，老师是老师，参考书是参考书，你只能代表你自己，不能代表其他许多人。生活在现实与理想夹缝中的马光，长期被圈禁在体制性的生活中，被所谓的"体制"压得喘不过气来。他不得不向生活的法则低头，弃生命原则而远去。马光崇拜卢梭，欣赏并追随他所提出的人的解放和人的自由。但在他生活的世界，总是会给人的自由套上各种枷锁。正如他反感所谓的"标准答案"，而大多数人都在寻找这样的"标准答案"。马光热衷于自我剖析，自我意识观念极强。在学生时期，他一直在思索他反叛的目的是什么。在从教时期，他为自己不融入这个世界而痛苦，甚至为此付出沉重代价。当步入中年时期，名利双收的他，仿佛与这个世界和解，成为他所不齿的那类人中的一员。他跳出圈子外看自己，又回到像卢梭一样，狂奔在追寻生命中的华伦夫人的人生道路上。其中每一个节点，都让读者感觉马光的隐隐痛处。作者没有将社会作为理想的对立面，在注重个体生命力的自由生长时，一味地批判现实的残酷。相反，作家在生命与理想的碰撞中感受现实的隐隐痛感。

现实社会中，程式化的社会对人性的消解和压抑，让知识分子进退两难，既要维持生存现状，又要坚持内心的自我。道德对心灵的拷问，现实的困境反照精神上的困惑，来自人生尴尬的痛感久久不能挥洒而去。"我一会儿把主席台上的人想象成暴君，恨不得上去揪住他脑袋往墙上撞。而我坐上了主席台，发现麦克风正对着我，发现不能逃会了。到最后我发现没有敌人了。到处都是敬畏的目光和谦和的笑脸。和解是我和世界交往的一种方式。我感觉我失去了敌人，又找到了新的敌人。"隐隐的痛感，从身体的深处慢慢浮上来。这些痛感并非来自物质经济的压迫，而是来自社会的各种力量，压抑和制约着每一个知识分子。无论老安如何拥抱社会，如何顺应时代，他都无法找到自己的位置。他在美国享受了自由，又受不了国外的孤独。回到国内，他与警察玩捉迷藏，购买电脑建博客和网站，玩航拍器，一副玩世不恭的姿态，最后连监视的价值都没有了。王越羊钩心斗角，虚与委蛇，千方百计阻挡"我"留在省城工作，吹嘘自己在文学界的水平，并在文学活动中钻营，寻求自己的物质利益。曾敏涛始终想看看自己的档案，最后卧轨自杀。这些知识分子呈现了当下知识界的精神焦虑与价值困惑，他们在个体自由与身份认同、物质追求与精神依托等维度迷惘、困惑，甚至疯狂。他们的痛来自内心自我的隐约感觉，也来自社会这个有机体的整体感觉。他们的行为、情感，体现了时代社会文化心理和精神的隐约作痛。他们的压抑，并非来自某一单方面的指向，而是身处一个社会各种力量共同编织的关系结构。在这个关系结构中，一种相互撕扯的感觉，带来个体生命的痛感，并呈现了当下知识分子的精神状态。

在情感上，"华伦夫人"一直是马光生命中努力寻找的情感符号。在"华伦夫人"身上，既有个体自由的现代呈现，又有欲望与情感的承载寄托。这二者集中在"华伦夫人"身上表现出相互冲突、相互撕扯的状态，正是当下社会每一个个体的生存尴尬。一方面，马光的自由个性追求，体现在他所接触的异性身上具有的知性气质，也就是知识分子所认同、所追求的现代独立与反叛的意识。从白修洁到常鸿雁，马光所接触的这些女人几乎都是从书开始。"他看到听诊器旁边有一本《简·爱》，不用说，是她自己读的。"让马光对白修洁另眼相看的就是从这本外国作品开始，他想与白修洁能有更深层次的交流。还是从书籍着手，两人共读卢梭《忏悔录》，"她说，你是卢梭，我就是华伦夫人"。此时的白修洁真正走入马光的内心，两人精神上产生了共鸣。罗彩霞的工作是售货员，而且售卖的是猪肉，本来很难想象手拿屠刀的她与书籍联系在一起。然而，罗彩霞却热衷于文学作品，吸引马光对她的关注。常鸿雁是马光的师妹，在学术上与学识上，并不亚于马光。同时，这些女性身上带有与生俱来的叛逆。白修洁不满包办婚姻，不安于婚姻现状。由于离婚的自主权不在自己，她用自己的方式反抗，哪怕从事并不熟悉的医务工作。罗彩霞顶替父亲到供销社工作，作为一名女性，领导照顾安排出纳的岗位给她，但是她天生拥有剁肉的好手艺，由此她去当了一名让人咋舌的"女屠夫"，并且干得不亦乐乎。常雁鸿是个典型的城市小姐，养尊处优，父母为她安排了完美人生，她却拒绝一切的设置。"原来也是一个叛逆种，我不由得多看了她几眼。"这些女子身上的独特个性，构成了马光情感追求的一个维度，与马光的知识分子困惑形成呼应，在一定程度上加剧了内心的隐痛。

除了现代个性的寄托，这些女性还承载着小说个体欲望挣扎的一面。现代个性的追求与情感欲望的流淌相互冲突，与文中知识分子身上的反叛构成了反讽的张力。他与白修洁、罗彩霞、王颖等女性的结合交好，多是男女之间身体欲望的契合，而情感气质上的契合则少有涉及。他一方面在生活中寻找"华伦夫人"的替代者；另一方面又追求两性之间的欲望满足，以此来缓释内心的隐隐作痛。"我"与师妹常鸿雁结成夫妻，源于共同的反叛气质，却又为生育孩子这类俗事懊恼。他将贵妇人韩素红看成心目中的"华伦夫人"，最后以一封给夫人的信，强化小说中作为一个知识分子的隐隐作痛。每一个女性与马光之间的情感故事，并没有在诗意浪漫的轨道上实现现代个性的品质，而是一步步迷失在个性自由的寻找中。"华伦夫人"是一种欲望的满足，更是一种知识分子气质的体现。马光将知识分子精神困扰泄愤似的代入自己的情感中，一直追寻生命中的华伦夫人却从未出现在现实生活中。寻找"华伦夫人"的过程，就是小说主人公努力实现个体自我的过程，也是生命中性的欲望与个性的自由之间冲突的过程。马光犹如堕入无物之阵，在欲望、情感、个性的挣扎中努力挣脱现实的羁绊，又不断驱使自己融入世俗的方方面面，感受来自生活的痛感。

三　平庸现实的荒诞书写

陈然在将目光聚焦于现实生活的平庸之处、刺中知识分子的尴尬与隐痛时，并没有采用紧贴生活的叙述方式，来呈现生活的艰难与尴尬，而是以他特有的冷峻目光，荒诞地表现现实的生存状态。很多作品带有一定的先锋实验的特征。

从内容上看，陈然的很多短篇小说书写带有荒诞意味的人生际遇，展现了当代小人物心里的敌意、恐惧、孤独、卑微、荒谬、异化和不安全感。在当下这个经济繁荣、生活安定、科技发达的时代，简直到了异想天开的地步，人们心荡神迷却又处于紧张和焦虑之中，仿佛头顶悬挂了一把寒光逼人的利剑。陈然小说多从心理层面表现当今社会已经发生、正在发生或者即将发生的事实，体现了一定的先锋实验性。小说中人与人之间交流的缺失、情感的苍白、精神的虚空……这些时代病痛，不是个体的病痛，不是历史的病痛，而是一个时代的思想与精神基础的全面崩溃。但作家始终是清醒的，他直面现实使我们深深了解自己的处境，清醒地加以思考，从而寻求超越的途径。因此，陈然小说对当代精神疾患犀利的揭示，以独特的小说叙述方式表达深沉的现实忧患，表现了一种认真探求人类生存真谛的执著。

小说《哭泣比赛》中背负一身悲惨故事的刘美枝，代表永仁村居委会参加哭泣比赛，因为想起居委会将因此为她解决实际困难的承诺，"不但没哭反而傻笑了起来"，输掉了本应该稳操胜券的比赛，也失去了改变生存境遇的机会。《消费时代》中一位姑娘的男友在建筑工地脚手架上摔下身亡，这位姑娘又在同一处自杀。最初的报道对安全工作环境和监管部门的批评可谓切中时弊,然而姑娘"殉情却成了读者目光倾注的焦点,于是也成了各方媒体和当地竞相挖掘的"金矿",全然不顾他们父母的失子失女之痛。《请你骚扰我》中一位遭到校长性骚扰的女教师,用法律维护自己的权益,竟然被家庭和整个社会所遗弃,坠入无形却又坚固无比的樊篱之中,落到一个请求别人骚扰自己的地步。《怪病》里所有参与其间的人都怀着自己的目的,媒体需要报料、需要保持社会关注,医院和慈善机构是迫于舆论压力,企业家需要做广告,就是不见慈悲的情怀,不见一颗仁爱的心灵。《破戒》中,"我"担心长大成人的儿子在社会上经受不住性的诱惑而步入歧途,主动带儿子去洗头店里破戒,结果却是儿子经常去洗头店,因而遭到一顿猛打。父子、欲望、社会俗见之间的伦理冲突,决定了小说现实世界的荒诞与悲剧。

《董永和七仙女》是一部双重文本相互融合的作品。作品中的董永是一位贫穷的农村青年,七仙女也是一位农村青年,但现在已"不把自己当人"了,在城里的洗头房从事色情行业。董永死了爹,连丧葬费都付不起,只能到邻村富豪家做零工。当他在村边的路上碰到七仙女后,命运改变了,一个古典神话传说里的故事在当今现代生活中演绎出了新的版本。这对原本贫困的青年都有着一致的文化记忆,《天仙配》是他们童年时代的艺术生活与美好理想,也是他们的生活梦想。他们不但愿意待在这个神话中,甚至在这个美丽神话的鼓舞下,七仙女诉诸法律而告别罪恶与肮脏。但是不洁的生活早已使七仙女丧失了生育的能力,他们无法重复故事中的情节,只能重新回到原来的生活轨道上去。小说最大的特点是将现实与神话传说结合起来,在文学文本与电影文本之间形成互文结构,产生真实与虚构相互融合的艺术效果。与《董永与七仙女》比起来,《一头牛》里千百年来温驯敦厚的牛则让人们束手无策,杀人强奸,而且用它啃草喝水的牙口生吃了一个活人;《入侵者》里一群强盗在防盗门、防盗网完好无损的情况下,不可思议地像空气一样进入房间,肆意犯罪;《假日酒店》里李文化一个呼哨就能招来蛇群；《银元的逃跑》里银元能够遁身；《走过岗亭》里"他"那些怪诞的行为和心理；《装满了钞票的房子》里突然出现又突然消失的银行……陈然仿佛不怀好意地在原本迷茫的生活之中笼上一层雾障，以荒诞神秘的形式横亘在读者面前，扰乱了小说的正常阅读。也正是在这里，陈然把他的这些作品与传统的现实主义文学从根本上划开了界限。

  在小说的叙事策略上，很多小说中多个文本交互，形成小说的互文结构。《愚人节》中的文化习俗、游戏规则与人物的背反行为；《南瓜籽与伊拉克战争》中包含故事文本与新闻文本、广告文本；《董永与七仙女》中包含神话传说、电影文本与故事文本，这些文本之间相互作用，相互交融，构成具有丰富意义张力的对话。《我是许仙》采取了经典小说常用的愚人视角，现实生活经过黑豆的表达变形了，黑豆外出寻找白蛇这一小说最基本的故事框架与真实的生活构成反讽的关系，使在正常的视角下无法形成的叙事成为可能。小说于是充满了一种谐谑的、狂欢的气息，又在文本形式上具有后现代的复调意味。它是小说，也是日记，又是戏剧，它的潜文本就是《白蛇传》。黑豆总是以《白蛇传》的人物与剧情来看待现实，现实生活又透过《白蛇传》这个前文本加以折射。它实际上完成了两种叙事：一种是显性的，即黑豆的，也是《白蛇传》式的；一种是隐性的，是姐妹俩的、现实的。这一显一隐，构成了富有张力的审美空间，在真实与虚构之间表现一场荒诞和错位，也造成了读者阅读上的失重感与虚无感。同样如《愚人节》中的文化习俗、游戏规则与人物的背反行为，《南瓜籽与伊拉克战争》中的故事文本与新闻文本、广告文本，《董永与七仙女》中的神话传说、电影文本与故事文本，更是具有相当意义张力的对话。

  不难看出，陈然小说的文本形式大都采用对话形式。从宏观上看，小说中不同文本的冲突与交流传达出不同的声音，形成复调效果。在现当代文学中，一些作家注重文化意象的呈现，有些作家注重人物性格的表现。陈然小说则注重表现小说内部不同文本之间的对话，如新闻文本与故事文本、神话传说、电影文本与故事文本等，这些文本之间的冲突与对话正体现了小说叙事的美学张力。从微观上看，陈然小说总是试图将叙事对象纳入一个总的叙事语调里，通过文本对话或声音对话的方式，展示世界的荒诞与平庸。很多小说总有一个独立的叙述者声音，这个声音时而游离在小说世界之外，做理性的批判和议论，时而融入小说世界之内，与小说人物展开对话。如长篇小说《隐隐作痛》中写道："如此说来，生命的意义何在？鲁迅希望自己的作品速朽，是不是他窥见了自己体内的黑暗，便对自己和自己的作品厌弃起来？的确，像我这样的人，大约是越快灭绝越好。一个人就是一个帝国，灭绝了一个，帝国也就少了一个。若不能使社会进步，也就不要妨碍社会的'进步'；不妨碍社会的'进步'，也就是使社会进步了。"读者在小说阅读中开始了聆听，叙述者的声音大于小说内部人物的声音。于是文本中叙事的节奏悄悄改变，故事原本的存在方式在讲述中得以完成。这种小说写法犹如双刃剑，一方面有利于直观表现作家对现实世界的判断和理解；另一方面则由于过于强烈的表现欲望而失去一定的文学想象空间。因此，陈然小说的叙事密度过大，呈现理性思辨过强，尤其是在荒诞的小说形式中造成一定的生硬感。

毫无疑问，陈然小说用其敏感的神经，感知现实生活中的残酷逻辑，来传达自己对现实世界的思考和批判。其中有冷冷地嬉笑应对生活的残酷，荒诞而认真地面对生存的艰难，虚晃一枪地揭开现实逻辑，等等。这些创作共同揭开了作家对现实生活的理解与反思，也体现了他对个体精神世界的冷静关注与执著追求。

第三节 杨剑敏：孤独清醒的梦想者

阅读一部作品，需要的不仅是心境，更重要的是时代的牵引。一直想着阅读剑敏兄寄来的作品，却总是觉得时机不到。这几天静态管理了，哪里也不能去，于是拿起《漏刻》来读。一读，有一种好饭不怕晚的感觉，原来是心境与时代都齐了。我爱不释手一气呵成，其中读到了什么？按理说，我原来是做后现代主义研究，但我这次读到的不是众多评论家认为的新历史，也不是作家自己所认为的古典精神，而是一种独特而真切的现实，是当下的现实。尽管其中一些作品已经发表多年，却不得不让我惊奇其先知先觉。其中对生命、孤独、人性等的沉思，一定历史场域内权力的恐惧，都令人感觉到一种无形的挤抑。作家一本正经讲古事，而读者扒开古事的外壳，却是一个现代的内核。生命穿透时间的隧道，不一样的时光，一样的境遇与感知。作家不是在借古讽今，或者说是旧瓶装新酒，因为他没有高高在上的启蒙或超人的认知，而是用自己的生命在心理上与古人、古事对话。在他的小说中，常常会感觉到一片阴影。那是孤独的阴影，使你感到压抑，甚至恐惧，无处逃离。

与此同时，他又是一个清醒的梦想者。古事已经结束，古事又在进行。你会从他书写的人物故事中感受到生命自由的牵引，而且是一种理想生命与艺术生命的牵引。他是一介书生，他注视的却不是一般的世俗生活现实，而是我们存在的真实。立足于存在的真实，他悄悄在梦想和幻想中引向一个灵动的生命层次，一个我们特别需要却又难以表达的状态。于是整部小说的感觉给我造成一种奇特的、混杂纷纭的印象。作者写这些古典意味的人物，仿佛是在演奏他们生命终曲的同时，又弹响了他们生命的华彩乐章，形成了一种相互矛盾而又浑然一体的二重奏。很多时候，恰恰是因为那阴影的浓重与压抑，反而将那生命力的涌流和闪光衬出一种别样的力度和光彩。因此，杨剑敏的《漏刻》指向的不是新历史的新，而是"心"。从心境与时代的历史因缘际会中，感受作家深邃的生命体认与追求，在未来意识中追索生命的意义，能够感受到当下小说文学现实主义的新动向。它不是一种流行的、取媚现实主义，而是一种只听从自己内心，不屈服的心理现实主义。它没有走进戏拟历史的游戏空间，而是在古事、古人之间，体悟当下世界存在的荒诞。在孤独中梦想，在阴影中寻光。他不想在梦想中醒来，却愿意一直追求下去。或许梦中醒来后什么也没有，却留下一片浓得化不开的生命思绪。

一　拨开世俗世界的迷障，见出生命的存在本质

如果按照新历史主义小说的批评理论出发，必然会是"个人史""虚拟史""戏说史""拼贴""解构"之类的批评话语，而在《漏刻》中，我看到的是真切的现实，心理的现实。只是作家没用传统的现实主义手法，将目光对准习见的世俗万象，而是拨开遮蔽于其上的种种迷障，寻找生命世界的存在本质。

在《陌上桑》中，吴、楚两国的国君大张旗鼓，阵容庞大地要为各自国家而战，其根本的原因却是美女罗敷越过国界去采了楚国的桑叶。罗敷成为一个裸体的疯女人，而丈夫牧牛郎也成了楚国人的刀下鬼。最后上升为两个国家之间的冲突，桑叶则转化为至高无上的国家利益。作家揭开战争的本质，将国家话语层面的纷争纳入个体的日常生活世界，让读者窥见宏大命题之下的个体生命诉求。名曲"广陵散"的传承人竟是一个乞丐。他最大的优势就是拥有强大的记忆力。为了生活，他受雇于一个复仇的琴师，记下了嵇康生前最后的曲子"广陵散"。当琴师用"广陵散"杀死了司马昭后，乞丐却还是一个乞丐。《说客》里的"云"，因口才出众、能言善辩，成为越王无伤的得力助手。当越王无伤战胜了对手后，为了确保自己的权力，最后割去"云"的舌头，不许其发出声音。"云"由一个辉煌说客，变成了一个沉默的史官，"舌辩时代"进入了"无舌时代"，呈现了权力的本质。

在《远征》里，一个读书人被裹挟在蒙古大汗西征的大军中，各民族的士兵因为各种各样的原因会合在一起。有的是为大汗征战责无旁贷，有的天生就是打仗的民族，打更多的仗是他们的人生追求。有的只会打仗不会别的，庆幸自己能够吃到大块的牛肉和羊腿。而这位

书生却因为自己想念在家乡等他的女人而愧于启齿。当人们把对日常生活的屈服变成一种伦理规范的时候，存在的荒诞本质就开始显示出来。人生在这里被极大地简约化、粗略化，像收割庄稼一样"收割头颅"。在人生终极意义缺失的情况下，"收割头颅"便成为生活逻辑，而这种"收割"越平淡越执拗就越荒诞。

除了这些现实生活的本质，小说还透过一系列人物的心理行动，表现出一定的心理现实。小说通过下一个汉族士兵的出征，写出一个民族的幻想现实，来维持日常生活的存在。《你好，梦想者》虚构了一个梦想都被识梦者追杀驱逐的地方，它透过梦想者的心理荒诞地表现了世俗力量对美的事物的压制和摧残。梦想者在识梦者的压迫下，用诗歌感化识梦者的女儿，最后也成了识梦者。他的生活是现实生活的折射，也是梦想者的心理现实。在《追杀怪兽》中，怪兽并不是一种具体的存在之物，而是人们心中的偏见，是社会的陋习和排他性。兄弟俩在森林里被众多的村民追杀，他们紧张和压抑的心理幻想出一系列的生活现实，隐喻了人类的一系列弊病及社会的恶习。于是，梦想者心中的现实、被追杀者的心理现实、东亭先生的孤独现实等，它们区别于一般的世俗世界，而因为主体的介入后，进入个体存在的本质性世界。作家从自身的哲理感悟和心理体验出发，思考个体与外部现实的关系，理解和把握人作为社会存在的一些本质。

二　在孤独中寻找个体的梦想

阅读小说《漏刻》，读者能感受到其中人物都具有一种孤独的气质。所谓孤独，是"一种深度的心理体验，其主要表现为主体与客体相疏离而导致的一种刻骨铭心的精神空落感"。[①] 在作家想象设置出来的各种历史情境当中，这些孤独个体与外在世俗的喧嚣保持一定的距

[①] 田晓明：《心海泛舟》，上海三联书店2009年版，第150页。

第六章 人性空间的内在勘探

离,沉浸在一个小我的世界中,而带有个体存在的理想化特征。梦想者一个人独自在一个阴暗潮湿的地下室里撰写《梦想者史》,研究诗人流动的气质。小说《追杀怪兽》中兄弟俩因为迷恋书,而被只知劳作的村民看作异端,他们被派去消灭传说中的怪兽,结果被村民追杀。小说里所有的人都成为一种强大的排斥压制力量,将兄弟俩视为他者的存在。于是兄弟俩孤独地在森林里寻找怪兽,最终却被村里人当成怪兽追杀。《孩子与狼》中,村子里只有一个孩子坚信看到了白狼,而其他的人都认为他在说谎。他孤独一人跟着白狼,去一个没有他人的地方,最后像白狼一样游荡。《突厥》中,画师韩延寿在突厥士兵的追杀下,一个人在野外奔跑着,最后跑回他所画的石窟。他用画笔将所作画上人物的眼睛都点上两点,在一个个天女翩翩起舞中听见美妙的音乐。《戒刀》中,铁匠仿佛神授一般,一个人四处寻找着打戒刀的材料"雪花镔铁"。多年后,当武松在征方腊的战役中失去了一把戒刀,而铁匠又在平静的生活中突然孤身出走,一直寻找早年的两把戒刀。《蝴蝶》中的东亭先生喜欢一个人在隐秘之地冥想,他死去之后一只蝴蝶终日围绕着墓碑飞翔,二者之间的孤独形成了精神上的共通。这些个体的孤独气质,并没有将其真正引向一个抽象的形而上境界,而是介乎形而上与形而下之间的状态。他们的生存状态是形而下的,与之相应的是,他们的孤独来自世俗生活的体验,而非存在主义式的哲学高度。《远征》中的众多士兵出征都只是为了打仗本身,而李蒙却是为了回到江南水乡,回到水一般的女人身边。他在孤独中追求的是个体舒展的生活,生活中的欲望。《说客》中的"云"被割去舌头后,他没有在孤独的状态中追求个体的反抗,而是以中国文人式的淡隐方式存在,史官的记录既是他的生活出路,也是他的精神寄托。

于是,这些孤独的个体有一个共性的地方,就是突破世俗的障碍,自始至终表现出对个体存在的梦想,对精神自由的向往。在他的小说中绝大部分人物的荒诞在于无法成为一个自主的存在,他们没有自身存在意义的追寻或者有追寻而不可得，他们总是受制于种种外在的环境，没有自身独立的生存目的，但最后大都有一种羽化登仙的境界。《广陵散》中的乞丐最后在梦境中幻想，自己变成一只快活的鸟儿，在大街上飞来飞去。《突厥》中的画师韩延寿最后听见一阵奇异的音乐，感觉到天女们的香气，连续不断的花瓣落在他们的头上肩上。《孩子和狼》中，孩子骑在白狼的身上，在数不清的狼群中像闪电一般狂奔。他披着长长的头发，时不时地引颈长啸，久久回荡在荒原上。梦想者虽然处于被压制、被监控的境地，但是梦想、对流动之美的追求使他们在绝地中仍可享受精神的自由。在梦想者看来，受制于一种单调或权威之下，缺乏梦想和激情的存在是可悲的，而有梦想有自由的存在才是有价值的存在。

有意思的是，小说在这些孤独个体的追求中，除了对无拘无束的自由精神向往，还不约而同地通往艺术自由的想象。在作家的心目中，艺术与人生合而为一，成为个体存在的理想方式。《秋后问斩》中，江湖惯盗王猛竟然被"我"这样一个落魄书生的诗歌所感化，从此王猛迷恋上学诗、作诗。当秋后问斩时，王猛的魂灵飞出身体的一瞬间，一定是念着诗离开的。他脱离了现实沉重的躯壳，而轻松地与诗在一起。这既是个体的生命追求，也是通往艺术的理想之途。《你好，梦想者》的最后，文文和我一起冥想和写作，也成了一个梦想者，眼睛里的光芒越来越明显。《剑客》中少年气盛的青年贵族楚，耍得一手好剑，并以为自己至少是独步江南的高手。但在决斗中，被另一个江湖上的古怪剑客风刺瞎了双眼。从此他隐居于深山，并决心终要以血洗耻。他忽有所悟地炼就了一双内在的眼睛，从而又能精骛八极、心游万仞。想象之剑虚幻无形、变化莫测，胜过真实之剑。他好不容易找到了仇人的踪迹，但仇人已死。这使他感到巨大的失落和渴望见血的疯狂，于是决心杀死从现在起遇见的第四十九个人，恰好碰到的这个人是一个从宫中流落山野的琴师。琴师恳请复仇心切的楚让其弹完一曲《无形》再杀，悠扬的琴声渐次把楚带入一个万象缤纷的世界。

"我不能杀死一个以想象为生的人呵。"一曲已终,琴师茫然四顾而无人,只有一柄被遗弃的剑静卧在地上。这是一种空灵的生命境界,也是一种高远的艺术境界。

三 历史与现实的糅杂中形成解构的张力

历史的氛围是杨剑敏小说的主要特点,而阅读小说却屡屡感觉来自后背的嗖嗖冷意。历史场域中的人与事,由于时间的客观距离,将读者阻隔在现实场域之外,激发读者的文学想象。然而,作家精心布局的历史场域,却又经常照进现实之光,二者相互解构,又相互穿透,其中的历史、现实、人性、存在等命题融合在一起,形成无限的张力。它似乎在解构着一些古老的叙事,又似乎立足于当下微妙的现实,在悠长的时间之脉中接通着一些传统的命题,令人在感觉沉重与窒息中产生一种飞升的欲望冲动。无论是《陌上桑》《戒刀》,还是《远征》《突厥》,都将小说直接置于历史故事的框架之下,有着真实的历史场面和历史人物。作家用冷静的叙述口吻,叙述一个个历史人物的传奇故事,但扒开传奇故事的外壳之后,其内核却是一个个现代性的命题。其中有作家对战争、强权、生命、孤独、梦想,包括诗歌艺术等个人化的理解。这些历史人物与历史场面为作家的思绪提供了一个别具一格的文化场域,将读者引向一个传奇性、传统型的历史空间,激发人们的想象与思考。

首先,在故事框架上,他的不少故事借用了传统的故事框架,或为历史小说,甚至为历史典故,如《出使》就是以汉使出使西域的历史故事为框架,有着历史的写真场面描写。而《剑客》基本类似于传统《史记》的写法,《陌上桑》《食客》的故事中有着鲜明的春秋战国时代的背景痕迹。作家在传统的故事框架下或隐或显地传达现实存在的荒诞与无奈,他一方面在努力营构独特的历史氛围;一方面又不断加以解构,解构与建构之间带着读者走进一个个连通历史与现实的时空隧道。读者在现实与历史之间感受其中一些传奇性的细节，并不断产生个体灵魂的震颤，更深刻地折射出当下现实人生的无奈与追索。春秋时期的美女罗敷因为去楚国的那边采桑叶，引发了吴、楚两国旷日持久的战争。于是，战争关于正义、关于国家利益等层面的宏大命题得到了解构，竟然与微不足道的桑叶联系起来。同时，两个各级权力主体利用日常生活中的一些微观事件，在民众的冲动与茫然中，抵达了正是政治背后的各种利益。美丽的罗敷在文中被强暴，最后被弃之一边，成为一个到处乱跑的疯女子。可以说罗敷的命运与两国历史的命运紧密相连，却又构成了反讽式的结构。罗敷这样一个弱女子的悲剧命运与两国各级权势主体的疯狂追逐，在历史的场域当中不断激荡，形成艺术的张力。

《说客》中，云的舌头具有神奇的力量。任何人只要听到他的话，就会情不自禁地受到蛊惑。他出使楚国，说服楚王停战收兵，并成为越王无伤的得力大臣。当有一天云被一群蒙面人绑架，他开始滔滔不绝地讲起来，却没有任何效果，反而被割去舌头，原来这一群蒙面人是越王派来的一群聋子。于是对云和整个越国的臣民来说，从舌辩时代进入无舌时代。此时，对于云来说最合适的是做一个静静的史官。《出使》中，汉使一行西行，历经磨难，青年变成老人，在沙漠中濒于死亡，遇到一个要什么有什么的"依靠幻想而生"的族群。《你好，梦想者》中患梦想症的梦想者，被人类文明传统的拯救者识梦者严密监禁，梦想者竟然巧设计谋接触识梦者的女儿，让她读《梦想者史》，结果把梦想症传染给了识梦者的女儿。《追杀怪兽》中喜欢读书的兄弟二人在村子里属于异类，被村里族人推选出进山捕捉怪兽为民除害，最后俩兄弟却被村人作为"怪兽"围追堵截无处藏身。这些想象出来的历史故事，在浓厚的历史氛围中，读者阻隔外在现实的干扰，走进人性空间的深邃通道，寻放生命的密码。然而，作家不经意中经常漏进一线现实的光芒，将现实的无奈与历史的残酷相互融合，使读者在感受历史的荒诞中感受现实的真切。这种作品的内涵需要读者用自己的生命体验去理解和思考,而思考之后感到一种无形的震撼,才显现出它的艺术魅力来。

在语词上,小说运用张力的话语叙述,荡开叙述的空间,让读者在其中展开丰富的想象。既有历史叙述的快感,又有现实的隐隐作痛和无奈,还涌动着批判的隐晦之力。众多批评家喜欢的"又到了收割头颅的季节"。既有收割者遭遇丰收年成赚得盆满钵满的快感,又有被收割者季节性的悲伤与无奈。头颅属于剑客,庄稼属于农民,农民、庄稼、头颅等构成互文隐喻,得到的不只是两个截然的空间,而是浑然一体的生命世界,作家在慨叹中悲愤,在批判中又保持清醒的无语。"云自幼便满怀敬畏地意识到,语言是一种极其神秘,极具力量的东西,以至于父亲宁愿不厌其烦地将它刻下来却不肯开口多说一个字,仿佛言语是一只猛虎,只要放出来便再也无法控制。"[1] 其中非常形象地表现了言语表达对于个体生命存在的价值,及其对于权力阶层的威胁。权力阶层从舌辩时代到无舌时代,体现了统治者对于个体言说权利的压抑与操控。在这里,作家透过一系列鲜活的意象符号,表达他在世俗生活中的理性思考。在《出使》中族长对汉使说,"我们依靠幻想而生"。幻想对于个体生命而言,像水珠一般晶莹,却又像梦境一般容易破碎。对于统治者而言,幻想却是一种忘却记忆的方式。这些语词简洁而富有张力,将历史与现实的空间充分荡开,既有生命个体存在的理性思考,又有形象思维的活色生香。

可以说,杨剑敏的小说在一种具有古典意味的历史氛围中完成了个体对生存世界的体认与追问。小说的诸多指向,可以读成历史人物或幻想人物的戏说,又隐约点中我们现实人生的某个穴位,让读者在震颤中感觉到丝丝痛感。他的写作犹如在一个古老的深潭边,投进一个一个小石头,激起一圈一圈的涟漪,慢慢荡漾开来。其中有作家对生命本体的追问,有无舌时代的批判,还有个体存在的悲悯,等等。

---

[1] 杨剑敏:《漏刻:新历史小说集》,江西人民出版社2019年版,第38页。

正如作家自言道:"我一直梦想着一种对我来说完美的写作方式:梦,历史,思想,语言清澈透明,情调的古典庄严,以及笼罩整个作品的一种巨大的同情和悲悯,我渴望自己能将这一切熔于一炉。"① 因此,我们可以将其小说纳入现代主义的范畴中,隐喻性地表现存在的荒诞,也可以用新历史主义小说的价值判断来理解其中的历史书写的真实与戏拟。但仔细阅读,这一切都真正指向当下的现实人生。作家用冷静的叙述口吻,透过一定距离的叙述口吻,在历史、古典文学、哲学等共同打造出来的古典精神氛围中,思考当下个体的存在形态,追问梦想世界的本质。当然也有一种感觉,在丰富形象的历史人物与故事的叙述中,作家躲在其后——流露出来的尖锐理性,表现出过强的叙述意图,从而影响了小说的温度与柔软度。理想状态的叙述,应该是一定人物在历史的氛围中,带着生命的热度与激情,自由舒展地划开生活的坚硬,从而叩问生命的存在。

第四节　王明明:寻找在情与性之间

阅读王明明的小说集《舞翩翩》,感觉就如三五个即将步入中年的男子,围炉喝点小酒。座间有一爽汉,不时来个略带荤腥的青春笑话,却又透出丝丝人生况味。一惊一乍的不时得意中,有故园邻里的逸闻奇事、野趣杂感,有现代情感的尴尬与遗憾,有网络空间的错位与真切。闲散错落的文本叙述,犹如一面七彩的多棱镜,折射出生活的万千气象,呈现出一个漂泊者从北国的山村故园到南方的就职城市之间的心路历程。他通过自己的言说方式,在性与情之间讲述了一个个现代人寻找、出走、抵达、孤独的故事,成为当下独特的生活印记。

快速变动却又琐屑虚幻的"小时代",人们往往在青春冲动之后

---

① 杨剑敏:《漏刻:新历史小说集》(自序),江西人民出版社2019年版,第1页。

陷入精神的迷茫与虚空，反过来又驱使人们不断追求生活的刺激。在《浮生》中，熊哥、良生、言子三个未曾谋面的年轻人，因为寻找各自的故事，而在跨年之夜相遇于东北的小店中。他们在青春中迷茫，又在青春中寻找，哪怕有一丝丝的感动，都体现青春儿女在情感世界的律动。《大地上的父亲》中，年迈的父亲不断在南方儿子家和北方老家之间游走。他实在不愿意轻易离开脚下的土地，却又不能割舍远方儿孙辈的召唤。这种因为生活空间变动而带来的迷茫，正是当下城乡之间最为常见的精神状态。迷茫的生活情态中，既有人们突破既定系统的冲动，又有在无意识中不断认同系统的形成。《阿里在隔壁》中，我和女友西西的性爱生活，被朋友阿里的入住而打破。每天晚上，我们都感觉到老鼠在骚扰。可是，随着时间的推移，阿里竟成为我和西西性生活中不可或缺的调剂。当阿里提出因结婚而搬走时，我们竟然感觉到异常的茫然和惋惜。朋友阿里的闯入，隐喻着一种生活平衡的打破，但人们随之很快适应，情感成了力比多的产物。

当情感遭遇日常生活的无聊时，人们试图任由欲望的冲动而追求情感的补偿。欲望冲动后的刺激并没有带来个体的满足与幸福，而是陷入现代情与性的尴尬之中。《一次出走》中，蕙非常厌烦婚后生活的无趣与单调，与丈夫来了一次短短一天的火车旅游。在火车上邂逅了一个具有军人气质的男人，他的重庆方言变得异常的悦耳，车上唯一的语言交流"二季稻"，成为蕙精神出轨的念想。蕙回来后的每一天都在网络世界中疯狂地寻找，终于有一天她收到一个叫"海西飓风"的留言后，欣喜若狂地只身前往泰宁，期待在曾经相遇的地方见上一面。不料，见到的男人额前早已谢顶，剧情有了突转，她被这个男人劫持到宾馆，由于来了例假，才免于被强奸。蕙仓皇出逃，一个人在异乡的公路上披着床单奔跑。《寻大鱼》中，杨林和沈若两夫妻因为老爸过生日引起争执，日常生活的琐屑，让沈若将注意力转移到一个半秃顶的胡教授身上。胡教授的妻子得了老年痴呆，沈若被其每天扶着爱人在楼下转悠的行为感动，竟然与其在郊外约会。当杨林发现蛛丝马迹后,带着妻子来到郊外,目击了胡教授与一个智障女子的偷情,沈若顿时感到恶心。这些人物的身上,体现了现代人在性与情上的缺失与尴尬。

  寻找主题贯穿着王明明小说的全部。他笔下的寻找不是对人类生存的终极关怀等哲学层面的命题,而是一个个鲜活生命个体的精神与追求。对于今天的青年而言,生活的物质层面不再是人们主要追求的地方,但在一个日益变动的社会,人们总是在不停地寻找着。《大地上的灵芝》中,我和妻子一家人在小兴安岭的森林中忍受着湿漉漉的露水和万千蚊虫的叮咬,寻找一种叫灵芝的东西。就在我们在森林中陷入绝望时,妻子在我眼中变成了一棵被移植的植物。我顿时心生爱怜,狠狠地抱住妻子时,转身在身边的树根部发现了两块灵芝。现代人由于婚姻而组建家庭,却往往失去了爱情。于是山中日益减少的灵芝构成了爱情的隐喻。《舞翩翩》中,小扬吉是计划生育政策下的一个偷生儿,为了避免被官方发现,他失去了管爸妈叫爸妈的资格,只能每天躲在大车箱内看着天空中的白云。最终有一天,扬吉跳进了山河口,要做一条自由自在的鱼。文本在扬吉的悲剧故事中尽量滤去悲剧的成分,似乎在审视计划生育政策对人性的戕害中,完成了人生意义的寻找。《蒸汽机爆炸事件》中,年轻貌美的云婶嫁给了又黑又瘦的张小云,就像在封闭的林场投入一枚炸弹,炸出了人性的复杂。丈夫整天酗酒导致双目失明,家庭的重担落在了云婶身上。云婶一番绝望之后,重新将自己打扮一番,并与村里的一个光棍偷情。虽然小说最后,她在众人的目光下离开了林场,但云婶身上生活的韧劲、对个人爱情的寻求却在林场引起了轰动,这是小说最具震撼力的地方。

  这些生命个体的寻找,给人一种热热闹闹的感觉,然其背后晃动的却是孤独的身影。他们努力想抓住什么,却发现只是在左冲右突。因此,阅读王明明小说,不难感受到一股青春的冲动在生活中流淌,但也是这种流淌,限制了文本美学空间的打开,而陷入寻找的事件之间。寻找的人生命题应该建立在现实的基座上,但美学的艺术空间却应是灵动的飞升。王明明小说喜欢抓住某一精彩的瞬间,将人们在情与性之间的尴尬与迷茫真切地呈现出来,但缺乏人物内心的细密挖掘与诗意氛围的精心营造。当文学的生活表现得过于满满当当,则必然将艺术的灵韵挤兑出去,剩下更多的是一些时代青春的印记。

第五节 礼杨:穿透坚硬现实的情怀书写

小说的本质是写人。一个作家所持有的人的观念,决定了他笔下的世界及其中人的存在状态与精神气韵。汪曾祺小说中的人如同他笔下梦一般的世界,充满脉脉的温情。王安忆小说中王琦瑶的世情生活,竟然没有世俗的味道,而是体现了一种区隔时代的诗意境界。莫言小说中的诸多生命个体,如同他笔下的高密东北乡一样,充满野性与人性之间的张力。在礼杨的近期小说中,个体在坚硬的现实世界中总是不安、烦乱与无奈。阅读其作品,在一个个具有生命质感的世态故事中感觉背后不由升起丝丝凉意,然掩卷后内心又不乏人间的温暖。作家在其小说中总是穿透日常生活经验的现实硬壳,流露其中的尴尬与不安,同时还有人性情怀的一些热度追求。

近期小说《迎风翱翔》与《倒挂的冰凌子》中,礼杨沉入现实生存的生命世界,在真切呈现个体艰难而又尴尬的生存状态中,力图抵达现实主义的新高度。这个高度既不是以往现实主义追求的典型性,也不注重人物性格的复杂性,而是在表现生存状态与精神心理的总体氛围中抵达现实主义的境界。作品《迎风翱翔》中,没有迎着主流话语叙述的路径去书写人物的生命追求,也没有后现代主义式的日常生活消解意图。作家小心翼翼地走进当下生活的丛林,书写个体在金钱面前的困厄,触摸日常生活中一个个尖锐与柔软之处。辛涵与妻子,一个如同在大海上翱翔的海燕,单位上得心应手,生活中能够以乐观积极的心态迎接每一个困难;一个被迫沉入生活的底层,接踵而来的打击是他的家常菜,最终在火光中归于悲剧性的毁灭。辛涵的专业在学校不被待见，只能在单位夹着尾巴做人。妻子在单位干得有声有色，不断给困顿中的丈夫打气。两个年轻人新婚宴尔，住在父母给买的房子里。妻子在婆婆受伤后，好生照顾一番，终于让婆婆答应卖掉房子的请求。他们通过卖掉父母给买的新房子，换来了政务区一套大房子和沉重的房贷，开了一个能够发挥丈夫专长的美术培训班，还拥有了一辆小汽车。正当一切都走向光明的时候，他们的生活却迎来了一系列"雨打漂萍"式的打击。妻子着急去医院看望孩子时，开车碰伤了一个路边的老太太，他们偏又没有购买汽车保险，只能长期支付老太太的医疗费；家中婆婆的工伤官司因为证据缺乏而遥遥无期；刚刚贷款买的房子因为地产商破产，房子成为半拉子工程；丈夫新装修的培训班又面临拆迁，投进去的资金根本没法回收，这一切都让辛涵和海燕不断陷于困顿。尽管妻子使出浑身的能力，拥有超越一般人的乐观，不断安慰和鼓励丈夫，最终丈夫还是在变压器上化为一团火光。每一次的生活打击看上去偶然发生，却构筑了一个令人无法逃离的现实之墙。诸多生命个体困于其中左冲右突，在现实之墙的坚硬中四处碰壁，难以实现真正的迎风翱翔。

如果说《迎风翱翔》属于个体生活现实的困顿呈现，那么在《倒挂的冰凌子》中，现实的坚硬具体化为一种职场上的残酷与冰冷。"倒挂的冰凌子，有长有短，有粗有细，却是根根尖锐，像矛又像剑，熠熠闪着寒光。"小说没有着意去书写个体遭遇到的一个个生活的艰难与困顿，而是在"偷电"事件的揭秘中表现诸多个体在权力之间的倾轧与追逐。三十多岁的扈盈盈凭借着父亲的关系，坐上了职校校长的位置。一直觊觎这个位置的办公室主任左焘，也是副县长的堂弟，还是单位上的老资格。左焘与扈盈盈为了校长的权力明争暗斗，"偷电"事件本质是不同个体生存空间的隐喻性表达。作家没有用二元对立的思维去设置人物形象，而是非常理性地将二人的各自心理世界真切地呈现出来。作品没有太多的职场细节，而是聚焦于一个"偷电"事件，在寻找真相的过程中逐渐抖开二人的复杂人性。然小说并没有

第六章 人性空间的内在勘探

止步于这里，而是将寻找"偷电"的真相转为教工张老师的养猫事件，情节陡转中把一个上下级之间的权力冲突转化为一个富有情怀的故事。

也就是说，在礼杨的作品中，还有一条叙事主线，那就是坚硬现实之下，涌动着生命的情怀与热度。无论辛涵和海燕一家的生活如何困顿，他们在一次次遭遇生活浪头的打击时，海燕身上体现出来的生活激情与生命强劲，构成了现实生存的烦与困中一抹坚强的亮光。作家呈现了这一对小夫妻日常生活中遭受到的系列困难细节，但没有一味地渲染其中的悲剧意味，而是在举重若轻中，书写妻子海燕的乐观与努力。这条叙事主线给读者以生命的热度，在走出困顿的激情中传达一种生活的希望。妻子用自己的诚心和耐心，将父母给买的房子卖掉，换来生活的新机。随后遭遇一系列不幸时，妻子总是用海燕的翱翔精神来激励自己，她收集各种证据，力图解决母亲的医疗官司；新购买的房子因为开发商逃跑，她去报案，寻求正确解决的方案；开车撞伤一个老太太，却因为省钱而未能及时购买汽车保险；租用的培训部刚刚装修完毕，却突然面临拆迁，这一系列的事件都给这个岌岌可危的家庭造成致命的打击。妻子让丈夫大声朗诵高尔基的《海燕》来提振生活的信心，生命在日常的困顿中焕发出顽强的力量，别无选择中抵达一种存在的韧性与生活的情怀。这是礼杨小说最可贵的，也是区别于其他新写实小说中一味追求原生态的零度情感，而使作品带上了生命的热度。在《倒挂的冰凌子》中，张师百和庄哲东二人之间、张师百和流浪猫之间，以及后来校长扈盈盈与张师百的流浪猫之间，涌动着小说文本前半部分所缺失的温情与关爱。张师百投入自己所有的精力和财力，甚至举债来救助流浪猫、购买猫粮、送病猫去宠物医院，还冒着天寒地冻去抓鱼捕虾来给猫增加营养。校工庄哲东则冒着处分的危险，出租学校的健身房，来支持张老师收养流浪猫。校长知道真相后，自己掏钱给张老师租房，添置空调，更好地为张老师收养流浪猫提供方便。这些人与猫、人与人之间的温暖与情怀，最终将一排冰凌子消融殆尽。也就是说，小说的后半部分，通过流浪猫这个意象，以一种人间珍贵的情怀，软化了前面校长与办公室主任之间因为权力斗争而带来的坚硬冰冷的事实，从而给读者提供了生命的暖意与希望。

因此，从整体结构上看，礼杨近期小说就在这两条主线的相互连接与缠绕中，一方面抵达当下现实生存的坚硬；另一方面却给人以热度和希望。二者在文本内部相互矛盾又相互支撑，形成一种独特的张力效果。礼杨的小说没有宏大历史建构的企图，也没有表现丰富复杂的人性欲望，而是将故事性与意识流相互融合，重在表现当下个体生命的生存状态与精神心理。故事结构只是其小说外在的形式，真正的叙述本体却是故事之外的旁逸斜出。如扈盈盈与左橐之间的权力斗争只是故事形式，而扈父与庄哲东的感人关系，扈盈盈的婚礼经历，庄哲东与张师百的为人，这些故事之外的逸出部分，正是作家用心所在，软化着文本中坚硬冰冷的现实状态。在《迎风翱翔》中，基本上以辛涵如何度过一个炎热的夏夜为故事主线。他边抽烟边展开自己的思绪，师范毕业之后的就业、辞职、租房子办培训班、换房子、买汽车，这些故事又在日常的母亲摔倒、打医疗官司、撞伤路边的老太太、房子中途出事、租房遭遇拆迁等生活细节之中，犹如一个个思绪跳动的点不断被牵引出来。也就是说，小说的本质不在于讲故事，而在于故事之外的氛围营造与心理表现。他无意去塑造个体的性格特征，而是在简笔勾勒的故事框架中抵达社会文化的理解。

礼杨近期的这些小说情节简单、人物性格也不复杂，其重心在于某种氛围的营造。氛围是指，"文艺作品中的特定气氛，往往与景物、场面、环境相结合，构成特定的意境和情境，可以是作品局部描写所达到的艺术效果，也可以环绕整个作品"。它犹如小说中一种独特的气味，弥散在文本当中，成为小说叙述的主体。在《迎风翱翔》中，开篇就是辛涵坐在酷热的楼顶上抽烟，"烦"是小说的基调，辛涵和海燕的生活世界始终处于世俗的烦乱之中，他们不断地左冲右突，又不断覆于日常生活的坚硬之下。小说最后，在一场狂风暴雨中，辛涵被雷电击中。文中的狂风暴雨连同前面的闷热天气，成为辛涵与海燕这样的生命个体无法逃离的悲剧氛围。同样，在《倒挂的冰凌子》中，前后出现的冰凌，坚硬而冰冷，构成了文本现实的氛围。在这样的氛围中，年轻的扈盈盈在办公室与左焘之间的权力斗争，随着"偷电"事件的调查而显得非常的自然。后面的"猫"多次出现，多以一种弱者但又柔软的意象出现，它唤起了人们的人文情怀，也带着个体生命的温暖。猫的意象贯穿于人与人之间的互相扶助中，其柔软与温暖和前面的冰冷尖锐的冰凌子形成反差，在文本内部形成独特的张力效果。

礼杨小说的这一努力，走出了传统文本叙述背后重在讲述故事内容的一面，而将叙述集中在故事之外的生命形态把握。然由于缺乏一定的历史厚度与人性深度，小说在氛围的营造中气质有余，而表现社会与人性的重量不足。文本有时往往流连于一个个叙事关节点的陡转，却忽略了表现这些陡转中个体心理世界的复杂，乃至人性的纠结与冲突。显然，礼杨的小说超越了当下文学市场化的普遍追求，而在极简的现实主义表现中抵达一定的时代真实，以小见大，最终实现自己对当下生活的独特把握。

后　记

　　关注江西作家的创作已经好久。从博士毕业到九江学院任教，不多时开始关注丁伯刚、刘伟林等作家的创作，一直到完成现在这本小书，算起来时间也有十多年了。研究江西作家的创作，本质是和作家交朋友，多一点喝酒的机会，多一些聊文学、聊人生的机会。我总感觉，这辈子最幸福的事情，就是能把自己的性格、兴趣与自己从事的工作结合起来，几个作家朋友聚在一起，喝点小酒，聊聊作品，还能与推动地方文化发展这么宏大的命题联系起来，岂不快哉。

　　记得很小的时候，一次单独去十千米开外的姑姑家里玩，实在无聊，坐在一张长凳上发呆，然后在凳子下面找到一张早上姑父买油条包装回来的一张报纸。已经记不起是什么报纸了，油兮兮的，上面有一篇小说的故事梗概，翻来覆去看得那叫一个得劲儿。现在想来正是路遥小说《人生》，这大概是我读初二前后的事情了。当时打动我的不是高加林和巧珍的故事，而是高加林在村子里的不得志，而叔叔的关系让他进了城，真是让人羡慕。大概这就是后来从事文学批评与研究的萌芽。于是，在读书的时候，总是喜欢读小说，疯狂收集连环画，甚至不惜将一周五毛的零花钱放进一个只有一个眼的竹筒子，一个学期后劈开来便有了买长篇小说的能力。我慢慢走进文学的世界，捡拾其中一些碎瓷片。在后来的中师学习阶段，泡图书馆成为日常生活，而一旦学校请了一个省内的作家来讲座，那时挤上前去要一个潦草的

后记

签名便非常满足。不知道今天的文学研究生涯是否与这个时段的经历有关。不管怎么说,那时读的《青春之歌》《钢铁是怎样炼成的》等作品成为我的阅读记忆。

好不容易从乡村中学中爬出来,褪去中学老师的一身倦怠,正儿八经地开始阅读文学,目的当然是要对得住自己的研究生称号了。从硕士到博士的六年里,一边阅读,一边自己尝试着写一写。这一写,让自己既有了简历中不薄的页码,也让自己的生活有了些许的改善。因为一个小豆腐块,往往有50元的收入,尽管很少,但足够我吃好几天的饭了。此时,受硕士生导师张渝生教授的影响,开始关注江西作家,关注江西文学创作,陆续在《江西日报》、《江南都市报》上发表了一些文章。

从关注九江作家丁伯刚开始,我在省作协几位老师的牵线帮助下,真正逐渐走近刘伟林、杨帆、刘华、江子、熊正良等作家,在关注他们的作品时,也建立了朋友的友谊。到了南昌后,加入了省作协和中国作协,更加方便地与省内外一些作家联系,其中陈然、陈蔚文、杨剑敏、阿袁、李晓君、王芸、王晓莉、宋小词、朝颜、罗聪明、凌寒,则更多的是通过其作品来关注江西新世纪文学的创作。还有一些作家未曾谋面,却在文本当中不断感知其魅力。如刘上洋的《老表之歌》、陈世旭的《镇上的面子》、熊正良的《谁在为我们祝福》等,有时候读着作品,就去想象这个作家的性格、气质,一旦有机会认识了,就会在交流中不断得到验证。可以说,这正是我研究江西作家、江西文学的最大乐趣。往高大上说是,关系江西文学;往个人的生活来看,是满足自己的兴趣,以文会友。

在本人的研究视野中,契合江西本土的文化,表现作家作品中人的存在形态及其背后人的观念,是我研究文学的基本立足点。我总认为,生活与生命是文学的根本。生活是外在的形态,生命是内在的核心。无论作家如何书写,书写什么内容,尊重每一个生命,尊重生命内在的声音,是我面对文学的标准。我喜欢作家真诚地面对笔下的人物，我也喜欢真诚的作家，更喜欢我们之间交流的真诚。人性的复杂、生命的厚度、生活的质感，正是我这么多年来研究文学、阅读作品中一以贯之的美学追求。因此，我跟我的研究生强调，"江门"之间的文学密码就是"人性的复杂"。即使有时不乏一些应景之作，但也一定要在自己的内心作一番人性的考量，对得起自己的文学研究底线。

我总感觉，江西文学创作并没有在全国得到应有的认可，因为作家不乏写作的真诚，不乏写作的努力，也不乏突破的韧劲。就我这些年来对江西作家的观察，江西文学在红色革命题材叙事、个体心灵世界的深入勘探、城市空间的生存捕捉、家族历史的人世浮沉，还有时代话语下的脱贫攻坚等，在国内文坛具有了一定的影响。现实主义的创作手法依然是主流，真实地表现当下个体的生存状态和时代社会的转型与变化。但也有很多作家自觉融入现代主义的思维和手法，在把握个体生命张力的叙述中抵达人性的深度。江西文学在21世纪呈现出多元化、年轻化、重质量的发展方向。

当然也应该看到，江西作家在时间与空间的格局上，在人性挖掘的深入等层面，存在一定的差距，但每一个作家都是在真诚的努力。江西的陶瓷文化、红色文化、客家文化、鄱阳湖文化不仅是一个作家创作的标签，而是渗入作家的文本当中，构成一种生成人物精神品格的文化氛围。城市文化、脱贫攻坚、乡村振兴等也不是一个时代的符号，更重要的是成为一种时代文化的精神记忆，最终化入人的生存状态及其精神气质。一个地方的文学固然受一个地方文化的浸染，但不认为江西文学必须要具有江西文化的特征。文学是人的文学，不应受到地方文化的局限，更不应满足于地方文化的呈现。文学是共通，是能够激起不同时代、不同地域的人的灵魂与精神震荡的艺术。生活的接地气与精神的形而上自然相融，是我理解的文学最高境界。

这么多年的积累，今年终于可以汇聚成一本小书，算是自己与作家朋友的真诚交流，也是日后继续交流的平台。其实，做本土文学的研究，对于高校老师而言，并不讨好。关键问题是不计算工分，最多

后 记

只是在年终填表时写上对地方文化的推动之类的套话，可以说是跌跌撞撞的评论，汇聚成跌跌撞撞的人生。我总感觉，人生需要快乐，需要朋友，需要认同。这是我在这些年里的副业，也算是我人生的一大快乐。我带着我曾经的学生，一同阅读，一同讨论，一同写作，将他们带入江西文学研究的园地，带入探究人性的文学空间。其中有张晓旭关于杨帆、李伯勇的研究，杨珂关于阿袁的研究，还有罗云关于江子散文的研究，等等。对于他们来说，既是文学研究的尝试，也是学术道路的开端。感谢我所有的学生，感谢他们的参与，才热热闹闹地一起走过研究的路途。这本小书只是一个开始，很多作家朋友寄来的书还没有好好消化，还没有写出评论，日后还会继续下去。由于专业研究的限制，本书关注小说、散文为多，而对于诗歌、影视剧等其他文体还只是稍有涉猎，这是今后的努力方向。

突然有一天，我站在洗手间的镜子前洗脸，猛一抬头，发现我真的好像我的爷爷。我从来没有见过他，也就是我好小的时候在姑姑家里见过一次的发黄的照片。基因真的太强大了。不知为什么，我的人生竟然有了虚构的感觉……生活总是很累，累就累在心里的难得和谐。世间的烟火气，往往给人带来的不仅仅是快乐，还有许多难以割舍的世俗。幸亏还有文学，还有阅读，还有与作家朋友的真诚交流。

感谢江西省文化艺术基金项目的资助，感谢江西师范大学文学院的大力支持，感谢我所带的一帮亲如家人的研究生，感谢本书的责任编辑为本书出版花费的精力。感谢生命中所有遇到的贵人。

感谢这些年来经历的风风雨雨，还有不经意中偶遇的彩虹。